ANTES Y DESPUÉS DE ODIARTE

ANTES Y DESPUÉS DE ODIARTE

Ángeles Ibirika

VERGARA
GRUPO ZETA

Barcelona•Bogotá•Buenos Aires•Caracas•Madrid•México D.F.•Montevideo•Quito•Santiago de Chile

1.ª edición: junio 2011

© María Ángeles Ibirica Barrenechea, 2011
© Ediciones B, S. A., 2011
   para el sello Vergara
   Consell de Cent, 425-427 - 08009 Barcelona (España)
   www.edicionesb.com

Printed in Spain
ISBN: 978-84-666-4811-0
Depósito legal: B. 14.410-2011

Impreso por S.I.A.G.S.A.

A mis aitas. Por vuestro amor, por vuestra paciencia, por todos los maravillosos años compartidos y por los que aún están por venir. Por lo que soy. Os quiero con todo mi corazón.

¡Ámala, ámala, ámala! Si te complace, ámala. Si te hiere, ámala. Aunque te rompa el corazón, y a medida que envejezca y se endurezca se te desgarrará más, ¡ámala, ámala, ámala!

CHARLES DICKENS, *Grandes esperanzas*

Aún ardían las sábanas de su cama cuando nos despedimos, y no me había parecido suficiente. Nada bastaba cuando se trataba de ella. La amaba tanto, que hasta la vida le habría entregado tan solo con que me lo hubiera pedido.

Pero no lo hizo.

Prefirió jugar a amarme cuando, en realidad, me preparaba para el sacrificio.

Jugó a ser la mantis religiosa que seduce al macho. La que lo enamora, la que lo enloquece hasta hacerse dueña de su voluntad, la que consigue que se deje devorar mientras se aparean.

Solo que yo nunca lo supe.

No pude elegir. La necesitaba de tal manera, que de haberlo sabido tampoco habría podido hacer nada para evitarlo. Una noche a su lado me aportaba más placer y más vida que toda cuanta había tenido antes de que ella apareciera.

Hasta esa tarde.

Esa tarde la besé en la boca y deseé tenderla de nuevo sobre las sábanas revueltas. La abracé acomodándola en mi pecho y hundí el rostro en su sedoso cabello. Le dije que la amaba más que a nadie en el mundo. Le confesé que si algún día llegaba a perderla, tan solo querría morir.

Nada en sus gestos, nada en su voz, nada en sus besos me hizo sospechar que me había traicionado. Nada podía hacerme imaginar que ya me había vendido. Iba hacia el final que ella me había preparado y no vi nada, no sospeché nada.

Ahora vivo en un cuerpo sin alma.

Ahora vivo tan solo porque respirar no requiere de mi esfuerzo.

Ahora vivo porque el dolor me destroza cada día pero nunca termina de matarme.

Ahora vivo únicamente para volver a verla. Para arrancarle del pecho su corazón despiadado y negro. Para precipitarla a la misma agonía que ella fraguó para mí.

Porque, aun a mi pesar, ella continúa siendo la única razón de mi existencia.

1

El sonido de abrir y cerrar las rejas en la prisión le había acompañado durante cuatro interminables años. En un lugar en el que no existe el silencio a ninguna hora del día ni de la noche, era ese chirrido el que se le clavaba en el cerebro. Allí, entre los ojos. Y esa repetición áspera se transformaba en una cruel cantinela que le recordaba que estaba encerrado... encerrado, encerrado...

Ahora, por fin, lo escuchaba a su espalda por última vez. Porque si de algo estaba seguro, era que únicamente muerto conseguirían meterle de nuevo en esa prisión.

Aunque... existía un único motivo por el que podría pasar allí el resto de su miserable vida.

Estaría dispuesto, una y mil veces, a volver a ese infierno si a cambio la viera, a ella, consumirse en el suyo.

Con las pocas pertenencias que llevaba en la mochila al hombro fue contando los pasos que le alejaban de las rejas y el viciado olor a deshumanización.

Uno, dos...

El olor aún llegaba con fuerza y penetraba por sus fosas nasales.

Tres, cuatro...

Se acercaba al portón por el que cruzaría el muro que componía la fachada, y la familiar peste seguía sin desaparecer.

Cinco, seis, siete, ocho...

Alcanzó el exterior. Sus ojos se clavaron en la última y solitaria garita, en medio del camino que terminaba en la carretera comarcal. Tal vez, pensó, la pestilencia desaparecería cuando el funcionario levantara la barrera y él la dejara también atrás. Pero no fue así. El olor continuaba allí. Estaba en su ropa, estaba en su piel. Ese olor repulsivo formaba ya parte de él.

Sin detenerse, alzó los ojos al cielo, cerrado y gris, y llenó sus pulmones de oxígeno. La sensación de libertad le alcanzó la sangre y recorrió sus venas hasta incrustársele en el corazón. Seguía estando junto al presidio, respiraba el mismo aire que le había mantenido vivo los últimos cuatro años, sin embargo, todo era distinto. No había guardianes, no había límites. Podía mirar a lo lejos sin que ninguna pared marcara el final. Podía caminar hasta la extenuación y pararse cuando se le antojara hacerlo.

Pero había algo en la ansiada y emocionante libertad que dolía. Dolía hasta el desgarro. Regresaba a un mundo que ya no era el suyo, a vivir una vida que no merecía. Coexistía con el sentimiento de que, aunque su condena fuera eterna, nunca acabaría de pagar el daño irreparable que hizo a quien tanto quería.

Una ráfaga de viento le azotó de frente. Observó el movimiento de los árboles que se hacinaban a las orillas del río Zadorra. No recordaba que la naturaleza fuera tan verde ni tan majestuosa. Miró a su alrededor. El mosaico de tierras aradas se extendía en algunas zonas hacia el infinito, en otras iba a morir al inicio de suaves y verdes colinas. No había, tras él, más vestigio humano que la fría edificación del presidio. Y, por primera vez en años, viéndose físicamente solo, se sintió dueño de sí mismo.

Volvió a golpearle el viento. La tarde en la que se le detuvo la vida también soplaba recio y helador. Aquel día el cielo amenazaba tormenta. Había salido de casa con el corazón tan encogido, que ni aun abriéndole el pecho hubiera podido nadie encontrarlo. Después llegó a aquel condenado polígono industrial convencido de que si esa tarde no moría de un infarto ya nunca lo haría.

Apretó con fuerza los párpados cuando las imágenes de aquellos momentos llegaron para torturarle una vez más el pensamiento.

—¡¿Dónde está la ambulancia, hijos de puta?! —grita a la vez que presiona sobre la herida que pierde sangre a borbotones—. ¡¿Vais a dejar que muera como un perro?!

Desesperado, arrodillado en el suelo, gira el rostro hacia los lados. Los agentes armados le observan sin apiadarse. Vuelve a gritar. En realidad no deja de hacerlo ni un instante, igual que no deja de apretar sobre el maldito agujero. Mira a su alrededor en busca de ayuda. Se siente impotente, perdido. Y de pronto la ve...

A su espalda, junto a todos esos policías, ella contempla cómo él se hunde en el abismo. Solo la mira un instante, y el poco oxígeno con el que se mantiene vivo se evapora. El aire agita el largo cabello castaño que ha acariciado tantas veces. Es el único asomo de humanidad que ve en ella, que se mantiene rígida, imperturbable. Como un juez. Su juez.

Sacudió la cabeza espantando recuerdos. ¿Cuántas veces le había atormentado ese instante concreto en el que la vio? Muchas. Cientos de veces en las que estaba despierto, como ahora. Cientos de noches mientras dormía en el duro camastro de una pequeña celda, acompañado por un intenso olor a sudor y por la respiración y los ronquidos de dos extraños.

Comenzó a andar con calma hacia el pueblo de Nanclares. El viento helado penetró a través de la cremallera abierta de su cazadora y continuó hostigándole del mismo modo durante los dos kilómetros de caminata. No le importó. Estaba acostumbrado a la temperatura gélida de la prisión, a la humedad. Este frío de ahora le gustaba. Tenía sabor a libertad y, además, acabaría en cuanto él decidiera cubrirse.

Mikel cogió aire al recibir el estrecho saludo de bienvenida de Rodrigo. Esa era la parte que le había resultado más dura de la privación de libertad: no tener a quién abrazar y nadie que le abrazara en los momentos de desánimo. Aquellos interminables y duros momentos de desánimo.

Había pasado medio día en el rellano de la escalera aguardando a que su amigo regresara del trabajo. La vecina, una mujer de mediana edad, con el cabello blanco sujeto por unos enormes rulos azules, había salido al oírle llamar con insistencia y le había revelado que el joven acostumbraba a regresar una vez caída la noche. Corrían los últimos días de noviembre y anochecía sobre las cinco y media de la tarde: una larga y tediosa espera para cualquier mortal. Pero él tomó asiento en un escalón, junto a la puerta, dispuesto a fumar con paciencia un cigarro tras otro. Estaba acostumbrado a pasar las horas como un camaleón al sol, inmóvil, mimetizado con el paisaje, ausente hasta de sus propios pensamientos.

15

Le había fascinado viajar, desde el penal de Nanclares hasta el pueblo de Basauri, respirando libertad y percibiendo el lento despertar de sus sentidos mientras sus ojos devoraban cielos abiertos, llanuras verdes, montañas, gentes que no habían pisado ni jamás pisarían una prisión. Lo peor había sido la sensación de ser observado que le había acompañado todo el tiempo. Ni se le había ocurrido pensar que alguien pudiera mirarle porque le pareciera un hombre guapo. En los últimos cuatro años y un mes, había dejado de ser consciente de la atracción que despertaba su cabello rubio, ahora extremadamente corto; sus cristalinos ojos azules; su metro ochenta y cinco de estatura en una complexión delgada y musculosa. No. Para él, las miradas que había sentido eran de reprobación porque llevaba escrito, en algún lugar visible que no podía concretar, que era un convicto. Que aun viviendo en libertad sería un convicto eternamente. Opinaba que incluso el suave color dorado que llevaba en la piel era el sello en el que todos veían las muchas horas transcurridas en el patio, bajo el tibio sol de otoño.

—¿Cómo no me has advertido que te adelantaban la salida? —preguntó Rodrigo tras el cariñoso recibimiento—. Te habría ido a buscar.

—No era necesario que abandonaras tus obligaciones para eso. Me ha gustado coger autobuses después de tanto tiempo.

—Pero habrás desperdiciado el día dando vueltas. Debiste avisarme.

—No creas que ha sido un desperdicio. He salido en cuatro miserables ocasiones del talego y siempre acompañado por el cura, como en una excursión de niños de colegio. —Presionó con su mano el hombro de Rodrigo, emocionado aún por el abrazo—. Te aseguro que, en esta salida de verdad, me ha venido bien enfrentarme a las dificultades en solitario. Además, tenía que usar el magnífico mapa que me hiciste —comentó sonriendo.

—Soy bueno, ¿eh? —bromeó al tiempo que abría y entraba en la casa—. Creo que estoy desperdiciando mi talento al trabajar con plantas en lugar de con lápices de colores.

Mikel sintió un dolor agudo, como si las puntas de esos lapiceros le hubieran atravesado el corazón. Trató de recuperarse mientras recogía su mochila del suelo y, al erguirse, se encontró con la espalda inmóvil de su amigo. Le escuchó maldecir entre dientes y girarse hacia él.

—Lo siento. —La culpa le brillaba en sus ojos marrones—. No quise decir que tú...

—Sé muy bien lo que quisiste decir —respondió Mikel—. No te disculpes por tonterías y pasa de una vez. —Le empujó con el hombro, riendo—. Estoy cansado de estar aquí fuera contando manchas en las paredes.

Rodrigo entró agitando la cabeza, recriminándose que a veces fuera tan bocazas. Mikel caminó tras él, observándolo todo. La sencillez del piso destacaba desde el recibidor, pequeño y de paredes blancas, en el que había un aparador y un paragüero metálico.

Sin proponérselo, comparó la casa con la que él habitó en el centro de Bilbao y que la policía registró y puso patas arriba.

No sintió nostalgia. Cualquier rincón servía para dejar pasar la vida, pensó mientras Rodrigo le señalaba una puerta, a su izquierda, que daba a la cocina. Los dos espacios siguientes eran habitaciones; una ya estaba preparada para que él la ocupara. Frente a ellas quedaba el pequeño cuarto de baño con ducha. El largo pasillo finalizaba en un salón, de paredes también blancas, en el que dos sofás floreados estaban orientados frente a un pequeño televisor.

—¿Cuánto tiempo llevas esperando? —preguntó Rodrigo mientras arrojaba las llaves sobre la mesita de centro.

—Desde las doce del mediodía —respondió Mikel, dejándose caer junto a su mochila en uno de los sofás.

—¡No jodas! —exclamó su amigo—. Creo que tendremos que adelantar la lección de abrir puertas. Hoy te habría venido bien haber sabido franquear esta.

—Todo a su tiempo —dijo Mikel—. Además, solo existe una puerta que me interesa forzar.

—Abrir, no forzar —puntualizó Rodrigo—. Abrir sin que se note que lo has hecho. No lo olvides.

—Descuida. No lo olvido.

—¿Dónde has comido? —preguntó, parado ante él—. Los bares de esta zona son...

—No me he movido de la escalera —interrumpió—. No tenía hambre.

—¡Y un cuerno no tenías hambre! Anda, ven y hablamos mientras preparamos algo de cena. —Se detuvo y se acarició la bien recortada perilla—. Y otra cosa. —Chasqueó los labios a la vez que hacía un guiño—. Estos días duermes en el talego, pero prepárate para el viernes. Conozco un local en el que las tías...

—No te ofendas, Rodrigo, pero prefiero dejarlo para otra ocasión. —Buscó en su mochila el paquete de tabaco—. No me siento preparado para eso.

—Llevas años sin catar algo bueno. En realidad, ni bueno ni malo. Llevas años sin catar. —Alzó las cejas y balanceó la cabeza riendo—. No puedo creer que no te mueras por hacerlo.

Mikel sacó un cigarro y lo giró entre los dedos mientras lo contemplaba como si fuera el primero que veía en su vida.

—Se puede decir que sí, que me muero por follar con una tía, pero... —Se colocó el pitillo entre los labios y lo prendió—. Tal vez más adelante —propuso mientras expulsaba el humo de la primera calada.

Rodrigo se sentó en el borde de la mesita, frente a su amigo.

—El miedo a fastidiarla es normal en estos casos —dijo en tono paternal—. Eso no te ocurre solo a ti. —Mikel bajó la mirada y jugueteó con el encendedor—. Por eso te estoy planteando ir de putas. Ahí ellas trabajan y tú pagas. No hay presión.

Mikel rio. Le gustó eso de restar presión. La idea de estar con una mujer le seducía tanto como le aterraba. Antes de entrar en la cárcel pensaba que no se podía vivir sin sexo igual que no se podía vivir sin respirar o sin comer. Pero lo había hecho. Había estado solo durante cuatro años y había sobrevivido. Ahora el problema estaba en cómo y cuándo podría retomar algo para lo que no sabía si estaba preparado. ¿Qué recordaba, qué había olvidado? Existía un único modo de responderse y, si podía elegir, prefería hacerlo sin presión.

—Gracias. De verdad. Pero sé que no me apetecerá pasar mi primera noche en libertad en un lugar así. —Alzó sus desabrigados ojos azules—. Lo que sí te pediría es que hoy me acompañaras hasta esa prisión. Imagino que será como todas, pero la novedad me pone nervioso.

—Eso está hecho —garantizó Rodrigo—. Te escoltaré hasta la misma puerta. En cuanto a las tías y todo lo demás, iremos a tu ritmo.

—Solo necesito situarme un poco —aseguró sin vacilar.

—Me parece perfecto. De momento vamos a situarnos en la cocina mientras preparamos la cena. —Se puso en pie. Mikel le imitó—. Tengo que hablarte del trabajo y de mi jefe. Bueno, de nuestro jefe. Recuerdas que comienzas el próximo lunes, ¿no? —preguntó mientras se alejaba por el pasillo

—Lo recuerdo. —Aplastó la colilla en el cenicero calculando el margen de días que eso dejaba a sus intenciones.

—Por cierto —oyó decir a su amigo—. ¿Has comprobado lo cerca que te queda la cárcel?

Sí, lo había hecho.

Nada más bajar del tren, había sacado del deshilachado bolsillo de sus vaqueros el burdo y simpático plano que le había hecho Rodrigo para que diera sin problemas con la calle Catalunya. En ese punto le había hecho dos anotaciones. Una para que avanzara hasta el número doce, que quedaba al fondo de la calle, después de pasar la Casa Torre de Ariz. La otra indicaba que antes de nada mirara al frente, en dirección al río, para que viera un costado de la prisión en la que pasaría cuatro noches de cada semana. Se había tensado al divisar el grueso muro y la cerca superior de alambre. Cuatro noches no eran mucho, se había dicho para animarse. No tendría que soportar rencillas ni broncas en las duchas, ni se vería obligado a comer el rancho saturado de grasa, ni a compartir la peligrosidad del patio, ni a hacer sus flexiones en una reducida celda. Solo se trataba de dormir. Dormir y salir de allí antes incluso de que asomara la luz del día.

En la radio sonaba la incombustible *Footloose*, de Kenny Loggins, y Ane la tarareaba mientras se movía por la cocina para preparar su desayuno.

Tras los cristales, las hojas doradas de los árboles del parque se agitaban con las rigurosas ráfagas de un viento frío. Pero ella, con el cabello aún desordenado sobre sus hombros, era la imagen palpable de la serenidad. Hacía rato que se había puesto en marcha la calefacción, y la temperatura le permitía andar por la casa vestida tan solo con el breve pantalón y la camiseta de tirantes con los que le gustaba dormir.

Había madrugado. Quería estudiar con detenimiento el catálogo de tejidos que habían recibido de una nueva firma. Si les gustaban los diseños, la incluirían entre los proveedores de la tienda que regentaba junto a su socia y amiga, Lourdes.

Abrió el catálogo sobre la mesa, al lado de su desayuno, y bailó en dirección al frigorífico. Balanceaba las caderas a la vez que sus pies, cubiertos por unos gruesos calcetines blancos, saltaban sobre las baldosas azules. Cogió el *brick* de leche y, con la misma danza de brincos, alcanzó de nuevo la mesa. Llenó hasta el borde el tazón, que ya contenía café negro, y regresó sobre sus pasos. Al llegar de nuevo al frigorífico se detuvo un instante. Rozó con los dedos las letras imantadas que formaban la palabra «Tsamoha». Apartó la *s* hacia un lado y después hizo lo mismo con la *h*. Suspiró, como si algo en aquel simple acto le provocara dolor, y acarició de nuevo las que permanecían en su lugar.

Dos horas después, asombrada por la cantidad de tiempo que había consumido, se disculpaba por teléfono.

—Lo siento, Lourdes. Me he entretenido con el catálogo. Pero es que tiene unos diseños preciosos. Te va a embrujar —aseguró mientras introducía la taza en el lavavajillas—. Esa empresa tiene verdaderos artistas. Por mi parte estaría encantada de trabajar con ellos.

—Luego lo miramos, cielo. Aunque, si a ti te gusta, seguro que yo pienso lo mismo —dijo Lourdes con voz calmada—. Y no te preocupes por la tardanza. No tenemos nada pendiente y de momento la tienda está vacía.

Continuó hablando a la vez que ponía un poco de orden en la cocina. Aún tenía que hacer la cama, ducharse, vestirse y llegar hasta el comercio en la calle Ercilla. Le gustaba ir caminando, ensancharse los pulmones con el aire fresco de la mañana y disfrutar del bullicio con el que comenzaba a llenarse la ciudad.

Al cabo de veinte minutos salió del portal, en Botica Vieja, frente a los jardines que separan la calle de la ría y del Palacio Euskalduna. Un golpe de viento le agitó el cabello y se detuvo sin llegar a pisar la acera. Sujetó el catálogo entre las rodillas y mordió con fuerza el asa del bolso. Con las dos manos libres, se agarró la melena, la enrolló como si tratara de escurrirla y se la metió bajo su abrigo gris, de mohair.

No percibió la ira de unos ojos azules que controlaban sus gestos.

El peligro no siempre se huele. El sexto sentido no siempre funciona.

La actitud, casi siempre alerta de Ane, esa mañana se distrajo.

Condujo su mirada en dirección al parque y los jardines, pero alzó la vista para contemplar el movimiento de las copas de los árboles. No prestó atención a la figura alargada y oscura que apoyaba la espalda en el tobogán rojo del parque infantil.

Introdujo la correa de su bolso por la cabeza y se lo colgó en bandolera. Se colocó con tranquilidad los guantes y recuperó el catálogo de entre sus piernas, separándose de la protección que le daba el edificio. Y, confiada, sin reparar en que una mirada de hielo la acompañaba, se dirigió al puente levadizo que une el barrio de Deusto con el centro de Bilbao.

Mikel, que había pasado por su primer despertar en la prisión de Basauri y por su primera salida a las siete de la mañana para acudir a un trabajo que aún no había comenzado, no estuvo preparado para el impacto que sintió al verla. No había contado con que la encontraría con tanta rapidez. Ni siquiera había estado seguro de que ese fuera en realidad su domicilio. ¡Le había mentido en tantas cosas! Pero sí. Aquella había sido y seguía siendo su casa. La suerte, por una vez en la vida, estaba de su parte. Lo que había creído que sería una espera larga e inútil, había resultado ser breve y provechosa.

Pero le había pillado desprevenido. Verla fue un estallido de furia, de rencor. Un temblor incontrolado se apoderó de sus dedos. Sujetó el cigarrillo entre los labios y metió las manos en los bolsillos. Para no salir tras ella, se apretó contra la bajada del tobogán hasta que el borde redondeado se le clavó en la espalda. La había encontrado dichosa, como si las vidas que había destrozado no contaran. Y deseó acercarse, mirarla a los ojos y decirle que el momento de ajustar cuentas había llegado. Que riera mientras le quedara tiempo, porque después solo podría llorar. Que él llevaba años viviendo con un único propósito: acabar con ella.

Pero no se movió. Permaneció encogido y tenso bajo su cazadora de cuero y su gorro de lana. Observó de lejos su figura poco nítida y dejó que el resentimiento le fuera empapando hasta desbordarle. Se recreó con la dolorosa sensación. Sabía que cuanto más la odiara más certero estaría en su venganza.

Ane llegó a la escalera de caracol. Él arrojó el cigarro al suelo y corrió. Atravesó la carretera sorteando coches y se arrimó a los edificios de Botica Vieja. Avanzó con la rapidez de un felino mientras ella ascendía. Cuando comenzó a cruzar sobre el puente él ya estaba debajo, fuera de su área de visión.

Con el mismo cuidado la siguió por las calles de Bilbao. Los semáforos fueron una zona de riesgo. Si ella los pillaba en rojo, él se detenía. No podía acortar distancia. Alzaba el cuello de su cazadora y trataba de pasar desapercibido. Si ella los encontraba en verde, a él se le cerraban y los atravesaba esquivando el tráfico para no perderla.

Además estaba lo de su visión. La persecución le había demostrado que era cierto lo que había escuchado durante años: la prisión anula la capacidad de ver de lejos con nitidez.

No se le daba bien el acecho. Más que cazador, él había sido presa arrinconada. Pero ahora se invertía esa malentendida cadena de supervivencia. Ahora él no tenía nada que perder. Ahora él pasaba a ser la alimaña sin corazón.

Llegaron a la zona peatonal de la calle Ercilla. Allí fue más sencillo seguirla, al amparo de árboles y bancos, y mezclado entre el gentío que entraba y salía de los comercios. Hasta que ella entró en uno.

Se encajó el gorro hasta los ojos, se aseguró que el cuello le cubriera hasta la nariz y pasó ante la puerta y el escaparate.

Una mirada disimulada y rápida y retuvo todos los detalles.

Ella hablaba con la dependienta mientras parecía examinar una pieza de tela que estaba sobre el mostrador. Era evidente que aquel espacio lleno de tejidos, pequeños muebles y adornos era una cuidada tienda de decoración, y que ella estaba allí para hacer cambios en su viejo piso.

Recordó el último en el que Manu y él vivieron.

Era injusto, pensó. Que ella lo tuviera todo mientras a él no le quedaba nada, era injusto, pero no era algo nuevo. Tenía siete años cuando descubrió que la vida ni es justa ni es fácil.

Resopló para expulsar un poco del veneno que le estaba nublando la razón. Tenía que apartarse de ella para no hacer una tontería que lo estropeara todo. Además ya había visto suficiente, al menos de momento.

Se preparó para pasar de nuevo ante el escaparate. Esta vez no miraría. Simplemente se alejaría de allí. Cogió aire y se frotó las manos, una contra otra. No entendía por qué no dejaban de temblar. Las metió en los bolsillos de su cazadora, alzó los hombros y bajó la cabeza.

Caminó despacio, camuflado entre sus ropas, consciente de que en algún momento Ane podía poner sus ojos en él.

Un fuerte golpe en el hombro le desestabilizó.

Se detuvo y echó un vistazo al tipo que había pretendido atravesarle. Su rostro se quedó lívido. Sus manos se crisparon en el interior de los bolsillos y el temblor cesó. Inmóvil ante la puerta, le vio entrar mientras recordaba la primera vez que se encontraron.

Fue en el piso de Ane. Una tarde.

No han quedado, pero necesita verla, escuchar su voz, su risa; acariciarla. Lleva un gran ramo de rosas rojas que interpone entre su rostro y la puerta para que sea lo primero que ella vea. Pero ni siquiera las mira. Está demasiado nerviosa. En lugar de echarse a sus brazos, tartamudea al preguntarle qué hace allí. Y él, como un tonto, deja caer las flores en la entrada, la besa, la coge por la cintura y la arrastra por el pasillo mientras le dice que está loco por ella.

El juego cesa en cuanto alcanzan la cocina.

El tipo está allí, de pie, junto a la ventana, con una copa en la mano. Su actitud es desafiante. Su mirada está cargada de odio. «¿Qué está pasando aquí?», se pregunta mientras suelta a Ane y se mantiene firme aceptando un desafío que no entiende.

Es ella quien rompe el embarazoso silencio. Lo hace a la vez que se baja la camiseta, que ha terminado enrollada a la altura del sujetador.

—Te presento a Carlos —dice con voz temblorosa—. Es un amigo.

No la cree. No puede hacerlo después de verla alarmada, confusa.

Después, la desconfianza y los celos no le dejan vivir durante días. Pero en algún momento olvida la preocupación. Ella es convincente cuando a él le asaltan las dudas. A su incansable respuesta, «es un amigo», le siguen caricias, besos, palabras de amor, noches apasionadas. ¡Cómo no va a creerla, si le jura que le ama con toda el alma, si se abandona a él con un ardor imposible de fingir, si el tipo no vuelve a aparecer... hasta el final!

Apartó los recuerdos cuando lo vio dentro de la tienda. Abrazaba a Ane mientras ella reía. Echaba la cabeza hacia atrás y reía como había hecho cientos de veces a su lado, como había hecho mientras le engañaba y abría para él las puertas del infierno.

Apretó los dientes hasta que el chirrido le perforó el cerebro. Asqueado y furioso, comenzó a caminar hacia la plaza Moyúa. No podía estar allí más tiempo sin que la cólera lo devorara. No podía soportar ser testigo de que nada había cambiado para ella durante los cuatro años que él había subsistido entre tinieblas.

—Lo siento —susurró Mikel mientras retorcía el gorro entre los dedos, enrojecidos por el frío—. Tenía que haber cuidado de ti...

El dolor era tan grande y tan profundo que lo abarcaba todo, lo oscurecía todo. No hizo ningún esfuerzo por contener las lágrimas. No eran las primeras que derramaba en aquel cementerio, ni siquiera ante aquella sepultura. Pero sí las primeras que vertía allí por él; una parte irreemplazable de su vida.

—Perdóname por no haber sabido cuidarte —repitió en voz baja—. Soy yo quien debería estar ahí dentro.

Acarició con la mirada los surcos tallados en la lápida hasta completar el nombre de Manu.

—Manu Arteaga —leyó en un susurro—. Nadie debería morir a los dieciocho años.

Las últimas palabras se fundieron con un gemido desgarrado. Volvió a enroscar la lana entre los dedos y miró hacia los lados, hacia las tumbas y panteones adornados con flores. La tarde avanzaba y la luz se extinguía. Los escasos visitantes se alejaban con andar exhausto, como si también a ellos les costara arrastrar su alma solitaria. Se preguntó si alguno se sentiría tan responsable de la pérdida de su ser querido como se juzgaba él mismo.

Con los ojos cerrados se dejó envolver por el sonido del cimbrear de los cipreses. Altivos, imperturbables, de un verde negruzco, silenciosos solo durante los breves instantes en los que el viento no les arrancaba involuntarios quejidos.

Tomó una gran bocanada de ese aire de lamentos, y caminó hacia su derecha con paso decidido. Se detuvo ante un ramo de crisantemos rojos que cubrían parcialmente el nombre de Aura sobre una gruesa losa de granito gris. Pensó que era un nombre dulce sobre una materia impersonal y fría; lo único que quedaba cuando la fatalidad tomaba las riendas de una vida.

«Disculpa», musitó antes de coger dos flores con cuidado.

Regresó ante el lecho de Manu. Se arrodilló e introdujo los tallos en una de las anillas que estaba encajada junto a los nombres de los seres que allí descansaban. Ahora ellos velaban por el sueño del chico.

—No tengas en cuenta que son robadas, ¿de acuerdo? —Oprimió con fuerza los párpados y apoyó el rostro en la fría piedra, junto a los crisantemos—. ¡Perdóname! Perdóname tú, porque yo no puedo hacerlo. —Tras unos segundos alzó la cabeza y se pasó por la cara la manga de la cazadora—. Pero lo pagará. Lo juro. Juro que ella pagará por todo el daño que nos hizo.

2

Aún no había amanecido del todo cuando Mikel abandonó la prisión. Era viernes. Después de haber pasado dos noches en aquel lugar, tenía ante sí cuatro largos días en los que su modo de vida no diferiría del de Rodrigo o del de cualquier otro hombre libre. La excitación debería hacerle sentir ebrio, pero no era así. Su primera toma de contacto con la verdadera libertad no le provocaba ninguna sensación especial, ya que su pensamiento seguía centrado en esa mujer maldita.

Alcanzó la carretera que discurre frente a la puerta del penal y caminó con lentitud hacia el centro urbano. Pasaba por el puente que cruza el río Nervión cuando le envolvió una ventolera helada. Se detuvo para inspirar con fuerza. Esperaba que la sensación gélida deslizándose por la tráquea y llenándole los pulmones le despertaría, le haría tomar conciencia de ese primer día de libertad completa. Pero nada cambió. Contempló el rápido descenso de las aguas mientras únicamente la veía a ella y sus ingratos ojos grises.

Tardó en reanudar el camino. Cuando lo hizo le temblaba todo el cuerpo en el interior de sus ropas heladas. Aun así continuó despacio, sin ninguna prisa por llegar a su destino. Dejó a su derecha un pequeño parque, encajado entre edificios por tres de sus cuatro costados, y siguió hasta la calle Catalunya. Ni aun resoplando consiguió acabar con sus temblores. Aún le tiritaban los labios cuando entró en el portal.

Mientras subía las escaleras pausadamente, sus pensamientos le llevaron a Rodrigo. Se preguntaba si habría salido ya de casa. Su trabajo al aire libre precisaba de luz. Le había contado que, por eso, durante todo el año amoldaban las jornadas al horario solar. Sobre todo durante los meses en los que las noches eran más largas que los días.

Lo encontró en la cocina. Ya había desayunado y se ponía su gruesa parka gris.

—Pensé que hoy no te dejarían salir —bromeó por su tardanza—. Me alegra haberme equivocado, porque quería asegurarme de que estabas bien. Anoche no volviste por aquí antes de ir a dormir a la cárcel.

Mikel dejó la mochila en la mesa y, sobre ella, el gorro de lana.

—Fui a Derio. —Se frotó las mejillas, que comenzaban a reaccionar con el calor de la casa—. Quería visitar la tumba de Manu. Necesitaba estar con él un rato.

—No estuviste en su entierro —comentó Rodrigo en voz baja.

—No. No estuve en su entierro —repitió entre dientes—. ¡Esos malditos cabrones sin alma!

Sacó el paquete de tabaco y el mechero de un bolsillo de su cazadora, después se la quitó y la dejó caer sobre el respaldo de una silla.

—¿Cómo te fue? —preguntó Rodrigo dejando a un lado el doloroso asunto de Manu.

—Bien. —Prendió un cigarro antes de meter el encendedor en la cajetilla y arrojarla a la mesa—. Sigue viviendo en Deusto, en el piso de siempre.

—Eso es bueno. Imagino que te aseguraste de que no te viera.

—Claro. Aunque no fue fácil —confesó con una sonrisa—. Estuve a punto de tragarme más de un coche.

—¡No te puedo dejar solo! —bromeó—. Pero ya está hecho, ¿no?

—Pues no. —Se acercó al frigorífico y sacó un *brick* de leche—. La seguí, pero no fue a trabajar. Sigo sin saber a qué horas está fuera de casa.

—No hay prisa para eso. Tómatelo con tranquilidad.

—Tengo que resolverlo mañana como muy tarde. A partir de la semana que viene no tendré tiempo para hacerlo.

—Tienes razón. —Hundió las manos en los bolsillos de su prenda y alzó los hombros—. Por cierto. Esta es tu primera gran noche. Saldremos, ¿verdad?

—Espero a Bego. —Dejó el *brick* sobre la encimera de granito—. Ayer la llamé por teléfono.

—¡Tu ángel de la guarda! Me preguntaba cuándo aparecería.

—Sí. Mi ángel de la guarda, yo diría que desde que la conocí en el instituto. —Su rostro se dulcificó al recordarla—. La amiga más fiel, la que no desapareció cuando me hundí. La que no se cansó de viajar para visitarme en esa cloaca.

—Deberías enrollarte con esa chica.

—¡No digas tonterías! —exclamó riendo—. Las cosas están bien así. No se puede mezclar amistad y sexo. Si lo haces, tanto si va bien como si va mal, pierdes una amiga.

—Tal vez tengas razón. Pero te lo diré cuando la conozca, a no ser que hayáis quedado para salir y me quede sin verla.

—Viene a casa. Trae mis cosas. —Miró a su alrededor hasta localizar el cenicero—. Ella y unos pocos amigos las recogieron cuando la policía les dejó entrar en mi piso. Bego las ha guardado todos estos años.

—Entonces esta noche haremos un poco de ejercicio subiendo cajas —dijo mientras se dirigía a la puerta—. Y me largo, que se me hace tarde. —Aún se asomó un segundo para decir—: Disfruta del desayuno. Y del día.

Mikel sonrió, pero su semblante cambió al quedarse solo. Sujetó el cigarrillo entre los labios, apoyó las manos en el granito y tensó los brazos dejando caer la cabeza hacia delante.

No había imaginado que ver a Ane le iba a desestabilizar de esa manera. Llevaba años aborreciendo su recuerdo y volviendo su frustración contra sí mismo. Ahora la había visto. Ahora podía volcar su rabia contra ella. Y eso había hecho que todo tomara una mayor dimensión; también el sufrimiento.

Aplastó la colilla en el cenicero y, sin moverse, volvió a empujar las horas como había hecho sin descanso durante sus años de encierro. A veces tenía la sensación de que tratar de acelerar el tiempo lo ralentizaba hasta la desesperación. Pero ya en semilibertad seguía necesitando que avanzara con rapidez, y no solo para conseguir la esperada libertad condicional. Quería que el momento de tomarse la revancha llegara y pasara como una exhalación. Tenía la esperanza de que tras ella encontraría, al fin, un poco de paz.

Después de tres días de viento intenso, ese viernes amaneció con una fina lluvia que amenazaba con prolongarse toda la jornada. Ane salió del portal y se detuvo para ponerse los guantes. Le gustaban los días desapacibles. Eran la disculpa perfecta para estar más tiempo en casa. Recibió el aire frío con satisfacción y dejó que la inundara la serenidad.

Mientras tanto, a dos manzanas de distancia, un coche se ponía en marcha, abandonaba la acera en la que llevaba rato estacionado y avanzaba hacia ella.

Ane alzó el cuello de su gabardina verde y abrió el paraguas estampado con pequeñas mariposas de colores. Comenzó a caminar sin prisa hacia la escalera de caracol que conduce al puente de Deusto.

El automóvil frenó a su espalda y chirrió hasta colocarse a su lado. Ella se detuvo sobresaltada.

—Sube. —Carlos bajó hasta la mitad el cristal de la ventanilla. Sonrió mientras la analizaba con admiración—. Te acerco a la tienda.

—¡Me has asustado! —exclamó Ane a la vez que reía—. ¿Qué haces por aquí?

—¿Qué haces tú para estar tan bonita desde la mañana? —preguntó él a su vez. Imaginó su cuerpo, delgado y esbelto, debajo de la prenda que le cubría hasta el inicio de unas botas marrones de cuero.

Ella rio a carcajadas. Inclinó el paraguas y lo zarandeó para que las gotas se precipitaran contra el radiante rostro de Carlos.

—¿Y tú cómo haces para estar tan tonto desde tan temprano?

—Anda, entra —pidió de nuevo—. Entra y te cuento. Estoy ocupando el carril contrario y me van a multar. —Se pasó la mano por su eterna barba de dos días y suspiró con resignación—. Ya ves lo que soy capaz de hacer por ti.

Los coches le venían a Carlos de frente y, entre pitidos, le sorteaban para invadir de modo obligado la calzada izquierda.

—Estás loco —dijo mientras saltaba a la carretera y cerraba el paraguas. Entró al vehículo y lo dejó junto a sus pies.

—Pasaba por aquí y te vi salir del portal. —Ella se revolvió el cabello con los dedos para sacudir el agua, y él la miró embobado—. Casualidades de la vida —opinó sin dejar de contemplarla.

—Pues, si no pones el coche en movimiento, otra casualidad de la vida se estrellará contra nosotros —dijo Ane ajustándose el cinturón de seguridad.

Carlos se puso en marcha. En cuanto se incorporó a su carril oteó los jardines que quedaban a su derecha. La fuente, los árboles, los bancos, el tobogán rojo.

—¿Qué pasa? —preguntó ella después de comprobar la dirección de su mirada—. ¿Buscas a alguien? ¿Por eso estás aquí?

—No. —Rio, y fijó su atención en el tráfico—. Ya te he dicho que ha sido una coincidencia. Esto de ojear hacia los lados es deformación profesional.

Pero mientras se alejaban lanzó otro vistazo por el espejo retrovisor.

—Créeme que te entiendo —dijo Ane—. Yo también conservo algunas costumbres de los pocos años que pasé en el cuerpo.

Frente a la universidad, doblaron a la izquierda para dirigirse hacia la rotonda de Deusto y adentrarse, en silencio, por el puente levadizo que cruza la ría. La lluvia seguía cayendo fina y tupida, dando a la ciudad un fascinante aspecto de espejo. En el revestimiento de titanio del Guggenheim se reflejaba el color tempestuoso del cielo mientras, en el interior del coche, el sonido rítmico del limpiaparabrisas acrecentaba la sensación de intimidad. Ane suspiró ante el inclemente y maravilloso día que le llenaba el alma de nostalgia.

El semáforo a la altura del Museo de Bellas Artes cambió a rojo. Carlos detuvo el automóvil, se pasó los dedos por su corto cabello negro y la miró.

—Tengo entradas para el teatro. —Sonrió como quien sabe que peca y lo hace con placer—. Son para esta noche.

—Lo siento —suspiró ella, alzando los hombros—. No podré acompañarte. Lourdes y yo tenemos una cita de trabajo.

—¿Por la noche? —Arrugó el ceño, más contrariado que sorprendido.

—El cliente lo ha pedido así. Mañana temprano sale de viaje y no quiere hacerlo sin habernos contratado en firme. —Su gesto de pena se volvió gozoso—. ¡Tanta insistencia es un halago para nosotras!

El disco pasó a verde. Un peatón cruzó a la carrera, con las manos sobre la cabeza para proteger inútilmente su cabello empapado. Carlos no protestó, no tenía prisa por llegar, y esperó a que la calle estuviera despejada para avanzar de nuevo.

—Lo entiendo —respondió sin convicción—. Pero, ¿no puede atenderle Lourdes?

—Esto es importante. Se trata de uno de esos hombres que encienden puros con billetes de quinientos euros.

—¿Te estás volviendo materialista? —dijo aguantando la sonrisa. Desde que ella cambió de trabajo había ironizado mucho con eso.

—¡No vuelvas a las andadas! —ordenó fingiendo enfado—. Sabes muy bien que no es cierto. Es fácil entender que, si quien nos contrata no escatima en gastos, podremos crear lo que queramos, sin obstáculos. Nunca hemos trabajado así —confesó casi con euforia—. ¡Si la vieras! Es una casita en la playa Cuberris, en Ajo. Tiene un jardín precioso que termina junto a la arena.

—Entonces no es nueva —afirmó con la atención puesta en el coche que tenía enfrente, que aceleraba y frenaba aparentemente sin ningún sentido.

—Al parecer es una herencia —explicó Ane—. No puede derribarla porque no le dejarían volver a construir tan cerca de la playa. Por eso la está modificando por dentro tirando tabiques y cambiando la distribución.

Carlos suspiró mientras su automóvil abandonaba Máximo Aguirre para girar a la izquierda y adentrarse en la Gran Vía.

—Aún estoy a tiempo de cambiar las entradas por otras para la semana que viene. —La miró suplicando una respuesta afirmativa.

—Sería estupendo —respondió Ane—. Elige el día, porque cualquiera me irá bien.

Sonrió satisfecho. Entró en la plaza Federico Moyúa y se pegó a su lado derecho. Pensó que en unos segundos ella se iría y no la vería hasta el día siguiente.

—Decoradora... —musitó sin apartar la vista del abundante tráfico—. ¡Quién me iba a decir que acabarías siendo decoradora!

—¿No creías que pudiera hacerlo?

—Nunca me cupo duda de que lo harías. —Detuvo el coche al inicio de la calle Ercilla—. Me dolió que te fueras a pesar de las normas que quebranté para evitarlo, pero después lo comprendí —dijo mirándola con embeleso—. Eres la mujer más atractiva y especial que conozco. Estabas destinada a hacer cosas hermosas.

—Gracias, señor comisario —bromeó a la vez que abría la puerta y descendía—. Pero eres tú el que me mira desde esos mara-

31

villosos ojos color miel —arrugó la nariz antes de cerrar la puerta—. Con ese cristal ámbar debes de verlo todo precioso.

Se cubrió con el paraguas y Carlos bajó la ventanilla.

—Piensa en mí —pidió con una sonrisa—. Yo nunca dejo de pensar en ti —añadió antes de alejarse y terminar con los bocinazos que le instaban a que se moviera.

Ane suspiró. Se subió el cuello de su gabardina y avanzó por la calle peatonal mientras la lluvia comenzaba a salpicarle las botas. A su espalda, el vehículo de Carlos rodeó la plaza y se internó de nuevo por la Gran Vía... en dirección a Deusto.

Rodrigo, inmóvil en medio del pasillo, los miraba en silencio. Podía tocar la emoción, podía olerla mientras Mikel estrechaba contra sí a Bego y la elevaba en el aire unos centímetros. Además, sabía exactamente lo que sentía su amigo. Solo tenía que recordar cuando él mismo salió de la cárcel tras seis meses de encierro y pudo abrazar a los suyos, y multiplicarlo después por ocho. Sus ojos se dirigían una y otra vez a Bego: a su cabello azabache, largo, liso y brillante como el de una hechicera india bajo el resplandor de una luna llena. A su boca grande, de labios gruesos que temblaban sobre el cuello desnudo de Mikel. A sus largas pestañas, tan hermosas como las alas de una insólita mariposa negra, y sus cejas oscuras que dibujaban un arco delgado y perfecto. Le pareció la mujer más bella y exótica de todas cuantas había visto, de todas cuantas seguramente vería durante el resto de su vida.

—Es un nuevo comienzo —dijo ella al fin, descubriéndole el tono dulce de su voz y esbozando la que a él le pareció una maravillosa sonrisa.

Y esas mismas palabras repitió Mikel, un rato después, cuando se paró ante ella llevando una caja con el nombre de Manu escrito con rotulador. Cargaba el bulto en los brazos; sin embargo, ella supo que el dolor y la sombra en sus ojos azules nacían del peso que soportaba su alma al pensar que tenía sus cosas, pero que a él no volvería a verlo nunca.

Una a una subieron las pertenencias que durante años habían dormido en cajas de cartón esperando su regreso. Un regreso que celebró con una reunión íntima y perfecta, con sus dos mejores amigos, disfrutando de la conversación y de risas que le llevaron a rozar instantes de verdadera felicidad: un sentimiento que llegó a creer que no volvería a experimentar por haberlo perdido entre los muros de Nanclares.

—Es lo bueno de seguir viviendo con mis padres —confesó Bego un poco sonrojada—. Puedo emplear mi sueldo en cosas superfluas y caprichosas, porque ellos siguen ocupándose de las importantes.

Su tímida risa se fundió con la abierta de Mikel, que aseguró que hablaría con esos cándidos padres para que no siguieran malcriándola y la dejaran crecer. Rodrigo, sumido en sus pensamientos, simplemente sonrió. Habían llegado a esa conversación por su imprudencia al indagar en la vida de Bego. Por saber de ella más cosas de las que su amigo le había contado. Descubrir que vivía en el centro de Bilbao, que hablaba cinco idiomas, que trabajaba en una empresa de traducción y que utilizaba una buena parte de su salario en viajar por el mundo, la convirtió a sus ojos en una mujer inaccesible para él, que tenía un trabajo carente por completo de *glamour*, aunque estuviera muy bien pagado. Entendió que era una mujer con la que nunca habría coincidido de no ser por el revés que torció la vida de Mikel.

Bego permaneció en silencio cuando los dos hombres recordaron anécdotas del tiempo que habían compartido en prisión. Pensativa, fue observándoles cómo ironizaban sobre hechos que, estaba segura, en su momento debieron de resultarles traumáticos. Comprendió que restarles importancia era la forma que habían elegido para superarlos. Examinando sus risas, sus bromas y las fugaces sombras en los ojos de Mikel, fue intuyendo que el tormento vivido en prisión fue mayor del que él le había dejado entrever durante sus visitas.

Con el mismo interés que Rodrigo había mostrado haciéndole preguntas sobre su vida, retomó ella hacia él el interrogatorio con el propósito de saber cómo conoció a Mikel, por qué le mostraba tanto agradecimiento, cuáles eran los pesares que había soportado el hombre que llevaba en el corazón.

—Entonces yo llevaba casi tres años de encierro —explicó Mikel para completar la historia—. Había aprendido a pasar desapercibido y ya nadie se metía conmigo. Me acerqué a él en el patio, le expliqué la situación y le invité a compartir la estrechez de mi celda. —Miró a Rodrigo y sonrió—. Todos dieron por hecho que yo me había adueñado del corderito y lo dejaron en paz.

Bego se había encogido en el sofá, en el recodo que formaban el respaldo y el fuerte brazo de Mikel, mientras les oía contar cosas que siempre creyó que eran leyendas urbanas, historias para las novelas y el cine. Él le explicó que no era tan difícil de entender cuando se veía desde dentro. Allí, el que no podía demostrar que había convivido con una mujer no tenía derecho a contacto físico con ella. Era un mundo sin mujeres en el que cada cual lo sufría a su manera. Y, el que había sido violento fuera, dentro encontraba motivos más poderosos para seguir siéndolo.

—Ahora cuéntale tú por qué acabaste en el talego —exigió con sorna a Rodrigo—. Anda, cuéntaselo.

Lo había relatado muchas veces, pero por alguna razón le avergonzaba comentárselo a Bego. Decir que le habían procesado por despilfarrar un dinero que legalmente no le pertenecía, no le parecía lo mismo que detallar, a una hermosa mujer como era ella, en qué lo había gastado. Por eso decidió aclararlo todo desde el principio.

Le habían condenado por insolvencia punible. Según él, por demasiado confiado. Había avalado a un amigo para que montara un bar de copas. Dijo que debió imaginar que un vago como aquel acabaría liándosela, pero que cuando le pidió ayuda no lo pensó. Un amigo es siempre un amigo, aseguró con aire solemne, y a los amigos se les tiende la mano cuando lo necesitan. Pero el amigo en cuestión malgastó el dinero, se declaró insolvente y desapareció para no tener que dar explicaciones, así que él tuvo que hacer frente al compromiso que había adquirido con el banco.

La gota que le desbordó llegó cuando más cansado se sentía de pagar la deuda de otro. La entidad le embargó su única propiedad: su lujoso coche. Ahí se reveló. Decidió que si alguien debía quedarse con el valor del vehículo que tantos sudores le había costado amortizar, era él. Aun siendo consciente de que ya no era suyo, lo vendió con rapidez, y antes de que le confiscaran los casi treinta mil euros los hizo desaparecer. Se los gastó en una serie interminable de juergas con amigos y en prostitutas de alto standing con las que ninguno se había atrevido ni a soñar. Se sintió satisfecho y orgulloso al entrar en la cárcel para año y medio por aquello, y aún lo estaba al recuperar la libertad al cabo de seis meses.

—Que me condenaran me hizo perder amigos —reveló para terminar—. No demasiados, pero los perdí. Y eso que los muy cabrones me habían ayudado a gastar una gran parte del dinero que me llevó a prisión.

Mikel sonrió sin hacer comentarios. También él perdió amigos, pero no le preocupaba. En realidad nada había cambiado: los que quedaban eran los que había tenido siempre, solo que tuvo que tocar fondo para descubrirlo.

—Lo peor es que mientras estás encerrado idealizas todo lo que has dejado fuera —dijo mientras observaba disiparse el humo de su última bocanada—. Tu obsesión se centra en salir, y cuando lo consigues descubres que el mundo no se detuvo cuando tú lo hiciste; ya no encajas.

Bego se pegó más a él, sobrecogida por el dolor que encerraba esa sencilla confesión. Deseó abrazarle y decirle que no se preocupara, que lo conseguiría, que ella estaría a su lado para ayudarle a hacerlo. Sin embargo, calló, del mismo modo que llevaba callando, durante casi toda su vida, que le amaba. Y callaba aun a pesar de presentir que él lo sabía. Lo dedujo por detalles simples, como el cariño y el tacto con que la trataba, diferenciándola del resto, haciéndola especial. Aunque no todo lo especial que ella hubiera deseado.

No parecía preocuparles, a Mikel y a Bego, que la noche avanzara. Cuando Rodrigo salió para acudir a una supuesta cita, ellos siguieron sentados en el mismo lugar conversando como si el tiempo no fuera a acabárseles nunca.

Mikel le fue detallando las normas que debía seguir si no quería que le devolvieran al segundo grado y, con él, a la vida en prisión: el trabajo fijo y el domicilio permanente que le había facilitado Rodrigo eran solo las primeras de una larga lista. Pero, al final, todas esas reglas quedaban reducidas a una sola: que no se metiera en líos.

—No lo harás —aseguró Bego cuando terminó de escucharle—. No eres un hombre problemático; nunca lo fuiste.

—Quieres decir, si apartamos la estupidez sin nombre que cometí, ¿no? —preguntó con ironía.

Bego apoyó con languidez su costado derecho sobre el sofá y fijó su atención en su perfil, en el ansia con que inspiraba de su cigarrillo, en el modo indolente con el que sus carnosos labios expulsaban el humo.

—Disculpas el error en el que cayó tu amigo, pero no eres capaz de perdonarte el tuyo —musitó sin moverse.

—No es igual. Rodrigo no mató a nadie.

—¡Tú tampoco! —exclamó sorprendida.

Mikel volvió el rostro hacia ella. En sus ojos azules se transparentaban el dolor y la culpa.

—Manu está muerto —dijo con contundencia—. Y lo está porque no hice bien las cosas. Hay muchas formas de apretar un gatillo.

Bego no esperaba esa revelación. Sabía que el sufrimiento que arrastraba por esa pérdida era inmenso, pero nunca imaginó que se sintiera tan directamente responsable. Debió haberlo presentido, pensó, cuando ni una sola vez durante sus visitas llegó a pronunciar el nombre de Manu.

—Eres cruel contigo mismo.

—Soy justo. —Apoyó la nuca en el respaldo y fijó la mirada vacía en el techo—. Yo le llevé allí; yo le maté.

Ella suspiró para no insistir, apenada por no saber cómo ayudarlo. Deseó abrazarle para darle consuelo, pero lo que sentía por él le impidió hacerlo con naturalidad. Se acercó, despacio, y se atrevió a posar la cabeza en su hombro.

El gesto conmovió a Mikel, que inhaló el pitillo como si le faltara el aliento. Necesitaba contacto y no era capaz de pedirlo, menos aun de tomarlo. Pero, de alguna extraña manera, ella lo sabía, igual que sabía muchas otras cosas con solo mirarle. Nadie le conocía tan bien, nadie se preocupaba por él como lo hacía ella, nadie le quería como ella.

Por eso no le sorprendió que, de pronto, cambiara de conversación para darle un respiro. En cuanto la escuchó decir que necesitaba un teléfono, respondió que ya se le había adelantado, que esa misma mañana había comprado un móvil sencillo, el más económico que tenían en la primera tienda en la que había preguntado.

Bego disfrutó explicándole todas las funciones del aparato a la vez que se recreaba en lo que estaba sintiendo. Un cosquilleo se apiñaba en su pecho cuando le mostraba algo en la pequeña pantalla y Mikel acercaba su rostro al suyo. En el instante en el que se rozaban sus dedos sobre las teclas, algo, cercano a una corriente eléctrica, le recorría la piel activando a su paso sus puntos más sensibles. Era la dicha que le emborrachaba los sentidos cada vez que le escuchaba respirar, reír, bromear. Y retrasó cuanto pudo el momento de separarse grabando en la agenda todos los números de aquellos amigos comunes que en su embriaguez de sentimiento fue capaz de recordar.

Al oírle hablar del trabajo que comenzaría el lunes siguiente, Bego no opinó demasiado. No le gustaba. No era para él y además le parecía peligroso. Pero no quería mentir y tampoco provocarle preocupaciones. Él aseguró que un empleo al aire libre era algo fantástico, y ella no le contradijo. Le observó encender un nuevo cigarro mientras lo recordaba absorto, trazando las líneas de maravillosos y sorprendentes dibujos en sus cuadernos.

Cuando él se dejó caer sobre el respaldo del sofá, ella se acercó y apoyó la cabeza en su hombro, como había hecho hacía un rato. Le gustaba oler su piel y sentir el leve mecer de su respiración. Ni siquiera el humo, que a ratos los envolvía como si estuvieran en una mágica noche de San Juan, le molestaba. Él soltó una humarada lenta, y ella, con una inocente pregunta, le devolvió sin pretenderlo al recuerdo amargo de su vida en presidio.

—Antes no fumabas —dijo con dulzura.

—Los días allí son muy largos —confesó sin mirarla—. Y las semanas, y los meses. Un minuto de privación de libertad no es un minuto, es una eternidad. —Pasó los dedos por su corto cabello—. Necesitaba algo y probé con el tabaco. Me fue bien. Me ayudó a no volverme loco.

Bego recordó cómo, antes de entrar en la cárcel, él echaba hacia atrás su largo y sedoso pelo rubio. Ahora no había nada que apartar, pero, sin embargo, él continuaba haciendo el mismo gesto de hundir los dedos y peinar una melena inexistente. Lo imaginó pidiendo que le rasuraran para deshacerse de uno de sus símbolos de identidad, tal vez el último. Según le había confesado durante una de las visitas, lo hizo para tener aspecto de tipo duro. Al preguntarle el motivo por el que quería parecer duro, él rio y aseguró que en realidad era el modo de no llenarse de piojos. Ella siempre creyó que le mentía, y ahora estaba segura de eso. Ahora era más consciente que nunca del infierno en el que había vivido los últimos cuatro años.

Mikel contempló el extremo candente del cigarrillo.

—La nicotina adormece el cerebro —sopló hasta dejar a la vista la brasa rojiza—. Cuanto más fumas, menos piensas.

La mano izquierda de Bego se posó con descuido en su torso, en el pequeño bolsillo que quedaba sobre su corazón.

—¿Estás seguro de eso? —preguntó en tono de broma.

—La verdad es que no. —Una risa relajada escapó de su boca—. Es difícil detener los pensamientos. Sobre todo cuando lo único que tienes es tiempo.

Se quedaron en silencio. Una vez más, Bego volvió a pensar en la dureza y la desesperanza del encierro y, sin ser demasiado consciente de lo que hacía, se pegó más a Mikel y recorrió las costuras del bolsillo con las puntas de los dedos. Él cerró los ojos y se sumergió en el agradable cosquilleo que sintió bajo la tela.

—Nunca me dijiste nada —acusó ella con voz tenue.

—¿Para qué iba a hacerlo? No podías ayudarme —afirmó a la vez que extendía el brazo para apagar la colilla en el cenicero.

Bego aceptó la sencilla explicación, pero añadió que le hubiera gustado saberlo. Se sentía estúpida por haberle creído cuando le aseguró que todo iba bien allí dentro.

—Créeme que no te mentía —susurró Mikel con cariño—. Cuando estabas conmigo todo era perfecto.

Le habló de que en prisión no se viven trescientos sesenta y cinco días al año, sino que un mismo día se repite trescientas sesenta y cinco veces. Le dijo que ella le había cambiado muchos de esos terribles días llenándolos de luz. Le confesó que cuando esperaba su visita hasta los amaneceres le parecían diferentes; se levantaba sabiendo que la vería, que charlarían juntos, que por unos momentos olvidaría sus problemas y volvería a sonreír.

—No podía estropear esos encuentros contándote penas.

Bego le escuchó, silenciosa, con la cabeza apoyada en su pecho y aguantando las lágrimas. Nunca lo había sentido tan cerca como en esos instantes. El amor que llevaba años profesándole en secreto por fin cobraba sentido. Había llegado hasta él, le había llevado un poco de felicidad en los peores momentos de su vida.

—Yo haría cualquier cosa por ti —musitó cuando estuvo segura de que podría abrir la boca sin echarse a llorar, pero notó que Mikel contenía la respiración y ella volvió a quedarse sin palabras.

Se preguntó si había dicho algo demasiado comprometido, si había mostrado con excesiva claridad que estaba loca por él. Ignoraba que Mikel contenía la respiración para ser más consciente de las sensaciones. Hacía demasiado tiempo que no le invadía aquella placidez, aquella «casi dicha». No sabía que él lamentaba no ser capaz de detener el tiempo o simplemente de alargar los momentos, pues, de haber podido, habría convertido aquel instante, en el que apenas si sentía dolor, en eterno. Se habría quedado para siempre allí, a su lado, sustentándose del amor que ella le rendía.

Confundida por el leve estremecimiento con el que el abdomen se agitó bajo sus dedos, alzó el rostro sin saber qué decir. No existían palabras que fueran más claras y abiertas que el amor que reflejaban sus ojos cuando le miraban.

Mikel necesitó encender otro cigarro, pero no fue capaz de moverse. Ella era su amiga y era sagrada, siempre lo había sido, por eso le asustaba lo que estaba comenzando a sentir. No era solo que llevara rato erizándosele la piel al paso de las yemas de sus dedos sobre la tela de su camiseta. No. No era solo la normal reacción física ante esos roces, ni el hecho de que fuera la primera mujer que le tocaba en años o que hubiera comenzado colocando la cabeza en su hombro para terminar recostada sobre su pecho. Era la mezcla de todas esas cosas con la ternura con que ella le estaba alimentando el corazón.

Apartó el rostro para no ver el amor en su mirada. No le pertenecía, pero sabía que si lo contemplaba por más tiempo querría adueñarse de él.

—Te amo —susurró ella de pronto—. Creo que sabes que te he amado siempre.

Lo sabía. Pero además ese amor silencioso le había ayudado a sobrevivir cuando sus fuerzas le abandonaron. Aunque exclusivamente fuera por eso, le debía la más completa sinceridad.

—Te quiero, Bego —confesó mientras con dedos inseguros le colocaba un mechón de cabello tras la oreja—. Te quiero mucho más de lo que imaginas, pero eso no es amor.

—Yo necesito quererte y tú necesitas que te quieran —dijo emocionada—. ¿Puede existir un amor más hermoso que ese? ¿Puede haber algo malo en necesitarse y quererse de esa manera?

Tragó saliva. No había nada malo si pasaba por alto el detalle de que la utilizaría para calmar su necesidad de afecto, para satisfacer un deseo físico, para volver a sentirse un hombre, para vivir rodeado de esa paz que estaba experimentando a su lado. No. No solo era malo; era ruin y despreciable aprovecharse de alguien que le amaba con tanta fidelidad.

De pronto sintió los labios de Bego sobre los suyos. Suaves, dóciles, temblorosos. Los delicados labios de una mujer que buscaban su boca. Todo su cuerpo se estremeció. Tomó el rostro de su amiga entre sus manos y la apartó para mirarle a los ojos.

—Me odiarás —aseguró con un susurro—. Sé que terminarás odiándome si seguimos adelante.

—Nunca —musitó convencida—. Nada ni nadie conseguirá que yo te odie.

Mikel dudó. Le seducía la idea de dejarse arrastrar por esa dulce ebriedad, de apartarse del sufrimiento, aunque fuera por un corto espacio de tiempo. Pero no podía pensar únicamente en lo que él necesitaba. No cuando se trataba de su amiga y su apoyo.

—Eres lo mejor que tengo —reconoció a la vez que le rozaba las mejillas con los pulgares—. En realidad... eres lo único que tengo. No puedo estropearlo.

La dicha brilló de pronto en la cara de Bego, como si acabara de escuchar la más tierna y apasionada de las declaraciones de amor.

—Eso es lo más hermoso que me han dicho nunca —musitó con emoción—. Te amo —susurró muy bajito.

Un escalofrío recorrió la espina dorsal de Mikel sacudiéndole el corazón. Necesitaba que alguien le quisiera. Lo necesitaba como respirar. Pero no estaba preparado para corresponder con el mismo amor ni la misma entrega.

—¿Sabes lo que la hiedra hace al árbol cuando se abraza a él? —preguntó, y ella pestañeó tan atenta como si pretendiera beberse su explicación—. Lo ahoga, lo asfixia, le roba el agua, los nutrientes, la luz —explicó en un susurro lento—. Tengo miedo de ser hiedra. Si lo hiciera jamás me lo perdonaría.

—Estoy segura de que no ocurrirá —prometió con dulzura—. Déjame quererte.

Mikel hizo acopio de aire y lo expulsó despacio. Si no podía convencerla, ¿cómo podría convencerse a sí mismo, si necesitaba de su cálida compañía para que le convirtiera en luz las sombras en las que estaba hundido?

—No saldrá bien —insistió con suavidad.

—¿Cómo puedes saberlo? En esto no existen garantías. Nadie las tiene.

Pensó en Ane. En que la quiso más que a sí mismo, en que ella juró quererle a él del mismo modo, en que creyó que su amor sería eterno. Si un amor como aquel pudo fallar, ¿por qué no iba a prosperar el que aún no sentía por Bego? Tal vez la felicidad estaba en el cariño sincero que apacigua el alma y no en el amor apasionado que enloquece la razón.

Suspiró despacio y volvió a cerrar los ojos. Sin apartar las manos de su rostro, le permitió avanzar hasta sentir de nuevo la suavidad aterciopelada de sus labios. Fue una percepción dulce y cálida que le erizó la piel y le llenó el alma de pasiones casi olvidadas. Entreabrió la boca cuando ella reclamó acceso con su lengua. Le permitió explorar mientras él mismo la rozaba tímidamente con la suya.

Hasta que ya no fue dueño de su voluntad y no encontró fuerzas para razonar ni detenerse.

Hasta que dejó de buscarlas.

Necesitaba desear y sentirse deseado, querer y sentirse querido. Necesitaba perderse entre abrazos y caricias; volver a beber de los labios de una mujer, una mujer que le amara. Necesitaba perder de nuevo la lucidez, aunque solo fuera un poco, aunque solo fuera durante unos segundos. Necesitaba, por encima de todas esas cosas, convencerse de que ya no estaba preso, de que ya no estaba solo.

3

Durante casi una hora, Lourdes se paseó por el interior del escaparate de la tienda sin importarle que los transeúntes se quedaran mirando. No lucía aquel corte de pelo a lo *garçon*, teñido de rojo vivo, porque le gustara pasar desapercibida. Siempre decía que las mujeres disponen de diez minutos en la vida para estar jóvenes y hermosas. Después todo es decadencia. Por eso llevaba años alargando sus diez minutos de esplendor, tonteando con numerosos hombres pero sin comprometerse en firme con ninguno. Opinaba que para eso siempre le quedaría tiempo.

Cambiaban la decoración del escaparate una vez al mes. A ella le gustaba vaciarlo. Eso requería de una menor atención y, mientras lo retiraba todo y pasaba la aspiradora por la mullida moqueta beis, podía responder con una sonrisa a los guiños que los más atrevidos le dedicaban desde el otro lado del cristal.

—Algunos pervertidos deben de imaginar que están en el Barrio Rojo de Amsterdam —bromeó mientras daba un pequeño salto para llegar al suelo de madera de la tienda—. Aunque me han sonreído dos personajes deliciosos a los que les habría dado mi número de teléfono si me lo hubieran pedido.

—Eres incorregible —comentó Ane riendo—. ¿Nunca te quitas a los hombres de la cabeza?

—¡Claro que sí! —dijo con ironía al ponerse sus zapatos negros de altísimo tacón—. Creo recordar que lo hago de vez en cuando.

—Envidio esa capacidad que tienes para enamorarte y desenamorarte con tanta rapidez. —Ane introdujo piezas de tela con dibujos navideños en el escaparate.

—¿Y cuál de ellas te hace falta ahora? ¿La enamoradiza, para corresponder a ese morenazo de ojos ámbar que se muere por tus huesos, o la del olvido, para borrar de tu mente a algún canalla que te ha roto el corazón?

—En estos momentos no necesito ninguna de las dos. —Se quitó las botas de cuero y dejó a la vista sus calcetines morados con diminutos lunares amarillos—. Mi corazón está como debe estar. Hablaba de mi vida en general. En algunas ocasiones me habría venido bien ser como tú.

Lourdes la miró de reojo mientras sacaba al escaparate dos cajas rebosantes de espumillón dorado.

—Mientes muy mal. —Alzó los hombros con gesto inocente—. Y además creo que cada día mientes peor.

Ane meció la cabeza sin dejar claro si estaba o no de acuerdo con esa afirmación. Cogió unas tijeras y una caja de alfileres y subió a la tarima enmoquetada.

—¿Por qué no le dices que sí? —atacó de nuevo Lourdes—. ¡Pero si es perfecto! Con ese cuerpo de modelo de revista erótica, esos ojos de miel, ese...

—¡Quédatelo! —propuso Ane en tono jovial—. Si tanto te gusta, quédatelo. No me enfadaré, siempre que permitas que siga siendo mi amigo.

—¡Ni se me ocurriría intentarlo! —exclamó tras una carcajada—. Lleva años enamorado de ti. Hasta creo que sería capaz de hacer cualquier cosa, legal o ilegal, tan solo por agradarte.

—¡No seas loca! —aconsejó riendo—. Su trabajo es el de velar por que se cumpla la ley...

—... y sin embargo, él mismo se la saltaría por ti —apuntilló con satisfacción a la vez que dejaba, a los pies de su amiga, una pequeña escalera de tres peldaños.

La llegada de una joven pareja, que quería tapizar un sofá antiguo, terminó con la charla.

Ane se quedó sola, sacó las cintas doradas y se las colgó al cuello. Examinó el resto de los adornos navideños que quedaban al fondo, mientras su mente recordaba con cariño la constancia de Carlos.

Él no ocultaba sus sentimientos. Al contrario. Se le había declarado tantas veces que ya había perdido la cuenta. Ella, que solía rechazarle con cariño, le había llegado a decir que su corazón no tenía un mando donde programar de quién debía enamorarse, pero que si lo tuviera ya estaría amándole. Y él, incansable y fiel, continuaba estando a su lado ofreciéndole un hombro en el que apoyarse, haciéndola sentir segura, diciéndole frases tan dramáticas como que nadie la haría daño mientras él estuviera en este mundo. Era un buen amigo con el que había compartido muchos momentos importantes. El que estuviera enamorado de ella era un pequeño detalle que nunca le había causado problemas.

A pesar del frío y la lluvia que dominaban el exterior, Ane no tardó en entrar en calor, pues lo mismo se arrodillaba para afianzar con alfileres un extremo de hilo de pita a la moqueta del suelo, como ascendía a la pequeña escalera para sujetar la otra punta al techo. Después pegaba, en el casi inapreciable cordón, bolas de algodón que simulaban copos de nieve.

Se deshizo de la rebeca azul y dobló hasta los codos las mangas de su camisa blanca de lino. Pidió a Lourdes un trozo de cinta de bodoque con la que remataban los tapizados y se sujetó el pelo en una improvisada coleta alta.

Unos suaves golpecitos en el cristal la sobresaltaron, pero no se volvió. Dio por hecho que se trataba de algún curioso que se había cansado de verla de espaldas. Pero los toques se repitieron con más insistencia. Ella suspiró. Podía tratarse de algún cliente, una amiga, el propio Carlos. Giró la cabeza, despacio, hacia el punto del que procedían los sonidos. Se encontró con los rostros satisfechos de tres adolescentes incapaces de controlar sus hormonas. Les dedicó una sonrisa compasiva y volvió a centrarse en su tarea. Al contrario que Lourdes, ella prefería sentirse aislada del exterior. Le gustaba imaginar que trabajaba entre cuatro paredes opacas. De ese modo no tenía que preocuparse de si alguien se paraba a contemplarla.

Por eso, esa mañana, no intuyó que alguien lo hacía. Alguien que llevaba horas apostado frente a la tienda. Horas apoyado en una pared soportando la lluvia, semioculto por los árboles y los bancos de la calle peatonal. Horas enfundado en una cazadora de cuero y un gorro de lana que le cubría hasta las cejas. Horas observándola a través del humo de los cigarrillos que consumía con ansiedad mientras se preguntaba qué demonios hacía ella en esa tienda.

Fue un sábado largo para Mikel. Largo, frío, húmedo. Había comenzado el día muy temprano, antes de que amaneciera. Desde los jardines junto a la ría, protegiéndose de la llovizna bajo los árboles más gruesos, había controlado las ventanas del segundo piso esperando a que se encendiera alguna luz. Después, la espera se eternizó mientras la lluvia arreciaba y llegaba el día.

Fue necesario que transcurrieran varias horas para verla salir del portal. Aterido y cansado, cobró fuerzas para perseguirla por las calles de Bilbao con la misma torpeza de la primera vez. Volvió a maldecir los semáforos mientras su gorro de lana embebía el agua que arrojaba un cielo gris e inmutable. La desastrosa cacería le condujo hasta la misma tienda de decoración de la calle Ercilla.

El hecho no cobró importancia hasta que la vio dentro del escaparate. Ascendía y descendía la pequeña escalera, se deshacía de su rebeca de lana mientras el frío a él le amorataba la piel, sembraba el reducido espacio con adornos de una Navidad que él aborrecía.

En realidad detestaba cualquier cosa que le recordara que una vez también él tuvo una familia. Ya no celebraba los cumpleaños, pero especialmente trataba de evadirse de esas fiestas en exceso hogareñas. Lo había conseguido durante los años de encierro. Allí dentro, la única diferencia había consistido en una cena ligeramente distinta a las del resto de las noches. Pero ahora volvía a estar en el mundo que engalanaba cada rincón de sus ciudades, cada árbol, cada ventana, cada comercio hasta hacer imposible ignorar que se vivían días especiales.

La actitud de Ane no era propia de un cliente que quería decorar su casa, razonó ante la descarada evidencia. Aunque hubiera decidido dejar su antiguo oficio, no entendía por qué hacía algo tan rotundamente opuesto al trabajo que ejercía cuando él entró en prisión. Aquel no le parecía un cambio lógico. Solo se le ocurría pensar que ella estuviera viviendo otra mentira, haciéndose pasar por quien no era para acechar a algún otro desgraciado.

Llegado el mediodía tenía entumecidos los pies y le dolía la mandíbula de tanto apretar los dientes. Tenerla tan cerca y poder contemplarla sin ningún inconveniente le provocaba conatos de ira que controlaba tensando los músculos.

No es fácil confiar en alguien ciegamente y descubrir que te traiciona.

No es sencillo haber amado a alguien con locura y pasar a odiarla con toda el alma.

Él se había precipitado del paraíso al infierno en un instante y después de cuatro años aún no lo había superado. Lo comprendió mientras la observaba moverse de un lado a otro. Mientras recordaba cuánto le había mentido. Mientras se lamentaba de todo lo que le había arrebatado.

De pronto reparó en que ella y la pelirroja estaban a punto de abandonar la tienda y toda la sangre se le agolpó en las sienes. Hacía rato que su empapado gorro de lana humedecía el interior de uno de sus bolsillos, junto a su estrujado paquete de cigarros. Pensó que, aun con el cabello corto, no había cambiado tanto como para que Ane no pudiera reconocerlo. Agachó la cabeza y les dio la espalda. Aparentó interesarse por los zapatos femeninos expuestos en el escaparate y fijó su atención en el reflejo del cristal.

La vio subirse el cuello de su abrigo negro, enrollarse la bufanda atrapando también su cabello y abrir el paraguas cubierto de mariposas. La escuchó reír. La había visto en dos miserables ocasiones y en las dos había escuchado aquel maldito tintineo. Era evidente que seguía siendo dichosa. Lo confirmó al seguirla por las calles siendo testigo de que su alegre risa no había sido casual. Ella era un día soleado que a él le había convertido en noche oscura. Ella era la luz pero a él le había condenado a vivir para siempre en las tinieblas.

Tras una caminata bajo la lluvia, la suerte le cambió en la calle Licenciado Poza. Chaparreaba con fuerza cuando ellas entraron en un restaurante, y él pudo refugiarse en la taberna de enfrente.

Antes de relajarse buscó una mesa desde la que pudiera verlas salir. Después pidió un bocadillo de atún, una cerveza y una cajetilla de tabaco. Se quitó la cazadora empapada y la extendió en el respaldo de una silla.

Comió con voracidad, sin apartar, más que breves instantes, la vista de la calle. La ansiedad no le permitió acabar la cerveza y encendió un pitillo mientras recordaba la noche anterior. La dulce y apasionada entrega de Bego, sus besos, sus abrazos, su voz entrecortada susurrando que le amaba; su propia explosión de gozo que convirtió en pedazos sus últimas dudas y también todos sus remordimientos.

La quería, y la quería de verdad. ¿A cuántas de las mujeres con las que se había acostado había querido?, se preguntó mientras aplastaba la colilla en un cenicero de cristal. A ninguna. Amar sí. Amar solamente a una. Y a esa la amó más que al aire que respiraba, más que a su propia vida. ¿Y para qué le había servido tanto sentimiento?

Consumió el cigarro con lentitud, con los ojos cerrados. Sonrió al recordar el rostro confundido de Rodrigo. Llegó dos horas después de que Bego se hubiera ido. Él le esperaba, dichoso, y le faltó tiempo para contarle que había iniciado, con su fiel amiga, una relación a la que ninguno de los dos sabía aún cómo definir. Los ojos de Rodrigo se humedecieron al escucharle y le abrazó con fuerza. Le felicitó por la estupenda mujer que ahora tenía al lado y le deseó la mayor de las suertes.

Apuró otro cigarrillo antes de ver aparecer a Ane y a la pelirroja. Se puso la cazadora con prisa y salió en su persecución, nuevamente bajo la lluvia, para acceder al mismo lugar de la calle Ercilla.

A las seis de la tarde seguía apostado frente a la tienda de decoración. Había anochecido, las farolas alumbraban la calle y una agradable luz amarillenta iluminaba el establecimiento. Cuando vio que Ane se ponía el abrigo y se despedía de su amiga, decidió que finalizaba su vigilancia. Tenía toda la información que necesitaba. Acecharla hasta que la suerte le abandonara y ella le reconociera carecía de sentido.

Esperó a que saliera. Le pareció más prudente ir detrás a pesar de que fueran a coincidir tan solo unos metros en la misma dirección. Muy pronto ella doblaría a su izquierda para dirigirse a Deusto. Él lo haría a su derecha, hacia la estación de Abando, donde tomaría un tren que le llevaría hasta Basauri.

Caminó tras ella guardando la debida distancia. Una distancia que no mantuvo durante demasiado tiempo porque, absorto en el cabello atrapado por la bufanda y protegido por el paraguas, no fue consciente de que aceleraba el paso hasta que le asaltó un suave perfume a azahar, que le entró por las fosas nasales invadiéndole el cerebro. Fue entonces cuando estalló la masa de sus recuerdos trasladándole a unas sábanas revueltas, a un cuerpo sudoroso abrazado al suyo, a esa fragancia que un día se quedó pegada para siempre a su piel. Entonces comprendió que estaba demasiado cerca, que con alargar el brazo ya podría tocarla, que si ella se volviera de pronto se encontrarían mirándose a los ojos desde una insignificante distancia.

Y, si lo hiciera, podría contemplar la sorpresa en su rostro y el miedo en sus ojos.

Se detuvo de inmediato. Se llevó la mano al pecho y trató de respirar despacio. Su corazón pulsaba con violencia, como si pretendiera destrozarse golpeándose contra el encierro que formaban sus costillas. Decidió no luchar. Se quedó parado en el centro de la calle mientras ella se alejaba. No volvería a verla. La mejor parte del plan era que no necesitaba tenerla cerca para destrozarle la vida. Al contrario de lo que ella hizo en el pasado, él no sentía la necesidad de contemplar su caída. Le bastaba con saber que ocurriría.

—¡Hasta nunca! —musitó entre dientes cuando la vio alcanzar la plaza Moyúa.

Para facilitarse la difícil tarea de ignorarla, bajó la cabeza y fijó los ojos en sus botas empapadas. Tenía los pies fríos y endurecidos como piedras y comenzaba a no sentir los dedos.

La puntiaguda varilla de un paraguas impactó en su frente a la vez que escuchaba un improperio. Se irguió para encararse con el majadero que necesitaba tanto espacio, pero advirtió algo que volvió a dejarlo inmóvil: Ane no había girado a su izquierda, sino a su derecha, hacia la Gran Vía en la que cientos de bombillas, de un azul eléctrico, vestían las ramas desnudas de cada uno de los enormes árboles. La sucesión ininterrumpida del ramaje formado por luces, a ambos lados de la calle, daba a la ciudad el aspecto de una espectacular y futurista estampa navideña.

Toda su fuerza de voluntad se doblegó. Un simple cambio de dirección bastó para que el corazón se le acelerara y su intención de no ir tras ella desapareciera. Era el destino, que volvía a jugar con él poniéndola en su camino, en su misma trayectoria. Y él no opuso resistencia a ese juego que ya una vez le destrozó.

Seguirla por esa calle, amplia y recta, una de las arterias peatonales más transitadas de Bilbao, no le resultó sencillo. El cansancio había hecho mella en su cuerpo. A veces se atrasaba y la perdía de vista. Entonces buscaba entre los paraguas abiertos uno en el que revolotearan mariposas bajo los destellos azules, y apretaba el paso hasta alcanzarla de nuevo. Se había propuesto seguirla y nada iba a impedir que lo hiciera. O al menos eso pensó hasta que la vio abandonar la Gran Vía por Astarloa, a la altura de la Diputación, en dirección a la plaza Zabalgune, la misma plaza a la que él se había jurado que no volvería jamás. De haber sabido ella que la perseguía, de haber querido ella ensañarse con su dolor, no hubiera sido tan precisa. Le había conducido a sus recuerdos, a los últimos, a los más dolorosos. A los que se empeñaba en esquivar porque no quería terminar de hundirse.

Se detuvo al inicio de la calle, con la mirada extraviada en los árboles de la plaza que quedaban al fondo, mientras la figura borrosa de Ane se perdía en la misma dirección. Cogió aliento y dudó si seguir adelante, hacia el dolor que pretendía dejar en el olvido y que le iba a destrozar el poco corazón que le quedaba. La última vez que estuvo allí encontró a Manu sentado en lo alto del respaldo de un banco, rodeado de chicos tan felices y despreocupados como él. Si avanzaba un poco lo vería. Estaba seguro de que lo vería bajo la lluvia, con su eterna y dulce cara de niño, en el lugar donde había pasado muchas de sus horas de asueto.

No fue consciente de que se movió. No advirtió en qué momento sus pasos le encaminaron hacia ese sitio preciso. Sin embargo, de pronto se encontró allí, contemplando el modo en el que se agitaban las ramas de los árboles bajo la luz de las farolas. Manu estaba, sí, pero no en la plaza, sino en su corazón, donde estaría siempre.

Se sentó sobre la superficie húmeda del banco. Apoyó los codos en sus rodillas y se cubrió el rostro con las manos. Le llamó gritando su nombre sin que de su boca saliera palabra alguna, y dejó que su rostro se empapara con las gotas de lluvia que se deslizaban entre sus dedos. Inmóvil, con los ecos del pasado desgarrándole las entrañas, volvió a escuchar la frase más repetida por Manu en sus últimos años: «No te preocupes por mí, ya soy un hombre y sé cuidarme solo.»

No supo cuánto tiempo estuvo allí culpándose, maldiciéndose. Le costó ponerse en pie. No por el cansancio de su cuerpo, sino por el agotamiento que soportaba su alma. Pero había decidido afrontar los recuerdos, todos los recuerdos sin excepción, sin cobardía. Ya estaba hundido en el infierno. Qué sentido tenía aferrarse para no descender un poco más, hasta ese lugar perdido en la razón, en el que había pretendido enterrar todo cuanto le hería.

Se frotó los párpados con los dedos empapados, como todo él. Sus ropas chorreaban y el frío le clavaba astillas de hielo en los huesos. Tras una última mirada a la plaza, tomó una gran bocanada de aire y se adentró en Colón de Larreátegui. Según caminaba alzó la vista hacia las ventanas de madera del que había sido su último hogar. Una gran parte de su vida la había pasado anhelando mudarse a un buen barrio, hasta que finalmente lo consiguió. Dispuso de dinero suficiente para pagar una renta elevada en el centro de Bilbao. Un lugar en el que pusieron sus esperanzas. Demasiadas esperanzas que no llegaron a cumplirse.

De modo intuitivo avanzó hacia el último tramo de calle, el que transcurría junto a los Jardines de Albia y sus enormes y frondosos árboles. Reparó en que lo hacía cuando sus pies pisaron la suave y remojada capa de hojas que cubría la acera. Al otro lado de la calzada resplandecían las luces del café Iruña. Allí estaba el pequeño rincón que había tenido tanta importancia en su vida. La mesa al fondo, junto a la última cristalera. El lugar en el que había pasado muchas tardes observando a la gente y plasmándola en sus cuadernos de dibujo. El lugar que había hecho suyo mucho antes de que ella apareciera. El lugar que después se convirtió en el punto de encuentro de cada tarde de sábado donde, en vez de dibujar, hablaba, le cogía la mano, le miraba a los ojos, le decía que la amaba.

«Ya no es nada», se repitió según se acercaba al ventanal. «Ahora solo es una parte del café en la que otras parejas se jurarán un amor eterno que no cumplirán.» En su mente volvió a verla, en ese íntimo rincón, con una sonrisa que parecía hecha en el cielo pero que acabó siendo la puerta que le condujo al infierno. La inercia, la curiosidad, la necesidad de torturarse: no fue consciente del motivo que le hizo girar la cabeza hacia ese punto.

La sorpresa le paralizó. Una punzada gélida le atravesó la sien y le bloqueó el pensamiento. Solo podía mirarla como a una aparición, como a la imagen que estaba en su recuerdo. Apartó los ojos un momento y repitió, «no es real, no es real». Pero cuando volvió a mirar ella continuaba allí, rozando con los dedos el borde de una taza de café. Estaba en su mesa. En su rincón. En un espacio que le pertenecía a él. Siempre, pasara lo que pasase, le pertenecería.

Desconcertado, semioculto por uno de los coches aparcados junto a la acera, trató inútilmente de entenderlo. Que ella estuviera allí, precisamente una tarde de sábado, le parecía una crueldad del destino. Una absurda casualidad. Pero hacía tiempo que había dejado de creer en las casualidades, sobre todo las que tenían que ver con esa maldita mujer. En el pasado, ella había llamado casualidad a un encuentro perfectamente preparado, detalladamente urdido.

Apretó los dientes como si pretendiera desencajarse la mandíbula. Hacía días que se había asomado al abismo en el que permanecían la mayor parte de sus recuerdos, y esa tarde se había hundido en los que llegó a creer que podría evitar.

Sin previo aviso, por esa grieta en la memoria, irrumpió con fuerza el olor a pasado, a café recién hecho, a carboncillo tiñéndole los dedos... Y en un instante se encontró allí, de pie, junto a sí mismo, contemplando la escena como un espectador invisible.

Esboza sobre el papel la figura de una pareja de ancianos. A los modelos, más vivos que muchos de los jóvenes que conoce, los tiene enfrente. Se cogen las manos y se miran a los ojos mientras se les enfría el café en el interior de sus tazas.

Le gusta bosquejar dibujos que después, con más tiempo, perfecciona en casa. Lo hace los sábados por la tarde, cuando descansa de su apasionante trabajo en la agencia de diseño y busca inspiración en situaciones cotidianas, en personajes que con sus actos más simples le cuentan pequeñas y grandes historias.

Repasa con el carboncillo los ojos grises y cálidos del hombre, y levanta los suyos para apreciar si ha captado el parecido. Pero algo se interpone entre él y los ancianos. El corazón le da un vuelco y el estómago se le comprime. Es la mujer que conoció seis noches atrás. La que deseaba volver a ver pero no sabía cómo ni dónde.

—Te lo dije —es el saludo al que ella acompaña con una deliciosa sonrisa—. El destino era el encargado de decidir si teníamos que volver a vernos.

Mikel se queda sin habla. Lleva seis noches soñando con ella y seis días con su instinto bien despierto tratando de identificarla entre los rostros sin nombre que pasan por su lado.

—¡Dios! —exclama sonriendo como un tonto—. ¡No me digas que esta es una casualidad!

—No lo sé —responde con coquetería mientras toma asiento—. Dímelo tú. Yo he quedado con una amiga que al parecer me ha dado plantón —arruga con gracia la nariz—. ¿Tú qué haces aquí?

Está nerviosa. O al menos es lo que Mikel cree percibir. No le extraña. Las chicas suelen perder el sentido por él. La novedad es que a él le tiemble la voz, y las manos, y el corazón. Lo extraño y excitante es que a él le falte el aire cuando la mira.

—Lo primero, transmite mi agradecimiento a esa amiga —dice en tono seductor, y traga porque se le reseca la boca—. Y lo que hago aquí es simple. Vengo los sábados. Sin haber quedado con nadie.

Las últimas palabras las susurra mientras se inclina sobre la mesa para tenerla más cerca. No puede creer que esté ahí. Quiere que le invada su olor, que le lleguen sus suspiros, que le embriague el sonido de su risa. Quiere llenarse de ella porque no sabe cuánto tiempo tardará en volver a hacerlo. Se niega a pensar que ese momento pueda retrasarse hasta no llegar nunca.

Hablan sobre la providencia, sobre el destino, sobre los dibujos. Y lo hacen mientras se sonríen y coquetean abiertamente. Mikel trata de conseguir un número de teléfono al que llamarla. Algo, cualquier cosa que le asegure que volverá a verla una tercera vez, pero únicamente obtiene de ella la promesa de que estará allí el sábado siguiente. Es mucho más de lo que espera. La noche que la conoció tan solo se llevó su nombre y la duda de si el destino querría volver a unirlos. Ahora se siente dichoso porque cuando se encuentre de nuevo con esa mujer será porque ella ha aceptado y no porque vaya a quererlo de nuevo la casualidad.

—¡Casualidad! —gritó sin darse cuenta de que lo hacía—. ¿Cómo pude ser tan estúpido al creer que me encontró por casualidad?

Dos chicas que se acercaban, protegidas por un mismo paraguas, cuchichearon entre ellas y cambiaron de acera para no pasar junto a él. No tenía buen aspecto, allí, con las manos apoyadas en un coche y soportando el aguacero. La luz de una farola iluminaba su cabeza casi rapada, sus ropas empapadas, sus hombros hundidos. Y, además, hablaba consigo mismo. No. No tenía buen aspecto, y él lo sabía. ¿Pero qué aspecto podía tener cuando cada recuerdo le atravesaba el corazón, de parte a parte, con la frialdad de un puñal? ¿Qué aspecto podía tener cuando la culpable de su infortunio estaba frente a él, en el último lugar en el que pensó encontrarla?

Volvió a mirarla. Ella giraba la taza sobre el plato, en actitud pensativa. Era la imagen de la dulzura, de la calma, de la ternura: una delicada e inofensiva mujer.

—¡Inofensiva mujer...! —dijo enderezando la espalda en un absurdo y vano ataque de orgullo—. ¡Cruel, mentirosa! —musitó sin despegar apenas los labios—. ¡Maldita, maldita, maldita! —clamó después con un gemido herido.

Cuando no pudo más, cuando la extenuación amenazó con derrumbarle sobre las hojas empapadas de la acera, reunió un poco de vigor y retrocedió unos pasos. Aún la contempló un instante mientras se juraba que esa sí era la última vez. La última. Verla le avivaba los recuerdos y le recrudecía el dolor que siempre llevaba consigo. Ya estaba cansado de sufrir, pensó introduciendo las manos en los bolsillos, para conducir su cansado espíritu hacia la estación de Abando.

Ya en el tren, ocupó un asiento al final del vagón, de cara a la pared para abstraerse de las miradas curiosas. Juntó los dedos y los aprisionó entre sus piernas. No podía dejar de temblar, pero no a causa de la humedad que le traspasaba el cuerpo ni del frío que le hería las manos y le entumecía los pies. Aquellos temblores incontrolados le brotaban de las llagas de su corazón.

A través del cristal de la ventanilla siguió, con mirada ausente, los movimientos de una pareja que paseaba por el andén al abrigo de la lluvia. Sabía lo que sentían cuando se tomaban de las manos o se miraban a los ojos; y sabía lo que sentirían después, cuando descubrieran que el amor es una mentira embriagadora, intensa y breve. Lo sabía porque hacía mucho tiempo, casi en otra vida, él sintió lo mismo.

Justo en ese instante, Ane miraba las gotas que se estrellaban contra otro cristal: el del taxi que la conducía a casa. Mikel se hubiera sorprendido de haber podido verla. No era la persona dichosa que sonreía siempre. Era la mujer triste que cada tarde de sábado salía del Iruña tan cargada de añoranzas que hasta le costaba caminar. Era la que, en ese momento en el que a él le lloraba sangre el corazón, seguía la dirección cambiante de las gotas de lluvia con la sensación de que eran lágrimas con las que el cielo desahogaba su desconsuelo.

El humo del cigarro se estrellaba contra el cristal, se esparcía como niebla pegada a un valle y volvía después hacia su rostro, como un bumerán intangible. Estaba oscureciendo. La iluminación artificial que comenzaba a llenar la calle se filtraba por la ventana para destacar de entre las sombras sus extraviados ojos azules. Estaba envuelto por la penumbra del salón en el que iba a pasar esa noche de domingo. Necesitaba pensar. Llevaba años sin hacer otra cosa y a pesar de eso tenía la urgente necesidad de continuar haciéndolo.

—¿Cómo la conociste?

La voz pausada de Rodrigo emergió a su espalda, desde la oscuridad. Estaba sentado en el sofá floreado, ante un botellín de cerveza vacío. Habían devorado la tarde mientras hablaban y ninguno de los dos se había molestado en caminar hasta la puerta para pulsar el interruptor de la luz.

Mikel no se movió. Continuó mirando hacia el exterior como si no hubiera escuchado la pregunta.

—Fue la noche de un sábado —dijo de pronto—. En un bar de copas que frecuentábamos. —Sacudió el cigarro sobre el cenicero, que sujetaba con su mano izquierda—. Yo hablaba con mis amigos y recuerdo que abrazaba por la cintura a una chica con la que tenía planeado recibir el amanecer. —Guardó silencio un instante mientras volvía a verla con su larga melena castaña y su expresión dulce, apoyada al final de la barra—. Cuando la vi fue como... —Alzó los hombros y los dejó caer impotente al no encontrar la palabra que buscaba—. ¿No te ha ocurrido nunca eso de... eso de ver a alguien y pensar «Es ella, la mujer con la que quiero compartir el resto de mi vida»?

—Sí. Una vez —confesó a media voz.

—Pues eso me sucedió a mí en el instante en que la descubrí —confesó también Mikel—. Ya no pude apartar mis ojos de ella. Después de contemplarla unos minutos, solté a la chica, dejé a mis amigos con la palabra en la boca y fui a su encuentro. —Se aclaró la voz al notar un nudo en la garganta—. De cerca era aún más hermosa. Me deslumbraron sus asombrosos ojos grises que me recordaron al titanio del Guggen cuando le da la luz del sol. —Chasqueó los labios con un gesto de contrariedad—. Debí sospechar que su corazón era de la misma materia insensible, pero, mirándola como la miré, perdí la capacidad de razonar.

—Eso es algo que si una mujer se propone puede conseguir sin demasiados problemas —opinó Rodrigo para hacerle sentir mejor.

—No me había ocurrido nunca. —Se pasó los dedos por la cabeza mientras se insuflaba aire—. Me enamoré de una mentira. Fingió ser quien no era y juré amor eterno a alguien que nunca ha existido.

Inspiró de nuevo el pitillo, con la vista clavada en el edificio rosáceo que quedaba enfrente. Le costaba hablar de ella. Cada palabra que salía de su boca lo hacía después de haberle destrozado por dentro, desde las entrañas hasta el corazón.

—Charlamos durante horas —consiguió decir al fin—. Te juro que parecía disfrutar de mi compañía tanto como yo de la suya. Pero, aparte de su nombre, no me dio nada. Ni su dirección ni su teléfono ni una simple cita. Le indiqué que si ese era el modo con el que quería captar mi interés, no necesitaba hacerlo.

Se crispó al volver a escuchar su risa. Había surgido, clara y temblorosa, cuando él le juró que tenía toda su atención y hasta su vida si se la pedía. Se había quedado embobado oyéndola reír y había tratado de besarla en los labios. La sintió suspirar mientras se apartaba para evitar que la rozara y le pareció tan nerviosa y emocionada como lo estaba él.

—Me soltó eso tan bonito de que el destino decidiría si volveríamos a vernos y desapareció —dijo con despecho.

—Debió haber añadido que el destino era ella —opinó Rodrigo inmóvil en la penumbra.

—Me manejó a su antojo desde la primera vez. Sabía dónde encontrarme: el bar de copas, el café de las tardes de los sábados. ¡Pero cómo pude ser tan necio! —exclamó con impotencia.

—Te enamoraste. El amor nos vuelve ciegos y estúpidos. El problema es que te enamoraste de una zorra. —Lo dijo con la misma rabia con la que se levantó—. Lo que no entiendo es qué hacía ayer en el Iruña. ¿No tiene más sitios en los que tomarse un puto café?

—No hay ninguna lógica para eso —dijo con pesar. Se volvió despacio, dejó el cenicero sobre el radiador y aplastó en él la colilla.

—Sea lo que sea, se acabó —sentenció Rodrigo según recogía de la mesa el botellín vacío—. Nos trae sin cuidado lo que esa tipa haga con sus tardes. Ya tienes la información que necesitas; no precisas acercarte más a ella. Y si sigues estando seguro...

—¡Claro que lo estoy! —exclamó con presteza.

—Entonces hazlo ya, acaba cuanto antes. Sabes que estoy contigo para lo que sea —Mikel asintió y él miró su reloj de muñeca—. ¿De verdad no quieres acompañarme para despejarte un poco? Lo pasaríamos bien.

—Hoy no tengo la cabeza para fiestas. —La movió hacia los lados como si eso diera consistencia a su disculpa—. He estado pensando... creo que debería ver a Sergio. Se lo debo —Rodrigo le interrogó con la mirada—, a Manu; le debo el interesarme por ese chico —aclaró. Se acercó de nuevo a la ventana y hundió las manos en los bolsillos de sus vaqueros—. Era como un hermano para él. Siempre estaban juntos, siempre, excepto esa maldita tarde.

Al quedarse a solas, Mikel continuó con la luz apagada. No le hacía falta. La oscuridad seguía siendo su aliada cuando quería perderse en recuerdos y, desde la tarde anterior, la necesidad de recordar le asediaba con más intensidad que nunca.

La llama del mechero rasgó la penumbra del salón, iluminó por un instante su rostro y prendió el cigarrillo. Después volvieron a dominar las sombras. Solo la brasa candente del pitillo se avivaba cada pocos segundos, cuando él inspiraba en busca de esa nicotina que pudiera adormecerle el cerebro. Mientras lo hacía, le asaltaron las imágenes de otra tarde de sábado, en esa mesa junto a la cristalera, al lado de esa mujer.

Tiene prisa y aun así retrasa el momento de irse. Hace rato que ha vuelto boca abajo la taza vacía de Ane. Ella le había mirado con curiosidad al verle girarla, pero él no le dejó preguntar.

Le coge las manos y le pide, como tantas otras veces, que se vean al día siguiente y al otro. Pero también ella insiste en su actitud de siempre y le recuerda que el pacto es que se vean los sábados. Así, sin más razones. Son sus normas y él las acata o no vuelve a verla. Y las acata, ¡por supuesto que las acata! Cómo no hacerlo, si ya la vida se le ha dividido en dos partes bien diferenciadas: la del tiempo que es feliz junto a ella y la de los días interminables en los que únicamente sueña con volverla a ver.

Mientras hablan, él vuelve a su posición la taza y observa el interior en busca de formas. Se toma tiempo a pesar de no tenerlo. Siente sobre sí la mirada curiosa y divertida de Ane y eso le provoca un agradable cosquilleo en el pecho. Cuando no puede esperar más se pone en pie, mira los expectantes ojos color titanio y el hormigueo se hace tan intenso que por un instante se queda sin aliento.

—Tápate bien al salir —aconseja tras coger aire con prisa—. La noche está fría. Sobre todo cubre bien esa preciosa garganta.

—Pero... ¿cómo sabes que...? —comienza a preguntar ella.

—Y toma té con miel y unas gotas de limón antes de acostarte —continúa diciendo mientras se pone la cazadora—. Mi abuela aseguraba que es un buen remedio.

Mikel le roza con su índice la punta de la nariz. Hubiera preferido despedirse con un beso, pero aún no tiene permiso para hacerlo. Ella se ha apartado en todas las ocasiones en las que él se ha acercado demasiado a sus labios.

—¿Pero cómo has sabido...? —insiste ella con suavidad—. Yo no te he dicho...

—Cuídate tan bien como yo te cuidaría si me dejaras hacerlo —pide, con la más tierna de las sonrisas, a la vez que comienza a alejarse.

El sonido del timbre le devolvió de un golpe al presente, pero no acudió a abrir. Necesitaba tiempo para recuperarse. Apoyó la frente en la pared del salón, junto a la ventana, y se frotó el ardor que sentía en los ojos.

Rodrigo tenía razón. Debía terminar cuanto antes con aquella historia y enterrarla definitivamente. Solo así dejaría de hacerse daño de una vez para siempre.

La llamada se repitió con insistencia y él se irguió. Se pasó las manos por el rostro y se dirigió hacia la entrada. Antes de abandonar el salón aplastó el cigarro y encendió la luz.

Sintió alivio al abrir la puerta y encontrarse con la mirada amorosa y retraída de Bego. No le importó que pudiera captar su fragilidad de ese momento. Cómo iba a importarle, después de haber yacido desnudo junto a ella; después de que le hubiera pedido que tuviera paciencia con él, pues tras cuatro años sin estar con una mujer no sería un buen amante, al menos no las primeras veces. Tras haberle confesado que dudaba de su hombría, no existía ninguna debilidad que no pudiera compartir con ella.

Fue Bego quien no le contó que llevaba dos días esperando su llamada. Dos días sin despegarse de su teléfono móvil, incluso mientras se ocupó de traducir las conversaciones entre un industrial de Getxo y dos empresarios japoneses. Los mismos días que habían transcurrido desde que la felicidad de haber estado entre sus brazos la había elevado al cielo. Desde que sus manos de hombre le habían recorrido la piel y su voz susurrando «te quiero» le había acariciado el corazón. Dos días en los que a ratos le había asaltado la duda de si él habría cambiado de opinión y ya no querría tenerla a su lado.

Ella se internó dos pasos en la entrada mientras Mikel cerraba la puerta. La luz que llegaba del salón le bastó para percibir la tortura en la que estaban sumidos los amados ojos azules. Tuvo miedo de que el motivo no fuera únicamente Manu o su crudo sentimiento de culpa. Tuvo miedo de que aún pensara en aquella mujer a la que ella odió desde el primer instante que la tuvo enfrente. Quería creer que él no la recordaba ni siquiera para maldecirla.

Contuvo el deseo de rozarle la mejilla con los dedos. No estaba segura de que él deseara que lo hiciera.

—Te he echado de menos —musitó mientras con manos temblorosas se soltaba los botones del abrigo—. Siento frío cuando no me abrazas.

Mikel la estrechó contra su cuerpo y hundió el rostro en su cabello negro. Era él quien sentía frío a todas horas, él quien se encontraba perdido, él quien más necesitaba.

—Ya no estás solo —volvió a susurrarle Bego junto al oído, y a él se le erizó la piel—. Nunca estás solo, porque yo constantemente pienso en ti. Y te quiero. —Le rozó con los labios el lóbulo de la oreja—. Siempre he creído que cuando estás en el pensamiento y en el corazón de alguien, y lo sabes, no puedes estar solo.

Los ojos volvieron a arderle a Mikel, esta vez de dicha: una dicha velada. Él tenía dos soledades que le estaban matando. La física y la que llevaba incrustada en el corazón. Entendía que Bego no podría librarle de las dos, pero el simple hecho de escuchárselo decir le concedía un poco de paz.

—Gracias por estar a mi lado a pesar de que... a pesar de que yo casi siempre esté lejos —musitó sin apartarse.

—Te amo. —Bego casi suspiró esas dos palabras mágicas que explicaban toda su devoción.

No esperaba que Mikel se las repitiera. Sabía que no lo haría mientras no las sintiera y que correspondería a su amor rodeándola de cariño y ofreciéndole sinceridad. De momento, eso le bastaba.

Pero tampoco había esperado, y ocurrió, que él reaccionara a su declaración arrancándole el abrigo. Ni que la agarrara por la cintura y la alzara hasta sus caderas para que ella pudiera abrazarlas con sus piernas. Ni que se lanzara a devorarle la boca mientras la llevaba por el pasillo hacia su habitación o que la dejara sin aliento en cuatro segundos. No había esperado que cada pocos pasos se detuviera para sujetarla entre la pared y su cuerpo, y poder así acariciarla bajo el vestido con manos ansiosas. Ni que la mirara con ojos enfebrecidos cada vez que volvía a encerrarla entre sus brazos para avanzar otro tramo. Había esperado, como mucho, que se entregara con la pasión indecisa de la primera vez. Solo en sus sueños la había amado él con esa necesidad desesperada, con esa urgencia de amante insaciable.

No sabía si esa era la reacción lógica a un segundo encuentro en el que se sentía más seguro o el modo en el que buscaba evadirse del dolor y los recuerdos. Pero poco importaba, pensó mientras se abandonaba a él y a todo cuanto quisiera hacerle esa noche. Poco o nada importaba cuando hasta sus deseos más secretos comenzaban a cumplirse.

4

—¿Esto se va a convertir en una costumbre? —preguntó Ane en cuanto él terminó de cruzar la calle y se detuvo a su lado.

—Buenos días —respondió Carlos—. Se ve que el fin de semana te ha sentado bien. Estás preciosa.

—Buenos días —repitió ella mientras pasaba la correa de su bolso por la cabeza para ponerla a modo de bandolera—. Resulta agradable que te piropeen a primera hora del lunes. —Sonrió al añadir, sin ninguna pausa—: Últimamente frecuentas mucho esta zona.

Carlos le devolvió la sonrisa. No era un secreto que estaba loco por ella. Aunque reconocía que su actitud de los últimos días se parecía bastante a la de un acosador.

—Cambié las entradas para el teatro —dijo tan nervioso como cada vez que le proponía una cita—. ¿Te parece bien que lo haya puesto para este jueves?

—¡Estupendo! —exclamó al tiempo que levantaba el cuello del abrigo negro de Carlos y le cruzaba las solapas sobre el pecho para protegerlo del aire frío.

Él no se movió mientras ella le atusaba la ropa. Le gustaba que le prestara atención, sobre todo cuando se acercaba de ese modo y le rozaba para colocarle la chaqueta, el cabello o cualquier cosa que ella considerase que no estaba como debiera.

—He reservado mesa en el restaurante del Palacio Euskalduna —indicó en cuanto ella se apartó—. Pero si no te apetece que cenemos después de la función puedo...

—Está bien —afirmó de nuevo—. ¡Cómo voy a poner pegas a una velada tan perfecta!

Carlos pensó que ella era quien convertía cualquier noche en perfecta. Y así se lo dijo, pero en silencio, con una media sonrisa cómplice que ella comprendió.

—Tengo el coche aquí al lado —indicó a la vez que le recorría el rostro con los ojos—. Puedo acercarte a la tienda.

—Sabes que me encanta caminar los días fríos como este —comentó ella mirando el cielo encapotado que, sin embargo, no amenazaba lluvia.

Un pequeño vendaval echó hacia atrás el abrigo abierto de Carlos hasta dejar al descubierto la correa que sujetaba el arma bajo la axila. La cubrió con rapidez, sin apartar la mirada de Ane, y volvió a cruzarse las solapas tal y como ella las había colocado.

—Y tú sabes que me gusta facilitarte las cosas, igual que me gusta disfrutar de tu compañía. Permite que te acerque y charlamos en el coche —pidió sin rogar—. Hace unos cuantos días que no lo hacemos. No me has contado qué ocurrió con ese cliente que enciende los puros con billetes de quinientos euros.

Ane soltó una carcajada mientras otra racha de viento le cubría la cara con su propio cabello.

—Creo que exageré un poco. —Atrapó la melena con sus manos, la enrolló y la metió bajo el cuello de su abrigo—. Seguro que no va por la vida quemando dinero, sino gastándolo en lo que le gusta.

—¿Me lo cuentas en el trayecto? —preguntó con una cautivadora sonrisa.

Ane aceptó. Los ratos que pasaba junto a él eran siempre especiales. Charlaban, reían. Él sabía cómo hacerla sentir bien y eso le convertía, a sus ojos, en un hombre casi perfecto.

Era su primer día de trabajo. Nada más salir de casa había sentido el frío helador en el rostro y en la desprotegida cabeza, pero al menos no llovía ni parecía que fuera a hacerlo en las siguientes horas. Sin embargo, el viento soplaba recio y, según le había dicho su recién estrenado jefe, debían extremar las precauciones porque las jornadas como esa podían resultar peligrosas.

Sentado en la parte trasera de una camioneta, Mikel entrecerraba los ojos para que el aire no le molestara. Apenas arrancó el vehículo había intentado, sin ningún éxito, encender un cigarrillo en medio de aquel incómodo y constante remolino. Se consoló recordándose que el trayecto no sería de más de cinco minutos y mantuvo el pitillo entre los dedos a la espera de detenerse. Le habían explicado que unos fuertes vientos habían derribado, hacía unas semanas, algunos árboles junto a la carretera nacional, en las inmediaciones de Arrigorriaga, localidad próxima a Basauri. Ahora tenían que talar los que quedaban en pie, para evitar nuevos accidentes, y limpiar y cortar los troncos para después transportarlos.

—¿Siempre viajáis así, como ganado? —preguntó a Rodrigo, que estaba sentado junto a él.

—Casi siempre que trabajamos por los alrededores —respondió con buen humor—. Cuando lo que vamos a hacer está lejos o requiere de un grupo pequeño, con poca maquinaria, vamos en el Land Rover. ¿Esto te molesta? —dijo con guasa, empujándolo con el hombro.

—En absoluto —contestó mientras recuperaba su posición y se fijaba en las herramientas.

En el extremo delantero, protegidas del viento por la cabina del camión, iban apiladas motosierras, desbrozadoras, latas de combustible, ganchos, correas, cadenas, cascos de protección. El patrón, un hombre grueso de sonrisa bonachona, le había asegurado que aprendería con rapidez a manejarlas, que se requería fuerza y destreza, y que estaba seguro de que él las tenía.

—¿Qué le contaste de mí para que me diera el trabajo? —preguntó de nuevo a Rodrigo.

—Que eras un tío alto y fuerte que podía arrancar pinos con los dientes —continuó con tono jocoso.

—Te creo —aseguró riendo—. Estoy seguro de que exageraste, porque me ha dado la impresión de que él se esperaba otra cosa. Algo así como un monstruo con cuatro brazos y lleno de músculos.

—Para este trabajo no valen los blandengues. —Le dio un nuevo empujón para hacerle tambalear—. Si hubiera comenzado diciéndole que eres un guaperas, seguramente ahora no estarías aquí. Además, no le engañé —dijo más serio—. Tú tienes la fuerza que se requiere para hacer esto.

Mikel observó a los hombres que, como él, se sentaban en el suelo y apoyaban la espalda en los costados de la camioneta. No tenían aspecto de enclenques, pero tampoco habría podido jurarlo.

Sus cuerpos se escondían bajo los tabardos de faena, amarillo reflectante.

El camión aminoró la velocidad y estacionó en la cuneta, junto al río Nervión. Todos se levantaron y él lo hizo a la vez que encendía el pitillo. Mientras inspiraba miró hacia el otro lado de la carretera, al talud de rocas y, sobre él, a la pronunciada pendiente en la que algunos pinos, arrancados de raíz, le dieron idea de la violencia con la que había soplado el viento. Las copas de los que se mantenían erguidos se agitaban ahora con lo que debía de parecerles una suave brisa comparada con lo que padecieron. En unos minutos él estaría allí, tratando de mantenerse en pie en la inclinada ladera, cortando troncos y limpiando maleza. Se preguntó si de verdad le resultaría fácil, si se acostumbraría a un trabajo como ese.

Saltó de la trasera del camión y tras dos caladas apresuradas arrojó el cigarro al suelo y lo aplastó con la gruesa suela de sus botas de monte. No importaba si se acostumbraba o no. Necesitaba trabajar, no solo porque así lo exigiera el tercer grado, sino por seguir una rutina, al igual que había hecho durante los últimos años. Tener demasiado tiempo libre en el que debía decidir por sí mismo qué hacer comenzaba a volverle loco.

Mikel había aprendido, en los últimos años, que amoldarse era la mejor forma de supervivencia. Amoldarse a los muros y a las rejas. Amoldarse a las normas. Amoldarse a la hostilidad y a la violencia. Amoldarse a la soledad interna, al desquiciante paso lento de las horas. Amoldarse para parecer uno más, aunque no lo fuera, y volverse de ese modo invisible. Por eso, desde el instante en el que pisó aquella ladera en su primer día de trabajo, decidió que se amoldaría de nuevo y que esta vez lo haría con rapidez.

No tardó en comprobar que Rodrigo tenía razón: no era un oficio para endebles. Aunque el manejo de la maquinaria le resultó sencillo, necesitó usar toda la fortaleza de sus músculos para sujetar la pesada motosierra y dividir los gruesos troncos que después colocaron sobre la trasera de un camión. Cada día, al llegar las cinco de la tarde, cuando la luz comenzaba a languidecer, recogían los aparejos y regresaban a casa. Él solía dejarse caer sobre el costado de la camioneta que los transportaba, exhausto, con los brazos tan doloridos que ni siquiera intentaba encender un cigarro.

Esa actividad diaria, en la que además de la fuerza tenía que poner toda su atención, hizo que pasara menos tiempo ocupado en sus obsesiones. Era por las noches cuando volvía a torturarse con sus recuerdos, con su inextinguible sentimiento de culpa, con la visión de Ane en ese café. El agotamiento acumulado no le servía para descansar. Conciliar el sueño le costaba horas. Después de innumerables vueltas en el camastro revolviendo las ásperas sábanas, solía encender una pequeña linterna y apoyaba la espalda en la almohada doblada en dos. Entonces sacaba uno de sus antiguos cuadernos de dibujo, en el que había anotado las rutinas de Ane. Eran simples. No las había apuntado para recordarlas. En realidad no sabía por qué lo había hecho, igual que tampoco sabía por qué volvía a repasarlas cada noche.

La lista comenzaba diciendo que, con algunas pequeñas variaciones, a las ocho se encendían las luces de su piso, a las nueve y media ella aparecía en el portal y caminaba hasta la tienda de la calle Ercilla, a la una y media salía a comer y no volvía hasta las cuatro, y que regresaba a casa a las ocho de la tarde. Leer eso no le provocaba ningún sentimiento, pero tras la última frase se le llenaba el cuerpo de un irracional desasosiego. Se quedaba mirando la palabra sábado seguida de dos puntos que él había marcado con obsesiva insistencia, casi hasta atravesar el papel. Era consciente de que tras ellos debía ir otro dato. Pero no podía ponerlo. Le mortificaba el simple hecho de pensarlo.

Y con esa desazón, encajada en su pensamiento, se detuvo bajo la farola que iluminaba los peldaños que llevaban a la plaza Zabalgune, arrojó el cigarro y lo aplastó con el pie. Se preguntó si alguna vez podría contemplar ese lugar sin que se le oprimiera el corazón. No lo creía. Especialmente ahora, cuando por primera vez iba a ver a los chicos sin que Manu estuviera entre ellos.

Ascendió los escalones y los descubrió en uno de los bancos del fondo, donde los árboles causaban que la luz llegara solo de refilón. Al parecer, aquel rincón apartado seguía siendo el favorito del grupo. Reconoció algunas caras. Habían cambiado, pero seguían conservando muchos de sus rasgos adolescentes. Le frustró no distinguir el aniñado y tímido rostro de Sergio.

Avanzaba hacia ellos cuando todos se volvieron a mirarle. No obstante, fue Iñaki el único que se levantó y salió a su encuentro, con calma, mientras los demás continuaban en animada charla.

Se fundieron en un silencioso abrazo. Por unos momentos Mikel sintió que Manu estaba allí, más alto, más fuerte, más mayor. Era a él a quien estrechaba con fuerza.

—Lo siento, tío —dijo Iñaki al apartarse—. No pude decírtelo entonces, pero quiero que sepas que todos lo sentimos mucho.

Mikel se encogió dentro de su cazadora. Un frío mortal había sustituido a la sensación cálida que acompañó a la inmaterial y breve presencia de Manu.

—Lo sé. —Tomó aire para recomponerse—. Me hago una idea de lo que aquello significó para vosotros.

—No pasa ni un día sin que hablemos de él. Era un buen colega.

—Y un buen hermano —reveló en voz baja. Miró a su alrededor, deseoso de pasar a un tema que no le provocara un nudo en la garganta.

—¿Alguno de ellos sabe a qué vengo? —preguntó sin señalar a los chicos.

—Puedes estar tranquilo. —Sonrió con jactancia—. Ni lo sospechan. Viven al margen de mis asuntos.

—¿Sigues teniendo los mismos contactos?

—Al menos tengo el que nos interesa —aseguró orgulloso—. Es el mismo proveedor de la otra vez, así que ya sabes cómo va esto: nos avisará cuando haya conseguido el kilo que necesitas. ¿Tienes tela para...?

—No te preocupes por eso. Podré pagarlo sin problemas.

—Si puedes, de acuerdo. Pero si no es así también podemos arreglarlo —dijo dándose importancia.

—Te lo agradezco, pero no será necesario. —Volvió la mirada hacia el banco—. ¿Es Sergio alguno de ellos? —preguntó al seguir sin distinguirlo—. Desde que salí del talego estoy posponiendo el momento de verle, pero es algo a lo que tengo que enfrentarme. Además, quiero hacerlo.

—Sergio —repitió Iñaki con tono afectado—. Creí que lo sabías.

—Saber, ¿qué? —interrogó con aprensión.

—Murió unos días después que tu hermano.

—¡¿Qué?! —exclamó aturdido—. Pero... pero ¿cómo?

—La muerte de Manu le dejó hundido. Dejó de salir de casa. Hasta que un día desapareció.

—¡¿Cómo que desapareció?!

—Su madre regresó después del trabajo y él no estaba. —Hundió las manos en los bolsillos y alzó los hombros—. Ella dijo que alguien había entrado y le había sacado a la fuerza. La poli no la creyó. Unos días después lo encontraron en una escombrera.

—¿Asesinado? —Dolor y asombro le desencajaron el rostro—. ¿Me estás diciendo que lo asesinaron?

Iñaki asintió, al tiempo que tensaba la mandíbula.

—Parece ser que se ensañaron con él antes de matarlo. Todavía no podemos explicarnos el motivo.

—¡Dios! —Se giró hacia un lado, impotente—. ¡Solo era un crío!

—Perdimos a los dos en menos de una semana. Es difícil encajar algo como eso.

—¿Quiénes lo hicieron? —preguntó al volverse de nuevo hacia él.

—No se supo. La poli dijo que fue un ajuste de cuentas, pero ¿cuentas de qué? —profirió con rabia—. Es lo que siempre dicen cuando no tienen ni puta idea de lo que ha pasado. ¿Pero cuentas de qué? —repitió entre dientes.

—Era como un hermano más para Manu —musitó Mikel casi para sí mismo.

—Un hermano pequeño, aunque tuvieran la misma edad. Sergio se apoyaba mucho en él. Creo que por eso se sintió tan perdido cuando supo que los putos maderos lo habían matado en aquel polígono.

Mikel lo entendía. Él era el hermano mayor, el responsable, el que debió protegerle cada maldito día de su vida, y a pesar de ello también se sintió solo y perdido. Pero, sobre todo, se sintió culpable de su muerte. Ahora, la desaparición de Sergio le asestaba un mazazo sobre la herida que nunca terminaría de cerrarse.

Se obligó a contenerse al sentir que le ardían los ojos. Sabía bien cómo tragarse las lágrimas. Había adquirido una curtida experiencia en acallar sus sentimientos a la espera de desahogarse cuando nadie le viera.

Volvió a mirar hacia el grupo. Ninguno de los chicos que allí había aparentaba más de los veintidós años de Iñaki, o de su hermano si hubiera seguido vivo.

—Puedes confiar en mí. —Apoyó la mano en su hombro y le

miró a los ojos—. No te voy a comprometer como tampoco lo hice la otra vez. Si me pillan con esto, antes me matan que sacarme ningún nombre.

—No necesito que lo digas.

—¿De verdad te gusta ese trabajo? —preguntó Bego mientras cenaban en la cocina del piso de Basauri. Quería saber si después de cuatro jornadas seguía pensando lo mismo que el primer día.

Mikel dejó el tenedor sobre su plato y se enderezó en la silla. Bego le miraba con curiosidad, Rodrigo lo hacía con actitud divertida y retadora. Solo le faltó proponerle en voz alta «atrévete a decirle la verdad».

—Es un trabajo —opinó mientras sacaba un cigarro del paquete que tenía sobre la mesa—. Lo necesito para vivir. Lo necesito para seguir en libertad. Lo necesito para mantener la rutina. Y no, no me gusta —reconoció con una sencilla sonrisa—. Pero eso no tiene la menor importancia. Menos me gustaba la cárcel y estuve en ella.

Su explicación fue lo bastante contundente como para que, a pesar de su buen gesto, no se volviera a tocar el tema durante aquella larga velada a tres. Bego se había encontrado con una respuesta que presentía, pero que en el fondo no quería escuchar. Sabía lo difícil que era, para un ex presidiario, encontrar empleo. Ella misma lo había intentado por su cuenta. Había visitado varias empresas dedicadas al diseño, les había hablado de Mikel y les había presentado algunas de sus mejores creaciones. En los dos casos quedaron impresionados, pero apenas nombró la cárcel las actitudes cambiaron y las disculpas amables aparecieron. Lo más esperanzador que escuchó fue «ya le llamaremos».

Absorta en sus pensamientos, trató de recordar qué otros lugares conocía donde pudiera conseguirle un buen trabajo, aunque no fuera en nada relacionado con el diseño gráfico. Mientras lo hacía no apartó sus ojos de la sonrisa relajada de Mikel. No eran muy habituales esas expresiones de felicidad, por lo que ella procuraba no perderse ninguna. Abandonó sus cavilaciones al verle tensarse, dando la impresión de que desafiaba a Rodrigo.

—¿Qué pasa? —preguntó sorprendida.

—Nada —respondió Rodrigo aguantando la mirada sin pestañear—. Únicamente he comentado que tú deberías saberlo.

—¿Qué debería saber? —preguntó de nuevo, esta vez directamente a Mikel.

Él continuó retando a su amigo con ojos cargados de furia y la mandíbula tensa.

—¿No crees que eso tendría que decidirlo yo? —le interrogó mientras estrujaba con saña el cigarro contra el cenicero.

—Es justo que ella lo sepa —insistió—. Está contigo —recalcó con deliberada intención de hacerle sentir responsable.

—¿Queréis dejar de hablar de mí como si yo no estuviera? —gritó ella golpeando con la palma abierta sobre la mesa—. ¿Qué es eso que aún no sé si debo o no debo conocer?

Mikel expulsó el aire con fuerza. Se echó contra el respaldo y arrastró la silla separándola de la mesa como si necesitara espacio para respirar. Amonestó en silencio a Rodrigo antes de volverse hacia Bego con gesto resignado.

—Voy a hacerle pagar por lo que nos hizo —musitó al fin. Sabía que no necesitaba añadir nada más.

La tez canela de Bego palideció. Había rogado por que Ane ya no tuviera cabida en su pensamiento. Descubrir que pensaba en ella, y que lo hacía con la intención de tomarse venganza, la aterró.

—No puedes... No... No puedes... —farfulló incapaz de expresar con palabras los oscuros pensamientos que la asaltaban.

—Debo hacerlo, Bego. Por Manu, por mí. —Hablaba de venganza, sin embargo, su tono de voz era suave y dulce como siempre que trataba de razonar con ella—. Utilizó mi vida, utilizó mis sentimientos. Y se lo haré pagar.

—¡Díselo tú! —pidió a Rodrigo, que permanecía frente a ella mirándolos en silencio—. Eres su amigo. Convéncele de que esto es una locura.

Rodrigo se revolvió en su silla y apartó su plato. Se había quedado sin apetito.

—La tal Ane no le verá —aseguró como si hubiera presentido que esa era una de sus preocupaciones—. No se encontrarán en ningún momento. Puedes estar tranquila.

—¡Pues no lo estoy! —exclamó, enojada, y se volvió hacia Mikel—. Me niego a creer que esto comience de nuevo, como si no hubieras tenido suficiente con esta condena.

—No será el comienzo, sino el final de una historia no concluida —explicó con paciencia.

—Da igual cómo lo llames. Volver sobre lo mismo, cuando lo único que tienes que hacer es mantenerte apartado de esa mujer que te destrozó la vida, es tentar a la suerte.

—No puedo dejarlo así. No podré vivir si lo dejo así.

Bego se cubrió el rostro con las manos y suspiró con fuerza. Se preguntó si las desgracias que habían comenzado hacía cuatro años tendrían final alguna vez.

—Te quiero —susurró al volver a mirarle—, y estoy asustada. Si te empeñas en esto puede volver a ocurrir: puedes terminar de nuevo en la cárcel o... o pueden matarte, igual que hicieron con Manu.

Mikel trató de no pensar en Manu. Sabía que lo había nombrado para hacerle consciente de la realidad, y solo porque no sospechaba que morir no era algo que temiera. Desconocía que él no pedía otra cosa que tiempo para ejecutar su venganza, y que a veces creía sobrevivir exclusivamente para obtener esa fría e inútil satisfacción.

—No. No lo harán —aseguró aun sabiendo que eso no la tranquilizaría—. He planeado algo simple y limpio que hasta un niño podría llevar a cabo. Ella habrá jodido la vida a mucha gente —se aventuró a suponer—. Yo solamente seré uno más al que no recordará cuando se pregunte quien se la ha jugado.

—Pensará en ti —farfulló a punto de entrar en llanto—. Estoy segura de que pensará en ti.

—¿Y de qué le va a servir si llega a hacerlo? No tendrá pruebas que me incriminen. Estoy limpio y tengo la firme intención de seguir estándolo.

Rodrigo se sintió culpable de la agitación de Bego, aunque no se arrepentía de haber hablado. Seguía creyendo que ella debía conocer todo lo que concerniera al hombre con el que estaba compartiendo sus días. Pero, a pesar de eso, trató de suavizar las consecuencias de su imprudencia infundiéndole calma.

—No tendría ningún sentido que creyera que ha sido él. Además, todo está muy calculado. —Sonrió para certificarlo—. Tendrá su merecido sin que pueda hacer nada para evitarlo y tampoco culpar a nadie.

—Debéis de estar locos. —Su angustia se acentuó al comprender que nada les haría entrar en razón—. No encuentro otra forma de explicar que habléis con tanta tranquilidad de algo tan descabellado.

Volvió sus ojos, cargados de lágrimas, hacia los azules y firmes de Mikel. Él le cogió las manos entre las suyas. Ni aun sujetándolas con firmeza consiguió que dejaran de temblar.

—Por esto es por lo que trataba de mantenerte al margen —confesó lanzando otra fugaz mirada a Rodrigo—. No quería preocuparte.

—¿No querías preocuparme? —exclamó con incredulidad—. ¿Era mejor que me enterara cuando te hubieran detenido o cuando...?

No pudo terminar la frase. Imaginar a Mikel muerto le provocó un dolor casi físico y ya no pudo contener las lágrimas.

—Nada de eso va a ocurrir. —Le besó los dedos con ternura y ella comenzó a llorar con más fuerza—. No, por favor —suplicó entre lágrimas—. Deja que te explique lo que voy a hacer y verás que no hay motivos para preocuparse.

—Si te ocurre algo me moriré —confesó entre sollozos.

Mikel abandonó la silla y se agachó frente a Bego para abrazarla contra su pecho. Que alguien le quisiera hasta desear morir por él, que no era nadie ni tenía nada, le desbordaba, le provocaba una felicidad difícil de asimilar. Resultaba reconfortante saberse amado de esa forma, pero esa dicha le sabía amarga y asfixiante. Era la responsabilidad de comprender que por mucho que lo intentara jamás podría compensar un amor tan grande. Tan solo podía quererla, quererla como ella merecía, quererla con toda su alma.

La soltó y se separó un poco, pero siguió a sus pies, mirándola con afecto.

—No me ocurrirá nada. —Le rozó la mejilla con el dorso de la mano—. Te lo prometo. Pero entiende que tengo que hacer esto. —Besó con suavidad sus labios y después la contempló con una débil sonrisa—. No me expondré más de lo necesario. ¡De verdad!

Ella intentó sujetar el llanto al tiempo que le acariciaba el cabello. Le emocionó sentir el contraste de la aspereza de su corto pelo rubio con la suavidad de la piel de su cabeza. Sintió frío al presentir que en su interior también estaba desnudo, vulnerable, sin armas ni entereza suficiente para luchar contra lo que se estaba enfrentando. Dos nuevas lágrimas brotaron de sus ojos negros y se deslizaron hacia sus mejillas. Él las besó con suavidad.

Rodrigo, que les daba la espalda, fregaba por tercera vez el mismo plato. Se había retirado de la mesa en cuanto vio las primeras miradas tiernas y los primeros roces, y ellos ni siquiera lo notaron.

Lo había hecho por consideración, pero también porque ver a Bego acariciando a su amigo le provocaba una pequeña punzada de celos. Él lo entendía como el lógico conato de envidia que cualquier hombre sentiría ante otro que disfrutara de una mujer como ella, pero se excusaba diciéndose que no era nada que no pudiera curar con unas horas junto a otra chica atractiva.

Mientras mantenía los cubiertos bajo el chorro de agua tibia, pensó que la acaramelada pareja no tardaría en buscar refugio en la habitación de Mikel y que entonces él cerraría la puerta de la cocina y encendería la radio para no escucharlos. En ese momento le sorprendió la voz apagada de Bego despidiéndose. Cerró el grifo y, con las manos aún mojadas, se volvió para desearle buenas noches y pidió disculpas por los problemas que hubiera podido causar con su intromisión. Mikel le dio unas palmadas en el hombro mientras le decía que no se preocupara, pero que la próxima vez que quisiera organizarle la vida primero se lo hiciera saber. Lo que Bego hizo le dejó el corazón tembloroso como el parpadeo de una estrella. Se acercó con una delicada sonrisa, le besó en la mejilla y, antes de apartar los labios de su piel, le musitó las gracias por su preocupación.

Cuando, un rato después, Mikel regresó tras haberla acompañado al coche, no reparó en que algo había cambiado en Rodrigo. Estaba más ausente, más silencioso, deseoso de retirarse a dormir. Y no lo notó porque él mismo había perdido las ganas de conversar. En el corto paseo hasta la Casa Torre, junto a la que Bego había estacionado su automóvil, le había explicado los detalles más importantes de su plan. Ella había escuchado con atención, para al final hablar directamente de Ane. Aseguró que nunca le gustó, que una vez le traicionó y que volvería a hacerlo si le daba ocasión. Le había pedido que la desterrara para siempre de su memoria. Le había vuelto a suplicar que renunciara a su venganza. En el camino de regreso él había avanzado cabizbajo, con las manos en los bolsillos, envenenándose una vez más el alma con recuerdos.

Apagó su teléfono móvil, prohibido expresamente por las normas de prisión, lo dejó en su habitación y cogió la mochila que había preparado antes de la cena. Se despidió con un débil «hasta mañana». Mientras se acercaba a la cárcel pensó en el cuaderno de dibujo, en las anotaciones. Masculló, una y otra vez, la palabra «sábado», esa a la que seguían dos puntos marcados con insistencia.

Los dedos con los que Mikel sujetaba el vaso se crisparon hasta blanquearle los nudillos. Se quedó inmóvil, sin aire en los pulmones, sin sangre en las arterias, sin corazón en el que latirle la rabia que le constreñía las entrañas.

No había pensado que sentarse allí le iba a despertar tantas emociones ni que verla llegar le tensionaría hasta reventarle todos los músculos. De haberlo imaginado no habría entrado en el café ni siquiera para ocupar ese lugar junto a la barra. Se habría limitado a quedarse en los Jardines de Albia, al otro lado de la calle, vigilando desde allí los movimientos que se sucedían junto al último ventanal.

Había permanecido unos minutos eternos ante la puerta luchando contra su intención de cruzar esa línea, contra su voluntad de hacer algo de lo que probablemente tuviera que arrepentirse. Pero se había engañado a sí mismo diciéndose que solo se trataba de comprobar si realmente ella acudía cada sábado, que ni ella ni los recuerdos que guardaba ese lugar podrían ya atormentarle el corazón.

Y apenas hubo entrado ya no estuvo seguro de nada.

—Provoca curiosidad, ¿no es cierto? —le preguntó el camarero al ver la fijeza con la que miraba a Ane, quien acababa de ocupar el rincón al fondo—. Las primeras veces pensé que tenía alguna cita —insistió.

Mikel trató de despejarse frotándose los ojos. Consciente de que su actitud llamaba la atención, se volvió hacia la barra. Sentía la boca seca y áspera, y tomó un pequeño trago de cerveza.

—Una chica tan guapa no debería pasar ni una sola tarde de su vida con la única compañía de una taza de café —siguió diciendo el camarero con una sonrisa cómplice.

—¿Viene mucho? —consultó Mikel, que seguía apretando el vaso como si pretendiera exprimir el vidrio.

—Las tardes de los sábados. —Alguien, desde el otro extremo, reclamó sus servicios y él aceleró su explicación mientras se alejaba—. Juraría que no ha faltado ni uno en los casi tres años que llevo trabajando aquí.

Mikel se centró en la espuma fina y persistente de su cerveza, para no conducir la mirada hasta la rinconera. Si jamás la había visto allí hasta la tarde en la que ella fingió la casualidad de un encuentro, no hallaba explicación a que, tras haberle engañado y jodido la vida, acudiera todas las condenadas tardes como si la costumbre la hubiera establecido ella.

«¡Zorra maldita que disfrutaba de una libertad que a él le había cercenado y aún no bastándole con eso le robaba también esa parte del pasado que nunca le perteneció!»

El corazón comenzó a batirle en las sienes y la sangre a recorrerle las venas hasta agolparse en su cabeza. No iba a contenerse. Si seguía un minuto más allí se levantaría del taburete y se acercaría a ella para decirle no sabía qué, pero nada que esa mujer quisiera escuchar. No; no se contendría por sí mismo. Por eso sacó apresuradamente su cartera, dejó un billete junto a su cerveza inacabada y se levantó sin esperar el cambio.

Salió por la puerta del otro extremo del local, dándole a ella la espalda. Quiso así evitar el riesgo de verla de nuevo y dejarse vencer por las ganas de encararla y arrojarle todo su desprecio.

—Hay muchas formas de forzar puertas sin que se note que lo has hecho —comentó Rodrigo dejando una llave sobre la mesa—. Te voy a enseñar la que considero que es más rápida y sencilla.

—Podríamos llamarlo lección para un ladrón inepto —bromeó Mikel a la vez que la tomaba entre los dedos.

Era la típica llave plana con dientes. Pero no estaban cortados a diferentes alturas para que encajaran en una cerradura concreta. En esta todos estaban limados hasta su punto más bajo, de modo que eran como diminutas puntas de flecha que asomaban por un borde liso.

—Ahora que nombras lo de ladrón —Rodrigo se atusó la perilla, nervioso—, hay algo que... me gustaría que quedara claro. No por ti, que ya lo sabes —sonrió con una mueca torpe—. Es por Bego. Imagino que le contarás esto y... y no me gustaría que pensara que me dedico a entrar en las casas. Tú sabes que jamás he hecho algo así.

—No te preocupes por tonterías —garantizó Mikel, que continuó analizando la llave y preguntándose cómo se podía abrir algo con eso—. Ella sabe cómo eres. Tiene muy buena opinión de ti.

Rodrigo sonrió aliviado. Su mueca torpe se convirtió en una sonrisa casi boba.

—¿Y qué dice de mí? —Traqueteó en la madera con sus dedos inquietos.

—Que eres muy buena persona. Que tengo mucha suerte por haberte encontrado. ¡Cosas de esas!

—¿No cree que soy un poco... —le costó dar con la palabra— vulgar? Lo digo porque seguramente está acostumbrada a tratar con otro tipo de gente.

—¿Tú, vulgar? —Arrugó la frente, atónito—. ¡No fastidies! ¿Cómo vas a ser tú vulgar? De todos modos, Bego está por encima de todas esas tonterías. Aunque la veas tan... —iba a describirla, pero al recordarla sonrió y escogió una sola palabra— perfecta, ella valora a las personas por lo que son. También por la inteligencia. Dice que tú la tienes, y mucha.

Rodrigo se infló de satisfacción. Hasta entonces había creído que Bego, la hermosa y distinguida mujer, solo le veía como al amigo de Mikel. Un hombre demasiado simple como para perder tiempo analizándolo. Pensó que estaría bien saber qué opinaba también de su físico, pero le pareció una pregunta demasiado superficial. De todos modos, eso no le preocupaba demasiado. Las mujeres que habían ido pasando por su vida se habían encargado de subirle el ego hasta donde correspondía a su cuerpo atlético y a sus sagaces ojos castaños.

—Es una mujer impresionante. —Se arrepintió de haberse mostrado tan franco y pasó con rapidez a otro asunto—. ¿Estás seguro de que quieres que ella te adelante el dinero para la mercancía? La idea era que yo lo hiciera.

—Ha insistido mucho y no he encontrado ningún motivo para negarme. No quiero ofenderla.

—Está bien, tampoco tiene mayor importancia —opinó al tiempo que recuperaba la llave y se levantaba—. Empecemos con esto.

Salieron juntos al rellano y dejaron la puerta entornada. Rodrigo se agachó, introdujo la llave en la ranura y le mostró que era imposible girarla.

—No corresponde con la cerradura —explicó la obviedad—. La nuestra tiene los dientes a diferentes alturas, como las de todo el mundo. Cada pico concuerda con un pequeño cilindro que hay ahí dentro. Si encajas la llave correcta, los cilindros suben el tramo que cada uno necesita para coincidir todos en la parte superior. Se alinean y te dejan abrir. —Se preparó moviendo los dedos con la teatralidad de un mago—. Ahora todos han caído hasta la base y están separados por un pequeño diente. —Sonrió al mostrar el mechero negro. Mikel se palpó el bolsillo y recordó que lo había dejado sobre la mesa. Rodrigo lo utilizó para dar un golpe seco en la llave y esta se introdujo hasta el fondo. Casi al mismo tiempo giró y el cerrojo se abrió con una suavidad asombrosa.

—¿Cómo has hecho eso? —preguntó Mikel.

—Fácil. —Sacó la llave y se puso en pie—. Cuando golpeas y la haces avanzar de modo brusco, los cilindros salen impulsados hacia arriba. Hay un instante, justo antes de que vuelvan a caer, en el que todos se alinean. Si la giras en ese momento el mecanismo se acciona como si hubieras metido la llave correcta. No fuerzas nada, por lo tanto no dejas ningún rastro, que es lo que queremos.

No hubiera hablado con esa tranquilidad sobre no dejar rastro si hubiera sabido lo poco prudente que estaba siendo él, pensó Mikel. No aprobaría que la hubiera esperado en el interior del Iruña ni que, llevado por su rabia, llevara días acechándola cada anochecer, a la salida de la tienda, para seguirla a distancia por las calles. No, no habría dicho eso de haber sabido cuánto le estaba costando mantenerse a distancia y no ponerse ante ella para arrojarle esas palabras que le abrasaban la mente y la boca.

—Justo lo que necesito —dijo al comprender que tenía superado el primer obstáculo—. Tal y como lo explicas no parece difícil.

—Y no lo es. Prueba.

Ocupados como estaban, no repararon en los sonidos apagados que provenían del piso de enfrente ni en el ligero roce que alguien provocó al abrir la mirilla.

Mikel se agachó junto a la cerradura. Introdujo la llave y contuvo la respiración preparándose para el momento decisivo. Tenía la sensación de que si estaba lo bastante cerca escucharía el sonido de los cilindros y eso le indicaría cuándo estaban alineados. Y así fue. En un breve instante se sucedieron el sonido del golpe con el encendedor, el que produjo la llave al encajar en el fondo y otro más suave que correspondía a los cilindros elevándose. Después, un brevísimo silencio y vuelta a caer.

—¡Lo tengo! —exclamó, aunque ni siquiera lo había intentado—. Sé cuándo debo girar.

—¿Qué pasa? —sonó una voz femenina a su espalda.

Se quedó frío. No imaginaba cómo iban a explicar que intentaban forzar la puerta de su propia vivienda.

—¡Hola, doña! —escuchó decir a Rodrigo, y recuperó la tranquilidad—. He mandado hacer una copia de llaves para mi amigo, pero la de casa no va bien.

Mikel reconoció a la mujer que le había informado sobre el horario de Rodrigo la mañana en la que llegó. Volvía a llevar los grandes rulos azules, esta vez cubiertos por una redecilla blanca. Ocultó los dientes de la llave entre los dedos, por si la buena mujer tenía la vista tan sumamente aguda como al parecer tenía el oído.

—Ya conozco a tu amigo —dijo sonriendo a Mikel para dar fe—. Tuvimos una conversación el día que llegó. A la que no conozco es a esa chica morena que viene mucho. Esa que se parece a una actriz. ¿Cómo se llama...? —Miró a los dos hombres esperando a que le dieran la respuesta. Su repentina expresión victoriosa les dijo que lo había recordado—. ¡Penélope Cruz!

—Bego es más guapa —opinó Rodrigo—. Más guapa, más alta, más simpática, más...

—¿Es tu novia? —preguntó sin dejarle terminar.

—Es mi chica —intervino Mikel con satisfacción.

—Disculpe, doña —dijo Rodrigo al reconocer la intención de su vecina de continuar con la charla—. Pero tenemos que hacer otra copia porque, como ya le he dicho, esta no va —indicó señalando la puerta.

La mujer les aconsejó que cuando la hicieran se aseguraran de que el cerrajero pasaba el cepillo metálico por los dientes para limar las asperezas. Aseguró que eso era lo que les estaba dando problemas.

No hubo más pruebas ese día. Rodrigo aseguró que cualquier cosa que esa mujer creyera averiguar sería de dominio público al día siguiente.

—En lugar de oído tiene un radar —comentó riendo—, no hay nada que se mueva en la escalera sin que ella se entere.

Pero disponían de tiempo. Mikel había aprendido a tener paciencia, aunque esta amenazara con esfumarse cuando estaba cerca de Ane. Pero, apartando esa debilidad que le costaba controlar, seguía siendo un hombre reposado. Sabía que su plan funcionaría solo si medía cada paso que diera.

Sus marcadas ojeras y su frecuente desatención no se debían a la inquietud o la prisa por ejecutar su venganza. Esa la tenía bien planeada y llegaría en el momento preciso. El pensamiento que le hostigaba impidiéndole descansar, tanto de día como de noche, era otro bien distinto que nunca pensó que llegaría a perturbarle.

5

Expelió el humo con lentitud y fijó su mirada en las personas que caminaban por la acera, empujadas por la virulencia del aire, mientras él seguía sentado en ese rincón del café, sumergido en un mar de recuerdos. El viento había soplado con fuerza desde primera hora de la mañana. Debido a ello tuvieron que extremar las precauciones en el trabajo para que, al talar los árboles, no fuera alguna ráfaga la que decidiera por qué lado debían caer a tierra y se llevaran algún compañero por delante. Si ya eran duros los días de calma, en los huracanados se respiraba una tensión añadida, una subida de adrenalina que mantenía todos los sentidos en alerta extrema y los reflejos prestos a entrar en acción. Al final, el cansancio era más intenso, y la necesidad de reponerse, más urgente. Debía haberse quedado en casa recuperándose de una jornada infernal, pensó. Sin embargo, estaba allí, donde se habían citado tantas veces, martirizándose mientras la esperaba de nuevo.

De modo instintivo, como en un involuntario acto de defensa, se había colocado de espaldas a la puerta, y no de cara como hizo durante meses en el pasado. Cuando ella apareciera esa tarde de sábado, él no la vería y, sobre todo, ella no podría verlo a él. Mientras inhalaba el cigarrillo recordó que solía dejar de respirar al verla entrar. Se quedaba inmóvil, absorto, sonriendo como un bobo mientras ella se acercaba vaporosa y cálida como en la visión de un sueño.

Bajó la mirada hacia su café intacto. La espuma de la superficie había ido desapareciendo al tiempo que se quedaba frío en la taza. Algo le hizo erguirse. Fue como si el viento que soplaba en el exterior hubiera atravesado el ventanal y hubiera girado en torno a la mesa. Sintió un estremecimiento que comenzó en sus entrañas y le recorrió todo el cuerpo erizándole la piel. Pero el cristal seguía en su lugar. Cerró los ojos y trató de prestar atención al resto de sus sentidos.

Ane llegó con el mismo paso lento de cada sábado. Se adentró sin mirar hacia los lados, como si únicamente existiera la mesa del fondo y allí la esperara él para repetirle cuánto la amaba. Llevaba cuatro años haciendo aquella entrada con la misma emoción, con la misma tristeza. Cuatro años viviendo de sensaciones que ni quería ni podía olvidar.

Advirtió con desilusión que aquella tarde un hombre estaba sentado en su rincón. Con un suspiro de resignación se quitó el abrigo y ocupó la mesa contigua. Mientras aguardaba al camarero volvió a mirarle un poco resentida por que le hubiera robado su espacio. Contempló sus hombros, que se adivinaban rectos y firmes bajo la suave lana de un suéter negro. Continuó por la bronceada nuca y por su cabello corto. Después se fijó en las manos, grandes y delgadas, y en los largos dedos que sujetaban un cigarro humeante. Se estremeció al recordar otros dedos parecidos acariciándole la piel.

Frotó con suavidad su propia nuca y sonrió con benevolencia. Seguía emocionándose cuando pensaba en él, y eso ocurría todos y cada uno de sus días. Sobre todo en ese lugar donde en el pasado se dijeron tantas cosas. Poco importaba si no podía sentarse en su rincón y debía conformarse con contemplarlo; las sensaciones eran las mismas, los momentos felices seguían intactos en su memoria.

Recordó que Mikel solía bromear con que en un lugar como ese, de inspiración mudéjar, las declaraciones de amor quedaban cautivas entre sus paredes para siempre. En una ocasión lo comparó con lo que el sultán Solimán hizo con las palabras de los cuentos de *Las mil y una noches*, encerrándolas entre los muros y las sedas de su palacio para la eternidad.

Continuó sin apartar la mirada de la espalda del joven. Había algo en aquel hombre que la desconcertaba. Que le hacía pensar en Mikel con más intensidad que cualquiera de las veces que se había sentado en aquel lugar, precisamente para recordarle. Para rememorar la visión de sus dedos rozando la mesa con vacilación cuando fingía que tropezaban con los suyos. Para ver la pasión que durante un tiempo brilló en sus ojos azules, para embriagarse de nuevo con la ternura de su sonrisa.

El camarero llegó con una bandeja, dejó sobre la mesa una tacita con café, y ella suspiró mientras miraba cómo añadía la leche y se iba aclarando el color tostado. Pensó que debía abandonar esa vieja costumbre de los sábados, porque recordar no le hacía ningún bien. Volvió a sonreír, ahora con resignación: ese era un caso perdido. Llevaba demasiado tiempo prometiéndose que se apartaría del ritual que la sumía en la nostalgia. Pero siempre regresaba. Regresaba a la cafetería como si de ese modo pudiera regresar un poco junto a él.

Mikel absorbió el cigarrillo con fuerza. Hacía rato que había intuido la presencia de Ane. Primero había sido una punzada fría en la nuca seguida de un estremecimiento de su columna vertebral. Después, el dulce olor a azahar se lo confirmó. Le costó mantener la calma. Llenó sus pulmones de humo cuando lo que necesitaba era aire. Se le hacía difícil respirar y luchó por que la situación no le controlara.

Aplastó la colilla en el cenicero y sacó otro cigarro del paquete, que volvió a dejar sobre la mesa. Se preguntó si merecía la pena encararse con ella. Ese no era el plan. De hecho, eso podía echar a perder el bendito plan que había urdido durante años. Lo lógico era que se quedara donde estaba. Quedarse donde estaba, fumarse todos sus cigarrillos y esperar. Esperar a que ella se largara sin que le hubiera visto. Eso era lo lógico, pero no fue lo que hizo.

Incapaz de atender a sus propios razonamientos, se dejó dominar por la rabia, por el odio, por una repentina sed de venganza inmediata. Apenas tuvo la lucidez suficiente para obligarse a mantener un mínimo de calma, aunque fuera una calma aparente. No quería que ella le viera afectado. Podía mostrarle su rencor, pero nunca más le dejaría ver su debilidad.

Se levantó, despacio, consciente de que ella observaba todos sus movimientos. Aplastó el cigarrillo en el cenicero y crispó la mano con la que asió su cazadora. Se concedió un instante para tomar aire y cogió su tabaco antes de volverse con lentitud.

Sus ojos se hundieron como afilados vértices de hielo en los sorprendidos ojos de titanio. Por fin la tenía enfrente. Por fin podía arrojarle su desprecio. La satisfacción dibujó en sus labios una sonrisa mordaz mientras se acercaba sin dejar de mirarla.

El impacto paralizó a Ane. La cucharilla que sujetaba entre los dedos se desprendió salpicando de café la blancura del mármol. Su cuerpo, de pronto frío como un glaciar, comenzó a temblar por dentro. El hombre al que había estado escudriñando no era ningún extraño ni le había robado su rincón. Le había robado el corazón hacía años. Le había robado el corazón y se había quedado con él para siempre.

—¿Sorprendida? —preguntó al tiempo que dejaba su prenda de cuero en una de las sillas y arrojaba el tabaco sobre la mesa.

Ella se encogió en el asiento cuando esa voz la devolvió a la realidad. Era la misma voz herida de años atrás, pero con más energía y más odio. Y aquella inquietud que la invadió al escucharle en el pasado, y que aún intentaba desterrar de su mente, la golpeó de nuevo con contundencia.

—Me imaginabas todavía a la sombra —continuó diciendo a la vez que clavaba los dedos en el respaldo de otra silla y la arrastraba hacia él. Mientras se sentaba, su corazón tronaba como el centro de una tormenta.

Ella abrió la boca sin saber qué decir. Estaba tan cerca que podía escuchar el acelerado sonido de su respiración mientras ella se ahogaba en una mezcla de sentimientos. La actitud de él era retadora, doliente, furiosa. La miraba como si pretendiera despedazarla con su odio. Aquella ferocidad herida le recordó a un depredador que hostiga a su presa, a la que no dejará escapar con vida.

—Me emociona tu recibimiento —prosiguió Mikel. Apoyó los antebrazos en la mesa y juntó las manos buscando un poco de autocontrol—. Es agradable reencontrarse con los que te quieren.

Ane no podía apartar los ojos de él. Verlo le provocaba una dicha contenida que solo estallaba en su interior. Una dicha que amenazaba con hundirse en el miedo que el nuevo Mikel le infundía. Nerviosa, carraspeó para comprobar si aún podía generar algún sonido.

—Me alegra que... —Sintió ahogo y apresó un aire que no la alivió—. Me alegra que estés libre.

Mikel emitió una suave risa al tiempo que echaba hacia atrás la cabeza. Aún sonriente, inclinó el cuerpo sobre la mesa y acercó su rostro al pálido y tembloroso de Ane. Les separaban apenas unos centímetros cuando su expresión cambió tornándose fría y dura.

—No me jodas —musitó entre dientes—. Tú me metiste allí.

Tú me traicionaste. Tú me vendiste. —Chasqueó los labios con gesto de fastidio—. Tu trabajo conmigo fue impecable. ¿No te concedieron una medalla o cualquier otra distinción?

Ane sintió sobre sí la inmensidad de su ira. Le brotaba de sus ojos azules maltratándola, hiriéndola, atravesándola sin ninguna piedad.

—¿Qué quieres de mí? —preguntó con un susurro.

—Qué quiero de ti... —Dejó de mirarla un instante. El tiempo justo para sacar un cigarro. Lo encendió con la mirada clavada de nuevo en el rostro confundido. Contemplar su expresión temerosa le gustaba y le ayudaba a dominar su propia ira—. ¿Qué crees tú que puedo querer? —interrogó con sarcasmo.

Ignoró la pregunta porque le aterraba la respuesta. No lo reconocía tras esa frialdad hiriente. El ser humano que recordaba se había desvanecido como se disipaba el humo del tabaco que aquel nuevo hombre expulsaba por su boca. Y ella, tan pequeña y miserable como se sentía a su lado, se sabía la responsable de aquel cambio.

—Intenté explicarte —musitó con ojos vidriosos. Sus dedos sujetaban con fuerza el borde de la mesa—. Intenté pedirte perdón... pero no quisiste...

—¡Qué fácil! —Sorbió el cigarro con lentitud, controlando su ansia por inhalar hasta conducir el humo a su cerebro—. Me jodes la vida y quieres arreglarla con una explicación. Mírame bien —ordenó con desprecio, y aguardó unos segundos que para Ane resultaron eternos—. ¿De verdad crees que estoy aquí para recibir una explicación? —Ella negó en silencio—. De todos modos, podemos probar algo. —Separó las piernas y apoyó la espalda contra el respaldo—. Yo destrozo ahora todo lo que eres y todo lo que tienes, y después me explico y te pido disculpas. Así compruebas por ti misma hasta qué punto estoy esperando esa excusa.

Ane tragó de nuevo. Esta vez el dolor fue también físico. Un nudo de la consistencia de una piedra se le había encajado en la garganta. Ver en sus ojos el brillo de una amenaza real le rompió el corazón. Asustada, se puso en pie para alejarse de él todo cuanto pudiera.

—¿Dónde crees que vas? —preguntó tensando la mandíbula y aplastando entre los labios la boquilla del cigarro.

—No quiero seguir oyéndote —musitó al tiempo que extendía

el brazo para alcanzar su abrigo. El corazón le golpeaba con ímpetu en las sienes.

En un instante Mikel abandonó el respaldo y recuperó su posición junto a ella. Cerró la mano en torno a su muñeca y la inmovilizó oprimiéndola sobre la superficie fría de la mesa.

—Pues lo harás —amenazó ofensivo—. Yo he perdido cuatro años de mi vida por tu causa. No ocurre nada porque tú malgastes cuatro minutos de la tuya escuchándome. Me los debes —masculló con la misma dureza con la que le estaba destrozando la articulación.

—Me haces daño —musitó alarmada, mirando con timidez a su alrededor por si alguien salía en su defensa.

Mikel expulsó el humo despacio, disfrutando de su miedo. Aquella escena, vista a distancia, parecería una tontería de enamorados. Eso si cualquiera llegaba a fijarse, cosa que dudaba.

—Siéntate y dejaré de hacerlo —prometió con frialdad.

Ella contempló la arrogancia herida con la que el hombre al que tanto había amado se defendía. Al que había amado y al que aún amaba pese a no encontrarlo tras sus añorados ojos azules, pensó mientras dejaba que el desprecio de él la empapara. Sentía que de alguna forma tenía que pagar por lo que le hizo. Él había estimado ese pago en cuatro minutos. Cuatro minutos por los cuatro años que había pasado en prisión, los mismos cuatro años en los que a ella no le habían dejado vivir los remordimientos. Tal vez debía ser así, pensó mientras volvía a tomar asiento. Pasar los últimos cuatro minutos junto a él llorando amargura, contemplando lo que ella había hecho con el amor más grande que había tenido y que jamás volvería a tener. «Cuatro minutos por cuatro años», se dijo, cuando en realidad le hubiera dado cuatro años de su vida para que él no perdiera ni uno solo de la suya.

—He tenido mucho tiempo para pensar —reconoció Mikel a la vez que la soltaba—. Conseguí recordar todos nuestros encuentros, uno a uno. Conté por separado las veces que nos habíamos dedicado a follar. —Pensarlo le hacía daño, decirlo por primera vez en voz alta le rompía por dentro—. Para ser del todo exactos, debo decir que yo te hacía el amor y tú me follabas para conseguir tu objetivo —dijo con acritud. Menospreciar aquello que había sido tan importante para él le provocaba una amarga sensación de desquite—. Pero da igual como lo llamemos. La cosa es que he hecho cuentas. —Descargó en el cenicero la ceniza acumulada en su cigarro—. He pasado en la cárcel mil cuatrocientos noventa y un días —dijo tan despacio como si cada segundo pesara como una losa—. He follado contigo en veintisiete ocasiones, pensando siempre que era gratis —precisó mientras los ojos secos de Ane se desbordaban por dentro—. Pero al final resulta que cada puto polvo lo he pagado con algo más de cincuenta y cinco días de encierro. —El tono de su voz se endureció—. Casi dos meses a cambio de un poco de pasión fingida. Me ha salido un tanto caro, ¿no crees? —preguntó con saña—. Eres buena, lo reconozco, pero no tanto como para eso.

Ane bajó las manos hasta su regazo ocultándolas bajo el mármol de la mesa para estrujarlas una contra la otra, dispuesta a respetar el momento que le pertenecía a él, a escucharle con la humildad de quien se sabe culpable de algo que nadie podría reparar.

—¡No me trates como a un idiota! —masculló furioso ante su silencio—. Ya no. No, después de que mostraras tu juego y el de ese... ¿cómo llamarlo? —se preguntó a sí mismo—. ¡Cómo se puede llamar a un hombre que permite que su chica folle con otro para conseguir méritos, medallas o lo que quiera que os den cada vez que hundís en la miseria a un desgraciado! —Ella se puso de nuevo en pie y él volvió a sujetarla por la muñeca—. Disculpa si estoy siendo muy grosero —musitó con aparentada gentileza—. Ya sabes, la cárcel embrutece. Procuraré contenerme para no herir tu delicada sensibilidad.

—No voy a seguir escuchándote. Así no —aseguró mientras luchaba por liberar su brazo.

—Lo vas a hacer porque no he terminado —advirtió entre dientes, tirando de ella con brusquedad—. Hay algo para lo que sí quiero tu explicación —añadió cuando comprobó que se quedaba quieta—. El caso de Manu. Eso fue muy distinto, porque pagó sin haber obtenido ninguna recompensa. Deberías haber sido un poco más justa y, ya que tenías pensado jodernos a los dos, deberías haber follado también con los dos. —Dio una profunda calada al cigarro mientras contemplaba el asombro en los ojos de Ane—. No a la vez, por supuesto. No soy tan pervertido. —Aplastó el pitillo en el cenicero. Necesitaba ocultar que su pulso no era del todo firme—. Podías haberlo hecho conmigo los días pares y con él los impares, ¿no te parece?

El insulto la enfureció y su intención de soportar sus recriminaciones se evaporó. Apretó los dientes a la vez que alzaba la mano para cruzarle la mejilla. Él se la sujetó con rapidez, le acercó el rostro y masculló con rencor:

—Reconocerás que no fue razonable que a mí me concedieras el consuelo de los polvos y él perdiera la vida a cambio de nada.

Ane se agitó para que la soltara, pero al no conseguirlo dejó de luchar.

—No pasa ni un solo día en el que no lamente su muerte —dijo comprimiendo los labios.

—¡Qué curioso! —Ironía y rabia se entremezclaban en el fondo de sus ojos—. No me pareció ver ninguna pena en ti mientras estabas allí, parada, contemplando cómo se desangraba entre mis brazos mientras yo suplicaba ayuda. ¡Era mi hermano! —aulló con dolor, soltándola como si de pronto le asqueara su contacto—. Era mi hermano pequeño y yo habría dado la vida por él. Mil vidas habría dado si las hubiera tenido para que él pudiera vivir la suya. Él era mi responsabilidad y le fallé. No vuelvas a decir que lamentas su muerte —amenazó lleno de furia—. Si lo haces te juro que te arranco el corazón con mis propias manos.

—Es muy probable que no llegaras a encontrarlo.

Su voz sonó como un susurro tenue que no llegó a terminar. Pensó que ante el sufrimiento real e inenarrable de Mikel, no tenía ningún derecho a hablar del que a ella le había desgastado el corazón hasta hacerlo desaparecer. Contempló los ojos cargados de rencor que brillaban como cristales transparentes y húmedos.

Mikel percibió que algo había cambiado. Ella seguía asustada y temblorosa, y aún podía estarlo más si continuaba lacerándola, pero había algo nuevo en el fondo de su mirada. Algo que no pudo descifrar. De pronto sintió que a pesar del tiempo transcurrido, el débil continuaba siendo él. Poco importaba que no le quedara nada que perder. Presentía que, de algún modo inexplicable y absurdo, él sería el único que volvería a sufrir.

—Vete —ordenó confundido ante ese pensamiento—. Lárgate de aquí y no vuelvas jamás.

Ane tardó en reaccionar. Pensó que si se ponía en pie, sus piernas no la sostendrían. La expresión amenazante y a la vez indefensa de Mikel la desconcertaba. El miedo que le provocaba se enredaba con la ternura que su padecimiento le inspiraba, con la pena que le causaba haberle lastimado, haberle perdido. Apartó la taza empujando despacio el borde del plato. Deseaba decir muchas cosas. Todas las que llevaba años explicándole en silencio. Todas sus baldías disculpas, todas sus razones, todo su amor. Pero temió que si abría la boca él no dudaría en arrancarle el corazón, tal y como había jurado que haría.

De pronto le pareció que llevaba una eternidad quieta, mirándole. Se estremeció al pensar que, si tardaba un segundo más en irse, él le repetiría la orden. Se levantó despacio, asegurándose de que sus fuerzas no la dejarían caer. Cogió el abrigo y el bolso y se volvió con lentitud. El temor y la esperanza de que la detuviera con una palabra la acompañaron hasta la salida. Pero la voz no llegó a sus oídos.

Una vez en la calle, fuera del alcance de su mirada, apoyó la espalda en la pared del edificio. Su cuerpo comenzó a temblar a la vez que la invadía el llanto. Se había preguntado muchas veces lo que la penitenciaría haría con él. Había buscado infinidad de informes sobre la vida en prisión, sobre los efectos psicológicos que causaba ese tipo de vida, sobre la difícil adaptación al mundo real una vez recuperada la libertad. Nada de cuanto había leído la había preparado para el impacto que le había producido el verlo hundido, el verlo transformado en un hombre tan diferente al que la enamoró.

Se cubrió el rostro con el abrigo y lo empapó de lágrimas. Pensó que debía alejarse de allí antes de que él saliera. Si salía. Porque por un instante albergó el estúpido anhelo de que todo hubiera sido una cruel pesadilla. Confió en que de un segundo a otro despertara en su cama y todo siguiera estando igual. Gris y vacío, pero igual que durante los cuatro últimos años. Un fría ráfaga de viento llegó pegada al suelo, le rodeó las piernas y ascendió adherida a su cuerpo dejándola congelada. Se le desvaneció la esperanza. El frío era real, el sufrimiento era real, y presentía que además de real el sufrimiento iba a ser eterno.

Tras el enfrentamiento con Ane, el ánimo de Mikel se resintió. Tenía motivos para hacerlo. Se había dejado ver por ella, le había mostrado su odio y hasta le había hablado de devolverle ojo por ojo. Solo le había faltado detallarle su maldito plan, se dijo al tiempo que enterraba el rostro en la almohada para ahogar un grito de rabia. No le quedaba ni el consuelo de haberle arrojado todo el resentimiento que acumulaba, todo el desprecio que ella merecía. Ya no respiraba en paz, no descansaba. Tenía grabados en la mente sus ojos asustados, sus labios temblorosos, su aspecto de ángel... de maldito ángel del infierno que se empeñaba en invadir sus pensamientos de modo constante.

No supo cuánto tiempo estuvo allí, frente a su taza con café frío, consumiendo un cigarro tras otro sumido en el murmullo del ir y venir de la gente, en sus voces, en sus risas. Solamente recordaba que la vio marchar y que ya no pudo apartar la mirada del lugar por el que había desaparecido. Que se ahogó en un mar revuelto de pasiones enfrentadas. Que cuando se puso en pie le dolían el cuerpo y el alma. Que cuando atravesó la puerta de salida recuperó el olor a azahar y la odió con todas sus fuerzas por lo que continuaba haciéndole.

Cansado de dar vueltas, abandonó la cama de un salto y se puso el pantalón y una camiseta blanca. La casa ya tenía una temperatura aceptable. Era lo bueno de los fines de semana, que podía aguardar entre mantas mientras la calefacción cumplía con su cometido. Cogió el tabaco de la mesilla y dejó que el delicioso olor a café le condujera hasta la cocina. Allí Rodrigo preparaba lo que consideraba que debía ser el perfecto desayuno de las mañanas sin prisa, como la de ese lunes festivo.

—Buenos días —saludó desde la puerta. Extendió los brazos y los apoyó en los marcos, como si necesitara sujeción. Pero quien necesitaba apoyo era su espíritu, y sabía que para eso no existían puntales.

—Sí que van a ser buenos —respondió Rodrigo según terminaba de cuajar unos huevos revueltos—. No llueve ni parece que vaya a hacerlo. —Le miró un segundo—. Puede que así mejore también tu humor.

—A mi humor no le ocurre nada —aseguró Mikel, al tiempo que entraba y se sentaba frente a una taza de café humeante y un plato con cuatro tiras de bacón.

Encendió un cigarro y recibió con satisfacción su primera dosis de nicotina. Si hubiera sabido qué otra cosa hacer para aplacar el desasosiego que le perseguía desde el sábado, lo hubiera hecho. No habría importado que la solución hubiera consistido en clavarse alfileres bajo las uñas.

—¿No puedes esperar hasta después del desayuno para empezar a envenenarte? —preguntó Rodrigo, que se acercó para distribuir el revoltijo amarillento en los dos platos.

—Envenenarme —repitió antes de llenarse los pulmones con otra bocanada de humo—. ¡Hay tantas cosas que me envenenan y no las abandono!

Rodrigo dejó la sartén en el fregadero y tomó asiento frente a su desayuno.

—Espero que no lo digas por lo que acabo de cocinar —bromeó, pero un instante después se puso serio—. ¿Qué pasa? ¿Hay algo que no me estás contando?

—Nada que no sepas. —Evitó mirarle para que no leyera en sus ojos la mentira. No podía hablarle de la insensatez que había cometido. Ya se sentía suficientemente mal. No necesitaba que le dijera lo necio que había sido. Se lo repetía él mismo constantemente.

Rodrigo no le creyó. Sospechaba que algo había ocurrido el sábado. Solo así podía explicarse la nueva y desconcertante actitud que su amigo mantenía desde entonces.

—¿Qué planes tienes para hoy? —preguntó pinchando con el tenedor sobre sus huevos revueltos—. ¿Viene Bego?

—Sí. —Cogió una tira de bacón con los dedos, se la llevó a la boca y descubrió que tenía hambre—. Hemos quedado para ir al cine esta tarde.

Apagó el pitillo y se concentró en su desayuno. El día anterior apenas si había probado bocado en la comida y tampoco había cenado. Se había sentido saciado de impotencia y continuaba igual. Pero el hueco vacío de su estómago, insensible a su estado de ánimo, comenzaba a protestar.

Durante unos minutos los dos comieron en silencio. Mikel lo hizo con el aire ausente y perdido, con el que ya se había levantado el día anterior; su amigo lo hizo pensativo, a ratos quizá tenso.

—¿Has meditado lo que te propuse? —preguntó de pronto Rodrigo.

—No hay nada que meditar, ya te lo dije.

—Está bien —aceptó con desgana—. Entiendo que no quieras acompañarnos. Aunque te haya prometido que no discutiré con mi padre, en el fondo los dos sabemos que acabaré haciéndolo. —Soltó un pequeño bufido—. No es agradable pasar la Navidad en medio de una de nuestras broncas. Pero al menos acepta la invitación de Bego —suplicó una vez más—. No tienes por qué estar solo esa noche.

—Tampoco tengo que estar con la familia de otros —afirmó con desapego.

—Bego no lo va a entender.

—Bego ya lo ha entendido —dijo recordando sus protestas—. Es sencillo: no hay familia, no hay Navidad. —Clavó el tenedor en la última tira de bacón—. Además, estos días no dejan de ser una estupidez.

Rodrigo le había llegado a jurar que durante la cena contaría hasta cien, que incluso era posible que hasta doscientos, antes de responder a cualquier impertinencia de su padre. Pero Mikel tenía claro lo que quería. Lo mismo que venía haciendo durante años: estar solo y recordar a los suyos.

—Hay algo que no entiendo —soltó Rodrigo con impaciencia—. Tienes a tu lado a una mujer fantástica que cualquier hombre desearía para sí. Una mujer que te quiere, que se desvive por agradarte —opinó enojado—. Debería escapársete por los poros la felicidad que no te cupiera dentro, pero no es así.

—No se trata de ella. —Apartó su plato y cogió por el asa su taza de café—. Ella es lo mejor que tengo —confesó sin pudor—. El problema está en mí, pero terminará en cuanto me tome venganza —dijo ocultando su temor al imprevisible rumbo que tras su estupidez podían tomar las cosas.

—¿Y por qué no se queda alguna vez? —se atrevió a preguntar por fin Rodrigo—. Tú pasas en casa tres noches a la semana y vuelves a dormir en la prisión los cuatro siguientes. No entiendo por qué sale a esas horas de tu cama para irse a la suya. Me parece algo... —Calló al no encontrar palabras que no ofendieran—. No lo entiendo —repitió con impotencia.

—Tengo mal dormir y tengo mal despertar —se justificó Mikel. Tomó un trago de su café y dejó la taza sobre la mesa. La conversación comenzaba a incomodarle.

—¿Has olvidado lo que se siente al despertar abrazado a una mujer? —insistió Rodrigo dejando el tenedor sobre su plato medio lleno—. Ese instante en el que abres los ojos y la ves, y recuerdas cómo ha gemido para ti, y sabes que en unos momentos volverá a hacerlo.

—Ignoraba que tuvieras ese punto_romántico —interrumpió Mikel, que trató de reír pero no pudo—. Me sorprendes.

—Cuida lo que has comenzado con Bego —aconsejó consciente de que su amigo utilizaba la ironía como defensa—. Cualquier hombre mataría por una mujer como ella. Yo lo haría —precisó en voz baja y mirándole de soslayo.

Si esperaba una reacción de hombre celoso, no la encontró. Eso le molestó y le agradó sin saber cuál de los dos sentimientos era más intenso.

—Definitivamente eres un romántico. Yo también lo fui —explicó Mikel mientras se levantaba y dejaba su plato y su taza en el fregadero—. Pero no te preocupes. Esa es una enfermedad curable.

—Así que tú la has superado y te has convertido en un cínico —comentó con intención de provocarle para que reaccionara como creía que debía hacerlo.

—¿Crees que es un mal cambio? —preguntó al tiempo que salía de la cocina y se dirigía a la ducha sin darle ocasión a responder.

«Despertar con una mujer», se repitió poco después, inmóvil bajo el chorro de agua caliente. ¡Cómo no iba a recordar lo que era dormir y despertar junto a una mujer! ¡Cómo no iba a hacerlo, si abrir los ojos y encontrarse con los grises de Ane que le miraban con amor era lo más fascinante que le había tocado vivir! Por eso no quería que el amanecer le encontrara con mejillas femeninas descansando en su almohada, ni con miradas dulces y somnolientas ni con piernas enredadas en las suyas, aunque esas piernas fueran las de Bego. No quería evocar a Ane de ese modo. Su odio le desgarraba las entrañas cuando recordaba todo el amor y la dicha que había sentido al contemplarla cada mañana, a ella, la mayor y más cruel mentira de su vida.

También fue un largo y duro fin de semana para Ane. No tuvo ánimos para pisar la calle ni siquiera para comprar el pan o el periódico. Consumió gran parte del tiempo junto a la ventana, oteando a lo lejos el puente levadizo, los jardines, el parquecito con el tobogán rojo. Temía y deseaba verlo aparecer. Desde su encuentro, pensar en él le provocaba un cúmulo de sentimientos que nacían en la ternura para desembocar en el miedo. Había estado segura de que no volvería a verlo, y no porque no lo deseara ella o no lo necesitara su corazón. Él se lo había dejado claro la última vez que se vieron en el pasado. Y ella había vuelto a recordar aquel momento.

Mientras escrutaba el exterior buscando rastro de Mikel, había posado los dedos sobre el cristal frío, había cerrado los ojos y se había encontrado ante otro cristal mucho más grueso...

Espera a que él aparezca al otro lado, arrepentida como nunca por no haberle contado la verdad a tiempo, suplicando por que la crea y la perdone ahora, cuando va a explicarle todo y a decirle que en su amor no ha mentido, que le ama con toda su alma y así le amará siempre.

Le ve aparecer acompañado por un guardia. No percibe sorpresa en su rostro por encontrarla allí. No vislumbra ninguna emoción. En cambio, siente que su corazón sangra mientras él se acerca frío y ausente como un cuerpo sin alma.

Coge con prisa el teléfono intercomunicador. Sus manos tiemblan como las del que espera una sentencia que cambiará su vida para siempre. Él lo coge al otro lado, más despacio, como el que sabe que dispone de toda una eternidad vacía que jamás podrá llenar con nada. La mira como si no la viera. Sus ojos azules son tumbas abiertas en las que no entra el sol. Ella puede oler su tristeza. Una tristeza que ha acabado con el hombre que fue.

—Necesito que me escuches un momento —le suplica mientras posa la mano en el cristal—. Yo no tenía ni idea de lo que iba a ocurrir esa tarde en...

—Estás muerta —dice sin ninguna expresión. Ane se estremece—. No volveré a pensar en ti, porque para mí estás muerta y enterrada bajo mil metros de la tierra más árida que seas capaz de imaginar.

—Te amo —declara ella con desgarro. Las lágrimas comienzan a deslizarse por sus mejillas—. Te amo con toda la fuerza de mi corazón...

Él suelta el teléfono para no seguir escuchándola. Continúa mirándola a los ojos al tiempo que se levanta. Después le da la espalda.

Ane puede escucharle a través del auricular que sigue descolgado.

—¡Sacadme de aquí! —grita como si se estuviera abrasando en el infierno—. ¡Quiero volver a mi celda! ¡Sacadme de aquí!

Ella le mira hasta que desaparece acompañado de un agente.

«Ya está», se dice cuando se queda sola, con el teléfono en una mano y acariciando el cristal con la otra. «Ya ha dictado su sentencia contra mí; estoy muerta y enterrada.»

Y fue así como se sintió en aquel momento y era así como se sentía ahora, después de cuatro años, mientras rozaba el cristal tras el que esperaba y temía verle aparecer.

El teléfono sonó incontables veces durante el domingo y el lunes, pero no se molestó en cogerlo. ¡Para qué hacerlo, si no quería hablar con nadie, no quería escuchar a nadie, no quería ver a nadie! El dolor era suyo. Comenzó a serlo cuando un día se miró en los ojos azules de Mikel y comprendió que se estaba enamorando sin remedio, cuando dejó que le abrigara el alma con palabras de amor, cuando a pesar de amarlo continuó vigilándole sin que él lo supiera. Por eso, ese fin de semana más que nunca, su casa fue el refugio en el que nadie pudo encontrarla. Tan solo la pena que vivía instaurada en su corazón.

Después de dos días y tres noches de lágrimas, el martes despertó deprimida y sin fuerzas para abandonar la cama. Tenía un fuerte dolor de cabeza provocado por la tensión y los llantos. Sin ánimos para nada, comprendió que no podía presentarse en la tienda con aquel aspecto de muerta en vida.

Hizo un esfuerzo por levantarse y llegar hasta la cocina para llamar a Lourdes. Le contó lo del dolor de cabeza, pero omitió el resto de la historia. Le dijo que necesitaría todo el día para reponerse. Después se sentó junto a la mesa y se tomó una aspirina con medio vaso de agua.

No había vuelto a la cama cuando sonó su teléfono móvil. Era Carlos, preocupado porque no había sabido de ella en todo el fin de semana.

—Dice Lourdes que no irás a trabajar porque no te encuentras bien.

—Es un simple dolor de cabeza —musitó friccionándose la sien derecha con los dedos—. He tomado una pastilla. Se me pasará en cuanto duerma un rato.

—No me has cogido el teléfono desde el sábado por la noche —insistió—. ¿Te ha ocurrido algo? —preguntó con preocupación.

—Carlos, ¡por Dios! —Se levantó y fue hacia la ventana—. No es más que una jaqueca.

La excesiva pasión en la respuesta no convenció a su amigo.

—De acuerdo —aceptó resignado—. No te agobio con más preguntas. Te dejo para que duermas y te recuperes cuanto antes. Te llamo esta noche —dijo con cariño.

—Mejor espera a que llame yo —respondió cerrando los ojos—. Lo haré cuando se me pase.

Hubo una pausa al otro lado del auricular. Ane escuchó un suave resuello y supo que Carlos estaba tenso. Después de tantos años, no tenía demasiados secretos para ella.

—No me estás ocultando nada, ¿verdad? —insistió él con cautela—. No ha ocurrido nada que te haya disgustado.

Ane volvió a asegurarle que todo estaba bien y que estaría aún mejor después de un buen sueño. Le dijo que le emocionaba su preocupación, pero también le pidió que se relajara de vez en cuando.

Tras colgar, no se apartó de la ventana, el lugar en el que había pasado más tiempo durante las últimas horas preguntándose dónde estaba él, qué hacía ahora que había recuperado una parte de su libertad. Volvió a contemplar los jardines, los bancos, el parquecito con el tobogán rojo. Suspiró con desánimo y, de pronto, su semblante triste se descompuso. En unas décimas de segundo pasaron por su mente todas las veces en las que había encontrado a Carlos en los alrededores de su portal, con actitud vigilante, observando repetidamente esos lugares que ella misma cuidaba desde que sabía que Mikel estaba libre. «Deformación profesional», había llamado él a ese gesto de mirar hacia los lados con insistencia. Con demasiada insistencia, pensaba ahora.

No podía ser. Suspiró y se frotó con los dedos su rostro cansado. Se negaba a aceptar lo que de pronto le había llegado a la mente. Carlos no podía saber que Mikel estaba en libertad. Si lo hubiera sabido lo habría comentado con ella; eran amigos... Pero también era cierto que él nunca había inspeccionado a su alrededor con la obstinación con la que venía haciéndolo las últimas semanas.

En un instante la furia ocupó el espacio en el que hasta entonces había estado su dolor de cabeza. Incluso su cansancio había desaparecido cuando llegó al portal después de haberse vestido con prisa. Miró hacia los lados y hacia los jardines esperando hallar algún rastro de Carlos o de su coche. Comprobó que nadie que ella pudiera ver la vigilaba ese día y salió hirviendo de indignación.

Apenas pisó las losetas grisáceas de la jefatura, preguntó si el comisario de la Brigada Central de Estupefacientes se encontraba en su despacho y si estaba solo. Ante las dos respuestas afirmativas se internó por el pasillo con paso firme y casi marcial. No necesitó mostrar acreditación ni tener concertada cita con nadie. Había sido miembro del cuerpo y, además, tenía el permiso especial del jefe para que entrara y saliera cuando quisiera.

Esta vez no se detuvo en la puerta para golpearla con suaves y rítmicos toques que recordaran a una canción, ni la abrió despacio para asomar primero el rostro y regalarle su mejor sonrisa. Esta vez entró con la fuerza desatada de un huracán, dispuesta a arrasar con quien la había engañado.

Carlos, sentado ante su escritorio, la miró sorprendido. No tuvo tiempo de preguntarse por el motivo de su repentina aparición ni de interesarse por su jaqueca. Solo entendió que llegaba derramando furia por sus grandes ojos grises.

—¿Por qué no me avisaste? —bramó ella, al tiempo que cerraba con un portazo y se acercaba a la mesa—. ¿Qué pretendías al ocultármelo?

El rostro del comisario se endureció mientras la preocupación y la ira le revolvían el estómago. Odió haber acertado con su presentimiento.

—¡Maldito cabrón! —resopló como un animal rabioso—. Se ha atrevido a presentarse ante ti. ¡Por eso estás mal!

Su airada respuesta aceptando su culpa aumentó la irritación de Ane hasta encenderle la sangre del rostro.

—Sabías que ocurriría. Has pasado días enteros vigilando mi casa, vigilándome a mí mientras me hacías creer que mirabas alrededor por «mera costumbre» —acentuó con ironía.

—Quería protegerte. —Se disculpó fingiendo un poco de calma—. Sabes que siempre lo hago.

—¿Protegerme? Lo único que tenías que haber hecho era decirme que él ya estaba en la calle. Nada más. ¡No necesito protección! —clamó con impotencia.

—Soy muy consciente de todo lo que has sufrido por su causa —comentó con suavidad—. No quería que volvieras a recordarle. Me pareció más prudente vigilar hasta cerciorarme de que él no te buscaba. Te juro que terminé creyendo que no lo haría. Pero no te preocupes. Me aseguraré de que no vuelva a molestarte.

95

—¡No te atrevas a hacer nada! —gritó—. No ha sido él quien me ha buscado. Nuestro encuentro fue del todo casual, en la calle en la que vive. Y fui yo quien di con él.

—¿Casual? —preguntó, de nuevo exaltado—. ¿Estás segura de que fue casual? No seas ingenua. Él ya no vive en esa calle. Ni siquiera vive en Bilbao. —Ella abrió los ojos con asombro—. Es un cabrón muy listo. Te aseguro que si tú le encontraste fue porque él quiso que lo hicieras.

—No lo creo —musitó sin ninguna firmeza—. Él tomaba un café cuando entré. Durante un buen rato ni siquiera fue consciente de que yo estaba allí, a su espalda.

—¿Recuerdas lo que te dije cuando te adjudiqué su seguimiento en la operación?

Ane asintió y volvió a verse en aquella noche que no olvidaría nunca.

Carlos ha aparcado cerca del portal del sospechoso. Ha anochecido mientras aguardan a que salga de casa para que ella pueda echarle un primer vistazo. Hace poco que él le ha confesado que la ama y compartir la estrechez y la oscuridad del coche está resultando turbador, aunque no incómodo. Ella está impresionada. Que ese hombre inteligente y atractivo, al que ha visto trabajar con valor y eficacia, se haya fijado en ella le resulta halagador. Aun así, su respuesta ha sido que le conceda un poco de tiempo para analizar si lo que siente por él es amor o simple admiración.

—Ese es —dice el comisario cuando el sujeto aparece en el portal—. El de pelo claro.

Ella le mira. Es alto, delgado. Viste pantalón negro y una camiseta blanca bajo la que se adivinan hombros anchos y marcados músculos.

—No tiene aspecto de delincuente —opina ante la imagen atractiva y seductora.

—No te fíes de él —aconseja Carlos—. Síguele de cerca pero, por favor, no te confíes. Es un pringado que está al final de la cadena, pero no sabemos lo peligroso que puede ser. Cualquiera que trate con alguien como Carmona es un delincuente sin escrúpulos.

El sospechoso camina por la acera con paso lento y firme, en actitud relajada, y ella contempla todos sus movimientos. Deduce que algo agradable le debe de cruzar por la mente en el instante en el que está a la altura del vehículo, porque su boca se curva en una fascinante sonrisa.

—Es guapo —comenta mientras ella misma se echa a reír—. Es muy, muy guapo.

—Vuelvo a repetir que no te fíes de él. La buena pinta no es garantía de nada. Los mayores cabrones que conozco llevan traje y corbata, y se hacen llamar don.

—No te preocupes. —Ella le mira en el momento en el que el hombre sale de su campo de visión—. Tendré cuidado, como siempre. ¿O es que no te fías de mí? —pregunta en tono de broma.

Carlos suspira con suavidad mientras sus manos rozan el cuero del volante y sus ojos la acarician a ella.

—Te confiaría mi vida —susurra con ternura—. Sin dudarlo ni un instante. Pero te quiero, y eso hace que a veces me preocupe en exceso.

El sonido del teléfono que había sobre la mesa la sobresaltó sacándola de sus pensamientos. Carlos dejó que sonara. Tenía toda su atención puesta en el rostro silencioso y preocupado de Ane. Se levantó y rodeó el escritorio para acercarse a ella.

—Permíteme que le pare los pies —dijo con suavidad—. No me obligues a contemplar con impotencia cómo te destroza de nuevo.

Ella negó con un movimiento casi imperceptible de cabeza.

—Me destrocé yo misma, no lo olvides. De todos modos, ¿cómo supiste que estaba en libertad? ¿Cómo sabes dónde vive?

—Pedí que me mantuvieran informado. —La contempló en silencio, recordando lo doloroso que fue saberla en brazos de aquel tipo—. Él no fue otro de tus trabajos. Siempre presentí que una vez que estuviera libre te buscaría. —Sonrió al añadir con ternura—: No eres mujer a la que se olvide fácilmente.

—Debiste decírmelo —le amonestó dolida—. De haberlo sabido no me habría acercado a los sitios que él frecuentaba —dijo sin mucha seguridad.

—No sigas pensando que ha sido coincidencia. Él te ha buscado —afirmó sin vacilar—. Pero te juro que no volverá a hacerlo.

—Quiero que le dejes en paz —pidió mirándole a los ojos—. No pretende verme, estoy segura. No obstante, si por alguna extraña razón llego a necesitar ayuda, te aseguro que te la pediré.

—Está bien. —Carlos le acarició la mejilla con los dedos—. Se hará a tu manera, pero con una condición. —Ella pestañeó, atenta—. Si vuelve a acercarse a ti me lo dices aunque creas que no necesitas defensa, aunque pienses que le has visto por puro accidente.

Ane asintió sin titubeos y, aunque enojada, se pegó a él para que la consolara como solía hacerlo. Él la estrechó entre sus brazos y apoyó la mejilla en su cabellera. Le preguntó si había desaparecido su jaqueca. Después le musitó palabras que la relajaron y continuó con otras que la hicieron sonreír.

Mientras tanto, él se reafirmaba en su intención de no permitir que nadie volviera a lastimarla jamás. A él no le iba eso de esperar acontecimientos, de confiar en que las cosas no ocurrieran. Él era partidario de afrontarlas cuando aún tenían solución. Opinaba que la prevención evita mucho sufrimiento innecesario. Más ahora, cuando quien estaba en riesgo era Ane. Su Ane.

6

Por la tarde, cuando la luz comenzaba a languidecer, Rodrigo aparcó el coche a escasos metros del piso. Mikel bromeó con la posibilidad de subirlo con cuidado por el bordillo y acercarlo hasta el mismo portal para no tener que caminar tanto. Se les veía agotados después de una ardua jornada en un terreno empinado en el que les había costado mantenerse en pie. Rodrigo reclinó el respaldo de su asiento y se acomodó para mostrarle lo confortable que resultaría pasar allí la noche. Mikel, que en unas horas estaría en su camastro de la prisión, le respondió con una carcajada. Abandonó el vehículo, lo rodeó por su parte delantera y arrastró su cansancio hasta la acera sin dejar de reír.

De pronto, un fuerte empujón le arrojó contra la pared. Sintió el impacto en la espalda y en la cabeza. Una presión en el cuello le cortó la respiración. Todo duró un instante. Un instante en el que su cerebro procesó la información como si la acción hubiera transcurrido a cámara lenta. Mientras identificaba el rostro furioso de su agresor advirtió que, a su derecha, Rodrigo salía del automóvil y se abalanzaba en su ayuda. Dirigió hacia él su mano abierta. Aunque asfixiado por el aplastamiento de su garganta, consiguió gemir un «no» para asegurarse de que su amigo se detuviera. Tenía ante él al maldito Carlos, que con un brazo le aprisionaba las costillas y con el otro le pulverizaba la tráquea dejándole sin aire. No necesitaba añadir a sus problemas la agresión a un agente de la ley.

—¿Me recuerdas? —preguntó entre dientes el comisario—. ¿Tienes alguna idea de quién soy?

—Sí... —respondió con voz rota—. Eres... el cabrón que me metió en la cárcel.

—¡Exacto! —exclamó apretando un poco más, pues le pareció escucharle hablar con demasiada facilidad—. Soy el cabrón que te envió a la cárcel y también soy el cabrón que volverá a hacerlo si te pasas de listo.

Mikel trató de respirar con lentitud. Tal vez así llegaría un poco más de aire a sus pulmones.

—No he... hecho nada. —Intentó apartar el brazo con sus manos. Carlos hundió el codo con más saña.

—¿Nada? Ten cuidado conmigo, porque puedo ponerte las cosas difíciles. Muy difíciles.

—Estoy seguro de eso —aceptó justo antes de que el ahogo le provocara un ataque de tos.

El comisario aflojó un poco y después le soltó. No quería que se le asfixiara entre las manos. Al menos no de momento. Estaba seguro de que podría controlarle sin necesidad de llegar tan lejos.

—Bien. Me alegra que comencemos a entendernos. —Se frotó con chulería su permanente rastro de barba—. Y ahora escucha con atención. —Aproximó el rostro para amenazarle en voz baja—: No vuelvas a acercarte a ella. Te juro que no tendré ningún problema en acabar contigo si lo haces.

Mikel, que ya había recuperado el aliento, no fue capaz de callarse al ver su preocupación.

—¿A qué temes? —Sonrió con impertinencia—. ¿A que me la vuelva a follar y de nuevo prefiera mis polvos a los tuyos?

—¡Maldito cabrón! —exclamó al tiempo que le encajaba el puño en la boca del estómago. Mikel se dobló de dolor—. Debes de ser un puto suicida para provocarme de esa forma. ¿Acaso crees que bromeo? ¡Responde! —exigió entre dientes—. ¿Crees que estoy bromeando?

Demasiado dolorido para hablar, Mikel negó con un gesto de cabeza. El comisario le sujetó las solapas de la cazadora y las alzó hasta levantarle con ellas la barbilla.

—Estás avisado —murmuró con amenazante voz baja—. Ni siquiera te atrevas a mirarla a distancia. —Le soltó y se arregló los cuellos de su propio abrigo, después los puños que cubrían su impecable camisa blanca—. No voy a permitir que ningún cabrón como tú le haga daño. Te estaré vigilando muy estrechamente, así que no cometas ninguna estupidez —aconsejó en tono conciliador. Acto seguido se volvió con tranquilidad, como si nada hubiera ocurrido, y cruzó la calle para dirigirse a su coche.

Rodrigo, que se había mantenido a distancia, reaccionó alarmado. En dos zancadas se plantó al lado de su amigo.

—¿Qué ha sido eso? ¿Quién era ese tipo y de qué cojones estaba hablando?

Mikel le hizo un gesto para que aguardara hasta que recuperara el aliento. El dolor en el estómago no le permitía erguirse y pasar aire por su dolorida tráquea era toda una tortura. Pero Rodrigo estaba demasiado asustado, demasiado furioso como para concederle unos segundos de tregua.

—Era un poli —se respondió—. Era un poli, y si le he entendido bien tú has hecho una visita a la tipa esa, ¿no es cierto? —volvió a preguntar al tiempo que movía los pies de un lado a otro, incapaz de quedarse quieto.

—Algo parecido —murmuró con una lastimosa voz ronca—. Y ese «poli» es el comisario.

—¿El comisario? Pero... ¿te has vuelto loco? ¡Dios! —exclamó llevándose las manos a la cabeza—. Se acabó el puto plan y se acabó todo.

—De eso ni hablar —opinó Mikel con los brazos sobre el estómago—. Todo sigue igual, sin cambios.

—Definitivamente, estás loco. En cuanto ese tío se entere irá a por ti. Además de que se ocupará de que a la tipa no le pase nada.

—Todo está calculado. —Intentó erguirse y aulló de dolor. Continuó doblado sobre sí mismo—. No podrá inculparme por mucho que sospeche, y tampoco podrá encubrirla a ella.

El que una vez le hubieran pillado con droga no le hacía responsable de toda la que encontraran a su alrededor. No tenía que pasarse la vida demostrando su inocencia. En todo caso eran los demás los que deberían probar su culpabilidad. Y él no iba a dejar ningún rastro que les permitiera hacerlo.

—Seguramente eso empeorará las cosas —opinó Rodrigo—. Se vengará a su manera, y seguro que tiene mucho donde escoger.

—Pero a ella nadie la librará de la cárcel. —El dolor no le dejó sonreír—. Lo que ese madero quiera hacer conmigo será un pequeño daño colateral sin demasiada importancia —bromeó con acidez.

—Sí, sin ninguna importancia —repitió con enfado—. Al fin y al cabo, estás acostumbrado a que te jodan. ¿No es verdad?

Mikel volvió a sufrir un ataque de tos. Puso la mano en horizontal y la otra tocando la palma interior, en vertical. Pedía tiempo muerto, como en un partido de baloncesto, para ver si de esa forma Rodrigo se apiadaba un poco.

—Vale. No hables si no puedes —concedió todavía nervioso—. Pero escucha lo que tengo que decirte. Esto no es lo que habíamos preparado. Si quieres destrozar tu vida hazlo, pero no cuentes conmigo para conseguirlo.

—Ya me has enseñado lo que necesitaba saber —resopló suavemente para soportar el dolor—. El resto es cosa mía.

Estaba comprobado que el comisario sabía golpear. Pensó que después de lo que le había provocado un solo revés, no quería saber cómo eran sus verdaderas palizas.

Era noche cerrada. En los jardines de Botica Vieja los árboles continuaban desnudando sus ramas. Ane, desde la ventana de su habitación, contemplaba el vuelo silencioso con el que a la luz de las farolas las hojas alcanzaban el suelo. Ella miraba sin disfrutar del hermoso espectáculo. Ni siquiera veía las luces que, desde el otro lado de la ría, vestían al Palacio Euskalduna y al centro comercial Zubiarte. Tenía el pensamiento muy lejos de aquella hermosa postal nocturna.

Desde que había visto a Mikel, el pasado, que nunca dejó de repetirse en su memoria, había cobrado más intensidad, más crudeza. Tenía la sensación de que en unos meses de su vida llegaron a concentrarse sus mayores dudas y sus más arriesgadas decisiones, su mayor felicidad y su más cruel amargura. Había tenido un miedo atroz a enamorarse de él. Pero ni aun soportando todo el temor y las dudas del mundo había sido capaz de apartarse de su lado. Debió haber sabido que su corazón no podría resistirse a su delicadeza, a su ternura, a su felicidad, a su risa contagiosa. Desde el primer momento luchó contra la tentación de cruzar los límites para mirarlo de cerca, para escuchar su voz y su risa, para comprobar si su piel olía como imaginaba. Después ya no fue capaz de alejarse. Él se convirtió en la droga sin la que no podía pasar ni un solo día. La droga que siempre supo que sería su perdición.

«¿Cómo podía luchar contra ti?», susurró, inmóvil junto a la ventana. «¡Si eras tan romántico, tan tierno, tan sorprendente!» Las lágrimas convertían las luces en manchas borrosas y brillantes. Con la mirada perdida se adentró en el pasado, en un turbador e inolvidable encuentro en el Iruña.

Ella ha tomado su café. Mikel ha cogido la taza para girarla boca abajo sobre el plato. Ya lo ha hecho en otra ocasión dejándola desconcertada. Esta vez se jura que no se quedará con la duda.

—¿Qué es esto? ¿Brujería? —se interesa riendo.

—Algo parecido —bromea él—. Mi abuela me enseñó un poco de magia.

La mira con gesto divertido y misterioso. Ella no deja de pensar que tanta seducción en un delincuente puede ser un problema o al menos lo está siendo para ella. Se siente atrapada en el fondo de esos ojos azules, pero le gusta estarlo. Le gusta sentir el hormigueo en su pecho cuando él le sonríe o el temblor en su corazón cada vez que intenta besarla. Solo se arrepiente de haberse dejado llevar por la inconsciencia cuando ya está lejos de él. Cuando redacta sus informes y omite que ha tomado contacto con el sospechoso. Cuando está sola y se recalca que enamorarse sería un tremendo error.

—¿Cuánta magia te enseñó? —pregunta como si le estuviera acusando de haberla hechizado—. ¿Haces vudú, conjuros, lees las líneas de la vida?

Algo chispea en sus ojos azules. «Tal vez la magia», piensa en ese momento.

—¿Me permites? —ruega él mientras le señala la mano sin atreverse a rozarla.

Ella la extiende con la palma abierta y la posa sobre la izquierda de Mikel. Él toma aire cuando siente su roce. Desliza la yema de los dedos por las líneas que debe leer. Lo hace despacio, sin ocultar que disfruta de la finura del tacto.

—Es hermosa. Tiene unas preciosas líneas curvas. ¿Ves ese punto en el centro? —La mira un instante y vuelve a poner la atención en la delicada piel mientras él mismo se responde—: ese soy yo; tu eje, tu principio y tu fin, tu amor, tu vida.

Los ojos de Ane centellean de felicidad mientras una sonrisa cándida se le instala en los labios.

—Deja de hacer el tonto y léeme el futuro —dice entre risas.

—No puedo —confiesa sin dejar de acariciarla—. No sé hacerlo. Mi abuela no leía las líneas de la mano ni echaba el Tarot ni consultaba una bola de cristal. Tenía una pequeña herboristería en la que, además de vender remedios para casi todos los males existentes, interpretaba los posos de café. —Con una mirada tierna ruega que le perdone el atrevimiento, pero no la suelta.

Ane emite una risa temblorosa. En realidad toda ella tiembla. También la mano de la que Mikel se ha apoderado con la inesperada artimaña. No intenta recuperarla. El roce de sus dedos le provoca un grato estado de embriaguez, una plácida felicidad que se resiste a perder.

—¿Cómo se hace? ¿Qué ves en la taza?

—Dibujos —explica él—. Están en el fondo, pero también en las paredes, y dependiendo de la distancia que tengan con el borde el significado cambia. Es como mirar las nubes y descubrir formas, pero sabiendo qué quiere decir cada cosa.

—¿Crees que todo está escrito en nuestros posos de café?

—¡Ojalá lo estuviera! —susurra—. Ojalá pudiera ver mi destino unido al tuyo en los dibujos de una taza o en las líneas de tu mano o en el fondo de tus ojos de titanio.

—¿Titanio? —pregunta sorprendida. Los dedos de Mikel siguen rozando la sensible piel de su mano y a ella le cuesta respirar.

—Sí, titanio. ¿Te has fijado en ese tono cambiante del Gugen cuando le da la luz del sol o el reflejo de la luna, o cuando lo humedece la lluvia? —Sonríe al verlos brillar—. Así son tus ojos. Así de hermosos, así de inalcanzables.

El rostro de Ane enrojece. Le tirita la risa y le tiemblan los labios, y Mikel baja la mirada hacia ellos. Se le ve torpe, desconcertado, y ella sabe que no es el modo en el que suele actuar ante una mujer.

—¿A cuántas chicas has dejado asombradas con esa magia que te enseñó tu abuela? —pregunta con más curiosidad de la que quiere aparentar.

—Tan solo a ti. —Esta vez es a él a quien le flaquea la risa—. Quiero decir que eres tú la única mujer a la que he intentado asombrar con esto. No sé si lo he conseguido.

Ane asiente con una leve inclinación de su rostro. Después vuelve los ojos hacia su mano.

—¿Me la devuelves, por favor? —musita enrojeciendo de nuevo.

—Cualquier deseo tuyo, hasta el que consideres más insignificante, es un mandato para mí. —Pero no la suelta inmediatamente. Le va acariciando los dedos con suavidad, deslizándolos entre los suyos como si le costara perderlos.

—No sé si debo creerte —dice posando en él sus ojos claros y brillantes.

Su duda no es tan simple como parece. Él es un delincuente y ella, a pesar de toda su experiencia con personajes de todas las calañas, solamente es capaz de ver su lado amable y tierno. Eso le hace desconfiar de su capacidad para la misión que le han encomendado.

—¿De verdad no lo sabes? —susurra a la vez que acerca el rostro—. ¿No es evidente que solo vivo para verte, que me tienes en tus manos desde que entraste en mi corazón?

Él continúa acortando el espacio que queda entre sus labios. Va a besarla. Ane interpone sus dedos y él los roza con suavidad. Una risa clara surge de su boca. Es el modo en el que le pide disculpas por haberlo intentado de nuevo, y la previene de que volverá a hacerlo en cuanto tenga ocasión.

«¿Cómo podía luchar contra ti?», volvió a preguntarse Ane, con la frente apoyada en el cristal frío de la ventana. «¿Cómo podía no enamorarme de ti?», repitió controlando un estremecimiento, con la mirada perdida en las manchas brillantes que se reflejaban en las frías aguas de la ría.

—Es lo que pediste que te consiguiera —indicó Rodrigo con los brazos cruzados sobre el pecho—. El coche más barato que pudiera encontrar. Este anda y además le funciona la radio —añadió con orgullo.

Mikel rodeó el viejo Renault. La pintura roja hacía años que había perdido el brillo. Se agachó para examinar las ruedas. Tres de ellas no tenían tapacubos y ninguna conservaba el dibujo de las cubiertas. Pensó que tendría que cambiarlas en cuanto le sobrara un poco de pasta.

—Es perfecto. —Se puso en pie y frotó sus manos sobre las perneras de sus vaqueros—. No se puede pedir más por lo que he pagado por él.

—Por dentro está mejor —comentó Rodrigo, que entró para ocupar el asiento del copiloto.

Mikel colocó sus dedos en la manilla y recordó el tacto suave de su lujoso Audi. Abrió la portezuela y observó el interior con detenimiento.

—Me gustaban los coches —reveló a media voz cuando se sentó sobre la desgastada tapicería—. Siempre había tenido cascajos como este, pero llegó un momento en el que dispuse de dinero y me compré un Audi grande, potente. —Sonrió al recordarlo—. A las chicas les encantaba. Era color plata. Cuando aceleraba a fondo y entraba el turbocompresor, devoraba distancia y parecía que iba a salir volando.

—Conozco esa sensación.

—No había terminado de pagarlo cuando todo ocurrió. El cuero aún olía a nuevo la última vez que lo conduje para ir a ese maldito polígono. —Crispó las manos sobre el volante—. Y ahora estoy aquí, con otro trasto. Todo termina volviendo a su origen.

—No siempre —opinó Rodrigo—. Tuviste mala suerte, pero no tiene por qué repetirse. —Le miró de soslayo para comprobar su reacción—. Y no se repetirá si no quieres.

—No quiero —murmuró con la mirada perdida.

—Pues comienza a pensar en el futuro en lugar de en el pasado. —Le vio tensarse y se contuvo para no amargarle el que debía ser un gran momento—. La vida es cojonuda, y como me llamo Rodrigo que tú vas a comenzar a vivirla. ¿Te has fijado que es rojo como los Ferrari? —dijo asomándose por la ventanilla abierta—. ¡Vamos, arranca el bólido!

Mikel respiró despacio y observó los pedales, la palanca de cambios, el volante. Sonrió nervioso y miró a su amigo.

—No estoy seguro de saber hacerlo.

—¡Claro que sabes! Esto es como andar en bici o como follar. —Alzó una ceja en un gesto de complicidad—. No me has contado detalles pero... comprobaste que no se te había olvidado, ¿no?

Su sonrisa respondió por él. Cogió aire con los ojos cerrados y lo dejó salir despacio. Pisó el embrague, se aseguró de que la palanca estaba en la posición de punto muerto y giró la llave. Le gustó el sonido del motor. No quiso compararlo con el de su Audi. Aquello pertenecía al pasado. Este era ahora su coche, igual que esto que dolía sin ninguna pausa era ahora su vida.

—Pon la radio y busca algo potente —pidió Rodrigo—. ¡Esto es una fiesta y vamos a meternos un chute de adrenalina! —Le miró sonriendo con afecto—. Te hace mucha falta.

También él lo sabía. Le agradeció en silencio su ayuda y su preocupación y pasó a manipular el dial hasta que sonó una canción de U2. Subió el volumen y miró el indicador del depósito de gasolina. Estaba lleno. Colocó las manos sobre el volante y miró al frente sin ver otra cosa que el infinito para circular. Recordó que antes le gustaba la vida, le gustaban las chicas, le gustaban los coches y adoraba la velocidad. «Puedo volver a hacerlo», pensó. Y en ese momento estaba seguro de que lo haría. Se sentía feliz, se sentía vivo. ¿Por qué no iba a ser ese un nuevo y definitivo comienzo?

—¿Tienes algún plan para hoy? —preguntó sin apartar la vista de la carretera—. ¿Algo que nos obligue a volver a una hora concreta?

—Ninguno —respondió Rodrigo, que se acomodó en el asiento y estiró las piernas.

—Bien —exclamó, y su risa llenó el interior del coche—. Yo tampoco.

El primer pedido que hicieron al nuevo fabricante había esperado en la trastienda desde primera hora de la mañana. Ahora desenvolvían cada rollo de tela y lo colocaban en la zona de baldas que despejaron entre las dos, unos días atrás. El papel pintado lo iban apilando dentro de sus propias cajas, dejando bien visible la referencia de cada modelo.

Ane rasgó el grueso papel marrón que cubría una pieza. Un color fucsia brillante con dibujos dorados provocó la admiración de Lourdes. Comentó que aquel tejido quedaría perfecto tapizando los sofás de su salón. Ane asintió sin ninguna emoción mientras empujaba la pesada bobina hacia el estante.

—Llevas unos días que no eres tú —comentó Lourdes ayudándola a trasladar la pieza—. Estás triste, ausente. ¿Qué te preocupa?

Ane suspiró suave y hondo. Tenía el corazón comprimido y encajado en la boca del estómago. Era una sensación angustiosa que le carcomía lentamente y sin descanso.

—He visto a alguien a quien amé mucho —reveló al tiempo que comenzaba con otro envoltorio.

—¡Menuda sorpresa! Empezaba a creer que no tenías corazón para enamorarte. —Le posó la mano sobre el pecho para hacerla reír—. Parece ser que sí. ¡Y late!

—Ojalá no lo tuviera y nunca me hubiera enamorado de él.

La sonrisa de Lourdes se apagó al entender que la actitud abatida de su amiga no invitaba a bromas.

—Nunca me has hablado de tus relaciones, y creo que este es un buen momento para comenzar —indicó con suavidad mientras se sentaba en la escalera de tres peldaños, junto a las baldas—. Somos amigas también para lo malo. ¡Anda, cuéntame qué es eso que todavía te hace sufrir!

—Me enamoré sabiendo que era una locura que cambiaría mi vida. No tuve voluntad para alejarme de él cuando estuve a tiempo. En realidad —opinó entrecerrando los párpados—, creo que nunca estuve a tiempo, que me enamoré en cuanto lo vi por primera vez.

—¿Cuánto hace de todo eso?

—Fue antes de que pusiéramos la tienda.

—¿Estaría acertada al suponer que fue por eso por lo que dejaste el cuerpo de policía? ¿Fue por él? ¿Fue por ese hombre?

—Sí. Fue por ese hombre. —Suspiró de nuevo y terminó de retirar el papel. Apareció un llamativo ramaje verde sobre un fondo blanco—. Cuando le perdí sentí la necesidad de cambiar de vida, de comenzar de nuevo con cualquier cosa que no me lo recordara.

—¿Sigues amándole? —se interesó con cautela, temerosa de dañarla.

Ane se entretuvo en rozar los dibujos de hojas con las yemas de los dedos, con expresión ausente.

—Le llamaban Trazos —dijo evitando la pregunta—. Trabajaba en una empresa de diseño gráfico. Era un artista con mucha sensibilidad. —Miró a su amiga y curvó ligeramente los labios al no oírle hacer la eterna pregunta de cada vez que hablaban de hombres—. Y sí, era muy guapo, con unos fascinantes ojos azules y una sonrisa capaz de derretir la voluntad más firme —aseguró recordando cómo había fundido la suya.

La Lourdes que se teñía el pelo de rojo chillón y se bebía la vida como si fueran sorbos del mejor champán, hubiera bromeado con la posibilidad de conocer a un hombre como aquel, pero entendió que no era el momento.

—¿Qué pasó? —preguntó con los codos apoyados en sus rodillas.

—No quiero hablar de eso. De verdad. Me aflige recordar todo el daño que le hice. —Se pasó la mano por los ojos como si espantara alguna visión—. Jamás podré perdonármelo.

Lourdes abrió la boca para preguntar qué clase de daño era ese que le había dejado tan extremado sentimiento de culpa, pero no pudo hacerlo. Ane la interrumpió mientras comenzaba con un nuevo paquete y tomaba una actitud defensiva.

—Deberíamos darnos más prisa. —Sus dedos temblaron al rasgar un nuevo papel marrón—. Aún nos queda trabajo para un buen rato y, por si no te has dado cuenta, ahí fuera continúa cayendo aguanieve. Me congelaré antes de llegar a casa.

El día siguiente amaneció sin rastro de lluvia, pero con un cielo gris sólido y una temperatura casi glacial. Mikel, protegido por una gruesa parka reflectante, manejó la pesada motosierra para derribar árboles y limpiar y dividir los troncos. De vez en cuando miraba hacia el tortuoso mar de nubes grisáceas y pensaba en unos ojos del color del titanio. Se resistía a reconocer que echaba de menos la labor de acecharla, de verla. No era un enfermo masoquista al que le gustara padecer. Porque eso fue lo que hizo durante todo el tiempo que la vigiló: sufrir física y mentalmente. Entonces, ¿qué era lo que añoraba? Se preguntó mientras se acercaba a otro viejo pino. ¿Qué era lo que le gustaba de esas agónicas persecuciones o de su único y exaltado enfrentamiento, cuando tensionaba los músculos para contener su rabia?... Ella. Ella se había convertido en su única razón de ser y de existir. Era ella quien le había mantenido vivo en la cárcel; ella, quien le sostenía en pie ahora. Ella y su férreo deseo de verla hundida en el mismo infierno al que le arrojó a él.

La hoja de la motosierra, empujada por sus fuertes brazos, penetró en la madera como si esta fuera de mantequilla. Al grito de «¡árbol va!» para que todos prestaran atención a la caída, un mastodonte de veinte metros se derrumbó sobre un suelo cubierto de frescos helechos.

Mikel volvió a mirar al cielo, hacia los ojos de titanio. Recordó el miedo que había brillado en ellos mientras todo el cuerpo de Ane temblaba. También él había sufrido con aquel encuentro. Se había flagelado a sí mismo con recuerdos únicamente para herirla a ella. Pero había merecido la pena. Se había sentido vivo contemplando el temor que la dejó sin habla. Ahora sabía que odiar le hacía bien.

Al fin y al cabo el odio era un sentimiento más poderoso que el amor, más intenso y apasionado. Cerró los ojos con fuerza y deseó odiarla con la misma estúpida ceguera con la que la había amado. Tal vez así podría sentirse tan vivo como se sintió entonces.

Había anochecido cuando Mikel se sentó ante el volante de su viejo coche. Había salido de casa con la disculpa de ver a unos antiguos amigos, y Rodrigo se había alegrado de que hiciera un poco de vida social.

No arrancó el motor de inmediato. No estaba seguro de lo que iba a hacer. Era difícil encontrar una justificación para acecharla de nuevo, incluso para sí mismo.

Se quitó el gorro de lana y los guantes, y se quedó inmóvil, con la mirada perdida en el cristal del parabrisas donde comenzaban a estrellarse unos finos copos de nieve. Pensó en Bego. También ella le hacía sentir vivo. Especialmente cuando le acariciaba excitándole hasta que sus recuerdos desaparecían y su único propósito era dar y conseguir placer. Era agradable no tener en la mente otra cosa que no fuera sexo. Sexo y ternura. Lo malo era que el resto del tiempo dominaban sus pensamientos oscuros. Tal vez por eso pensaba en Ane. Porque ella conseguía que todas esas negras cavilaciones, toda esa ira, todo ese odio inflexible se convirtieran en una dolorosa sensación de estar vivo, de tener una finalidad. Después de todo, ella seguía siendo su única razón para desear que su corazón no se detuviera aún; no había nada extraño en su obsesión por volver a verla.

Con la conciencia más tranquila por las razones que él mismo inventaba, giró la llave de contacto. El sonido sordo no encontró respuesta en el motor. Suplicó en voz baja que aquel trasto se pusiera en marcha al segundo intento. Volvió a girar la llave y nada ocurrió. Apretó la mandíbula mientras lo intentaba dos veces más. Finalmente golpeó el volante con los puños cerrados y gritó como un animal en cruda agonía.

Unos minutos después salió jurando entre dientes y volcó en el vehículo toda su impotencia. Golpeó el neumático delantero con el pie, una y otra vez, hasta que se sintió ridículo.

Volvió a abrir la portezuela para coger el gorro y los guantes. Se pasó las manos por la cabeza para sacudir las partículas de nieve antes de calarse la lana hasta las cejas. Pensó que aquello era un aviso del cielo, del infierno o de quien fuera para que no se acercara a Ane. Si necesitaba ayuda podía acudir a Bego y dejarse querer por ella. Lo había hecho muchas veces y siempre le había dado resultado. Era una sensación menos duradera pero más sosegada, con la que se sentía un hombre como cualquier otro. Iría en tren, pensó al tiempo que se ponía los guantes y caminaba hacia Lehendakari Aguirre, directo a la estación y a la mujer que esa noche le iluminaría las sombras.

7

De los fenómenos meteorológicos que Ane conocía, era, sin duda, la nieve la que más le atraía, con los copos descendiendo a cámara lenta desde las plúmbeas nubes, a merced del viento que desviaba la dirección de millones de ellos en un baile aéreo para pintar el paisaje de luz. A veces, en medio de esa danza, resonaba en su interior un vals vienés y entonces la visión se convertía en un placentero espectáculo.

Esa noche de viernes el aire soplaba recio. Los pequeños copos se mecían a ritmo de vals bajo las luces brillantes de la ciudad. Pero en su mente no sonaba ninguna melodía, sino que continuaba ocupada en preocupaciones y recuerdos.

No acostumbraba a llegar tarde a casa, pero por segundo día consecutivo, Lourdes y ella tuvieron trabajo en el almacén. El nuevo proveedor tenía unos diseños espectaculares y ellas se emocionaron demasiado al hacer el primer pedido. Lo comprobaron al desempaquetar y acomodar las piezas, que les llevó más de un día. Sin embargo, estaban tranquilas porque sabían que un género como ese tendría buena acogida entre su clientela.

Mientras caminaba por las calles de Bilbao, las mariposas de su paraguas fueron difuminándose bajo una fina y esponjosa capa blanca.

Cruzó la ría por el puente de Deusto y descendió la escalera de caracol hasta Botica Vieja. Continuaba por la acera que la conducía a casa cuando algo llamó su atención y le hizo levantar el paraguas para otear al frente. Eran las inconfundibles luces azules de un coche de la Ertzaintza, y calculó que estaban a la altura de su vivienda.

Las fuerzas le flaquearon al presentir una desgracia y aun así pudo acelerar el paso. Pensó en la adorable viejecita que vivía en su misma planta, puerta con puerta. Pensó en los cuatro niños pequeños que enredaban en el piso de arriba las mañanas de los días festivos. Todo lo pensó, menos lo que percibió cuando todavía le quedaban unos metros para llegar. Dos policías tenían inmovilizado a un sujeto de ropa oscura y gorro de lana.

El mismo corazón que a veces no se encontraba se aceleró hasta dejarla sin aliento. Sabía quién era ese hombre. Lo supo sin necesidad de verle el rostro y antes de distinguir su cazadora negra. Él apoyaba las manos en la pared, junto a su portal, mientras uno de los agentes le cacheaba y el otro le gritaba que no se moviera.

Le llegó el inconfundible tono de su voz. Le escuchó decir algo sobre que se habían equivocado. Pero lo que consiguió fue despertar la furia del ertzaina, que con una mano enguantada en cuero empujó sobre su cabeza para aplastarla contra la pared. Mikel tuvo el reflejo de volverse a un lado para evitar el golpe en pleno rostro. En ese momento Ane se detuvo a unos pasos de él y se encontró mirándole a los ojos. No le pareció que estuviera asustado, tal vez porque nadie podía estar más asustado de lo que ella estaba. Él la miraba con desprecio, con rencor. Pensó que solo un animal podía mantener esa actitud desafiante aun sabiéndose perdido.

Se arrimó al edificio y cerró el paraguas. Un pequeño charquito de agua y nieve se formó junto a sus botas marrones.

—¿Qué ocurre? —preguntó a los agentes con la mayor tranquilidad que pudo fingir.

—Nada que le concierna, señorita —indicó al tiempo que alcanzaba las esposas que colgaban de su cinto—. Haga el favor de no detenerse.

El policía ordenó a Mikel que pusiera las manos en la espalda. Él obedeció con lentitud, sin apartar los ojos del rostro aturdido de Ane, pero los cerró al notar el frío metal cercándole las muñecas. No era la primera vez. Sabía lo que venía a continuación: encierro, soledad, desesperanza. Volvió a abrirlos para enfrentarse por última vez a ella. Pensó que la había fastidiado, que su sed de venganza tendría que seguir esperando hasta que recuperara la libertad tras cumplir la totalidad de su condena.

Ane ojeó a su derecha, hacia el portal. No podía subir a casa dejándolo allí. No importaba qué intención había tenido al acechar esa noche su casa. Ella no podía abandonarlo. Al volver a mirarle le pareció ver en sus ojos una sonrisa cínica. Tampoco eso le hizo cambiar de opinión, pero se preguntó si él rechazaría su ayuda en un momento como aquel.

—Sí que me concierne, agente —dijo con aplomo—. Este hombre había quedado conmigo aquí, junto a mi casa, y yo me he retrasado un poco.

Ninguno de los ertzainas mostró sorpresa. El que cacheaba siguió con su minucioso examen, palpando sobre las piernas centímetro a centímetro.

—Debe de estar equivocada, señorita —opinó el que inmovilizaba a Mikel—. Échele un vistazo.

Le arrancó sin miramientos el gorro, que llevaba hundido hasta las cejas. Con la misma rapidez con que la lana desaparecía de su cabeza, volvió a golpearle contra la pared para que no se moviera.

Ane dio un respingo al sentir el dolor en su propia sien. Contempló de nuevo sus ojos. No le sorprendió que continuaran desafiantes, glaciales. Agarró su bolso, que llevaba en bandolera, y lo colocó sobre su pecho. Ni siquiera ella supo si lo hizo por necesidad de interponer algo entre su cuerpo y la frialdad de Mikel o porque necesitaba abrazarse a cualquier cosa.

—Estoy segura, agente —insistió—. ¿Qué ha hecho para que le detengan?

No le respondió. La miró con atención, como si tratara de buscar parecidos con alguna descripción.

—¿Cómo se llama usted? —preguntó el policía arrugando el ceño.

—Ane. Ane Zabalegui. —El que se ocupaba del cacheo se detuvo al escucharla—. Hasta hace unos años fui agente de la Brigada Especial de Investigación de Estupefacientes, en la Policía Nacional —comentó buscando un poco de afinidad que pudiera concederle alguna ventaja—. No entiendo qué ha podido hacer este hombre mientras me esperaba.

—Debe de haber algún error. Estamos aquí para protegerla a usted de un tipo de sus características —dijo señalando a Mikel—. Tenemos información de que es peligroso y la acecha.

Ane pensó en Carlos. Se le encendió la sangre al comprender que su primera sospecha había sido cierta. Los agentes no habían interceptado a Mikel porque pasaran por allí durante una de sus rondas y les hubiera parecido sospechoso. De algún modo, el comisario había conseguido que el cuerpo de la Ertzaintza le pusiera vigilancia.

Mikel apretó los dientes para llamarse «estúpido, estúpido, estúpido». Sabía que el comisario no bromeaba cuando le dijo que cuidaría sus pasos. Pero él era un estúpido, se repitió, al que se le nublaba la razón ante cualquier cosa que afectara a Ane. Por eso había pasado más de cuatro años en prisión. Por eso estaba ahora esposado contra una pared. Por eso le obligarían a sobrevivir de nuevo entre muros.

—Alguien les ha dado mal la información —perseveró. No había perdido aún la esperanza de convencerlos—. Nadie duda que muchas mujeres estén necesitando su ayuda, pero no es mi caso. A mí nadie me acecha.

—¿Está segura de que no tiene problemas con este tipo?

—Por supuesto. Y si no le sueltan se encontrarán con un par de denuncias. La de él y la mía.

El policía permaneció quieto unos segundos. Después hizo una señal a su compañero para que vigilara los movimientos del sospechoso mientras él se acercaba al coche patrulla. Descendió a la calzada y se detuvo a medio camino, colocó las manos sobre las caderas y miró hacia los lados, dudando. Por fin entró en el vehículo y se comunicó por radio con la central.

Mikel continuó inmóvil, como si la mano del agente siguiera presionándole. Le bastaba con observar el rostro de ella para saber cómo iban las cosas, y de momento solo veía preocupación. Estaba sorprendido por esa actitud. No entendía por qué estaba mintiendo para defenderle, por qué estaba contradiciendo las órdenes del comisario. De pronto asimiló algo que le había escuchado hacía un momento: la confirmación de que ya no era policía.

«¡Déjalo marchar!», escuchó decir a su espalda. No pudo ver el alivio en el rostro de Ane, porque él mismo cerró los ojos al sentir el suyo. Para él, pensar en volver a la cárcel era pensar en la muerte. La escuchó dar las gracias a los agentes mientras sus manos quedaban en libertad. No se movió. Se frotó las muñecas sin grilletes hasta que escuchó alejarse al coche patrulla.

—No se van a ir —comentó Ane en voz baja—. No han terminado de creerme y están confundidos. Antes de abandonar la zona van a asegurarse de que todo va bien.

—¿Ahora eres adivina? —exclamó con rudeza. Se volvió para contemplar cómo se perdían en la distancia las luces traseras del coche. Se sorprendió al verlos detenerse junto a la acera, a dos manzanas.

—Si te vas ahora volverán a detenerte —insistió al tiempo que sacaba las llaves de su bolso.

Se acercó a la puerta y trató de introducir una de ellas en la cerradura. Le temblaban las manos. Quiso fingir tranquilidad, pero no pudo. La ranura había encogido desde la mañana. Volvió a intentarlo una vez y otra. No se atrevió a levantar la vista para comprobar si Mikel seguía allí. «¡Tranquilízate por Dios!», se dijo antes de hacer un nuevo intento.

Se quedó sin aire en los pulmones cuando él le arrebató las llaves sin ninguna contemplación y abrió con limpieza. Sus dedos, hasta entonces ateridos de frío, reaccionaron al contacto encendiéndose cual ramas al calor del fuego.

Él, incómodo por el involuntario roce, retrocedió para dejarla pasar. Fue tras ella y se detuvo cuando la vio ascender los dos escalones que llevaban al ascensor.

—Disfrutas cuando mientes.

Ane se volvió despacio, sin poder creer lo que acababa de escuchar.

—¿Cómo dices? —preguntó notando cómo le nacía la furia.

—Que disfrutas mintiendo, manipulando. —Dio dos pasos más—. Solo así se entiende el numerito que has montado ahí fuera.

—¿Numerito? ¡Te acabo de librar de la cárcel! —exclamó abriendo los ojos de par en par—. ¿O no entiendes lo sencillo que es quebrantar el tercer grado?

—¿Acaso he pedido tu ayuda? —Avanzó otro paso. Los dos escalones dejaron el rostro de Ane a la altura del suyo—. ¿Acaso he pedido tu lástima? —Ella se abrazó con fuerza al bolso y retrocedió de espaldas, asustada por el fuego que despedían sus ojos—. ¿Qué es esto, poli? —preguntó con una sonrisa satisfecha—. Me tienes miedo y aun así me has incitado a entrar aquí, contigo.

—No te atreverás a hacerme daño —musitó sin apartar la mirada—. La policía sabe que estás aquí. No eres tan estúpido.

—¿Hasta qué punto estás segura de eso? —Se mofó, y ascendió los peldaños por la satisfacción de verla temblar.

—He mentido por ti, pero te lo advierto —dijo alejándose hasta que su espalda tropezó con el ascensor—: Como vuelva a verte por esta calle o me abordes en cualquier otro lugar, yo misma avisaré a la policía. Todavía no sé qué hacías vigilando mi casa ni qué quieres de mí.

—De nuevo preguntas qué quiero de ti, pero lo sabes. —Se adelantó hasta llegar a su lado y susurró pegado a ella—: Estoy seguro de que lo sabes.

—¡Lárgate! —ordenó con toda la entereza que pudo mostrar.

Mikel no se apartó. Durante unos segundos gozó de su desconcierto.

—Volveremos a vernos —prometió esbozando media sonrisa misteriosa. Después le dio la espalda y descendió hacia la salida.

Otro temor, distinto al que había sentido hacía un instante, llenó el corazón de Ane de pequeños alfileres que no le dejaban respirar.

Con el alma encogida en su cuerpo tembloroso, observó el paso altivo con el que cruzó la carretera y alcanzó los jardines. No quería perderle de vista. Temía que de un momento a otro apareciera el coche patrulla y todo volviera a comenzar. Dudaba que pudiera serle de alguna ayuda si le aprendían de nuevo. Cuando salió de su campo de visión apagó la luz del portal para no ser vista desde el exterior, descendió los escalones y se acercó al cristal de la puerta. Nevaba con suavidad. Mikel caminaba junto a la barandilla que separa el paseo de la ría. Se había puesto el gorro de lana. Llevaba la cabeza baja, los hombros hundidos, las manos en los bolsillos de la cazadora. Nunca le había visto andar así, como si vagara. No pudo contener las lágrimas al pensar que así era él cuando estaba solo, cuando creía que nadie le veía. Eso era en lo que la cárcel y ella le habían convertido.

La casa estaba a oscuras, y la habitación de Rodrigo, cerrada. Mikel no se había dado prisa en llegar; sin embargo, ahora necesitaba hablar con su amigo. Le apremiaba sincerarse, contarle la estupidez que había cometido esa noche. Pero eso lo pensaba cuando el silencio de la casa le devolvía al presente y a todo lo que Rodrigo estaba haciendo por él. Hasta ese momento había estado bebiendo de recuerdos hasta que se sintió ebrio de nostalgias y amarguras.

Había salido de Botica Vieja pegado a la ría. Cuando se alejó lo suficiente para que ella no le viera, se detuvo junto a la barandilla metálica pintada en blanco. Fumó un cigarro mientras contemplaba cómo desaparecían los pequeños copos al tomar contacto con las aguas oscuras de la ría. No había hallado la fuerza que le provocaba odiarla y había estado a punto de perder su libertad por verla; solo por verla. Mientras expulsaba el humo que se mezclaba con la nieve en su caída pensó en todas las locuras que había hecho por acercarse a ella. Y las seguía haciendo. Primero fueron por amor, ahora por simple y puro rencor.

Llegó a preguntarse qué daría por que esa mujer desapareciera de la faz de la tierra. Nada, se había respondido. No concebía un mundo sin ella. No imaginaba en qué volcaría su rabia y su frustración. No. Estaba seguro de que él existía porque ella seguía estando allí recordándole su obligación de saldar cuentas.

Había consumido un cigarro tras otro utilizando las minúsculas colillas para encender el siguiente hasta acabar con todos; había recibido la nieve sobre su gorro, sus hombros y su espalda hasta sentir la humedad en sus huesos; había recordado sus apasionados encuentros del pasado con ella hasta que con un crujido se le rompió el corazón. Ahora estaba en casa, parado ante la puerta de la habitación de Rodrigo bajo la que se apreciaba una delgada línea de luz.

Rebufó antes de golpear la madera con suavidad. La voz de su amigo le indicó que pasara. Antes de hacerlo soltó de una sola vez el aliento y se frotó las manos sobre la dura tela de los vaqueros.

Lo encontró en la cama, recostado sobre dos almohadones y el cabecero. Leía una de sus novelas de misterio.

—¿Qué tal te ha ido? —Colocó el punto de libro y dejó la novela.

—Hay algo que... —Mikel se frotó la nuca a la vez que tragaba—. Hay algo que tengo que contarte.

Se sentó sobre el colchón, a los pies de la cama. Tres segundos después se levantó y caminó hasta la ventana. Sin detenerse se acercó a la cabecera retorciendo los dedos de una mano sobre los de la otra.

—¿Quieres parar? —pidió Rodrigo, que comenzó a preocuparse—. No puede ser tan grave eso que vas a contarme.

—¡No, claro! —exclamó Mikel con una sonrisa nerviosa—. No es nada malo. Es... —Se friccionó de nuevo la nuca, agarrotada por la tensión—. ¡El coche! —dijo de pronto—. Es el dichoso coche, que no arranca cuando hace tanto frío como hoy.

—Me habías asustado —rio aliviado—. Con lo que te han cobrado por él, lo raro es que arranque alguna vez —señaló con guasa.

—Lo sé —confesó Mikel sentándose de nuevo en el borde de la cama.

Comentó la posibilidad de proteger el motor con cartones mientras continuaran los fríos glaciales. Así no tendría más sorpresas. Rodrigo bromeó con que tenían un Ferrari que dormía al raso. La risa acabó cuando Mikel indicó que tenía algo más que contarle. Rodrigo se quedó inmóvil. Conocía aquella mirada fija. Intuía que algo no iba bien.

—No fastidies, tío —dijo frunciendo el ceño.

—La he visto. La he visto en Deusto.

—¿Y qué cojones quiere decir eso? —bramó arrojando el libro sobre la mesilla—. ¿Que la has visto por casualidad? ¿Que la has visto de lejos?

—Que he estado con ella, hablando.

—¿Y me lo dices así, tan tranquilo, después de que llevamos una hora diciendo gilipolleces? —reprochó con rabia—. ¿Era más importante decirme que el puto coche no arranca cuando te jodes de frío?

—Hay más —dijo Mikel sin perder la calma. Rodrigo abrió con desmesura los ojos, incrédulo—. Al parecer le han puesto protección. Vi pasar un coche patrulla muy despacio. Me oculté, pero volvieron en un par de minutos. Me dieron el alto, me pusieron las esposas y...

—¡No lo puedo creer! ¿Le han puesto protección por ti, para protegerla de ti?

—... y ella llegó —continuó contando Mikel como si no le hubiera oído—. Me vio allí y salió en mi defensa.

—¡Maldita sea! ¿No quedó bastante claro que no volverías a verla? ¿Dónde te has dejado el sentido común? —preguntó furioso—. Soy testigo de que eres un tío listo. Es más difícil sobrevivir en la cárcel que aquí fuera. No sé antes, pero desde que te conocí siempre supiste qué hacer, qué decir, cómo pasar desapercibido, cómo parar los pies a quienes intentaron joderte. ¿Tengo que creer que el comisario tiene razón y en el fondo eres un puto suicida?

—Necesitaba verla —dijo con sinceridad—. ¿Has odiado alguna vez a alguien?

—A mi padre —respondió sin saber adónde conducía esa pregunta—. Es un cabrón egoísta y exigente. Por eso le evito y voy a ver a mi madre cuando sé que él no está.

—Entonces sabes que el odio te mantiene despierto, vivo —comenzó a explicarse—. El odio no te deja hundirte. El odio es, en sí mismo, un poderoso motivo para vivir. Hoy yo no tenía un buen día. —Apoyó los antebrazos en las rodillas y bajó la cabeza—. Necesitaba recordar qué hago aquí en lugar de hacerlo Manu. Cuando la veo y la odio, me odio menos a mí mismo y casi me siento bien. —Cogió aire sin demasiada energía—. Solo pretendía verla de lejos.

Rodrigo sintió lástima al apreciar sus hombros hundidos y la mirada clavada en la alfombra. Apartó los almohadones y se tumbó para dirigir la suya al techo.

—El odio te sirvió en la cárcel, pero ahora deberías tratar de olvidarlo porque aquí no te hace falta. Cuando ella te visitó...

—No le dije lo que debía —interrumpió—. Acababa de ver morir a mi hermano, de perder mi libertad, de perderla a ella... Dijo que me quería. —Alzó la cabeza y emitió una risa amarga—. ¿Puedes creerlo? Que me quería y que no sabía lo que iba a ocurrir aquella tarde. ¡Cómo podía pensar ella que iba a dejar que me explicara nada! El amor no se explica, se da —dijo con rabia—. Se da aun cuando no sepas si te van a devolver algo a cambio. —Se frotó el rostro con las manos para recordarse que estaba aquí, ahora. Algunos recuerdos dolían como si no hubiera pasado el tiempo—. Grité pidiendo que me sacaran de allí después de decirle que estaba muerta para mí. Pero nunca lo ha estado —reconoció por primera vez—. No ha pasado ni un día sin que piense en ella. Es una obsesión que no desaparecerá hasta que me haya vengado.

—¿De verdad no piensas desistir de eso? —preguntó con preocupación.

—Nunca. —La negativa surgió como un gruñido fiero—. No descansaré hasta habérselo hecho pagar como la miserable zorra que es. Y lo haré en cuanto pueda disponer de la coca.

—Está bien, pero al menos mantente alejado de ella —trató de convencerle—. No querrás que te jodan por la estupidez de acecharla, ¿no? Además, piensa que si comienzan a vigilar su casa no podrás hacer nada contra ella.

—No volveré a verla. Aunque mi vida esté llena de putos malos días como el de ayer, no volveré a acercarme a ella —sentenció al recordar el modo en que trató de mortificarla amenazándola con que se encontrarían de nuevo.

—Quiero que le investigues, pero de modo extraoficial —ordenó el comisario al agente Gómez, un novato que desde el primer momento le había inspirado confianza—. No existen motivos para hacerlo de otro modo; para la justicia está limpio. Lo que hizo lo está pagando de acuerdo con lo que marca la ley.

—¿Quiere que le siga con discreción?

—¡No! No, no. —Reforzó su negativa alzando la mano. Temía provocar un serio enfado en Ane si volvía a descubrirle. Ya solo confiaba en su propia cautela—. Pero busca en su pasado y entre la gente que le rodea. Quiero saberlo todo. No creo que aquel fuera su primer y único delito.

—¿Por qué, señor? Si tiene alguna sospecha podemos empezar por ahí.

—No tengo nada. Simplemente, no me cuadra que le pilláramos con un kilo de cocaína y esa fuera su primera vez —opinó rozando con los dedos su eterna incipiente barba. Ese sonido áspero le ayudaba a pensar—. Nadie comienza tan fuerte. Ha cometido más delitos que no conocemos, estoy seguro. Si los averiguamos, tendremos su pasado. Con solo tirar del hilo nos conducirá a su presente sin necesidad de ponerle vigilancia.

«No voy a volver a discutir con Ane por él», se juró cuando tras terminar de dar instrucciones se quedó a solas. «No me arriesgaré a perderla por ese cretino, pero tampoco dejaré que la dañe.»

No había razonado con tanta tranquilidad cuando le comunicaron lo que había ocurrido la noche anterior. Entonces había estallado en cólera dando un manotazo a los informes que tenía sobre la mesa y arrojándolos al suelo. Ya tenían al condenado Mikel. Solo restaba notificar que estaba acechando a la policía que le metió entre rejas, le habrían rebajado al segundo grado y el problema habría dejado de existir. Pero lo que más le dolía era la actitud de Ane. Había mentido por salvar a ese malnacido. Y había mentido porque aún le amaba.

Por unos momentos se le había nublado la razón. La desesperación le hizo pensar en soluciones drásticas y poco profesionales, pero al final había prevalecido el sentido común. Ane no le olvidaría mientras no se convenciera de que había sido y seguía siendo un delincuente. En el fondo, pensó, lo que estaba ocurriendo no era del todo malo. Le había confirmado sus sospechas de que a pesar de los años transcurridos ella seguía queriendo a ese tipo, y además le daba la ocasión de solucionarlo. Abrirle los ojos. Debía abrirle los ojos a lo que aquel personaje era, y hacerlo antes de que saliera herida.

Entretanto aguardaría, pensó al tiempo que se frotaba las sienes con los dedos. Aguardaría confiando en que el susto que la Ertzaintza le había dado esa noche le mantuviera alejado. El problema estaba en que le iba a costar morderse las ganas de intervenir de un modo directo, contundente y definitivo.

La impotencia le hizo estrellar el puño contra la mesa.

Necesitaba que al menos esto le saliera bien, ya que la resolución del asunto más importante de su carrera continuaba resistiéndosele: Carmona, el narcotraficante que llevaba años siendo su pesadilla. Que hubiera salido limpio, también de la última redada, era la mayor frustración profesional que había tenido en mucho tiempo. Sospechaba que alguien le había pasado la información, cosa no demasiado difícil, dada la cantidad de amigos influyentes que tenía.

Carlos no se sorprendió cuando, unas horas después, vio entrar a Ane. Lo que sí le extrañó fue la calma con la que lo hizo y la desgana con la que se sentó frente a él. Se quedó quieta, mirándole a los ojos. Y ese reclamo silencioso le tocó más hondo que cualquier grito colérico.

—Lo siento —musitó apenado—. Creí que hacía lo mejor para ti. Sospechaba que no iba a abandonar en su empeño, y debes reconocer que acerté.

—Te pedí que le dejaras en paz —dijo mostrando decepción.

—Y lo hice. No le vigilaban a él, sino a ti. Si no hubiera merodeado por tu casa nadie le habría molestado —aseguró colocando la mano sobre su corazón como si jurara sobre la Biblia—. Busqué el modo de cumplir mi palabra y protegerte al mismo tiempo.

—Esto podía haber terminado con su libertad, y lo sabes —insistió a pesar de creer en su palabra—. No tenemos ningún derecho a destrozar la vida que seguramente le está costando retomar.

—Él es responsable de sus actos igual que tú y yo lo somos de los nuestros. —Apoyó los codos en la mesa y cerró una mano sobre la otra—. Sabe que tiene que ser un buen chico si quiere seguir en libertad. Cuando ayer decidió acecharte, solo Dios sabe con qué perversa intención, lo hizo conociendo los riesgos. Si aun así se expone no culpes a nadie más que a él.

—No quiero discutir esto contigo —declaró dirigiendo la vista hacia las carpetas amarillas que se amontonaban en un extremo del escritorio.

—Yo tampoco quiero discutir contigo. No lo hacíamos desde... —apretó los párpados y comprimió los puños hasta que sus nudillos blanquearon—. ¿Por qué tiene que ser siempre él el motivo de nuestras discusiones? Ese hombre solo nos ha traído problemas. ¡Mándalo al infierno de una vez!

—¡Ya lo hice! —gritó clavando los dedos en el asa de su bolso—. Lo hicimos —corrigió sin abrir apenas la boca—. Le robamos su vida entera y le encerramos en el infierno.

—Eso es lo que en un estado de derecho le ocurre a la gente como él. —Abrió dos carpetas y las colocó frente a ella—. Deja de culparte por haber cumplido con tu deber y protégete de él.

Ane apartó la vista. No podía contemplar fichas policiales con las fotos de frente y de perfil, sin pensar en Mikel y en todo cuanto tuvo que pasar, comenzando por la humillante sesión fotográfica.

—No se trata de eso. Me culpo porque le amaba y aun así le mentí. Me culpo porque le debía una fidelidad que no le entregué.

—¿Qué le debías a alguien que juraba amarte y te ocultó que era un delincuente? Fue él quien intentó jugar contigo.

—Él nunca jugó con mi vida; yo sí jugué con la suya. —Los ojos se le llenaron de lágrimas que se negó a derramar—. ¡Y deja de vigilarle! —exigió con brusquedad—. Ahora es un ciudadano como los demás.

—¡Ya, claro! Como la otra vez, ¿no? —ironizó—. Entonces también asegurabas que era un hombre con una vida normal, que nos habíamos equivocado con él, ¿recuerdas?

—Esta vez es distinto.

—Según tú, aquella vez también era distinto. —Se frotó la media barba, pensativo y dolido—. Fue nuestra primera desavenencia.

124

¿Has olvidado tu empeño en convencerme de que no era nuestro hombre?

No, no lo había olvidado. Lo recordaba. Le recordaba a él, furioso, haciéndole repetir, como a una niña de escuela y para que por sí misma comprendiera que no había errores, la información que le habían facilitado al comienzo de la investigación.

—Entonces te pregunté qué era lo que no encajaba —continuó diciendo Carlos—. «Nada», me reconociste. «Todo concuerda.» Así que te ordené que siguieras con tu trabajo. No imaginas lo que me costó hablarte como tu superior. —La miró con una mezcla de amor y pena—. Nunca lo había hecho y nunca pensé que lo haría. Pero veía lo que te estaba pasando con ese tipo.

—No actuaba como un delincuente —insistió sin fuerzas.

—Pero lo era —sentenció—. Y mucho más de lo que suponíamos. Creíamos seguir a un simple camello, y te juro que pensé que de todos cuantos manteníamos vigilados en aquella operación él sería el último en conducirnos a Carmona. Y ya lo viste. Nos encontramos con la sorpresa de que también él traficaba.

—Te repito que ahora es distinto. Y si no lo es me da igual —dijo como última defensa—. Quiero que dejes de vigilarnos a él y a mí.

—Ya lo he hecho. Tomé esa decisión antes de que llegaras. Pero me gustaría saber qué haremos si se te vuelve a acercar.

—Soy una mujer adulta. —Se levantó y se quedó un instante frente a la mesa, ocultando el temor que en realidad le inspiraba Mikel—. Sé cuidarme sola.

Caminó hacia la salida, con paso digno. Cuando alcanzó la puerta sintió en su espalda el roce del cuerpo de Carlos y vio su mano posarse en la madera.

—Por favor —suplicó él. Miraba su cabello sin atreverse a tocarlo—. No te vayas así. Estoy intentando hacer las cosas como tú quieres. Te juro que lo estoy intentando. Soy culpable de querer protegerte. Es... —soltó una risa nerviosa—, es un vicio del que no consigo deshacerme.

Ella se volvió con gesto impaciente.

—Resultaría agradable si no me cuidaras con tanto celo —censuró, pero se dejó llevar por la lástima al verle preocupado—. Puedes tranquilizarte. Sigue en pie lo que te prometí. Te llamaré en cuanto crea que necesito ayuda. Pero si vuelves a causarle algún problema, yo...

—No lo haré —susurró consciente al fin de que no tenía más remedio que mantenerse apartado—. Pero tampoco bajaré la guardia. No confío en él. Nunca lo hice.

—Lo sé. Me quedó bastante claro entonces. —Hizo un gesto para que le permitiera salir—. Pero dejemos el pasado donde está. Ahora te ruego que no te extralimites con él.

Carlos apartó el brazo y retrocedió sin ganas, inspirando el ligero aroma a azahar.

—Tú mandas —musitó justo antes de que ella se girara y comenzara a alejarse. La contempló lamentando que se fuera con ese aire de tristeza y sin añadir ninguna palabra cariñosa.

8

Cuando andaban uno al lado del otro, sin rozarse, no lo hacían a la par durante mucho tiempo. Mikel aceleraba, sin ser consciente de ello, y terminaba dejando atrás a Bego. Ella se aturdió la primera vez que se vio incapaz de seguirle el paso. Él le pidió perdón. Le explicó que era algo que hacía de modo reflejo. Había dado cientos de paseos en el patio de la prisión, siempre al mismo ritmo, casi siempre solo, como un cuerpo al que le hubieran incorporado un piloto automático. Tenía que estar muy pendiente para no tomar, también ahora, aquel rápido y obsesivo ritmo. Por eso, mantener el paso lento de Bego le gustaba y sentía que le hacía bien. Ella le retenía con un beso y una sonrisa cada vez que apreciaba que le rebasaba un poco.

La tarde de ese sábado recorrieron la Gran Vía cubiertos por el mismo paraguas, arrullados por el golpear de la lluvia sobre la tela impermeable de suaves flores. Fue Mikel quien lo sujetó, asegurándose de que a ella no le cayera ni una gota, sin importarle que él se estuviera empapando el costado izquierdo.

—¿Por qué dice Rodrigo que tienes que probar la llave en casa de... —se negó a nombrarla—, de esa?

—Al parecer funciona en un noventa por ciento de las cerraduras convencionales —respondió Mikel—. No puedo arriesgarme a llegar allí el día D, con todo preparado, y no poder abrir la puerta. Cuando consiga el paquete será para deshacerme cuanto antes de él, no para tenerlo en casa ni pasearlo de un lado a otro como un inconsciente.

—¿Y si compruebas que no va? —preguntó con preocupación.

—Él me enseñará otro método. Tranquila —le susurró al oído—. Conoce unos cuantos y de un modo u otro daremos con el apropiado para la cerradura que ella tenga.

Bego le había pedido, incontables veces, que desistiera de esa locura. Esta vez se mordió la lengua y calló. Presentía que sus súplicas volverían a resbalar por sus oídos sordos. De haber intuido que ya se había encontrado con Ane, la preocupación le hubiera llevado a insistirle sin ninguna tregua.

—¿Cómo sabe tanto sobre estas cosas? —interrogó sin importarle mostrar desconfianza.

—Ha tenido amigos de todas las calañas. El que se la lio con el aval bancario le enseñó los secretos de las cerraduras, a hacer el puente en un coche —sonrió recordando el comentario de Rodrigo—. Bromea diciendo que nunca se sabe cuándo vas a necesitar hacer uso de alguna de esas habilidades. Pero es un tío legal. Eso puedo asegurártelo.

Pasaban ante el edificio de la Diputación cuando ella le dijo que quería enseñarle unas botas en un escaparate. Aseguró que no las había comprado porque dudaba entre unas con cremallera delantera y otras que simulaban atarse con una hilera de pequeños botoncitos. Mikel la estrechó más fuerte y le besó el cabello diciendo que estaría encantado de ayudarla en la elección, y que sería un placer hacerlo también con ropa interior si lo necesitaba.

—¿Tendrías paciencia para ver cómo me pruebo un modelo tras otro? —preguntó con voz melosa. Él le revolvió el pelo con el rostro hasta encontrar su oreja, donde le susurró:

—Una paciencia infinita.

Bego aún reía cuando, en la plaza de Moyúa, intentó girar a la izquierda. Él la atrajo hacia sí para corregir el rumbo y continuar de frente, por el semáforo que llevaba al centro de la plaza. Se detuvieron en tierra de nadie tirando cada cual hacia un lado diferente.

—Crucemos en línea recta —propuso Mikel señalando el camino en medio del aburguesado jardín estilo francés que cubría el centro de la rotonda—. Hay menos gente y dejaremos de tropezar con otros paraguas.

Bego miró hacia el amplio camino, trazado por setos bajos de boj, y a la fuente de agua y luz rodeada de bancos.

—Sería perfecto si no fuera porque mis botas nos esperan por allí —indicó tirando de nuevo de él. Mikel perdió la sonrisa cuando comprendió que «allí» era la peatonal calle Ercilla. Recordó el escaparate lleno de calzado junto al que había pasado horas vigilando la tienda de decoración. No podía volver allí en ese momento, se dijo a la vez que sujetaba contra sí a Bego para que cejara en su intento de arrastrarle.

—¿Es imprescindible que las miremos hoy? —preguntó con esperanza aún de convencerla.

—Tiene que ser hoy, mi amor. ¡Anda, me interesa mucho tu opinión! —Esta vez agarró la cazadora de cuero para tirar con fuerza.

Riendo como una niña, salió del cerco de protección del paraguas. La lluvia comenzó a mojar su pelo negro, los hombros de su abrigo y su rostro radiante. Mikel fingió sonreír mientras la observaba, la cogía de la mano y la impulsaba para retornarla a su lado.

—Seguro que no has pasado entre esos macizos de flores de noche y con lluvia —susurró, seductor, ciñéndola por la cintura—. Al menos no lo has hecho conmigo.

Bego apoyó la cabeza en su pecho y disfrutó de sus mimos.

—Me agrada que me propongas algo tan romántico —musitó, y Mikel comenzó a recuperarse del sobresalto—. Pero lo haremos después de decidir lo de mis botas —dijo alzando el rostro y dándole un sonoro beso en los labios.

Él todavía la retuvo un instante. Lo último que deseaba era ver a Ane mientras llevaba a Bego del brazo, pero al parecer no podría evitarlo. Se resistió al nuevo tirón con el que ella intentó arrancarle del suelo. Finalmente dejó de insistir. Aceptó sin palabras. La estrechó por los hombros cuidando de que el paraguas la cubriera por completo y avanzó hacia Ercilla preparándose para lo que sabía que sentiría al verla.

No vio las botas. No atendió a las explicaciones de Bego. Respondió con monosílabos cada vez que le pareció escuchar una pregunta.

No pudo apartar los ojos de la tienda de enfrente.

En el interior ya habían encendido las luces y pudo verla con claridad tras el mostrador, explicando algo a un hombre vestido con elegancia. «Sí», respondió a otra pregunta de Bego mientras contemplaba a Ane reír. «Sí», volvió a decir cuando apreció que acompañaba al cliente hasta la puerta. No tuvo fuerzas para bajar el paraguas y ocultarse. Toda su energía había desaparecido en unos minutos. La observó estrechar la mano del tipo y despedirse con una sonrisa. Y él volvió a responder con un «sí».

—Gracias, mi amor —exclamó Bego—. Estaba casi segura de que elegirías esas.

Mikel miró hacia el escaparate y trató de centrarse, pero ya era tarde. Ni siquiera supo de qué calzado habían estado hablando. Se frotó la nuca, confuso, y observó la expresión dichosa de Bego. Ella no merecía que la tratara con aquella indiferencia. Se inclinó y la besó con suavidad en los labios para compensarla por lo que acababa de hacer, pero sobre todo para perdonarse a sí mismo.

—Vamos —la oyó susurrar, y la rodeó con el brazo.

Se prometió que no se volvería a mirar atrás, pero su propósito se esfumó en cuanto comenzó a alejarse. Se volvió una vez y otra. Se volvió hasta que doblaron la esquina y la tienda desapareció de su vista.

Un rato después, habían cerrado el paraguas y se protegían junto al portal del piso de Bego. Ella le había pedido, de nuevo, que subiera a saludar a sus padres, a los que había visto un par de veces hacía años. En esta ocasión Mikel justificó su negativa aduciendo que estaba cansado y que pasaría a verlos cualquier otro día. Bego aceptó su decisión sin protestar. Creía saber que no se sentía preparado para presentarse ante ellos como el novio de su hija. Le resultaba evidente que temía las ataduras afectivas igual que le sobrecogían las rejas físicas. Era muy consciente de todas las inseguridades que Mikel había hecho suyas en la cárcel.

Para él era algo mucho más complejo que ni siquiera trataba de explicarse. Además de su inseguridad y su baja autoestima, estaba el maldito tercer grado. Sabía que cualquier torpeza que cometiera le obligaría a cumplir entre muros lo que le quedaba de condena. También contaba lo que pretendía hacer para acabar con Ane. Y, por qué negarlo, le coartaba sobremanera el que no fuera amor lo que sentía por Bego. No podía mirar de frente a sus padres mientras escondiera tantos sucios secretos, mientras no creyera que había dejado atrás su otra vida y que podía comenzar una nueva junto a su hija.

A pesar de lo mucho que Bego insistió para que se llevara su paraguas floreado, Mikel se fue sin él. No le preocupaba la lluvia, que para esa hora descendía mezclada con minúsculos copos de nieve. Caminó en dirección a Abando sin molestarse en protegerse bajo los aleros de los edificios, con las manos en los bolsillos de su cazadora y el que amenazaba con convertirse en su eterno gorro de lana.

Se detuvo ante la puerta abierta de un pequeño bar casi vacío. Recordó que su padre justificaba sus borracheras diciendo que bebía para olvidar, para ahogar sus penas en grados y grados de alcohol. Se preguntó si era cierto, si alguna vez, durante algunos miserables minutos, su padre había arrinconado su desgracia hasta el punto de olvidar quién era y quiénes le necesitaban.

También él había intentado olvidar sin conseguirlo. Había probado con todo, excepto con la compañía de un vaso de cualquier clase de licor.

Desoyó a su sentido de la cordura y entró con decisión. Se sentó junto a la barra, en uno de los extremos, y pidió un whisky largo, sin hielo. Lo bebió deprisa, como si en verdad pretendiera emborracharse hasta no recordar cuál era su nombre. Hizo un gesto al camarero para que volviera a llenarle el vaso. Esta vez se paró a contemplar el líquido cobrizo mientras sacaba el paquete de tabaco. Prendió un cigarro y pensó en Ane, en lo sucio que había jugado desde el primer momento. Si su intención había sido acostarse con él para seguirle los pasos de cerca, ¿por qué no lo hizo la primera vez que se vieron, o la segunda, o la tercera? ¿Por qué esperó hasta que él no pudo pensar en nada ni nadie que no fuera ella?

Aplastó con rabia el pitillo contra el cenicero. Esa noche necesitaba algo fuerte que realmente adormeciera el cerebro. Cogió su vaso y lo bebió sin respirar. Sintió deslizarse fuego por su garganta y alcanzar el estómago. Aspiró con la boca entreabierta para contrarrestar el ardor al tiempo que pedía que le llenaran de nuevo el vaso. No reparó en la mirada inquieta del camarero ni en su gesto de duda. Apoyó los codos en el mostrador y vagó la mirada por las botellas ordenadas en las baldas de la pared.

Recordó la tarde de aquel sábado, un sábado diferente.

Ha decidido hacer algo para acabar con la rutina de verla una sola vez a la semana, con el castigo de echarla de menos durante siete interminables días, con la tortura de necesitarla y no tenerla nunca.

La espera en la puerta del Iruña en lugar de hacerlo, como de costumbre, en el rincón del fondo.

—Cambiemos el café por un paseo —le pide apenas llega, y ella acepta con su eterna sonrisa de ángel.

Recorren la calle Colón de Larreátegui, pasan junto a la plaza Zabalgune, donde avista a Manu, que fuma y ríe junto a un grupo de chicos de su edad, y continúan hasta el parque Doña Casilda. Al principio caminan en silencio. Después ella comienza a hablar de cine, de películas en blanco y negro, de *Casablanca*. A Mikel le turba andar a su lado, bien cerca, queriendo creer que a ella le ocurre lo mismo. A veces, sus manos se rozan en el espacio que queda entre los vaqueros de él y la falda de ella. Entonces se queda sin aire y durante unos minutos vuelve a reinar el silencio.

Ya en el parque, la conduce por uno de los senderos que llegan hasta La Pérgola. Busca intimidad. Una intimidad no demasiado evidente ni demasiado solitaria ni demasiado oscura. Aquel pasillo circular le parece perfecto: abierto al exterior, pero con numerosas columnas que lo separan del resto del parque y un techo tejido con las ramas verdes de las glicinias.

Han recorrido media galería cuando él se decide a dejar a un lado los sentimientos ficticios de las películas para hablar de otros reales. Los suyos.

—Tengo que decirte algo.

No es lo que dice, sino el modo susurrado y dulce en que lo dice, lo que despierta la alerta en Ane. Él va a declararse, piensa, y ella no puede aceptarle por más que desee hacerlo.

—¿Sobre *Casablanca*? —bromea fingiendo tranquilidad.

Mikel sonríe. Camina hacia la columna en la que ella se ha detenido.

—Sabes que no. Creo que hasta intuyes de qué quiero hablarte. —Se para y la mira a los ojos—. Bromeas o cambias de conversación cada vez que trato de desnudar mis sentimientos. Por eso te he traído aquí —reconoce alzando los hombros y escondiendo las manos en los bolsillos de su cazadora—. Porque yo no puedo seguir así.

—Así, ¿cómo? —pregunta aun cuando ha entendido lo que dice y cuando lo único que desea hacer es acercarse a él y besar la sonrisa torpe que dibuja su boca.

—Así, como hasta ahora —indica sin dejar de mirarla—. Viéndote unas horas cada sábado y muriendo el resto de la semana por no saber dónde estás o si volverás a nuestra siguiente cita.

—¿Desconfías de mí? —pregunta apoyando la espalda sobre las rugosas ramas de la glicinia que ascienden rodeando la columna.

132

—Confío en ti —susurra avanzando de nuevo hasta rozarla con su aliento—. Pero me vuelvo un maldito paranoico cuando no puedo verte. Y son demasiados los días que me privas de tu presencia.

También ella se priva de la suya, piensa Ane, que le cuesta la vida vigilarle cada día a distancia sin ceder a la tentación de acercarse. Verse con él de vez en cuando ya es un alto riesgo que no debería estar corriendo.

—Tal vez podamos quedar también a mitad de semana... —comienza a proponer con inconsciencia.

—No me has entendido. O tal vez sí. —Ladea el rostro con un gesto de complicidad—. Quiero verte los lunes, los martes, los miércoles... Quiero verte todos los días del resto de mi vida.

Ella sonríe y se retira el pelo sujetándolo tras la oreja. Tiembla de arriba abajo. Se aplasta contra la columna a pesar de que hace rato siente que se le clavan en la espalda las ásperas ramas de la enredadera.

—¿No estás...? —Se le escapa una risa temblorosa—. ¿No estás corriendo demasiado?

—Sí. Puede que tengas razón —reconoce—. Pero es que tú vas tan despacio que me atormentas.

—Yo creo que... estamos bien así —musita con el corazón palpitándole en la garganta.

—No —susurra traspasándola con los ojos—. No. No estamos bien. Yo no estoy bien —precisa—. Necesito verte más, pero sobre todo necesito saber si sientes algo por mí.

—Me gusta estar contigo —dice bajando y ocultándole la mirada.

—¿Solo eso? —Coloca las yemas de dos dedos bajo su barbilla y la alza con suavidad. Le parece que sus ojos grises titilan como estrellas—. Entonces son mis ganas las que me hacen ver ese brillo en tus ojos cuando me miras. —Sus palabras suenan como un susurro tenue—. Son mis ganas las que me hacen verte temblar cuando te rozo, como veo que tiemblas ahora. Son mis ganas las que me dicen que a veces te quedas sin voz, que te vibra la risa, que se te encienden las mejillas. Son mis ganas de descubrir cualquier detalle que me indique que sientes algo por mí. Son mis ganas de ver lo que no existe las que me están volviendo loco.

Ane se queda inmóvil, imaginando que extiende los brazos y se cuelga de su cuello diciéndole que le ama, que es el hombre más maravilloso que ha conocido y que le amará por toda la eternidad. En cambio, con voz apagada dice lo que a ella misma le parece una estupidez.

—Tenemos... una bonita amistad. No la mezclemos con cosas que puedan estropearla.

Mikel apoya la mano en el borde de ladrillos rojos, sobre la cabeza de Ane. Sigue con la mirada la cenefa azul que surca por el centro de la columna, desde la base hasta el techo de ramas y hojas, tratando de recuperarse de la herida que le ha abierto lo de «bonita amistad».

—No necesito más amigas —musita volviendo su atención a Ane—. Y desde luego no necesito tener como amiga a la mujer que me roba el sueño.

—Pues, no... —traga saliva y clava los dedos en la correa de su bolso—, no se me ocurre otra solución.

—¿De verdad no hay sitio para mí en tu vida? —susurra tan cerca de ella que puede escucharla respirar.

—No lo sé —dice sin atreverse a mirarle—. De verdad que no lo sé. —Coge aire y lo expele despacio por la boca entreabierta.

—¿Qué pasa? —pregunta intranquilo—. Dime qué temes. —Ella le escucha en silencio—. A veces presiento que hay algo en mí que te provoca desconfianza. Dímelo. Déjame saber qué te preocupa y yo aclararé tus dudas.

«Ahora o nunca», piensa Ane. Pero no se atreve. Por más que quiere negárselo, él sigue siendo un trabajo. No puede confesarle que es policía ni hablarle de la operación en la que está participando. Ya son suficientes las normas que ha incumplido para estar cerca de él.

—No estaría aquí, contigo, si no creyera en ti —reconoce con timidez—. Pero... tengo miedo de que esto no salga bien.

—¡¿De que no salga bien?! —exclama con alivio—. ¿Y cómo lo sabrás si no te arriesgas? Te amo. Te amo como jamás pensé que llegaría a amar a nadie. Tuviste que aparecer en mi vida para enseñarme que el amor no era lo que yo creía, sino esto que estoy sintiendo por ti.

—¿Qué sientes por mí? —pregunta tan esperanzada como temerosa.

—No es fácil de explicar con palabras. —Peina con dedos torpes su melena clara—. Me falta el aire cuando te veo llegar y siento que muero cuando te despides. Estás en mi pensamiento cada segundo del día y en mis sueños durante todas las noches. Daría... —suspira mirándola a los ojos—, daría la mitad de mi vida si con ello pudiera asegurarme de que pasaría la otra media contigo.

Una felicidad enorme e inquieta se instala en el pecho de Ane, que siente que le abandonan las fuerzas. Despide el aire de un único golpe, como si hasta su aliento hubiera escapado de su control. Que Mikel la ame de esa forma la llena de dicha, pero también de un racional y justificado miedo.

—Me asustas —confiesa aun cuando no puede revelarle todos sus motivos—. Quien es capaz de amar con esa intensidad, puede odiar de la misma manera.

—Yo no odio. No he odiado ni odiaré jamás a nadie. Además —dice riendo—, necesito todas mis fuerzas para amarte. Te aseguro que no soy un tipo peligroso.

—No —manifiesta ella, tan bajo que parece que se lo dice a sí misma—. No creo que lo seas.

—Entonces, ¿cuál es el problema? —musita al tiempo que le roza los mechones que le descansan en la sien—. Si me lo dices tal vez pueda solucionarlo.

—Puede que ninguno —reconoce con una sonrisa tímida.

Mikel percibe su flaqueza igual que a veces nota sus dudas. Contiene el aliento mientras desliza los dedos por la finura del cabello hasta alcanzarle el hombro.

—Me muero por besarte —susurra acercándose hasta que ni el aire puede circular entre su cuerpo y el de ella—. ¿Me das tu permiso? —Ane duda con sus últimas fuerzas—. ¿Puedo? —vuelve a preguntar con un suave hilo de voz.

Se inclina despacio al verla suspirar. Le roza los labios con los suyos. No puede discernir quién de los dos tiembla con más intensidad. Tal vez él mismo, se dice cuando no puede mantener las manos firmes al rozar la suave piel de su cuello, al internar los dedos por el nacimiento de su pelo castaño, al acariciarle con los pulgares las mejillas, al sujetarle el rostro para besarla con toda la ternura que puede reunir para que ella no quiera separarse nunca de él. No la suelta hasta que se queda sin aire, hasta que el deseo le encoge el estómago y el corazón le golpea el pecho como si le faltara espacio.

—Te quiero —musita Ane, vencida, cuando se mira en sus ojos azules que brillan tan emocionados como los suyos.

Esta vez es ella quien busca sus labios. Le coge de las solapas de la cazadora y lo atrae hacia sí. En ese momento todos sus temores desaparecen. Solo están él, ella y la verdad que le confesará en cuanto encuentre el momento apropiado.

De nuevo la falta de aliento les obliga a separarse. Mikel toma la mano de Ane y la posa sobre su corazón, que sigue acometiendo con fuerza en busca de una morada más amplia.

—Esto es por ti —susurra adorándola con los ojos—. Late solo por ti y se detendrá si algún día dejas de amarme.

Mikel golpeó con el puño cerrado sobre la madera de la barra del bar mientras recordaba aquella maldita frase: «Se detendrá si algún día dejas de amarme.» ¡Como si ella le hubiera amado alguna vez! se dijo al tiempo que bajaba los ojos y se encontraba con que le habían rellenado su vaso de whisky. Lo observó unos instantes preguntándose cuántos de ellos serían necesarios para adormecer por completo el cerebro de un hombre.

«Se detendrá si algún día dejas de amarme», musitó en aquel mismo instante Ane mientras rozaba las hojas de glicinia dibujadas en una de las piezas de tela. Se había quedado sola en la trastienda, ordenando tejidos, y había vuelto a recordar el momento en el que Mikel se le declaró. Lo hacía a menudo. Pensaba en sus dulces palabras de amor y se preguntaba si un corazón podría dejar de latir al sentirse traicionado. Ahora, tras su encuentro, sabía que el corazón de Mikel se había revestido de una infranqueable capa fría y dura, y le dolía asumir que lo hubiera hecho en el momento en el que dejó de creerla y comenzó a odiarla.

Oculta por la penumbra de su habitación, Ane respiraba con dificultad junto a la ventana. Vigilaba los movimientos de una figura oscura sentada en un banco del parque. Lo había descubierto al regresar del trabajo acompañada por Carlos. Se le había congelado la sangre cuando lo reconoció a pesar de que solo pudo apreciar su espalda. Le costó continuar la conversación y reír las bromas, pero la necesidad de que él no advirtiera la presencia de Mikel la ayudó. Comprendía que el comisario no miraba hacia los lados por no alterarla, y temía que volviera a hacerlo en cuanto se quedara solo. Mientras forzaba la sonrisa calibró el peligro de que le viera. Se encontraba al otro lado del parque, frente a la barandilla que separa el paseo de la ría. Además, nevaba de forma copiosa, lo que dificultaba la visión de la sombra inmóvil.

Demoró cuanto pudo el momento de despedirse y al final lo hizo con prisa. Fue al advertir que Mikel se reclinaba hacia un lado, despacio, dejándose caer en la superficie del banco. Lo vio desaparecer tras el respaldo y pensó que en aquel momento nadie, ni siquiera Carlos, podría verlo.

Subió a casa con un escalofrío apremiándola por la espalda. En el ascensor pulsó sin cesar el botón de la segunda planta, como si no supiera que no por eso iba a ascender a mayor velocidad. Entró en el piso a la carrera y se precipitó hacia la ventana para asegurarse de que Carlos se alejaba y comprobar si Mikel continuaba en el mismo lugar.

Después de una hora también ella seguía allí, quieta y con el abrigo aún puesto. Los pocos movimientos que había advertido en Mikel la tenían confundida. Se había enderezado y asegurado contra el respaldo. Un rato después había oscilado hacia los lados de forma extraña, y se había inclinado hacia delante hasta apoyar el cuerpo sobre sus piernas. Y desde entonces, nada. Ni un signo que indicara que seguía estando vivo. Una fina capa de nieve cubría su gorro de lana y la espalda de su cazadora negra, como si formaran parte del paisaje.

Sobresaltada, se hizo a un lado cuando le vio erguirse. Se sujetó el corazón con la mano y trató de tranquilizarse. Él no podía verla desde esa distancia, sobre todo estando la casa a oscuras.

Volvió a pegarse al cristal. Mikel se había levantado y caminaba con paso vacilante hacia la barandilla. Al parecer no dominaba bien los movimientos de su cuerpo. El corazón de Ane se comprimió hasta dolerle al advertir que tenía toda la apariencia de estar herido. En apenas tres metros dio bandazos hacia uno y otro lado sin demasiado control. No pudo respirar con alivio cuando le vio alcanzar uno de los balaustres de hierro y agarrarse a él. Estaba junto a las oscuras y frías aguas de la ría y sus gestos seguían mostrando una alarmante inestabilidad.

Salió de casa con la presteza con la que el aire escapa de un suspiro, pulsó el botón de llamada del ascensor pero corrió escaleras abajo. En el exterior seguía nevando con derroche. Miles de copos danzaban bajo la luz de las farolas y cambiaban de pronto de dirección como orquestados por el ritmo de ese vals vienés. Pero ella avanzó deprisa, con los ojos clavados en la silueta amada que se dibujaba contra la baranda pintada en blanco.

Detuvo la carrera al alcanzar el paseo. Contempló la espalda vencida y desgarbada de Mikel, y su preocupación se convirtió en dolorosa pena. Dominó el deseo de llamarlo por su nombre. Con la emoción humedeciéndole los ojos, introdujo las manos en los bolsillos de su abrigo y avanzó unos pasos en silencio.

Los pies de Mikel tropezaron entre sí y su mano se escurrió del apoyo. Ane extendió los brazos y se precipitó en su ayuda. No llegó a tocarlo. Se detuvo al ver que con un nuevo traspié él recuperaba su frágil estabilidad y se giraba para sujetarse, esta vez, con su mano diestra. En ese momento la asaltó un fuerte olor a alcohol. Estaba borracho, borracho hasta casi perder el sentido.

Mikel la miró sorprendido. Pensó en que había pasado horas bebiendo por su causa, para sacársela del pensamiento, para olvidar el día en que se enamoró de ella. Había metido en su cuerpo, de un golpe, más alcohol del que había tomado desde que estaba en libertad y ahora ella estaba allí, ante él. Sonrió resignado al reconocer que se le daba mal beber, se le daba mal olvidar, se le daba mal alejarse de quien le hacía mal.

—Tú... —Intentó señalarla con el dedo—. ¿Vienes a contemplar tu obra?

Ane bajó los brazos y se encogió dentro de su abrigo. Verlo de ese modo le partió el alma. No era solo la profunda embriaguez y el aturdimiento que asomaba tras su desganada sonrisa. Era la tristeza y la desesperanza de sus ojos azules que ya había visto en otra ocasión, en la cárcel, tras el grueso cristal que les separaba cuando él la echó de su lado.

—Aléjate de ahí, por favor —le rogó con suavidad—. Es peligroso.

Mikel entrecerró los ojos para tratar de enfocarla, pero ella se movía y, sin cesar, se le convertía en dos. Trató de descifrar lo que le había dicho. Lo había escuchado con claridad, pero su cerebro no le dio sentido a ninguna de esas palabras. Entonces cayó en la cuenta de que estaba demasiado ebrio. Dio un paso en busca de la seguridad del banco que acababa de abandonar. Todo volvió a darle vueltas. Retrocedió, bajó los párpados y se sujetó de nuevo al balaustre.

—Vete —pidió consciente por un segundo de su terrible estado—. Este espectáculo no... no es para ti.

—Por favor —insistió temerosa de que su inestabilidad acabara arrojándole a la ría—. Aquí no estás bien. Vete a casa.

—¿A qué casa?... Yo no... tengo casa. —La miró, pero sus enrojecidos ojos no consiguieron centrar la imagen—. Yo no tengo... nada.

Sus palabras la hirieron más que todas las ofensas que le había dedicado en los últimos días. Ella sabía muy bien todo cuanto había perdido, siempre se sentiría culpable por eso.

—Sé que estás viviendo fuera de Bilbao —pronunció despacio—. Por favor, trata de recordar dónde. Yo puedo llevarte hasta allí.

Mikel no la escuchó. Todo giraba a su alrededor: los árboles, las farolas, los edificios del fondo, el banco que pretendía alcanzar para sentirse seguro. Soltó el soporte de hierro y arrastró los pies sobre el suelo, que se movía como la cubierta de un barco en aguas violentas. Con el corazón encogido, Ane le siguió dispuesta a sujetarle si llegaba a perder por completo el equilibrio. Pero no hizo falta. Tras algunos tropiezos él consiguió sentarse y abandonarse contra el respaldo.

—¿Todavía e... estás aquí? —preguntó cuando volvió a mirarla con los ojos entrecerrados.

—No voy a dejarte solo —declaró con firmeza, parada ante él—. Cogeré el coche y te llevaré a tu casa.

—¿Quién de los dos ha... ha bebido más? —dijo en medio de una risa torpe y descontrolada—. Te he dicho que no te... tengo casa, que no tengo a... a nadie. —Su rostro cambió y volvieron a humedecerse sus ojos—. Tengo a Bego... —rectificó como si la hubiera recordado de pronto—. Ella me quiere de verdad... pero yo... yo sigo...

«Bego», repitió Ane para sí. La recordaba bien. Una bella mujer que nunca pudo disimular los celos que la devoraban cada vez que la veía con Mikel. Después de tanto tiempo, ahora era ella quien sentía una punzada de celos atravesándole el alma.

Derrotado por un profundo mareo, Mikel hundió los hombros, apoyó los codos en sus piernas y dejó caer la cabeza. Ane se agachó frente a él. Deseó acariciarle su corto pelo rubio, deseó rozarle la barbilla y alzarle el rostro, deseó decirle lo importante que él era para ella. Pero trató de mirarle a los ojos sin rozarle siquiera.

—¿Dónde vive Bego? —dijo con lentitud para hacerse entender.

Él no la escuchó. Volvió a estar perdido en algún punto impreciso de su memoria. Tenía momentos de absoluto aturdimiento en los que olvidaba quién era y dónde estaba. En otros le volvía una conciencia amarga, torpe y dolorosa.

—¿Sabes lo que... es perderlo todo y acabar encerrado en una... una...? ¿Cómo se llama...? —preguntó de pronto con voz insegura y pastosa—. Es como si algo... hubiera ocupado mi sitio. Yo necesito... —Apretó los párpados al sentir que el suelo se movía bajo sus pies—. Necesito que mi... mi mundo vuelva a ser como era antes.

Un viento helado revolvió la melena de Ane y un grueso mechón le cayó hacia el rostro. No lo apartó. Tenía toda su atención puesta en Mikel y sus labios, amoratados por el frío. Se emocionó al posar con cuidado los dedos sobre una de sus rodillas. Presionó con suavidad intentando que le prestara atención.

—Por favor, trata de centrarte y piensa en Bego —le pidió con ternura—. ¿Recuerdas dónde está su casa? Es posible que estés viviendo con ella.

Él la miró igual que si la acabara de descubrir; recorrió cada uno de sus rasgos como si la estuviera dibujando en su pensamiento.

—No —respondió con una conmovedora sonrisa—. Con Bego no. Con Bego no... Cómo podría... —Sus dedos temblaron al rozarle el mechón y apartarlo con torpeza de su frente—. Llevo años intentando odiarte... Y te... te odio... —farfulló al tiempo que su mirada se enternecía—. Te odio y te amo, Ane. Te odio y te amo... y eso... —Gimió como un niño asustado y se dejó caer de nuevo, apoyando el peso del cuerpo sobre sus piernas.

Ane se quedó sin oxígeno en los pulmones. Todo desapareció a su alrededor. El mundo entero dejó de existir. Solo quedaban Mikel, sentado en ese banco, y ella, que le miraba a través de los mullidos copos que se habían quedado suspendidos en el aire, como el rodar del tiempo. La felicidad por lo que había escuchado le expandía el corazón hasta no caberle en el pecho. Él la amaba. La amaba a pesar de su absoluto sufrimiento, a pesar de haberlo perdido todo por su causa. «Te amo más que a mi vida», le había dicho incontables veces, y había sido cierto. Tan cierto que ni aun odiándola como la odiaba había dejado de quererla.

Se llevó la mano al pecho y se obligó a contenerse. No podía abrazarle como deseaba, ni pedirle perdón como deseaba, ni hablarle de su amor como deseaba. No era Mikel quien se había confesado sino su alma, a la que volvería a amordazar en el instante en que se sintiera sobrio.

Mikel murmuró algo del todo ininteligible y se dejó caer de lado, sobre la superficie fría del banco. Ane se puso en pie con rapidez. Le preocupaba que de un instante a otro pudiera quedarse dormido y ella fuera incapaz de despertarle.

—No hagas eso —rogó con voz trémula—. Estás borracho. Tu cuerpo no regula bien la temperatura. —Le agarró por las solapas y pugnó hasta volver a erguirle contra el respaldo—. Si te quedas aquí te cubrirá la nieve y mañana te encontrarán muerto.

—¿Y qué te importa? —protestó apartándola torpemente—. No eres mi madre —añadió con la rebeldía propia de un niño.

—Soy alguien que se preocupa por ti —dijo con ternura, resistiéndose a hacerse a un lado.

Mikel intentó señalarla de nuevo con su vacilante dedo índice. Lo dejó caer de golpe. Su mirada distraída indicó que había vuelto a perderse.

—Corto árboles... —balbuceó como si lo hiciera sin ningún sentido—. Asesino árboles... Iré al infierno por... por eso. —Expulsó el aire con un gesto de agotamiento, cerró los ojos y trató de tumbarse de nuevo en el banco.

Ane le cogió del hombro haciendo acopio de fuerzas para tratar de enderezarlo.

—Intenta ponerte en pie y ven conmigo —le rogó con suavidad y paciencia—. Te llevaré a casa.

—No me... toques —murmuró—. Aquí estoy bien... estoy bien —repitió con voz vaga mientras se acomodaba sobre los listones cubiertos de nieve.

Ane se tapó el rostro con las manos. Iba a resultar imposible sacarlo de allí si él no accedía a acompañarla. Suspiró con vigor antes de volver a mirarlo. Era un hombre derrotado al que amaba con toda su alma.

Le tocó el hombro de nuevo y le zarandeó con suavidad. Él abrió los ojos enrojecidos y extenuados.

—Bego está ahí —mintió para que cooperara—. Solo tenemos que cruzar los jardines y la carretera, y la verás. Te espera para llevarte a casa.

—¿Bego...? —repitió sin saber de quién hablaban.

—Sí, Bego. Ella te quiere, ¿recuerdas? —preguntó con cariño.

Una hermosa sonrisa se formó en el rostro de Mikel mientras asentía con la cabeza. Trató de levantarse, pero no encontró fuerzas.

—Estoy un... un poco mareado... solo un poco... Algo... algo me ha sentado mal.

—Lo sé —susurró mientras aguantaba las lágrimas que en su interior se deslizaban hirientes—. Yo te ayudaré a llegar donde te espera. —Volvió a mentir, y se sintió miserable por engañarle cuando estaba tan indefenso—. Pero tienes que ayudarme porque yo sola no podré contigo. Tenemos que caminar un poco.

Mikel la miró agradecido.

—Te amo. —Su rostro se dulcificó al decirlo—. Te odio y te amo... mujer sin corazón.

«Mujer sin corazón», se repitió Ane mientras le pedía que le pasara el brazo por el hombro y le ayudaba a levantarse. Ojalá tuviera razón, pensó, y le desapareciera ese corazón en el que guardaba y guardaría siempre más amor y sufrimiento del que se sentía capaz de soportar.

No habían dado tres pasos cuando Mikel ya había olvidado a Bego. Pero siguió andando. Se dejó llevar como un niño grande y confiado, sin ninguna conciencia de lo que hacía.

No les resultó fácil atravesar los jardines y alcanzar el paso de peatones para cruzar la calle. Mikel hacía lo posible por mantenerse en pie, pero era ella quien soportaba su peso y equilibraba, cada vez que se iban hacia los lados, para no acabar en el suelo. Además, los momentos en los que él parecía estar más consciente hacía cosas infantiles como pararse y mirar al cielo para que la nieve le cayera sobre el rostro. Reía y la invitaba a que no fuera tan estirada e hiciera lo mismo. A pesar de la carga y de lo ridículo de la situación, Ane se relajó. Le resultaba agradable tenerlo cerca sin que la tratara con odio; era agradable escucharlo reír, aunque fuera de modo torpe y pastoso; era agradable sentir su aliento, por mucho que este apestara a alcohol.

—Me gusta cómo hueles —dijo él, con la nariz pegada a su cuello, justo cuando terminaron de cruzar la carretera.

—Tú también hueles muy bien —le respondió ella con una sonrisa de felicidad. Ese era su Mikel en estado puro, sin dolor, sin corazas, sin odios, aunque con una borrachera indecente.

Después de la hazaña de acceder al portal y entrar al ascensor sin que él se desplomara, la cosa cambió. Mikel dejó de balbucir palabras con sentido en medio de otras ininteligibles. Se sumió en el sopor y sus esfuerzos por mantenerse en pie fueron menos eficaces. Ane tuvo que emplearse a fondo para que no se le escapara de los brazos mientras abría la puerta del piso y le conducía hasta la cocina. Le ayudó como pudo a sentarse en una silla. Quería hacer un café bien cargado que le despejara, pero pronto se dio cuenta de que no podía dejarlo solo. Ya no tenía ninguna estabilidad y en cuanto trataba de soltarlo se escurría hacia alguno de los lados con riesgo de acabar estrellado contra el suelo.

Sin pérdida de tiempo, por si se le desvanecía por completo, abrió la cremallera de su cazadora y la echó hacia atrás deslizándosela por los brazos y dejándola caer en el respaldo de la silla. Le quitó el gorro empapado y lo dejó sobre la mesa. No pudo evitar pasar la mano sobre el corto cabello rubio ahora que él estaba indefenso y ausente. Se le encogió el alma y se le desataron las lágrimas al acariciarle por primera vez en años; por primera y última vez en años. Él dejó caer la cabeza hacia ella hasta apoyarla contra su vientre sin decir ni una palabra; ya no le quedaban fuerzas. Ane lo estrechó contra sí mientras una emocionada pena le destrozaba el corazón que Mikel aseguraba que no tenía.

Cargó con él por el pasillo hasta su habitación y lo acostó con cuidado sobre la cama sin deshacer. Le quitó las botas y le cubrió hasta el cuello con una colcha tejida con lanas de colores.

—Mujer sin corazón —volvió a balbucir él desde la inconsciencia, y Ane soltó el cobertor sintiéndose morir por dentro. Inclinada sobre la cama aguardó un poco por si continuaba hablando, pero el movimiento acompasado de su pecho le indicó que se había sumergido en el mundo de los sueños.

Los copos se estrellaban con suavidad contra el cristal de la ventana, como pidiendo permiso para entrar. Con una dolorosa sensación entretejiéndose en el pecho, ella se acercó y observó a lo lejos el banco en el que había descubierto a Mikel. Una delicada capa de nieve revestía los listones de madera mientras él descansaba ahora en la cama. Corrió las cortinas para que no le despertara la luz cuando llegara el amanecer, y lo contempló desde allí. Tenía el rostro relajado y tierno que ella recordaba. El del hombre adorable que le leía los posos del café; el que la dibujaba en sus cuadernos; el que movía las letras imantadas que ella tenía en su frigorífico; el que reía llevándola de la mano por las calles; el que le juraba que la amaba más que al aire, más que al sol, más que a la vida misma.

Suspiró acongojada y se acercó a la cómoda. Abrió con cuidado uno de los cajones y sacó dos de los muchos informes que había atesorado durante los últimos años. Quería repasar aquellos documentos, volver a leer sobre las secuelas que un encarcelamiento de más de dos o tres años deja en una persona. Tal y como había presentido, había identificado muchas de ellas en Mikel durante las tres veces que le había visto, pero sobre todo en esta última en la que lo encontró desprovisto de corazas. Y ella se sentía tan culpable como impotente.

Allí mismo, de pie, abrió el primero de los informes. Estaba realizado por un profesor titular de la Facultad de Psicología de Madrid. Algunas palabras parecieron despegarse del papel para llamar su atención: «Todo lo vive con una gran ansiedad. No encaja en su propio mundo; siente que ha perdido su sitio. El silencio le abruma. Alteraciones del sueño. Dificultad para elaborar un proyecto de futuro. Dificultad para establecer relaciones. Dificultad para asumir el protagonismo de su vida. Necesidad de proteger sus sentimientos. Necesidad de amar.»

Dificultad, dificultad... Necesidad, necesidad...

Sintió que se ahogaba. Lo cerró y trató de serenarse mirando a Mikel. Verlo acostado en su cama la inundaba de ternura, pero también de temor al pensar en el momento en el que abriera los ojos y se encontrara allí. ¿Recordaría algo de lo que había dicho? ¿Recordaría haberle confesado que la amaba?

«Los borrachos y los niños dicen siempre la verdad.» Se preguntó qué había de cierto en aquella manida frase. Sabía que el alcohol desnuda el alma y hace aflorar los sentimientos. Inhibe la parte del cerebro que es capaz de crear, de inventar, de mentir. Por lo tanto, no era descabellado pensar que cuando alguien ebrio abre la boca, de ella solo pueden salir verdades.

... y él había asegurado amarla. Le había confesado el secreto que escondía bajo sus capas de hostilidad, de cinismo, de dolor. Le había abierto su corazón sin ser consciente de que lo hacía.

Dejó los informes sobre la cómoda. Se acercó de nuevo a la cama y se sentó en el borde. Lo hizo con cuidado aun sabiendo que ni un terremoto podría despertarlo. Apartó un poco la colcha de lana. La mano izquierda destacaba, inerte, sobre la blancura del edredón. Contuvo el aliento y se atrevió a rozarle los largos y delgados dedos con las yemas de los suyos. Una oleada de sensaciones le recorrió el cuerpo para ir a clavársele en el alma. ¡Había acariciado tantas veces esas manos y tantas veces esas manos la habían acariciado a ella! La habían peinado, la habían vestido, la habían desvestido. Las había visto trazar hermosos dibujos.

No pudo contener las lágrimas. Cuando las sintió correr por sus mejillas reparó en que tampoco necesitaba ocultarlas. Él estaba allí, pero no la veía. Podía llorar cuanto quisiera. Podía mirarle cuanto quisiera. Y también podía tumbarse junto a él y escucharle respirar durante toda la noche.

Se tendió en un lado de la cama, con tiento, y se volvió de costado. Contempló su hermoso perfil mientras volvía a rozar su mano. Nunca pensó que volvería a tenerlo así, tan cerca. Sentía que estaba ante un increíble e inesperado regalo y lo iba a aceptar. Solo tenía que asegurarse de no quedarse dormida.

9

Despertó con un terrible dolor de cabeza que no le permitía abrir los ojos. Se sentía como si una manada de elefantes circulara por su cerebro después de que le hubiera pateado todo el cuerpo. Trató de recordar qué había hecho el día anterior, dónde se había llevado aquella monumental paliza que le tenía molido. Le llegó la imagen de un vaso de whisky, la de un camarero negándose a servirle una copa más y la de él mismo respondiendo que si lo que temía era que no le pagara una vez que estuviera borracho, se quedara con su billetera mientras él bebía.

El dolor le traspasó hasta alcanzarle el alma cuando le llegó el olor a azahar. Lo percibió con más intensidad que ninguna de las mañanas en que había pensado en ella. Esta vez resultó tan real que sintió que la tenía al lado, entre las sábanas.

Abrió los ojos con cautela, como si temiera que el más leve movimiento pudiera romperle. Volvió a cerrarlos, convencido de que el alcohol que aún circulaba por sus venas le estaba jugando una mala pasada. Recordó aquella habitación, las paredes blancas con pequeñas flores azules, el mullido edredón blanco... y a ella, con el cabello revuelto sobre la almohada, dándole los buenos días con ojos somnolientos, emanando el dulce aroma que ahora le envolvía como entonces.

Suspiró con fuerza y se juró que no volvería a emborracharse. La resaca hacía que los recuerdos resultaran tan vivos que dolían con la intensidad de lo físico.

Volvió a abrir los ojos. Inmóvil, observó el cuarto. No; esa visión no se la provocaba ni la resaca ni la intensidad de un recuerdo.

Lo que veía era real, lo que detectaba su olfato era real. Lo irreal era que él estuviera en la cama de Ane. Le recorrió un estremecimiento. ¿Qué había hecho esa noche? ¿De qué tendría que arrepentirse esa mañana?

Abandonó el lecho de un salto y sintió que el dolor le resquebrajaba el cerebro. Se sentó en el borde del colchón, apoyó los codos en las rodillas y presionó los dedos sobre sus sienes. Nunca imaginó que los restos de una borrachera pudieran martirizar de ese modo tan preciso. Lo merecía, pensó avergonzándose de sí mismo. Merecía esa enorme pesadez por estúpido, por haber caído en lo que siempre aborreció de su padre.

De nuevo generó fuerzas para levantarse. Descubrió sus botas junto a la puerta. Se las puso y ató los cordones con lentitud, tratando de tranquilizarse antes de enfrentarse a ella. Si hubiera podido elegir se habría esfumado por la ventana, como un ladrón, para no descubrir qué motivo le había llevado hasta esa casa y esa habitación.

La encontró en la cocina manipulando la cafetera. Parado en el quicio de la puerta, observó el cabello que le caía desordenado sobre la espalda, su camiseta azul celeste, sus vaqueros gastados y los gruesos calcetines blancos que llevaba en lugar de zapatillas. Seguía teniendo el mismo aspecto adorable que un día le robó el corazón. Recordó las mañanas en las que era él quien se levantaba, dejándola dormida, y preparaba el desayuno para dos; para los dos. Miró hacia el frigorífico. Después de más de cuatro años la palabra «Tsamoha» continuaba allí, formada por letras imantadas de colores brillantes. En el pasado le había gustado moverlas para que ella encontrara su mensaje al despertar. Apartaba a un lado la *s* y la *h*, giraba boca abajo una *a* para convertirla en una *e*, y escribía «Te amo». Era una de las muchas formas que tenía de decirle que ella era toda su vida cuando en verdad era su vida. Ahora esa mujer representaba su mayor tormento.

Contrajo los dedos hasta convertirlos en dos puños crispados mientras todos los músculos de su cuerpo se tensaban.

—¿Dónde has dormido?

Ella se sobresaltó. La cafetera se desprendió de sus manos y golpeó la encimera de granito. Se había estado preparando para ese momento. Había pensado en la sorpresa de Mikel al despertar allí, había imaginado las explicaciones que le pediría. Incluso, inocentemente, había ensayado algunas respuestas. Pero esa pregunta la desconcertó; el tono exigente y brusco con el que la hizo la dejó sin ánimo para responder.

—¿El tiempo te ha convertido en una maleducada? —preguntó ante su quietud—. Tal vez siempre lo fuiste, pero conmigo te tocó hacer el papel de mujer amable y dulce. ¿Quieres contestarme? —insistió sin moverse—. ¿En qué cama has dormido?

Ane se volvió despacio. Antes de que él apareciera se había repetido que no debía temerle, que nunca le haría daño. Se había dicho que el odio que le demostraba no era real; al menos no todo lo real que aparentaba. Pero ahora Mikel estaba allí, haciendo alarde de toda su rudeza, y aunque ella no sintió miedo volvió a notarse vulnerable.

—En la que era de mis padres —respondió con timidez. Le aturdía verle allí, en su casa, saliendo de su habitación con la camiseta arrugada y el rostro fatigado, como muchas dulces mañanas que nunca olvidaría.

Mikel tomó aire con suavidad, tratando de no mostrar su inmenso alivio. Solo entonces entró, despacio, y se detuvo junto a la silla de la que pendía su cazadora. Quería salir de allí cuanto antes. No se sentía tan seguro de sí mismo como otras veces. Estar en esa casa le aceleraba el corazón, debilitaba su fortaleza y su odio. No podía enfrentarse a esa mujer donde sabía que tenía asegurada la derrota.

La miró de nuevo. Le pareció que el tiempo no había pasado por ella. Estaba igual de hermosa. Tal vez más. Sí, decidió con rabia, estaba más mujer, más hermosa, más deseable.

—¿Qué hago aquí? —dijo con arranque, apretando los dientes hasta que el suplicio de la jaqueca se le hizo insoportable.

—Estabas borracho, en los jardines de ahí enfrente. —Sus ojos se dirigieron un instante hacia la ventana. Entender que Mikel no terminaba de recordar lo ocurrido la noche anterior la había dejado más tranquila. Pensaba que sería más sencillo para los dos si él creía que su secreto seguía estando a salvo.

—No es eso lo que te he preguntado —razonó con frialdad—. ¿Cómo he llegado aquí?

Ane no recordó ninguno de los razonamientos que había ensayado. Alzó los hombros aceptando su culpa y su voz vibró al responder con la sencilla verdad.

—Yo te traje...

—¿Te pedí ayuda? —la interrumpió apoyando las manos en el respaldo de la silla y sin dejar de atravesarla con la frialdad de sus cansados ojos azules.

Ella suspiró nerviosa.

—En la situación en la que tú estabas no se suele solicitar...

—Así que no te pedí ayuda —dijo con sarcasmo—. Y, por supuesto, tampoco pedí que me dejaras dormir en tu casa, ¿verdad? —Ella negó silenciosa—. Entonces, ¿qué cojones hago aquí?

La maleducada forma de hacer la pregunta hizo mella en el alma de Ane. Comenzaba a sospechar que cuanto más herido e inseguro se sentía, más déspota se mostraba con ella.

—Había una temperatura muy baja, estaba nevando. —Se abrazó a sí misma, como si el frío le naciera a ella de dentro—. Ibas a pasar la noche tumbado en el banco. Habrías muerto.

Mikel sacudió la cabeza despacio. Hasta el más leve movimiento aumentaba el terrible dolor que llevaba encajado entre las sienes y la nuca.

—¿Haces estas cosas con cualquiera al que encuentras tirado en la calle o lo mío ha sido un acto especial? —aguardó, pero ella siguió mirándole sin responder—. ¡Contesta, maldita sea! ¡Si tanto te gusta jugar a la buena samaritana deberías unirte a una ONG en lugar de dedicarte a la decoración!

Sonrió con insolencia al ver el desconcierto en el rostro de Ane. En aquel instante toda la lluvia y todo el frío que había soportado siguiéndola, merecieron la pena.

Tras el primer impacto, ella trató de razonar. Era evidente que la había acechado, que la había esperado ante su casa y la había seguido por las calles de Bilbao. Ahora que sabía que aún la amaba, quería creer que lo hubiera hecho tan solo por verla, negándose a pensar que sus intenciones pudieran ser otras. Le observó coger su cazadora y su gorro de lana, pero continuó en silencio.

—No quiero nada que provenga de alguien tan miserable como tú —espetó él ante su mudez—. Si por casualidad me ves necesitando ayuda, y aunque creas que está a punto de aplastarme un Airbus, hazte a un lado y deja que ocurra. —Tensó la mandíbula y afiló el odio en sus ojos—. No vuelvas a hacer buenas obras conmigo.

Ane necesitó ver su lado dulce. Lo recordó en el banco, rodeado de suaves copos de nieve, reconociendo que no había dejado de amarla y reprochándole su falta de corazón.

—No esperaba...

—Me alegro por ti —la interrumpió con insolencia a la vez que le daba la espalda para marcharse—. Quien no espera nada no se decepciona nunca.

Ane apretó con fuerza los dedos sobre sus brazos. Cuando escuchó el golpe con el que él cerró la puerta del piso, dejó que las lágrimas se deslizaran silenciosas. Acababa de comprobar que le resultaba más difícil soportar el desprecio de Mikel ahora que comprendía que nacía de su amor y no de su odio.

«Quien no espera nada...», se repitió él, un momento después, mientras descendía en el ascensor, con los ojos cerrados y la atormentada frente apoyada en el metal frío que rodeaba la hilera de pulsadores. ¡Había esperado tanto de ella! Lo había esperado todo; ella se lo prometió todo. Por eso la decepción fue tan amarga, tan mortal. Por eso no terminaba de olvidarla. Por eso el odio que sentía por ella acababa volviéndose una y otra vez contra sí mismo.

El comisario se decepcionó con la respuesta del joven policía. Se levantó y rodeó su escritorio con gesto impaciente.

—No puedo creer que no esconda nada sucio. No sería lógico que le hubiéramos pillado en lo único ilegal que ha hecho en su vida. —Se detuvo ante la ventana y repitió con aire ausente—: No sería lógico.

—No he encontrado nada, señor, pero... —se aflojó con agobio el cuello de la camisa— es que tampoco sé qué debo buscar. No se me permite acercarme a él ni a la gente que le rodea y su ficha policial ya la conoce usted. Aparte de su detención por tráfico de drogas, no tiene ni una miserable multa de tráfico.

—Demasiado limpio para ser cierto —opinó el comisario—. Es listo el cabrón —añadió frotando con suavidad su áspera y cuidada barba—. Estoy seguro de que aquella vez le pillamos porque tenía al enemigo en casa y se confió.

—Hay cosas que no se ven si uno no está cerca —opinó cauteloso—. Permita que le siga con mucha discreción...

—No —respondió con rotundidad—. Eso está totalmente descartado.

Siguió inmóvil junto a la ventana mientras el agente se mantenía firme y a la espera, en el centro del despacho. Los minutos transcurrieron en silencio mientras pensaba qué podía hacer para proteger a Ane. Necesitaba algo eficaz, pero que no le obligara a romper la promesa de no vigilarla ni a ella ni al tipo que ya una vez le complicó la vida.

—Está bien —dijo al fin, volviéndose hacia el policía—. Investiga a sus amigos, pero asegurándote de que nadie te descubre haciéndolo.

—Cuente con eso, señor —aseguró con aire solemne.

—Y a sus mujeres —añadió como si se le hubiera ocurrido de pronto—. Al parecer ha tenido muchas. Intima con ellas. Alguna se confiará y te contará cualquier cosa que sepa. Busca alguna despechada. —Miró de arriba abajo a su agente, valorando el atractivo que pudiera tener para el sexo contrario—. Se te dan bien las chicas, ¿no?

El policía sonrió con timidez, pero sacó pecho con evidente orgullo.

—Sí, señor. Se me dan tan bien con uniforme como sin él —declaró sonriendo con presunción.

—Quiero resultados —exigió Carlos demasiado pensativo como para prestar atención a su jactancia—. Y los quiero lo antes posible.

Al quedarse solo volvió a sentarse ante su escritorio. Soltó los puños de su camisa y los dobló sobre las mangas, dos veces. Estaba realmente preocupado. Él, que acostumbraba tenerlo todo bajo control, lo había perdido en lo más importante: la seguridad de la mujer que amaba. Llevaba años temiendo la vuelta de aquel malnacido, presintiendo que Ane ni podría ni querría luchar contra él. Y al fin sus peores temores se estaban cumpliendo.

Maldijo en silencio.

¿Cómo podía ayudarla si ella le ataba de pies y manos? ¿Cómo podía deshacerse de aquel tipo si, a pesar de todo, ella le seguía queriendo?

Desalentado, descolgó el teléfono para llamar a la tienda. Quería hablar con Ane. Necesitaba escuchar su voz, saber que estaba bien, decirle que pasaría a buscarla para acompañarla a casa, para llevarla a cenar, para invitarla al teatro, para tomar un simple café mientras la miraba a los ojos y le contaba cosas que la hicieran reír.

—Ha llamado el señor Ayala, nuestro cliente más pomposo.

Fue lo primero que Ane escuchó, de labios de Lourdes, al llegar a la tienda el lunes. Días atrás, las dos le habían presentado el proyecto para su casa de la playa y él no había reaccionado como esperaron. Había examinado en silencio los planos, las había escuchado a ellas con atención, pero al finalizar les pidió unos días para pensarlo despacio y descubrir qué era lo que no le gustaba.

—¿Qué ha dicho? —preguntó ansiosa, petrificada ante el mostrador.

—No le gusta nada de lo que le hemos preparado —respondió con gesto de derrota.

—Hemos... —Ane toqueteó con dedos nerviosos un botón de su abrigo—. ¿Hemos perdido a nuestro mejor cliente?

Lourdes alzó los hombros y frunció los labios en señal de impotencia.

—Ha averiguado qué es lo que no le gusta. Dice que no quiere papeles y telas pintadas en serie. Quiere algo hecho exclusivamente para él.

—Pero... pero nosotras podríamos conseguir eso —dijo con desconcierto.

—¡Exacto! —gritó Lourdes, echándose a reír—. Perdóname, pero no he podido evitar hacerte sufrir un poquito. Le he dicho que algunas de las casas con las que trabajamos podrían hacer algo exclusivamente para él.

Ane suspiró aliviada, y su rostro recuperó su suave tonalidad. Sacó la correa de su bolso por el brazo y la cabeza, y lo dejó en el mostrador.

—Me has dado un susto de muerte. —Su sonrisa indicó que ya lo había olvidado—. ¿Le has hablado de que eso engrosará el presupuesto?

—Al parecer, el dinero no es problema. Me ha dicho que la casita es de su esposa. La ha heredado de sus padres. Está haciendo todo esto sin que ella lo sepa. Asegura que este será el dinero mejor gastado de toda su vida.

—¡Vaya! Además de millonario y caballero, es romántico y detallista.

—... y guapo. No olvides lo de guapo —exclamó Lourdes con buen humor.

—Y guapo —concedió Ane mientras se quitaba la bufanda y

153

los guantes, y recogía su bolso—. Tenemos que decidir qué proveedor sería el apropiado para hacer esto —dijo pasando a la trastienda—. No podemos meter la pata esta vez.

—Hay algo más —indicó Lourdes yendo tras ella—. Quiere que la persona encargada de diseñar sus piezas visite la casa y hable con él. Según sus propias y genuinas palabras: «Para que se impregne de la esencia del lugar y consiga que casa y espacio se integren con armonía.» —Alzó las cejas y sonrió mirando a Ane—. ¿Cómo te has quedado?

Ella permaneció pensativa unos segundos y sonrió.

—Suena bien. Espero que sepa realmente lo que quiere y no nos vuelva locos a todos.

—Me dio la sensación de que lo sabe con exactitud. —Las campanillas de la puerta señalaron la llegada de un comprador—. Ve pensando en qué fabricante puede hacer esto. Sobre todo lo de enviarnos a uno de sus diseñadores.

Lourdes salió. Ane terminó de quitarse el abrigo y lo colgó en el perchero. Puso sobre él el bolso, la bufanda y los guantes. Lo hizo despacio, al tiempo que visionaba en su mente los estilos de las firmas que les suministraban las más distinguidas piezas.

Después de dos días de lluvia, los restos de nieve ni siquiera se mantenían en las cimas de los montes más altos. Esa mañana había amanecido con un cielo despejado y un tímido sol de invierno despertando por el horizonte. En la trasera de la camioneta Mikel viajaba con aire ausente, sujetando un cigarrillo entre los dedos a la espera de llegar al destino y poder encenderlo.

—¿Pensando en la chica de la otra noche? —bromeó Rodrigo empujándole el hombro con el suyo.

—No empieces otra vez —advirtió riendo—. Te dije que dormí en casa de un amigo porque estaba demasiado borracho como para ir a ninguna otra parte.

—No, si lo de demasiado borracho lo entendí —aseguró en voz baja—. Lo que me cuesta creer es que no fuera una chica quien se apiadara de ti.

—Ni siquiera había chicas. —Se colocó el cigarro entre los labios y friccionó la palma de una mano contra la otra para calentarlas—. Y, si me estás machacando con esto por todo lo que te preocupaste por mí, ya te he pedido perdón. Ni siquiera sabía lo que hacía cuando apagué el móvil. Seguramente me molestaba el sonido de llamada.

—¡Y yo esperando a que encendieras el dichoso teléfono!

—Lo siento, amigo —dijo dándole una palmada sobre la rodilla—. Ni siquiera puedo decirte en qué tenía la cabeza, porque no recuerdo nada de lo que hice.

—No te preocupes por eso. Una vez, cogí una cogorza tan grande que me fui a la cama con una chica y me desperté con un tío.

Mikel se echó a reír. Recuperó el pitillo y comenzó a girarlo de nuevo entre los dedos.

—¡No me fastidies! No se puede confundir algo así.

—Te aseguro que se puede —afirmó sin dejar de sonreír—. Sobre todo si el cabrón va vestido de mujer, se mueve como una mujer y te susurra como una mujer. Gracias a Dios los dos estábamos lo bastante cocidos como para no poder hacer nada. Lo recuerdo y aún siento escalofríos.

—¡Vaya situación embarazosa! Por fortuna, yo dormí solo —alzó una ceja para mirar a Rodrigo—, ¿de acuerdo?

—De acuerdo; dormiste solo —repitió fingiendo no creerle—. Por cierto, di a tu «amigo» que la próxima vez te despeje antes de meterte en la cama. Si te acuestas en plena borrachera la resaca es mucho peor. Que te dé un café bien cargado o te meta bajo la ducha o...

La repentina risa de Mikel sobresalió del tono bajo de la conversación. Algunos hombres se volvieron a mirarle.

—No habrá próxima vez —le aseguró—. Una y no más.

—¿Lo sabe Bego? —preguntó Rodrigo de improviso.

—Ni lo sabe ni lo sabrá. La dejé en el portal de su casa diciéndole que me encontraba cansado. Después me metí en el primer bar con el que me topé y bebí hasta reventar. —La sonrisa desapareció del rostro de Rodrigo—. ¡Eso mismo sentiría ella! —expresó Mikel—. Si se lo cuento comenzará a darle vueltas y llegará a la conclusión de que bebí porque no estoy bien a su lado o porque quiero dejarla, y no sé cómo hacerlo. Cualquiera de esas cosas absurdas que la harían daño. Y yo la quiero —dijo en voz baja—. Ella es lo único que tengo.

—Tal vez si comienzas contándole por qué bebiste.

—Eso no mejoraría las cosas. Es preferible olvidar esa noche.

—Le asaltó la imagen de Ane esperándole en la cocina, y se frotó con fuerza los párpados cerrados—. Nunca ocurrió.

Necesitaba fumar. El corto trayecto hasta la zona que iban a limpiar esa jornada se le estaba haciendo eterno. El cigarro comenzaba a abrasarle los dedos. Sacó el mechero y se inclinó para protegerlo del viento. Tras dos intentos fallidos, Rodrigo se colocó ante él y ahuecó las manos alrededor de la llama. Cuando el pitillo humeó regresó a su sitio.

—Dices que quieres a Bego —dijo volviendo a apoyar la espalda en la pared del camión—. ¿Cuánto la quieres?

Mikel echó el humo, despacio, con los ojos cerrados, sin ninguna prisa por responder.

—Más de lo que imaginas —musitó al fin—. A veces pienso que podríamos formar una familia y ser felices juntos. Pero nunca se lo digo. Me parece egoísta por mi parte quedarme con su amor y entregarle tan solo mi cariño.

Rodrigo calló un momento. Se sentía culpable cada vez que le abordaban los celos, pero no podía evitarlos. A pesar de lo mal que veía la mayor parte del tiempo a su amigo, a pesar de los años de prisión, envidiaba su lugar. Y eso, pensaba él, solo podía significar que estaba enamorado sin remedio o que se estaba volviendo loco.

—Ella... ¿ella cree que la amas?

—No —murmuró Mikel—. Ella sabe exactamente lo que hay. Y dice que no le importa.

Rodrigo le observó, como siempre que hablaban de Bego, y otra vez creyó ver la inquietud que provoca el cargo de conciencia.

—Pero a ti sí te importa.

Mikel no respondió. Aplastó el cigarro contra el suelo de la camioneta y miró el cielo azul. Recordó los momentos que pasaba con ella, la paz, el sosiego, las risas, la casi felicidad que sentía cuando estaban juntos. Después pensó en la angustiosa soledad que le golpeaba el resto del tiempo, cuando era Ane quien se adueñaba de su mente.

La mayor parte de la habitación estaba sumida en una tenue penumbra. Una leve y macilenta claridad llegaba hasta la cómoda, que tenía el cajón inferior abierto. Algunas camisetas, cuidadosamente dobladas, habían sido apartadas a un lado para dejar al descubierto una serie de folios con dibujos. Sobre la alfombra, los pies desnudos de Ane se frotaban entre sí para darse calor mientras ella apoyaba la espalda en el edredón blanco, que colgaba a un costado de la cama. La luz procedente de la lamparita que estaba sobre la mesilla, junto al reloj que marcaba las cuatro de la mañana, la iluminaba con suavidad.

Contemplaba un dibujo. El que más significado tenía para ella de todos cuantos conservaba. Era su propio rostro sobre una mullida almohada blanca, con los ojos cerrados. Era una imagen que transmitía paz, la misma paz que descubrió en Mikel mientras la pintaba. Lo recordaba igual que si estuviera ocurriendo en ese instante.

Es por la mañana y la luz del alba aún busca un camino por el que asomarse. Ella abre los ojos, despacio, con una dulce y maravillosa desgana. Descubre encendida la luz del escritorio, junto a la cómoda, y a Mikel dibujando en uno de sus cuadernos. Se queda quieta, contemplando la estampa que ofrece su perfecto cuerpo desnudo: sus musculosas piernas, su vientre plano, sus fuertes brazos, su atractivo perfil absorto en las líneas que traza sobre el papel.

Finge dormir cuando advierte que se vuelve. Ve, entre las sombras y la luz que proyectan sus pestañas, que él la contempla con dulzura y que después vuelve a enfrascarse en su obra. Sonríe por dentro al comprender que ella es su inspiración de esa mañana. Y espera, paciente, dichosa, sintiendo en su piel la caricia cálida de la mirada de su hombre.

—Tramposa —le escucha decir de pronto.

—¿Yo?... ¿Yo, tramposa? —pregunta con teatralidad.

Mikel sigue trazando rápidas líneas curvas que ella intuye que son sus cabellos enredados entre los blancos pliegues del edredón.

—No sonreías cuando he comenzado a dibujarte —musita en voz baja, como si no quisiera despejarla por completo.

—¡Y ahora tampoco! —protesta sin levantar la cabeza de la almohada—. No he movido ni una pestaña.

—Oh, sí que las has movido. Y además me llamabas. —Deja el lapicero sobre el escritorio. Una seductora sonrisa le ilumina el rostro—. Me pedías que abandonara lo que estaba haciendo y que fuera a abrazarte y a llenarte de besos. —Ladea el rostro para mirarla desde su misma posición—. Dime que no lo he imaginado.

Ella se echa a reír mientras él se levanta despacio y conduce su espléndida desnudez hacia la cama.

—He estado quietecita —reitera entre risas—, no he sonreído y tampoco he dicho ni media palabra.

—Pero las has pensado —insiste rozando las mantas con los dedos— y yo sé escuchar tus pensamientos.

—¿Y puedes decirme qué estoy pensando ahora? —pregunta a la vez que un agradable cosquilleo comienza a templarle la piel.

—Que por qué estoy hablando tanto aquí fuera, cuando tú me esperas ahí dentro. —Se introduce entre las sábanas, se tiende junto a ella y le pasa el brazo por la cintura. Ella le ciñe las caderas con sus piernas.

—¿Esto de leer la mente es otra magia que te enseñó tu abuela? —susurra melosa.

—No. Esto es un poco de la magia que me has enseñado tú —musita al tiempo que sus labios buscan su boca.

La besa con la pasión dulce de las veces en las que se aman despacio, descubriendo y saboreando cada milímetro de piel con todos los sentidos y toda el alma.

—A veces creo que no podrías vivir sin dibujar —dice cuando él se aparta para dejarla respirar.

Mikel le desliza la yema de su dedo índice por el contorno del rostro, como si lo trazara sobre un lienzo.

—No podría vivir sin dibujarte a ti —puntualiza con dulzura—. Sin ver tus ojos, sin oír tu voz, sin rozar tu piel. No podría vivir sin respirar de tu aliento.

Ella le peina con los dedos los mechones rubios que le rozan la frente. Los aparta y se queda mirándole a los ojos.

—La intensidad con la que lo vives todo me sigue asustando.

—¿Quieres que te ame un poco menos? —bromea besándole con suavidad la nariz.

—¡No! —Se encoge hasta casi desaparecer en el hueco que él le ofrece entre sus brazos y su cuerpo—. Me gusta que me quieras así, que me necesites así. Me gusta saber que tu mundo comienza y termina en mí, como el mío comienza y termina en ti.

Él la abraza con fuerza. Ella, con la mejilla pegada a su pecho, puede oír cómo se le acelera el corazón.

Ahora, sentada sobre la alfombra y con la cabeza apoyada en esa misma cama, volvía a escuchar aquel apasionado latido, a sentir sus caricias, a escuchar sus «te amo». Pero ahora estaba sola, evocando con un dibujo la paz y la dicha que sintió aquella mañana.

Miró hacia el cajón de la cómoda. Allí guardaba más diseños hechos por Mikel. Cada vez que los contemplaba se repetía que sería la última vez; que los metería en una caja y los guardaría en lo alto de un armario para dejar de hacerse daño con recuerdos. Pero todo seguía en el mismo lugar, oculto bajo sus prendas, apartado de la vista, pero cerca, dispuesto para ser descubierto cada vez que sintiera la necesidad de regresar a los días felices del pasado.

Guardaba algo más en aquel cajón. Una novela de misterio para la que Mikel había diseñado la cubierta, dos revistas de las que también eran suyas las portadas y la carátula del tercer disco de un grupo de rock: los diseños que con más orgullo le había mostrado al hablarle de su trabajo, que le apasionaba.

Dejó el dibujo en el suelo, frente a sus pies. Apoyó el mentón en las rodillas y se abrazó a sus helados tobillos. Mientras miraba los delicados trazos que formaban las cejas y los párpados cerrados, pensó en el brillante futuro que Mikel había tenido por delante cuando todo ocurrió. Estaba segura de que si la vida no se le hubiera roto aquella tarde, ahora no estaría talando árboles, sino diseñando cosas importantes.

Cerró los ojos con fuerza. Las manos de Mikel no estaban hechas para trabajos duros. Había nacido para crear cosas hermosas. No podía desperdiciar su talento de aquel modo, no le parecía justo que un error del pasado le cambiara de aquel modo todo su futuro.

Se secó las lágrimas con los dedos. De modo inconsciente su mirada terminó vagando por el papel pintado de la habitación, por las pequeñas flores azules que alguien había trazado con mano firme.

Volvió a pensar en el señor Ayala y su casa en la playa, en su disconformidad con los dibujos en serie, en su interés por que el artista visitara el lugar para que pudiera trasladar esa magia al interior de cada estancia.

Mikel podía hacer algo así, razonó una vez más. Podía hacer cualquier cosa que quisiera con sus manos, sobre todo si esta requería de sensibilidad. Podía crear las imágenes más hermosas del mundo. Pero estaba desbrozando montes.

Se encogió contra la cama y apoyó la frente en sus piernas. El destino, la casualidad o quien fuera, había puesto ante ella un trabajo perfecto para Mikel. Algo que le ayudaría en la adaptación a este mundo en el que era evidente que andaba perdido. Le resultaba revelador que en plena borrachera hubiera acabado justo frente a su casa. Pensó que, inconscientemente, había buscado su ayuda. Pero la cosa no era tan sencilla como hablar con él, proponerle que hiciera unos diseños y esperar que aceptara. Sabía que mientras no volviera a perder la conciencia en litros de alcohol, rechazaría cualquier cosa, buena o no, que procediera de ella.

—Mira bien esta cara y dime si te suena —preguntó el comisario tendiéndole dos fotografías de una ficha policial.

El joven las cogió y se movió unos pasos hacia la luz. Estaban en un parking subterráneo, en la planta más baja, en la zona ciega para las cámaras de vigilancia. Nadie debía verlos juntos; nadie podía sospechar que uno de los chicos malos de Carmona trabajaba en realidad para él. Por eso nunca lo llamaba por su nombre, por eso sus encuentros se reducían a los inevitables para pasarse información; excepto ese, en el que los motivos fueron más personales.

—No lo he visto nunca. Debe de ser importante para que se haya tomado la molestia de llamarme —dijo mientras se demoraba en la imagen frontal del desconocido.

—Se le conoce como Trazos —informó el comisario—. Cumple condena por tráfico de drogas y acaba de salir con el tercer grado. Si mantiene contacto con Carmona o con cualquier otro cabrón de su calaña, quiero saberlo.

—Cuente con eso, jefe —prometió devolviéndole las fotos—. Aunque de momento todo sigue tranquilo. Nadie ve a Carmona y sus hombres no violan ni las normas de circulación.

—¡Y todo por esa maldita y desastrosa redada que hicimos! —Su furia contenida durante días explotó—. ¿Cómo cojones se enteraron?

El sonido de un motor le hizo callar. Un coche entró en la planta y se dirigió al extremo más iluminado.

—Eso debería preguntarlo yo —dijo el chico cubriéndose con la capucha de la sudadera—. ¿Alguno de sus polis se fue de la lengua? ¿Alguno es asalariado de ese tío?

—No desconfío de mis hombres. —Abrió la portezuela de su coche—. De todos modos ese malnacido tiene amigos hasta en el infierno.

—Vigile a su gente, «gran jefe» —se mofó volviéndose en dirección a la salida de peatones—. Si tiene alguna fuga de nada va a servirle la información que yo le consiga.

10

Le sudaban las manos al sacar la llave de dientes limados de su bolsillo. Tenía el presentimiento de que algo iba a salir mal. Eran las seis y media de la tarde. Si Ane era fiel a sus costumbres no llegaría a su casa hasta las ocho, y él necesitaba apenas unos minutos para comprobar si el método de Rodrigo servía en esa cerradura. Pero nada de cuanto se decía le daba la suficiente tranquilidad.

Primero había probado con el portal. La oscuridad de la tarde le había ayudado a mantener la calma. Había caminado despacio, buscando alcanzar su objetivo cuando el tramo de calle se encontrara desierto. Todo había ido bien, pero ahora era diferente; estaba dentro, en el rellano, el último lugar del mundo en el que podía ser descubierto.

Volvió a ordenarse serenidad. La tranquilidad y la rapidez eran sus principales bazas para salir bien de semejante locura. Introdujo la llave en la ranura y resopló aliviado al ver que encajaba. Se frotó las palmas de las manos en las perneras de sus vaqueros negros. Respiró hondo y sacó el mechero de un bolsillo de la cazadora. Golpeó la llave con firmeza y, casi al mismo tiempo, la giró. El cerrojo cedió y la puerta se abrió unos centímetros. Sonrió a pesar de que la tensión le tenía agarrotados todos los músculos. La hora de la venganza estaba un poco más cerca.

Empuñó la manilla dispuesto a alejarse cuanto antes. Pero se quedó inmóvil recordando todo el tiempo que le había costado a Ane llevarle a ese piso. Entonces no le pareció extraña su actitud. Pensó que temía perder su independencia, enamorarse hasta el punto de necesitarle para siempre. No le importó que se resistiera tanto. Lo consideró una prueba de que terminaría amándole con la misma loca intensidad con la que él la amaba. No supo ver que no estaba en sus planes permitirle entrar a formar parte de su verdadera vida. Por eso no vio nada extraño en que de pronto cambiara y le pidiera que la acompañara a esa casa. Entonces le pareció la rendición definitiva al amor que sentía por él: le mostraba el lugar en el que vivía y le abría las puertas para que él entrara cuando quisiera.

Después, cuando cayó el telón y ella dejó de fingir, eso pasó a ser una de las muchas preguntas para las que nunca encontraría respuesta.

«Tampoco las necesito», pensó furioso, al tiempo que cerraba para salir de allí.

La puerta del ascensor se abrió a su espalda. Soltó la manilla, guardó la llave y el encendedor en un bolsillo y se volvió despacio, para comprobar si debía inventarse una explicación o podía irse sin más problema.

Una sensación gélida le recorrió las venas. La sonrisa que comenzaba a dibujarse en su boca se transformó en una mueca burda; nada, comparado con el gesto de sorpresa que descompuso el pálido rostro de Ane. Mirándola, Mikel supo que debía explicar su presencia allí antes de que ella comenzara a sospechar algo extraño.

—Como no estabas ya me iba. Quería... —Se detuvo. Había empezado a hablar sin saber qué decir—. Creo que... que es muy probable que el otro día me salvaras realmente la vida. —Se frotó los músculos agarrotados de la nuca mientras seguía improvisando—. Debí... agradecértelo. O al menos no debí comportarme de un modo tan grosero.

Ane sonrió nerviosa. Retorció entre los dedos la correa de su bolso mientras sus ojos brillaban, dichosos y atónitos; estaba ante la oportunidad que no pensó que tendría.

—Gracias... —dijo con voz temblorosa, pero Mikel ya comenzaba a bajar la escalera—. ¡Espera! Hay algo que quiero decirte.

Él se detuvo y se volvió despacio. Los peldaños que había descendido dejaban sus rostros a la misma altura.

—Tú y yo no tenemos nada de qué hablar.

—Por favor —musitó mirándole directamente a los ojos.

Mikel se estremeció al recordar esas dos palabras dichas por ella en otro tiempo, pero en ese mismo tono ahogado. Una breve ráfaga, veloz como la luz, le llevó hasta la sensación de las sábanas revueltas, a la de sus manos sobre la suave y cálida piel de Ane, a la del sonido dulce de sus jadeos, a la de su apagado «por favor» cuando le aseguraba que no podría soportar más placer.

—Por favor —volvió a decir mientras él se sorprendía de que hubiera bastado la fugacidad de un instante para que se le acelerara el corazón y se le secara la boca.

—No tiene ningún sentido. Yo no debería estar aquí.

—No te robaré mucho tiempo —insistió sonriendo con torpeza—. Apenas unos minutos. Es que... —Apartó la mirada para revolver en el interior de su bolso.

Mikel se tensó al verla introducir la verdadera llave en la ranura. No estaba seguro de que no se notara que había sido manipulada, sobre todo para una persona tan cuidadosa y observadora como recordaba que había sido ella.

—Unos minutos —concedió únicamente para distraer su atención.

Y esperó con las pupilas clavadas en la escalera por la que hacía rato debió haber desaparecido. El chasquido de la puerta al abrirse le devolvió el alma al cuerpo y volvió a permitirle respirar.

Atravesó tras ella el umbral y se detuvo mientras la veía deshacerse de la bufanda. Sin dejar de mirarla, sacó el tabaco, encendió un cigarro y cerró la puerta en la que apoyó después la espalda. Le provocó un oscuro placer verla volverse atónita y desconcertada. Se preguntó cómo actuaría si supiera lo que le tenía preparado, y casi deseó decírselo. Aproximarse, pararse cuando estuviera a punto de beberse su aliento y susurrarle, muy bajito, que cogiera aire porque no tardaría en estar encerrada en una celda húmeda, fría y maloliente en la que aborrecería respirar.

Ella no necesitó preguntar. Al ver su actitud desafiante comprendió que no pasaría de la entrada y que se iría antes de que se hubiera cumplido un solo minuto.

—No sé cómo explicarte esto —dijo con una dulce sonrisa.

—No te esfuerces —aconsejó con mofa—. Yo me voy.

—Tenemos un cliente que quiere que decoremos su casa de la playa —insistió con la esperanza de retenerle al menos unos segundos.

—¿Y qué tiene que ver esto conmigo? —preguntó con frialdad.

—Quiere dibujos con alma y eso lo pueden hacer muy pocos creadores. Pensé que tú...

Volvió a enmudecer al verlo apartarse de la pared con inquietante parsimonia y acercarse despacio, sacudiendo el cigarro para que la ceniza cayera sobre la inmaculada alfombra persa.

—¿Me estás ofreciendo un puto trabajo? —rugió conteniendo un estallido de furia—. Te advertí que no volvieras a hacer buenas obras conmigo —le recordó con una calma rígida—. Arregla tu vida mientras puedas y deja en paz la mía, que es perfecta desde que tú no estás en ella. —Tras la sentencia le dio la espalda para marcharse.

—Aguarda un momento...

Él se volvió sin soltar la manilla con la que comenzaba a abrir la puerta.

—Ya he estado más tiempo del que debería. Está claro que ni siquiera debí venir. —Disfrutó del temblor indeciso en los labios de Ane—. Sobre todo porque en ningún momento me he arrepentido de nada de lo que dije.

—Deja al menos que te explique lo que...

—No existe nada que yo quiera escuchar de tu boca —murmuró mientras en el fondo de sus ojos se le enconaba la ira—. Hace mucho que estás muerta para mí.

Ella no respondió. Se encogió mientras le veía abandonar la casa. Se preguntó por qué la había buscado, cuál había sido la verdadera finalidad de aquella extraña visita, qué le bullía en la cabeza para comportarse de ese modo tan absurdo, como no fuera, simplemente, la necesidad de herirla.

Mikel descendió por la escalera con paso rápido. Precisaba desfogar toda la furia que al final había estado conteniendo. Que ella tratara de ayudarle le hacía aflorar sus más irascibles demonios. No existía nada que pudiera pagar la muerte de Manu, ni los más de cuatro años que él había permanecido encerrado, ni las noches que aún tendría que pasar en prisión. Como esta, en la que ella se acostaría en su cama, arropada por su mullido edredón blanco, mientras él lo haría en un pequeño camastro en el que se dibujaban las sombras de unas rejas, con el murmullo continuo de sonidos y voces de presos y de las almas que allí penaban al no encontrar salida entre los muros.

Mikel se ajustó el casco de protección y continuó con los resistentes guantes de cuero. Ante él, gruesos pinos de unos quince metros aguardaban a que la precisión de alguna afilada herramienta acabara con muchos de ellos. Era una propiedad particular y el dueño quería excavar una pista por la que poder desplazarse con su todoterreno.

—¿Qué tal ayer? —preguntó Rodrigo, que se acercó subiéndose la cremallera de su parka fluorescente.

—Bien —respondió con la vista fija en las cimas balanceantes de los pinos más altos—. La puerta se abre sin problema.

—¿No te vio nadie? ¿Ningún vecino?

—Nadie —indicó sin dudar—. Ahora solo falta que me digan que puedo ir a por el dichoso paquete.

—¿Cómo puedo convencerte de que desistas?

—¿Cómo puedo convencerte yo de que tengo que hacer esto?

—¡Maldita sea, Mikel! No entiendo cómo no... —tosió al sentir que volvían a tener compañía. Uno de los chicos nuevos preguntaba por el modo correcto de colocarse el casco. Rodrigo se ocupó mientras Mikel volvía a subir a la trasera de la camioneta para coger un hacha.

Esa mañana no utilizó la motosierra. Los árboles, excesivamente altos y gruesos, necesitaban de la destreza de los taladores con más experiencia. Él, junto a otros compañeros, se dedicó a desmochar las ramas para dejar el tronco limpio y listo para ser transportado.

Agradeció que su trabajo no conllevara la responsabilidad de otras veces. Seguía teniendo el pensamiento donde no debía. Cada nuevo día pensaba en Ane con más frecuencia, con más intensidad. Ese proceso le tenía desconcertado. Sobre todo porque, una gran parte de las veces, ella llegaba junto a recuerdos gratos, divertidos, apasionados.

Pero la odiaba. De eso seguía estando seguro.

Un nuevo grito de «árbol va» alertó a los hombres. Los que estaban en su trayectoria de caída se apartaron con rapidez. Todos excepto Mikel. Él, perdido en sus pensamientos, siguió desroñando uno de los ejemplares ya caídos.

Un gran pino comenzó a inclinarse hacia un lado. Sus largas y espesas ramas se agitaron en el aire sin encontrar nada a lo que sujetarse. Rodrigo calculó con la mirada el punto de desplome. Sintió que el corazón le estallaba al descubrir a su amigo en la zona del impacto. Gritó su nombre con todas sus fuerzas, pero él continuó ausente mientras el árbol se precipitaba contra el suelo.

Mikel desapareció bajo el amasijo de ramas.

Los miembros del equipo se precipitaron en su ayuda. Lo hicieron con la eficaz celeridad que les daba el haber asistido a situaciones de absoluta emergencia. Varios hombres se ocuparon de mutilar las ramas, otros las apartaron con rapidez para llegar hasta el herido. Mikel apareció, encogido sobre sí mismo y con los brazos protegiendo su rostro.

—Estoy bien —musitó sin moverse cuando escuchó voces y sintió que tocaban sus ropas—. Estoy bien.

Rodrigo llegó abriéndose paso entre los que rodeaban a su amigo. Se agachó junto a él y le puso la mano sobre el hombro. Un gemido de Mikel hizo que la apartara.

—Trata de mover los brazos y las piernas, muy despacio —le pidió con preocupación.

Con un quejido, Mikel se volvió hasta quedar de espaldas en el suelo, con las articulaciones extendidas. Tenía rasponazos en una mejilla y el mentón.

—De verdad —dijo sin abrir aún los ojos—. Estoy bien. Solo me han golpeado las ramas. Me duele un poco la cabeza y el hombro, pero no es nada importante.

—¿Seguro? —volvió a preguntar.

—Seguro —respondió sin moverse.

—¡No ha ocurrido nada! —gritó Rodrigo al resto de los compañeros—. Vamos a dejarle respirar.

Los hombres se apartaron y, entre murmullos de alivio, volvieron al trabajo. Rodrigo continuó agachado. El corazón le seguía martilleando contra el pecho.

—¿Me juras que estás bien?

—Sí —dijo con una exhalación.

Abrió los ojos y trató de incorporarse. Sintió el dolor en el hombro y volvió a dejarse caer. Rodrigo terminó de relajarse cuando le escuchó reír.

—¿Te parece gracioso? —le reprendió incapaz de enfadarse como debía—. ¡Podías haberte matado!

—Me río de mi estupidez. No lo vi —reconoció dándole la mano para que le ayudara a levantarse—. Ni lo vi ni escuché el grito de aviso.

Rodrigo tiró y él se puso en pie. Entonces apreció el peligro en toda su dimensión. La providencia había querido que sobre él coincidiera el hueco entre dos gruesas ramas y, un metro más a su izquierda, todo el peso del cuerpo del árbol. No se atrevería a volver a decir que la suerte le era esquiva. No, después de que unos centímetros le hubieran librado de serias lesiones y un mísero metro le hubiera salvado la vida.

—Me preocupas —confesó Rodrigo—. Este no es un trabajo en el que se pueda estar en Babia. Si no terminas con la historia de esa poli, será esa historia la que termine contigo.

—Descuida. No volverá a ocurrir. —Se quitó los guantes y sacudió sus ropas—. Procuraré estar más atento.

Rodrigo alzó las cejas para mostrarle lo poco que creía en esa promesa.

—Vete a desinfectarte eso. —Le señaló el rostro al tiempo que se apartaba para incorporarse al trabajo.

Mikel se tocó la mejilla mientras se dirigía a la camioneta y se miró los dedos. La escasa sangre le indicó que los raspones no eran profundos. Sin detenerse, miró a su amigo. En ese momento alzaba un hacha y comenzaba a desmochar el pino que había estado a punto de aplastarle. Se sintió culpable por haberle ocultado que se había visto con Ane, pero no quería agobiarle con más preocupaciones. Opinaba que ya cargaba con suficientes por su causa.

No había vuelto a ese café desde que Mikel la echó exigiéndole que no regresara nunca. Había obedecido porque sentía que él tenía todo el derecho moral de estar allí, incluso de expulsarla. Y no habría regresado nunca de haber sabido en qué otro lugar podría encontrarse con él.

Se sentó junto a la mesita de mármol blanco mirando hacia la entrada como siempre la había esperado Mikel. Pensó que verlo llegar le proporcionaría tiempo para recomponerse de la emoción antes de tenerlo al lado. Había tomado la firme determinación de hablarle de nuevo del trabajo. Lo había decidido aun sabiendo que tendría que volver a padecer su actitud ácida, sus impertinencias, sus desprecios.

La cafetería se fue llenando de parejas y grupos de jóvenes. Ella había dejado su abrigo en la silla de al lado para que nadie se la llevara sin que se diera cuenta, pues estaba del todo ausente vagando la mirada entre la puerta de entrada y el tostado contenido de su taza. Además del desasosiego que le provocaba saber que volvería a verle, no dejaba de preguntarse cómo iba a convencerle; qué podía decirle, suponiendo que él le permitiera decir algo.

No recordaba que ninguna espera le hubiera parecido tan larga como esa. Ni siquiera las veces en las que aguardó, desde el interior de su coche, a que él saliera de casa, de su trabajo o de cualquiera de los locales de copas que frecuentaba los fines de semana. Su vigilancia había sido tranquila, demasiado tranquila. De ahí sus primeros recelos de que él fuera el delincuente que necesitaban para pillar a Carmona. Llegó a creer que en algún punto fallaba la información que tenían. Pero no fue así. Todas las dudas que llegó a plantearse fueron echadas por tierra por el comisario y, a veces, hasta por el propio Mikel. Como la noche en la que le habló del significado de Trazos.

Entonces ella aún alimentaba la incertidumbre de que fuera un hombre honrado. Por eso nunca le permitía que la acompañara a casa. No podía dejarle saber quién era ella realmente, dónde vivía. Era un sospechoso. No debía proporcionarle datos con los que pudiera localizarla después, cuando la misión hubiera acabado.

Pero le amaba. Le amaba y quería creer que era el fascinante hombre que ella veía cuando le miraba a los ojos.

Y en un instante regresó a aquella noche, al piso de Mikel, a su cama.

Han hecho el amor. Él está tumbado boca arriba, ella descansa la cabeza en su hombro y le acaricia el torso con las yemas de los dedos. Piensa en cómo hacer la pregunta sin levantar sospechas.

—Creo que deberíamos buscarte un apodo para cuando triunfes con tus dibujos —dice al fin conteniendo la respiración—. Estaría bien que fuera algo raro y desconocido como Picasso, Goya, Dalí.

Mikel la abraza al tiempo que suelta una carcajada.

—Me gustan. Cualquiera de ellos es lo bastante extraño como para que encaje con alguien como yo.

La actitud inocente y confiada de Mikel la hace juzgarse rastrera. Siente que no tiene ningún derecho a dudar de él, menos aún a sonsacarle información de modo tan sucio. Dispuesta a rectificar, se incorpora hasta apoyar los brazos en su pecho y coloca sobre ellos la barbilla.

—¡Bueno! —exclama—. Tal vez no sea tan buena idea. La verdad es que Mikel Arteaga suena perfecto para un artista.

Él le peina el cabello con los dedos y lo mantiene atrás, apartado por completo de su rostro. La mira así, libre del adorno de su cabellera castaña.

—A mí me parece una idea perfecta —musita—. A la primera mujer de mi vida se le ocurrió algo parecido.

Una dolorosa punzada vuela a encajarse en el alma de Ane. Pero, por encima de esa cruda sensación, le aflora el temor a escuchar la palabra que despejará sus dudas o confirmará que él es un delincuente. Suspira agobiada de pronto. Él no puede tener ningún apodo. Sencillamente no puede.

—Así que no he sido muy original.

—Más de lo que crees. —Suelta el pelo y lo acaricia al tiempo que lo deja caer sobre la almohada—. No imaginas lo que esto, que puede parecer una tontería, significa para mí.

—¿El que yo pretenda ponerte un sobrenombre?

Mikel enreda los dedos en los mechones que a ella le caen sobre la nuca.

—Me llaman Trazos —revela con satisfacción—. Y la mujer maravillosa que me lo puso fue mi *ama*. Por eso me emociona que tú, la mujer sin la que esa vida que ella me dio carecería de sentido, haya pensado en que mi habilidad para el dibujo merece un apodo.

Trazos. Una sola palabra basta para destrozar la última de sus estúpidas esperanzas. Los datos no están equivocados.

—Me emociona compartir este honor con tu madre —confiesa con sinceridad, apoyando la mejilla en su pecho para que él no alcance a ver la sombra del desánimo en sus ojos—. Así que el sentido de Trazos está en tu destreza.

—Mi afición a dibujar me viene desde que era apenas un renacuajo. —Recorre con los dedos la espina dorsal de Ane, en dirección a su cintura—. Mi *aita* llamaba a mis creaciones «garabatos sin sentido». Mi *ama* le regañaba y solía decir que eran trazos que con el tiempo se convertirían en brillantes dibujos. —Sonríe emocionado—. Eso me gustó. Después, cada vez que hacía algo se lo mostraba para que me lo repitiera. Entonces ella comenzó a llamarme Trazos. Por eso seré Trazos eternamente, me lo digan los demás o no.

—Por lo que veo la querías mucho —dice sin moverse.

—¿Cómo podía no quererla? —La estrecha con fuerza y besa

su cabello—. Fue lo más dulce y especial de mi vida. Cuando ella faltó ya no...

Ane se aprieta contra su pecho. Desea morir ahí, entre sus brazos, escuchando los latidos de su corazón. Morir amándolo para que nunca llegue el momento de verlo esposado en el asiento trasero de un coche policial.

Mikel olvida lo que fuera que le ha hecho quedarse en silencio. Entierra el rostro en la cabellera de Ane y revuelve para abrirse un sendero.

—¿Qué pasa, mi amor? —susurra al alcanzar la suavidad de su cuello—. ¿He dicho algo que te ha molestado?

Ella continúa pegada a él, silenciosa, incapaz de mantener por más tiempo las lágrimas.

Mikel se remueve en la cama hasta poder abarcarle el rostro con las manos. Se lo alza y la mira con tierna preocupación.

—No es nada —musita ella—. Me has hablado de que soy una de las dos mujeres más importantes de tu vida y he sentido que no merezco tanto.

—Te amo —susurra con una radiante sonrisa—. Te amo de tal manera que cuando no estoy contigo solo respiro para mantenerme vivo hasta volver a encontrarte. Tú llenas toda mi vida. Soy yo quien no merece tanto.

—¡Dios mío, Mikel! —exclama en un sollozo. Trata de bajar la cabeza para ocultarse de nuevo, pero él la mantiene inmóvil. Sonríe mientras le seca las mejillas con sus pulgares.

—Amar duele a veces, ¿verdad? —Ella afirma en silencio—. Eso es bueno. Significa que no nos cabe tanto amor y nos golpea por los costados para apretarse e ir haciendo hueco. Sabe que nunca tendrá espacio suficiente, porque jamás dejará de crecer.

Nuevas lágrimas brotan de los ojos de Ane, que se pregunta por qué el destino no los ha unido antes. Antes de que ella se convirtiera en policía, antes de que él hubiera cruzado al otro lado de la ley.

—¿Dónde has estado durante toda mi vida? —pregunta apenada.

—Buscándote —susurra al tiempo que comienza a enjugarle las lágrimas, esta vez con los labios.

Mikel le ha jurado, cientos de veces, que ella es su vida. Lo ha jurado y lo ha demostrado con actos. Pero la emoción y la sencillez con la que lo dice esa noche le llenan a ella el alma de remordimientos.

Remordimientos que, ahora, después de los años, seguían martirizándola con la misma intensidad. Pues una cosa fue el delincuente al que juzgó y condenó la justicia, y otra bien distinta, el hombre que la amó con toda su alma y al que ella correspondió con mentiras.

Apartó a un lado su taza de café. Apoyó los codos sobre la mesa y se frotó la frente con los dedos. No era momento de recordar el pasado. Era mejor centrarse y prepararse para la conversación que deseaba mantener con él.

Pero dos horas después seguía sentada en el mismo lugar, ante la misma taza con café ya frío y sin ninguna esperanza de que Mikel apareciera.

Pulsó el botón que alejaba el dibujo de una silueta humana con una diana en el centro del pecho. Dejó que se deslizara hasta el fondo de la galería mientras él se ajustaba las gafas protectoras. El agente Gómez guardó silencio cuando le vio empuñar su arma reglamentaria y esperó. El comisario efectuó sobre el objetivo los seis disparos que le quedaban en el cargador y accionó el mecanismo que lo acercaba de nuevo.

—Así que no has avanzado demasiado. —Se retiró los cascos que amortiguaban las molestas detonaciones en ese espacio cerrado.

—Debo ser cuidadoso, señor. He tomado confianza con algunas de sus antiguas amigas. Ahora tengo que averiguar con cuáles de ellas mantuvo alguna relación. No puedo nombrarle si no quiero levantar sospechas.

—Trabaja al ritmo que creas conveniente, pero no te duermas. Recuerda que esto me urge.

El carril se detuvo. El blanco quedó frente a ellos. Las seis balas habían hecho un único y grueso agujero, pero no en la diana. La herida mortal estaba en el punto en el que a la silueta, de haber tenido vida, le habría latido el corazón.

—Descuide, señor. —Se mantuvo erguido, casi firme—. También he entrado en contacto con algunos de los amigos del hermano pequeño. Parecen buenos chicos. —El comisario pulsó para que el grueso papel agujereado viajara de nuevo hasta el final—. Ellos sí que hablan del chaval fallecido y lamentan lo que le ocurrió.

—Fue el típico caso del chaval que admira a su hermano mayor, que lo considera un héroe —opinó agitando la cabeza con pesar—. Lástima que ese admirara a un maldito cabrón y acabara muerto por su culpa. —Sustituyó con habilidad el cargador vacío por uno lleno—. Si fue capaz de conducir a su propio hermano a la muerte, ¡qué no podría hacer con alguien que no lleve su misma sangre!

Cogió su arma con ambas manos, apuntó tensando la mandíbula y disparó las quince balas del cargador. Después se quitó las protecciones de los oídos y las gafas. No se molestó en acercar la señal para comprobar su puntería. Sabía que todos los proyectiles habían encajado en lo que sería el cerebro si el contorno hubiera correspondido al de un enemigo a batir.

Ane llevaba rato en la trastienda, en el pequeño despacho. La tarjeta de uno de sus mejores proveedores le abrasaba los dedos. Pertenecía al que Lourdes y ella habían elegido para la decoración de la casa de la playa. El sentido común le decía que llamara y le expresara las exigencias del cliente. No había conseguido ver a Mikel. No había motivos para seguir esperando y arriesgarse a perder el trabajo más interesante que habían conseguido en años.

Pero no quería rendirse. No hasta que hubiera agotado todas las posibilidades.

Dejó la tarjeta sobre la mesa, al lado del teléfono, y pasó a la tienda. Lourdes se despedía en la puerta de una joven pareja. Ella aguardó a que regresara.

—Quiero pedirte algo —dijo mientras cerraba el catálogo de tejidos que su amiga había dejado abierto—. Es sobre el señor Ayala.

—¿Has hablado con el proveedor? —preguntó comenzando a enrollar una pieza de tela ocre con dibujos dorados que había extendido en el mostrador.

—Eso precisamente quería contarte. —Sus dedos repasaban sin cesar el anagrama abultado de la tapa del muestrario—. Me gustaría que el amigo del que te hablé se hiciera cargo de ese proyecto.

—¡El artista! —exclamó con expresión dichosa—. Pensaba que no te veías con él.

—Así es. Pero puedo intentar localizarle. —Evitó decir que ya había comenzado a hacerlo—. Si tú estás de acuerdo en que se ocupe de esto, por supuesto.

Lourdes colocó el rollo de tejido en las baldas y se volvió hacia Ane con actitud pensativa.

—Si te entendí bien, él nunca ha diseñado telas o papeles pintados. ¿Crees que será capaz?

—Lo creo. No sería la primera vez que alguien apuesta por un brillante ilustrador gráfico. El que no tenga ideas preconcebidas de lo que debe ser el diseño de una pared puede dar un resultado fabuloso. —Se mordisqueó los labios y suplicó con la mirada—. Sé que nadie lo haría como él.

—¿Me aseguras que esto no obedece, únicamente, a un deseo de tenerlo cerca?

—No arriesgaría así nuestro negocio —aseguró con gravedad—. Él puede hacerlo y puede hacerlo mejor que nadie que tú o yo conozcamos.

—De acuerdo —aceptó Lourdes sonriendo con toda la amplitud de sus labios pintados de rojo—. Confío en tu buen criterio. Pero eso nos plantea otro problema.

—Ya. Tengo que localizarle cuanto antes —se adelantó Ane.

—Exacto. No podemos entretener al cliente eternamente, a no ser que queramos perderlo.

—Te prometo que eso no ocurrirá. Si no doy con él y lo convenzo para que acepte durante esta semana, el lunes, a primera hora, llamo al proveedor que tenemos elegido.

—Vale. —Alzó las cejas sospechosamente satisfecha—. Puede que de esto saquemos varias cosas buenas: un verdadero artista para nuestra pequeña empresa y que tú te perdones eso tan terrible que le hiciste.

—No, Lourdes. Lo del artista es más que probable, lo otro puede que nunca ocurra —dijo colocándose el pelo tras la oreja con dedos trémulos.

—Pues me parece una verdadera lástima.

Sin ganas de conversar, Ane volvió a la trastienda con la pena ensombreciéndole sus ojos grises. Su pensamiento estaba ocupado en buscar un modo de dar con Mikel. Su última esperanza la había puesto en los sábados del café Iruña. Que él hubiera faltado la tarde en la que ella le buscó no quería decir que no fuera a acudir ninguna otra.

Pero no podía jugárselo todo a una única posibilidad. Tenía que existir otro modo más rápido de dar con él. Una forma de averiguar dónde estaba viviendo.

Y lo había, pensó de pronto.

Había alguien. Conocía a alguien que podía ayudarle a encontrarlo. Ahora, su duda se centraba en descubrir si ese alguien estaría dispuesto a ayudarla.

11

Mikel aceleró la marcha de modo inconsciente. Bego alargó el brazo para alcanzar el borde de su cazadora y tiró hacia sí. Él se detuvo riendo por su torpeza de cometer una y otra vez el mismo error y aguardó a que ella avanzara los pasos que le había sacado de ventaja. La estrechó por la cintura y la pegó a su costado.

—¿Te he dicho alguna vez que eres mi cielo? —le preguntó al tiempo que se amoldaba a su caminar tranquilo.

—¿Soy tu cielo porque te estoy enseñando a pasear en la tierra? —preguntó ella a su vez, riendo emocionada por la demostración de cariño.

—Algo así. —La besó en la frente con mimo—. Algo así.

Continuaron en dirección al piso de Bego, en la plaza Zabálburu. Esa tarde Mikel había tenido un interés especial en que se vieran. Había algo que necesitaba contarle, algo que no podía arriesgarse a revelar por teléfono.

Alumbrado por la luz amarillenta de una farola, Mikel echó un rápido vistazo a su reloj de muñeca, inquieto porque el tiempo avanzaba y aún no había comentado nada.

—¿Ya es la hora? —preguntó Bego.

—Diez minutos. Ni uno más, si quiero firmar a tiempo de evitarme dificultades.

Bego ajustó la alarma de su propio reloj, para asegurarse de que eso no ocurriera, y volvió a pegarse a él para que la abrazara de nuevo.

—Tengo otro problema —dijo Mikel de pronto.

—¿Qué tipo de problema? —preguntó con sus grandes ojos negros abiertos de par en par.

—Algo que descubrí el sábado, cuando pensaba que todo se ponía en marcha. No te lo había contado aún porque he estado tratando de dar con la solución.

—Por lo que veo no lo has conseguido. ¿Qué es lo que pasa? —insistió adelantándose para detenerse frente a él y hacer que se detuviera.

—Que no es tan sencillo como yo había supuesto —indicó mientras ella le rozaba con mimo los arañazos de su mejilla—. El domicilio es sagrado. El juez no emite una orden de registro sin un motivo muy poderoso, y un chivatazo no basta por muy fiable que este sea. Según están las cosas, pienso en otro lugar o lo olvido todo.

Bego reaccionó como si hubiera recibido la mejor noticia que podía desear.

—Tal vez eso sea lo mejor —opinó animosa—. Sabes que nunca me ha gustado esto de la venganza.

Mikel resopló. Le pasó el brazo por los hombros, la acercó a su costado y comenzó a caminar de nuevo junto a ella.

—No voy a desistir, Bego, y lo sabes. No hagas lo mismo que Rodrigo.

Aceleró el paso al entrar en la plaza.

—Tú mismo has dicho...

—He dicho que tengo que pensar otra forma de hacerlo. —La condujo hacia la zona ajardinada, apartada de la acera y los peatones, y se detuvo ante un banco vacío—. Al parecer, si metiera la droga en un coche o un negocio no habría problemas —dijo en voz baja—. Ahí sí que actuaría la poli en cuanto recibieran el aviso.

—Ella tiene coche —musitó apagada, como si se resistiera a darle ideas.

—Lo tenía entonces —aclaró él—. Ahora no lo sé. No se lo he visto. Tendría que vigilarla de nuevo para comprobarlo.

Bego se encogió de hombros y suspiró. Pensar en que él volviera a pasar horas acechando a Ane la angustiaba.

—Olvídalo —insistió sin demasiadas esperanzas.

—Está su tienda de decoración —continuó Mikel sin prestarle oídos—. Pero Rodrigo dice que ni se me ocurra pensarlo. Que no es tan sencillo entrar en un comercio como hacerlo en un piso.

Sacó el tabaco del bolsillo de su cazadora. Bego le observó, pensativa, encender un cigarro y dar una larga y profunda calada.

—Entonces, ¿qué vas a hacer? —preguntó al tiempo que le veía expulsar el humo.

—No lo sé. Seguramente planear otra cosa. Tiene que haber algo.

—Si consiguieras un contrato de trabajo y un domicilio fijo en otra ciudad, ¿dejarían que te desplazaras a vivir donde fuera?

—Imagino que sí —respondió confuso—. Tendría que informar y esperar una decisión, pero no creo que pusieran impedimentos.

—¡Vayámonos! —dijo de pronto—. Vayámonos lejos.

—Bego... —musitó como una súplica—. No puedo construir mi futuro huyendo de mi pasado. Puedo ser muchas cosas, pero nunca un cobarde.

—Eso no es huir. Es cambiar de vida.

—Pero es que mi vida siempre ha estado aquí y la he perdido. La he perdido. ¿Entiendes lo que eso significa? —Se volvió hacia las luces del centro de la plaza, arrojó con rabia el pitillo al suelo y lo aplastó con el pie—. Nunca recuperaré mi vida si me marcho.

—Perdona. —Introdujo las manos en los bolsillos de su abrigo—. No caí en que... Lo siento.

Mikel se volvió hacia ella al percibir la pena en el tono de su voz.

—No te disculpes. —Le rozó la barbilla con los dedos—. Solo estabas pensando en lo que consideras mejor para mí, y te lo agradezco. Te agradezco toda la ayuda que me prestas.

—No es ayuda lo que te doy. Es amor —susurró.

—Amor a cambio de nada.

—Amor a cambio de tenerte conmigo. Con eso me basta.

—No debería ser así...

Ella siseó para acallarlo a la vez que le colocaba un dedo sobre los labios.

—Ya hemos hablado suficiente sobre esto. No volveremos a hacerlo. Te amo y me quieres. Eso es lo único que importa.

Mikel la abrazó por la cintura mientras ella se colgaba de su cuello besándole en la boca. La alarma sonó en el reloj de Bego. Se iniciaba la cuenta atrás para que Mikel acudiera a pasar otra noche de reclusión.

El camarero puso sobre la mesa dos cafés y una copa de coñac, y volvió a dejarlos solos. Carlos sacó su tarjeta de crédito y la colocó sobre la bandejita plateada que contenía la cuenta. Ane no protestó. Con los años había comprendido que él pagaría siempre, aunque la invitación hubiera partido de ella. Tenía una idea muy particular de lo que debería ser un caballero cuando acompaña a una mujer.

—¿Cómo va el asunto de Carmona? —preguntó ella mientras rasgaba el sobrecito de azúcar y lo vertía en su café.

—Desesperadamente lento —reveló ralentizando el sonido de cada sílaba—. A este paso me jubilaré y ese cabrón seguirá viviendo como un respetable y multimillonario hombre de negocios que se hizo a sí mismo.

—El dinero lo compra todo, incluso la honradez —opinó sin dejar de remover el oscuro brebaje con la cucharilla.

—El dinero y los amigos poderosos —puntualizó Carlos—. Pero algún día cometerá un error del que ninguno de sus influyentes contactos podrá sacarlo. Solo tenemos que estar cerca cuando eso ocurra y actuar sin darle tiempo de reacción.

—Llevas años intentándolo, pero es escurridizo y está bien arropado. —Volvió a pensar en el desastroso final de aquella larga operación.

—Espero conseguirlo pronto. —Alzó levemente el vaso imitando un brindis—. Tengo infiltrado a un elemento que se va ganando su confianza. Es la primera vez que hace algo así, pero tiene agallas. El problema está siendo que últimamente no parecen moverse esos condenados. El chico dice que tenga paciencia porque las cosas van bien, pero a veces la pierdo.

—No la pierdas. Sabes que los confidentes a veces funcionan. Seguro que en esta ocasión te favorece la suerte.

—La verdadera suerte sería conseguir pruebas de los negocios que Carmona se trae con toda esa gente poderosa. Pero se cuidan bien de no dejar evidencias, los muy cabrones.

—Siempre caen los últimos de la cadena, los más pringados —dijo con aire ausente y girando aún la cucharilla en el interior de la taza.

Carlos bebió de su copa mientras la estudiaba en silencio.

—Vas a desgastar la porcelana del fondo —musitó. Ella levantó la cabeza volviendo al presente—. No me has invitado a cenar para hablar de Carmona, ¿verdad? Te conozco lo bastante como para saber que quieres pedirme algo.

—Hemos cenado juntos muchas veces —se disculpó—, y lo hemos hecho por el simple placer de vernos y conversar.

—Muchas —repitió satisfecho—. Y si por mí fuera lo haríamos las trescientas sesenta y cinco noches de cada año, sin olvidar la del bisiesto —bromeó tratando de contrarrestar el nerviosismo que traslucía Ane—. Pero hoy es diferente, lo sé. Así que, comienza. —Le cubrió una mano con las suyas para infundirle ánimo—. Dime qué quieres, porque sabes que no puedo negarte nada.

—Está bien. —Soltó por fin la cucharilla, a un lado del plato—. Es cierto que necesito tu ayuda. —Clavó en él su mirada sincera—. Quiero la dirección de Mikel.

Por un instante la sorpresa dejó paralizado al comisario. Su sonrisa se transformó en unos labios finos y apretados, en un semblante tenso.

—¿Para qué la quieres? —preguntó arrugando el ceño y afilando la mirada.

—Tengo... Lourdes y yo tenemos un trabajo perfecto para...

—Ya tiene un trabajo —interrumpió con sequedad—. Y no me digas que el que pretendes ofrecerle tú es más adecuado. Eso no debería preocuparte.

Ane traqueteó sobre la mesa con las yemas de los dedos. No le sorprendía la reacción de Carlos. Había pedido su ayuda porque la necesitaba casi con desesperación, no porque hubiera dado por hecho que la conseguiría.

—No quiero discutir contigo. No tendría ningún sentido. Solo necesito que me digas dónde está viviendo.

—¿Cómo puedes pedirme eso cuando sabes que lo considero un peligro para ti? Si, por la razón que sea, ese cabrón ha dejado de molestarte, no voy a ser yo el que vuelva a acercarte a él. Es un mal tipo y los dos lo sabemos.

—Soy una mujer adulta, Carlos —dijo con gesto de fastidio—. Sé cuidarme sola.

—Pues no lo parece —respondió él con la misma aspereza—. Hay una frase que mi abuela solía repetir a mi hermana cuando la veía insistir con algún chico. «El ratón corriendo detrás del gato», decía mientras se santiguaba. Algunas veces esa frase es muy cierta, como en este caso. Me cuesta creer que tú, una mujer inteligente, quieras convertirte en ese insensato ratón.

—Siempre dices que no puedes negarme nada —le recordó, ignorando el resto de sus comentarios.

—Y es cierto. Pero esta vez me has pedido lo único que no puedo concederte —suspiró tratando de recuperar la serenidad—. Entiéndeme, por favor. No puedo hacer otra cosa.

—Di más bien que no quieres —le desafió mirándole a los ojos.

Durante un momento Carlos se mantuvo inmóvil y pensativo, como si estudiara hasta dónde llegaría en esta ocasión la terquedad de Ane.

—No quiero —susurró despacio—. No quiero que te haga daño.

—Sabes que encontraré el modo de dar con él, con o sin tu ayuda.

La decepción se unió a la impotencia que ya dominaba en los sagaces ojos marrones del comisario.

—Está bien. Ya que insistes te diré dónde puedes encontrarle. —Tomó un trago de coñac y después observó con detenimiento el líquido cobrizo—. En Basauri. —Dejó la copa sobre la mesa y volvió a mirarla—. En la puerta de la prisión, de lunes a jueves, cinco minutos antes de las nueve de la noche. Nunca se atrasa, porque, aunque no lo parezca, es un preso y sigue cumpliendo condena. Pero eso ya lo sabías —comentó con sorna—. ¡¿Quieres evitarle la humillación de esperarlo a la salida o la entrada de su centro de internamiento?! Esa estupidez no cambiará la clase de hombre que es.

—Gracias por la detallada información —ironizó cogiendo su bolso de la silla de al lado.

El comisario la atrapó por la muñeca para retenerla.

—Lo siento. Lo siento mucho. —La soltó confundido por su propia brusquedad, y se frotó con rabia la frente—. ¡Maldita sea! ¡¿Por qué tiene que ser siempre ese tipo el causante de que me comporte como un cabrón contigo?! Lo único que quiero es verte feliz. Por favor —rogó al ver que ella no abandonaba la idea de irse—. Al menos espera a que me cobren la cuenta para que pueda llevarte.

Ane resopló mirando hacia otro lado. Volvió a sentarse rígida, sin soltar la correa del bolso, que apoyó sobre sus muslos. Cuidó que su espalda no rozara el respaldo. Confiaba que cuanto más incómoda se mostrara ella, peor se sintiera él.

—Estoy cansada y quiero volver a casa —manifestó con frialdad.

—Como quieras. Tú mandas.

Y realmente mandaba, pensó mientras hacía un gesto al camarero para que se aproximara. Él se moría por complacerla siempre, sin importarle lo que tuviera que hacer para conseguirlo. Pero no esta vez. No para acercarla a ese cabrón del que sabía que no recibiría nada bueno.

Rodrigo nunca imaginó que pasaría una tarde de sábado a solas con Bego. Ni siquiera lo pensó cuando abrió la puerta y se encontró con ella, que llegaba buscando a Mikel.

—Creí que estaba contigo —le había dicho él.

—No sé dónde está, pero lleva todo el día con el teléfono apagado —había respondido ella con sus preciosos ojos negros pugnando por contener las lágrimas.

Se le había partido el corazón al verla triste. En aquel momento deseó tener cerca a su amigo para agarrarle del cuello y advertirle que no volviera a hacerla sufrir. Pero lo que hizo fue rogar a Bego que no se fuera. Pedirle que pasara a tomar algo mientras esperaban a que Mikel llegara.

Él se sirvió una copa. Ella pidió que le preparara una infusión.

—A veces necesita estar solo —comentó, un poco después, con intención de animarla—. Tantos años encerrado, siendo un simple número, sin ningún control sobre sí mismo. Todo eso destroza el cerebro del hombre más fuerte. Ahora precisa tiempo para poner orden en su cabeza, seleccionar lo que quiere recordar y decidir qué debe sepultar. Quemar puentes nunca es fácil.

Ella se arrellanó en el sofá con el vaso entre las manos, como si precisara del calor que la infusión despedía a través del vidrio.

—Créeme que lo entiendo, pero a veces me duele que no busque mi compañía en esos momentos de flaqueza.

—Él te quiere —murmuró sin dejar de mirarla.

Un lánguido brillo en los negros y exóticos ojos de Bego enterneció a Rodrigo.

—¿Te habla de mí? —preguntó ella con una tímida sonrisa.

—Muchas veces. —Advirtió la ansiedad con la que esperaba oír algo agradable—. Dice que tú eres su paz, su norte.

—Es bonito que sienta eso.

—Sí, es bonito que alguien te necesite de esa forma.

La sonrisa de Bego se apagó. Se acercó el vaso a los labios, olió el contenido con los ojos cerrados y volvió a mirarle.

—Tú sabes que no está enamorado de mí, ¿verdad?

—No hay secretos entre nosotros —dijo correspondiendo a su franqueza.

—¿Qué opinas de nuestra relación?

—No opino. Nadie puede valorar las relaciones de los demás. Cada uno vivimos como queremos, como podemos, como nos dejan. Todos perseguimos la felicidad y cada cual lo hace a su manera.

Ella se quedó en silencio. Bebió de su infusión con la mirada perdida en la pared blanca que tenía enfrente.

Rodrigo pensó que ese era el momento de cambiar de conversación, de hablarle de cosas que no le hicieran daño.

—¡Cinco idiomas! —exclamó con admiración—. Tu trabajo debe de ser apasionante.

—Sí que lo es. —Rodrigo fingió no ver las dos lágrimas que ella se enjugó con los dedos—. Sobre todo porque es diferente cada día y eso me permite conocer a personas muy interesantes.

—¿En qué cambia? —preguntó con verdadera curiosidad.

—La empresa ofrece toda clase de servicios de traducción —suspiró bajito y volvió a frotarse los párpados—. Mi trabajo consiste en ir a encuentros y reuniones y traducir al mismo tiempo que los clientes conversan.

—¿Es por eso que viajas a menudo?

—Es otro de los aspectos que me atrae. —Esbozó un amago de sonrisa—. Ya sabes que viajar me encanta.

En unos momentos Rodrigo pasó de hablar para hacerle olvidar el mal rato a escucharla fascinado. Volvió a envidiar a Mikel, que podía disfrutar de la compañía de esa mujer siempre que quisiera. Cuanto más la conocía, menos entendía que no le apeteciera hacerlo a todas horas. Estaba seguro de que, si él estuviera en su lugar, jamás se cansaría de mirarla.

Mikel no había buscado, de modo consciente, el rincón del café Iruña. Habían sido sus pensamientos los que guiaron los pasos que él creyó dar sin ningún rumbo. Fue su necesidad de recordar, de zarandear a su alma la que le había llevado a sentarse de nuevo ante la pequeña mesa de mármol.

Llevaba toda una semana pensando en cómo devolver a Ane una parte de su traición y aún no había dado con nada que tuviera sentido. Pero no quería resignarse a olvidar la venganza. Ni siquiera quería preguntarse si podía hacerlo. Sabía que no podía, porque esa locura se había convertido en la obsesión que, irracionalmente, le mantenía cuerdo. Toda vida necesita una finalidad y él había encontrado la suya.

Pero seguía sin saber cómo podía llevarla a cabo.

Sus dedos temblaron al coger por el asa su taza vacía. Había pasado mucho tiempo desde que volteó, por última vez, la de Ane para leerle el poso y todavía recordaba aquel momento con claridad. Especialmente el gesto, atento y fascinado, con el que ella atendió sus explicaciones. Se le había dado condenadamente bien aparentar, durante meses, ser una mujer dulce y enamorada.

Invirtió la taza con rapidez, sin darse tiempo a pensarlo. Apoyó los codos sobre la mesa y cogió el pitillo entre los dedos para aspirar con ansia. Se dijo que era infantil que quisiera leer su poso y, si a pesar de eso iba a hacerlo, era ridículo que ese simple acto le llenara el cuerpo de recuerdos.

Apartó la taza y expulsó el humo mientras miraba hacia la oscuridad de la calle, más allá de la luz de las farolas, entre los árboles, hacia las ramas medio desnudas que se alargaban hasta perderse en un cielo negro. Se preguntó qué estaba haciendo con su vida, qué estaba haciendo con la vida de Bego; por qué no podía disfrutar del amor que ella le daba y olvidar la amargura que le provocaba pensar en Ane. Tal vez la verdadera condena era esa y había tenido que salir de la cárcel para descubrirlo.

Trató de desviar la constante dirección de sus pensamientos hacia otra que le trajera recuerdos agradables. En ese rincón había pasado tardes realmente especiales con la única compañía de sus cuadernos y sus lápices. Solo había necesitado levantar la cabeza del papel y mirar a su alrededor en busca de una cara, unos ojos, un gesto que le emocionara. Volvió a hacerlo. Giró el rostro a su derecha... pero lo que vio, lejos de emocionarle, le enfureció con tal intensidad que los músculos se le agarrotaron hasta dolerle.

Ese era su rincón, esa era su tarde de sábado y ese era el recuerdo de su casi perfecta vida que ella había destruido. Pero volvía a entrar allí para martirizarle, para contemplar al hombre sin pasado ni futuro en el que le había convertido.

—¿Puedo sentarme? —dijo, y Mikel rugió para sus entrañas y retuvo el aliento.

—No —respondió con sequedad.

Aún no sabía que Ane llegaba dispuesta a soportarlo todo a cambio de que le permitiera hablarle del trabajo.

Ella arrastró la silla y se sentó, con el abrigo puesto y atado hasta el cuello y el bolso en bandolera. Observó con preocupación los rasponazos que le cruzaban la mejilla.

—¿Qué parte del no, no has entendido? —dijo él con sorna, y volvió a inspirar el pitillo para tranquilizarse—. ¿Puedo saber qué cojones haces aquí si ya te advertí que no volvieras?

—Este es el único sitio en el que tenía la esperanza de encontrarte —confesó bajando las manos hasta su regazo—. Necesito hablar contigo.

—Pues tienes un problema —indicó con desdén—, porque yo no tengo el menor interés en escucharte.

—Y yo no tengo intención de marcharme hasta que lo hayas hecho —aseguró, y continuó como si él le hubiera pedido que lo hiciera—. Te estoy ofreciendo la posibilidad de volver a crear. Te ruego que vuelvas a pensarlo, porque...

—¿Volver a pensarlo? —Frunció el ceño con incredulidad—. ¿Es que acaso crees que lo he pensado durante un solo puto segundo?

—No malgastes tu vida cortando árboles cuando puedes hacer lo que te gusta —musitó haciendo caso omiso a sus malos modos.

—¡No me conoces! —interrumpió al tiempo que aplastaba el pitillo contra el cenicero—. El Mikel que fui murió aquella tarde, junto a mi hermano. Este que ves se ha forjado en un infierno en el que nunca has estado, por suerte para ti —indicó con ironía.

—No, no he estado encerrada allí, pero eso no significa que no sepa lo que cuesta volver a integrarse en el mundo que te olvidó durante años. Hay estudios de psicólogos que...

—¡¿Me estás haciendo un jodido psicoanálisis?! —preguntó furioso.

—Escucha, por favor —dijo de modo acelerado al verle coger el tabaco y el encendedor—. Esto no tiene nada que ver con analistas ni con nada extraño. Es algo que tú puedes hacer y que te ayudará a comenzar de nuevo de la forma en la que te gustaría hacerlo.

—¿Me jodiste la vida y ahora te preocupa si mi trabajo me conviene o no? —preguntó furioso—. ¡Olvídame! —exigió poniéndose en pie—. No me interesa tu maldita ayuda. No me interesa nada que venga de ti.

Fue poniéndose la cazadora mientras se dirigía a la salida.

Ane se frotó los párpados con las manos, decepcionada. Temblaba de pies a cabeza. Cuando volvió a abrir los ojos se fijó en la taza volcada sobre el plato. Se le encogió el corazón al recordar la ternura con la que Mikel solía leerle los posos, su dulzura, su risa, sus ganas de vivir. Pensó que todo eso seguía estando allí, en algún lugar escondido dentro del hombre amargado que la acababa de dejar plantada.

Se levantó y echó a correr hacia la calle. No podía abandonarle por el hecho de que él se lo hubiera pedido, se dijo al tiempo que alcanzaba la acera y miraba hacia los lados. No encontró rastro de él. Desesperada, se lanzó hacia su derecha; el tramo más corto de calle y por el que pensó que existían más posibilidades de que hubiera desaparecido en tan breve espacio de tiempo.

Lo descubrió nada más doblar la esquina. Caminaba con paso rápido y resuelto, con las manos en los bolsillos y la cabeza erguida.

Otra carrera y, cuando todavía le faltaban unos metros para darle alcance, se dirigió a él en voz muy alta.

—Si el problema es que no quieres tener nada que ver conmigo, te prometo que ni siquiera me verás. —Varios transeúntes se volvieron a mirarla, pero él continuó su camino. Ella voceó más fuerte, sin dejar de avanzar—. Tengo una socia. Puedes tratarlo todo con ella. Puedes ir a la tienda cada vez que necesites cualquier cosa. Yo no te molestaré.

Mikel se detuvo. Ella se paralizó a pesar del largo trecho que aún les separaba. Estaba sin aliento por la carrera, por la tensión, por la duda, porque tenía ante ella al hombre que amaba con todo su corazón.

También a Mikel le faltó el aire al oírle nombrar la tienda. Ella había dicho que podía entrar cuando quisiera. Entrar cuando quisiera, sin necesidad de forzar ninguna cerradura. Simplemente, entrar. Esa era la solución que había estado buscando. Si podía entrar y salir con libertad, no le resultaría difícil encontrar el modo de colocar la droga en algún lugar que la inculpara.

Se volvió a mirarla. Estaba parada junto a la boca del metro. Temblaba, y en su rostro se advertía la ansiedad con la que aguardaba su respuesta. Ansiedad parecida a la que mostró otras veces, mientras fingió ser quien no era. Comenzó a sentir pena por ella, pero le duró un instante. Si ella no tuvo ninguna piedad cuando le engatusó para tenderle una trampa, él no se la tendría ahora que estaban cambiando las tornas.

—¿Qué tendría que hacer? —gritó sin molestarse en acortar la distancia.

—Lo que siempre hiciste; dibujar —respondió ella conteniendo la emoción.

Ninguno reparó en la expectación que causaban a su alrededor, en las miradas de curiosidad, en los cuchicheos, en las sonrisas. Los dos tenían la atención puesta en algo más importante.

Mikel se acercó despacio, sin apartar sus ojos de ella, sorprendido de lo sencillo que le iba a resultar engañarla.

—¿Dibujar, qué? —preguntó cuando estuvo a su altura.

—Diseños que después se imprimirían en papeles pintados y telas. Sí, ya sé que nunca lo has hecho, pero te resultaría sencillo. —Hablaba de modo precipitado, como si creyera que aún le iba a faltar tiempo para convencerlo—. En la tienda podrías ver lo que hacen otros diseñadores y te darías cuenta de que tú también puedes hacerlo.

—¿Me dirían qué debo dibujar?

—No —respondió con rapidez—. No, no. Si aceptaras tendrías que ir hasta la playa de Cuberris, en Ajo, ver la casa y la naturaleza que la rodea, y hablar con el dueño. Él te diría qué quiere que se sienta al entrar en cada habitación, y tú tendrías que conseguir eso con tus dibujos. Es un reto al que pocos se atreverían a enfrentarse.

La tentación era grande. Y era grande por algo más que tener acceso a la tienda. Era grande porque podría trabajar en lo que seguía siendo su pasión, y era grande porque podría verla a ella sin necesidad de perseguirla ni mentir a nadie.

—¿Qué ganarías tú con esto? —preguntó con desconfianza.

—Un cliente satisfecho.

Mikel soltó una suave e irónica risa mientras en sus ojos danzaba la incredulidad. No cambió el gesto cuando se acercó a su rostro y le susurró:

—¿Ahora qué es lo que quieres tú de mí?

—Puede que lo mismo que tú —le desafió inmóvil y expectante.

Entonces sí se le deshizo la sonrisa. No por la preocupación, sino por la intriga. Lo que ella estuviera planeando no le inquietaba porque esta vez ya la conocía, ya estaba alerta, ya estaba listo para ser él quien asestara el golpe definitivo.

—Probaré. —No mostró ninguna emoción—. Veré la casa, hablaré con el tipo, y si me convence aceptaré el trabajo.

—No te arrepentirás —aseguró ella temblando de modo ya ostensible—. Pero no hay mucho tiempo para decidirse. Hablaré con el cliente esta noche. Tal vez quiera verte mañana mismo, aprovechando que es domingo.

—¿Cómo lo sabré?

—Puedo llamarte por teléfono.

Él volvió a reír negando lentamente con la cabeza.

—Yo te llamaré a ti.

«Yo te llamaré a ti» fue la frase que durante mucho tiempo Ane recitó para no darle datos de sí misma. Ahora, al escucharla de sus labios, sintió que merecía esa respuesta. Abrió el bolso con celeridad y sacó una tarjeta de visita. Se la tendió con cuidado de no rozarle los dedos.

—Ahí tienes el teléfono de la tienda, el de mi casa y también mi móvil. Puedes llamarme esta noche o... o mañana por la mañana. Cuando prefieras.

Mikel inclinó la pequeña cartulina hacia la luz que emergía de la boca del metro, y leyó «Ane Zabalegui», y, debajo, con letra más pequeña y cursiva, «arte e imaginación». Le resultó curioso, pero no preguntó. La guardó en el bolsillo interior de su cazadora y volvió a mirar a Ane con gesto cínico, en silencio, disfrutando de su incomodidad hasta que la escuchó decir:

—Mi socia y el cliente te esperarán en...

—Quiero que estés tú —interrumpió con rudeza.

Y se alejó, sin más. Alcanzó la Gran Vía y desapareció al doblar la esquina en dirección a la plaza Circular y Abando.

Ella no pudo moverse. Permaneció encogida, como si el intenso frío le hubiera penetrado por la gruesa tela del abrigo. Se preguntaba qué, de todo cuanto le había dicho, había obrado el milagro. No recordaba ni la mitad de las palabras que habían salido de su boca, pero sí las que había pronunciado Mikel. Sobre todo las últimas. Esa petición rotunda, más bien orden indiscutible, que la había dejado aturdida.

12

Mikel tuvo que dar algunas explicaciones a Bego. No la había visto el sábado y tampoco sabía si podría encontrarse con ella en algún momento de ese domingo. Ante la imposibilidad de decirle la verdad sin herirla, se escudó en su necesidad de estar solo, de poner en orden sus ideas, de encontrar un nuevo plan que sustituyera al que había tenido que abandonar.

La misma disculpa utilizó con Rodrigo cuando este le pidió cuentas de lo que había hecho el día anterior. Le pareció curiosa la mezcla de enfado y satisfacción con la que le habló del tiempo que había compartido con Bego, de la cena que habían preparado entre los dos mientras esperaban a que él llegara. Pero no le extrañó que lo que mostrara no fuera solamente enojo. Ella era una criatura maravillosa, capaz de robar el corazón de un hombre en una sola tarde.

La conversación entre los dos amigos fue breve. Mikel engulló deprisa el desayuno especial de los festivos y salió de casa sin haber dicho nada de su encuentro en el café ni del lugar en el que iba a pasar una buena parte de ese día.

Antes de preocupar a ninguno de los dos, quería asegurarse de que aceptaría el trabajo.

Se desplazó hasta Cuberris en su viejo coche. Cuando llegó, Ane y el cliente le esperaban conversando en el jardín delantero, junto a la carretera.

—Es un placer conocer a un verdadero artista —le había dicho, estrechándole la mano, el que le fue presentado como el señor Ayala—. Me han dejado a mí la responsabilidad de convencerte, pero dejaré que sea el lugar quien lo haga. Él te hablará mejor que yo. Sé que tienes la sensibilidad que se necesita para escucharle.

Mikel se preguntó qué le había contado Ane de él para que se mostrara tan fascinado. De lo que estuvo casi seguro era de que no le había dicho que era un presidiario. Sabía cómo reaccionaba la gente ante los que habían pasado un tiempo entre rejas, y él le trataba con respeto, casi con reverencia.

Ane le contempló a distancia. Había decidido no tomar parte activa en la conversación para no interferir de forma negativa. Pero no quiso perderse ninguna de sus reacciones. Sobre todo la primera, cuando llegaron a la zona trasera del chalé y les azotó el recio viento del norte.

A Mikel, la sensación que le invadió le resultó indescriptible. Se llenó los ojos y el alma contemplando el encrespado mar de frente y los rocosos acantilados que custodiaban la playa por ambos lados. A sus pies, el césped al que apenas un metro de pendiente herbácea y rocas separaba de la fina y dorada arena. Y el cliente quería que esa grandiosa sensación de libertad imperara en todos los espacios de la casa.

Le pareció curioso. Nadie más que él podía sentir lo que era la libertad. Nadie mejor que él podía recrearla entre cuatro paredes. Nadie, con más precisión que él, podía abrir ventanas imaginarias donde solo había muros. Al fin y al cabo era lo que, en su lucha por subsistir, había estado haciendo durante cuatro largos años.

Una vez dentro de la vivienda, le resultó más difícil ignorar la presencia de Ane. Si bien era cierto que ella hablaba poco y siempre con el cliente, también lo era que estaban en un espacio cerrado y que hasta las estancias más amplias parecían encogerse cuando la tenía cerca. Un único roce tuvo con ella. Un roce leve y casual de sus manos, al coincidir ambos en la entrada al salón. Él crispó los puños sin mirarla, y el celo con el que se movió a partir de ese momento evitó más contactos y proximidades.

Cuando consiguió centrarse descubrió que dotar de identidad a esas paredes podía ser una labor sencilla a la vez que apasionante. Por los enormes ventanales entraba con ímpetu la luz, el cielo, el mar, los árboles... la vida.

El señor Ayala le dio autonomía para hacer lo que quisiera, pero adelantó que rechazaría cualquier cosa que no estuviera a la altura de sus expectativas. Tal y como había avanzado Ane, era un gran reto. Un reto bien distinto a todos cuantos se había enfrentado durante la última y oscura parte de su existencia. Y, sí, le apetecía hacerlo. Le apetecía volver a trabajar con lápices de colores, a tratar de sorprender con cosas hermosas.

Aunque aún le quedaba por oír la parte que terminaría con sus pocas dudas.

—Esta pared frontal la quiero pintada a mano —dijo el dueño de la casa al mostrarle la habitación del ático—. Ya sabes, como los frescos de las grandes capillas.

Pintar en esa casa llena de luz, con los ojos en esa pared y el mar a su espalda...

En un arranque de emoción, dijo que aceptaba el trabajo. Selló el acuerdo con un apretón de manos con el cliente, que mostró abiertamente su satisfacción y le dio las gracias. El semblante dichoso de Ane, que se mantuvo ligeramente apartada, volvió a confundirle.

Iban a trabajar en un mismo proyecto. Por más que se lo repetía no conseguía asimilar esa irracionalidad. Aunque lo que más le inquietaba era que no podía asegurar que la idea le desagradara del todo.

Un rato después, al abandonar la casa por el jardín delantero, escuchó el sonido de pasos acelerados.

—Me alegra que hayas aceptado —dijo Ane cogiendo aire con fuerza al cruzar tras él la verja—. Te gustará, ya lo verás.

Mikel cerró hasta arriba su cazadora y no respondió. No terminaba de entender cuál era su intención.

Al llegar a la carretera ella miró hacia el viejo Renault rojo. Lo había hecho, también, al verlo aparecer unas horas antes. Mikel supuso que lo estaba comparando con el lujoso Audi.

—Veo que te agrada el cambio —ironizó sin poder resistirse—. A mí también. Este es más rápido, más seguro, más práctico. Es el coche de los sueños de cualquiera.

Una ráfaga de viento, fría y con olor a sal, revolvió el cabello de Ane, elevándolo como a hilos de cometa y arrojándolo después sobre su rostro. Reunió los mechones con sus manos, los enrolló entre sí y los aprisionó en el interior de su abrigo. Se subió las solapas y metió las manos en los bolsillos, agradecida por no haberse sentido obligada a responder a la acidez de Mikel.

—Estaría bien que pasaras por la tienda —dijo a cambio, escogiendo con cuidado cada palabra—. Ver tejidos y papeles te puede dar una idea de cómo se trabaja en esto.

Mikel apoyó las manos sobre el capó delantero, pensativo. En la ausencia de voces se escuchó con más claridad el enérgico sonido del mar y el agitar del viento entre las ramas de los árboles. Alzó los ojos hacia los que tenía enfrente y volvió a preguntarse qué diablos buscaba esa mujer.

—¿Por qué lo haces? —preguntó volviéndose hacia ella—. Y no me digas que por tener un cliente satisfecho. Quiero la verdad.

Ane cogió una bocanada de aire húmedo y frío.

—La verdad —repitió rehuyéndole su mirada inquisidora—. La verdad es que, de todos los dibujantes que conozco, tú eres el único que puede conseguir lo que el cliente quiere.

Furioso, le sujetó la cara con su mano diestra y ella no tuvo más opción que mirarle.

—Me crees estúpido, ¿verdad? —reprochó sin el más leve pestañeo.

La tenía cerca, tan cerca que podía oír su inquieta respiración y respirar él a su vez el aroma a azahar que recordaba. Las yemas de sus dedos reaccionaron al contacto templándole la piel, como hicieron infinitas veces en el pasado, como habían hecho también hacía un rato cuando la rozó sin pretenderlo.

La soltó con brusquedad y crispó de nuevo los puños. Enfurecido consigo por su imprudencia de acercarse hasta volver a tocarla, entró en el coche y casi al instante arrancó el motor.

Ane se recuperó con rapidez del impacto que le causó su inesperada violencia, pero la tensión de su cuerpo no desapareció con la misma facilidad.

—¡Espera! —le exigió golpeando con la palma abierta el cristal de la ventanilla—. No hemos terminado.

Mikel metió la primera velocidad y el vehículo avanzó con lentitud.

Se recordó a sí mismo agarrado a otra ventanilla abierta, la de un taxi, de madrugada, frente a un local de copas.

—Por favor —suplica él—. Dame tu teléfono, algo, cualquier cosa con la que pueda localizarte. Una cita, un lugar, una hora —implora con una sonrisa—. Iré a la luna si me aseguras que allí podré verte.

En el interior del coche, Ane ríe, halagada y dichosa, pero no se compadece.

—Dejemos que sea el destino quien decida si debemos volver a encontrarnos.

—No me fío del destino —bromea él a la vez que se inquieta al escuchar el sonido del motor—. Te ha tenido escondida hasta ahora, el muy cabrón. —Deja escapar una risa impaciente—. Si no hacemos algo, seguro que te vuelve a reservar durante otros veinte o treinta años. Ahora que te he descubierto no podría esperar tanto tiempo sin volverme loco.

El taxista acelera y ella no le indica que se detenga.

—Suéltate o te harás daño —advierte a Mikel, se coloca dos dedos sobre los labios y le lanza un beso.

—Una cita —grita desesperado—. Solo una cita —repite al apartarse para que el vehículo no le arrastre.

Pero el taxi desaparece, y, con él, la mujer a la que dos horas atrás ni siquiera conocía. Dos simples horas en las que se le ha quedado clavada en su mente y en su corazón. Dos malditas horas que terminarán marcando el resto de su vida.

Y ahora era ella quien intentaba que él le prestara atención desde el otro lado de la ventanilla.

Frenó el coche, bajó el cristal y la miró un instante.

—Pasaré por la tienda —dijo con su habitual parquedad, mostrando que él sí había terminado, y volvió a poner el coche en movimiento.

—Sabes dónde queda, ¿verdad? —preguntó cargada de ironía.

Mikel ni se detuvo ni dijo una palabra. Los dos conocían la respuesta.

El espejo retrovisor le devolvió la imagen de Ane, parada en medio de la carretera, contemplando cómo él se alejaba. Le pareció pequeña, confiada, indefensa a pesar del veneno que sabía que llevaba dentro. Por fin la tenía, y si su percepción no estaba equivocada, la tenía más cerca y en mejor posición de lo que, mientras preparó su venganza, llegó a imaginar que la encontraría.

A Mikel le hubiera gustado hacerse esperar. No presentarse en la tienda ese lunes y tal vez tampoco en los dos o tres días posteriores. Pero le pudo la impaciencia. Había dormido mal, preguntándose si realmente encontraría allí la solución. Unas cuantas veces había despertado, ahogado y sudoroso, en medio de pesadillas con la policía, con Ane, con él de nuevo en prisión. Por fortuna pasaba la noche en el piso y pudo abrir la ventana para respirar aire puro, salir de la habitación y caminar hasta la cocina para convencerse de que no había rejas, que seguía estando libre. No quiso arriesgarse a pasar otra noche parecida alojado entre cuatro asfixiantes paredes con una puerta sellada con un cerrojo.

La tarde del día anterior, tras regresar de la playa de Cuberris, había estado con Bego para atenuar sus remordimientos por el poco tiempo que venía dedicándole. La llegada del anochecer les había encontrado en Basauri, en la cama de Mikel, donde cada uno se desvivió por saciar la necesidad y el vacío que intuía que sentía el otro. Después, adormecido ya su sentimiento de culpa y satisfecha su necesidad de hombre, la llevó a casa. Lo hizo sin prisa, demorándose en el trayecto con la intención de llegar lo bastante tarde como para que no insistiera, una vez más, en que subiera a ver a sus padres.

Ahora estaba de nuevo en Bilbao. Eran las siete de la tarde y la oscuridad era total. Por primera vez caminó por el centro de la calle Ercilla, hacia la luz de la tienda, en lugar de ocultarse por los costados.

Desde el instante en que empujó la puerta y escuchó el sonido de bienvenida, todos sus sentidos se pusieron en estado de alerta. Iba a verla de nuevo. Iba a tenerla cerca. Iba a escuchar su voz mientras alimentaba la rabia y el odio que sentía por ella.

La rabia y el odio que se encendieron en cuanto la vio.

Estaba al fondo, tras el mostrador, hablando con la pelirroja. Él caminó despacio, nutriendo su ira y soltando la cremallera de su cazadora. Esta vez no había gorro de lana que recordara al presidiario que era. Llegaba dispuesto a causar buena impresión, precisamente porque sus intenciones no eran buenas.

—Buenas tardes —saludó sin dirigirse a ninguna de las dos mujeres en concreto—. Veo que he acertado con el sitio —dijo con una ironía que solo Ane pudo captar.

—Mi nombre es Lourdes —anunció tendiéndole la mano—. Y, por la reacción de mi amiga, tú debes de ser Mikel. Me han hablado mucho de ti.

—Creo que estoy en manifiesta desventaja. —Miró a Ane y

curvó los labios con una sonrisa cínica—. A mí nadie me ha hablado de ti.

—Es mi socia —interrumpió, y ya no supo cómo continuar.

Lourdes voló rauda a sacarla del aprieto, o al menos esa fue su primera intención.

—Si la mitad de lo que me ha contado de ti es cierto, va a ser un placer trabajar con tus diseños y contigo.

Ane enrojeció con violencia cuando sintió sobre sí la mirada de Mikel, y le dio la espalda para buscar en una de las baldas. Mientras ellos hablaban rozó los lomos de los catálogos y escogió uno con tapas de piel negra. Lo hizo con lentitud, para dar tiempo a que las mejillas le dejaran de arder. Cuando lo dejó sobre el mostrador estaba más tranquila y había dejado de jurarse que ahogaría a su amiga.

—Esta casa tiene muy buenos diseños —dijo mientras lo abría por una página al azar.

Mikel prestó atención mientras ella le explicaba detalles con voz trémula. Eso le desconcertó. La observó tratando de entender a qué se debía aquel temblor, ya que era consciente de que, por alguna razón, ella había dejado de temerle.

El tintineo de la puerta le sacó de sus pensamientos. Una atractiva y elegante mujer entró saludando con animosidad.

—Deberíais ir adentro para trabajar sin interrupciones —aconsejó Lourdes—. Yo me encargo de los clientes.

Ane orientó los ojos hacia ella suplicando que no la dejara sola. La sonrisa satisfecha de Lourdes le indicó que estaba encantada de hacerlo; que en realidad había estado esperando la oportunidad de apartarse. Y una vez más deseó ahogarla.

Suspiró evitando mirar directamente a Mikel. No culpaba a su amiga. Ella no podía saber el desasosiego que le causaba encontrarse con él a solas; no podía imaginar lo cruel que se mostraba cuando no se veía obligado a fingir amabilidad. Y tampoco pensaba contárselo.

Sin otra opción, suspiró resignada, cerró el pesado catálogo y lo cogió entre los brazos.

—Acompáñame —dijo con un hilo de voz mientras se dirigía hacia una puerta al fondo del establecimiento.

Él no había esperado que una primera visita a la tienda fuera a resultarle tan provechosa. Había pensado que necesitaría algunas más para encontrar una disculpa que le condujera al almacén. Pero allí estaba, en ese espacio de paredes revestidas con baldas repletas de rollos de telas y papeles pintados. No había un rincón, sino muchos donde podría ocultar cualquier cosa.

Ane avanzó hacia una puerta a su izquierda. Estaba demasiado inquieta como para reparar en el comportamiento de Mikel, que estudiaba cada recodo calibrando cuáles podían ser los mejores escondrijos.

—Es nuestro despacho —indicó sin volverse por si al hacerlo descubría que lo tenía demasiado cerca.

Él contempló la suavidad con la que su cabello acariciaba su espalda rígida, y mientras lo hacía algo se le incendió en las entrañas. El rencor. Rencor por que le hubiera dejado conocer la felicidad que suponía amarla, rencor por que le hubiera alentado a soñar con que la tendría a su lado eternamente.

Caminó tras ella tratando de aplacar su fuego. Se dijo que ahora era él quien extendía las redes para atraparla. Que tenía que ser igual de frío, igual de efectivo que ella fue en el pasado. «Yo soy ahora el cazador sin alma», se repitió hasta que al entrar en el despacho sintió que sus entrañas se habían convertido en hielo.

Ane se sentó ante un antiguo y bien cuidado escritorio de caoba. Colocó el catálogo sobre la mesa y lo abrió por la primera página.

—He estado mirando entre nuestros muestrarios —contó nerviosa, al tiempo que Mikel se quitaba la cazadora y tomaba asiento frente a ella—. Por muchos motivos creo que este es perfecto. Tiene colecciones muy especiales.

Se quedó quieta, casi rígida, mientras él deslizaba una hoja tras otra y examinaba los diseños. Fueron unos breves minutos en los que ella ni siquiera pudo respirar con normalidad.

—Hay diferentes texturas de papeles y de tejidos —comentó él sin levantar la vista—. ¿También eso puedo decidirlo yo?

—Por supuesto. Serán tus creaciones —manifestó comenzando a tranquilizarse al ver que la conversación transcurría casi con normalidad—. Tú decides cómo debe ser el resultado final. —Él siguió curioseando entre los distintos modelos, y ella continuó—: He pedido a la firma que nos envíen otro catálogo para que puedas quedártelo. Mañana mismo lo tendremos aquí.

—No creo que lo necesite. Me bastará con echar un vistazo a este.

—Puede que tengas razón, pero también es posible que te surja alguna duda mientras trabajas y quieras volver a ojearlo.

—Vendré a por él —dijo cerrando el muestrario y mirándola a los ojos. Su expresión fue la fría y desafiante de siempre.

—Perfecto. —El nerviosismo la invadió de nuevo. No sabía qué hacer con sus manos, con sus ojos, con su corazón, que latía atropellado ante el descarado escrutinio al que la sometía.

Él sacó el paquete de tabaco y deslizó un cigarro con la parsimonia de quien acaba de realizar un gran esfuerzo y precisa relajarse.

—No puedes fumar aquí. —Mikel entrecerró los ojos, como retándola a repetirlo, y ella insistió con seguridad—: Lo siento, pero esto está lleno de cosas que arderían con facilidad. Nadie puede fumar aquí.

Sin ninguna prisa introdujo el cigarro en la cajetilla y la dejó sobre la mesa, de tal manera que, en lugar de un acto de consideración, pareció un gesto de abierto desafío.

—¿Se trabaja con una medida establecida en estas cosas? —consultó con media sonrisa cínica.

—Con unas cuantas. —Se humedeció los labios con precipitación—. Puedes amoldarte a la que tu diseño necesite o a la que tú prefieras. Todas están detalladas aquí. —Señaló las últimas páginas.

—¿Hay algo más que deba saber? —preguntó al abandonar la silla y ponerse en pie—. Es que tengo un poco de prisa. ¡Es lo que tiene ser un recluso! —La sonrisa le bailó esta vez en los ojos—. Aunque ya no eres poli seguro que sabes mucho de eso.

Ane sintió una dolorosa punzada en el pecho. No había noche en la que no lo imaginara durmiendo en una fría celda, sobre un estrecho y duro camastro.

—Lo sé, sí —reconoció bajando con abatimiento los párpados—. Y no, no creo que haya nada más que precises saber. De todos modos, siempre que te surja alguna duda puedes llamarme o... o venir por aquí.

Mikel se puso con lentitud la cazadora, se alzó el cuello y guardó el tabaco en uno de los bolsillos. Un pequeño montoncito de tarjetas llamó su atención. Cogió una y la leyó para sí. Después volvió a dejarla solitaria, en el centro de la mesa, y le dio unos suaves golpecitos con las yemas de los dedos.

—Arte e imaginación —rio con suavidad.

Ane lo recibió como una acusación. Pensó que, para él, ella no podía dedicarse a algo que no fuera detener, encarcelar, mentir, destrozar vidas.

—No soy decoradora, como lo es Lourdes. Tan solo hice unos cursos —indicó aun estando segura de que él lo sabía—. No puedo engañar a quienes confían en mí para la decoración de sus hogares.

Mikel se tensó tratando de dominar la rabia que le provocaba oírle hablar de confianza. Según ella, cualquier desconocido que entrara en su tienda merecía su honradez; cualquiera excepto él, que le había confiado su vida, que la había amado más que a nadie.

Al final no pudo contenerse. Apoyó las manos sobre la mesa y adelantó el cuerpo hasta tener los ojos grises frente a los suyos.

—No puedes engañar a los que confían en ti —masculló en voz baja—. Buena frase. Muy buena frase —recalcó con acidez mientras ella dejaba de respirar—. ¿Esta era tu intención al ofrecerme el trabajo? ¿Tan mezquino te parezco que crees que no me jodiste bastante y quieres seguir haciéndolo? —Apretó los dientes y no le dejó tiempo para contestar—. Tranquila, porque esta vez no lo vas a conseguir. Puedes estar segura de que no dejaré que lo hagas.

Se apartó mirándola con frialdad mientras cerraba hasta el cuello la cremallera de su cazadora. Comprimió los labios y le dio la espalda para salir de allí.

Ane se estremeció. No podía creer que le hubiera ofendido de una forma tan burda, tan involuntaria. No debió ocurrir. Ella sabía bien la facilidad con la que solía estallarle el resentimiento, y se prometió que elegiría sus palabras con más cuidado del que ya lo hacía. Eso contando con que su desafortunado comentario no lo hubiera estropeado todo.

Mikel se detuvo ante la cafetera y observó cómo el oscuro brebaje comenzaba a filtrarse hasta el interior del recipiente de cristal. Un instante después volvía a caminar de un lado a otro de la cocina. Hacía rato que no oía el sonido del agua de la ducha. En unos segundos aparecería Rodrigo y él le esperaba ansioso por contarle lo acontecido durante los últimos días. Había recorrido la distancia desde la cárcel imaginando su reacción, y ahora quería contemplarla.

Cogió la cazadora, que al entrar había arrojado sobre la mesa, y la colgó en el respaldo de una de las sillas. No había terminado cuando escuchó los pasos de su amigo.

—¿Hoy te han soltado antes o has venido haciendo *sprint*? —bromeó Rodrigo en cuanto le vio.

—Un poco de cada. Tengo algo importante que contarte —tomó aliento antes de continuar—. ¿Qué pensarías si te dijera que he dado con la forma de entrar en la tienda?

Rodrigo agarró con fuerza la jarra con café recién hecho y se volvió. Una señal de alarma brillaba en sus ojos marrones.

—Me acojonaría.

—Pues la tengo —respondió Mikel con gesto complacido.

—¡No jodas, tío! Creí que había quedado claro que eso no se puede hacer.

Mikel cogió dos tazas del armario y las dejó sobre la mesa.

—Tranquilo. No necesito forzar ninguna cerradura.

—Entonces, ¿por qué me sigue preocupando tu sonrisa de satisfacción? —consultó con los dedos crispados en el asa de vidrio.

—Siéntate y escucha —dijo Mikel por toda respuesta mientras ocupaba una de las sillas.

Rodrigo cogió en su otra mano la jarra con leche caliente y dejó las dos sobre la mesa, al lado del azucarero y las cucharillas. Después se sentó frente a su amigo.

—Desembucha —pidió con aprensión.

—Ane ha estado unos días detrás de mí, ofreciéndome un trabajo. Se trata de hacer unos diseños.

—¡No me embrolles, tío! —estalló Rodrigo—. Quedamos en que te ibas a mantener lejos de esa tipa. ¿Ahora vuelves a verla y quieres hacerme creer que ha sido ella quien te ha buscado?

—Sabía que te costaría creerlo, aunque no esperaba que dudaras de mí —dijo con reticencia, sirviendo el café en las dos tazas.

Rodrigo, impaciente por conocer más detalles, aceleró el proceso añadiendo él la leche.

—¡Júrame que no has sido tú quien la ha buscado, y en todo caso explícame qué quiere de ti y qué es eso del puto trabajo!

La mirada de Mikel se endureció durante unos segundos.

—Prometí que no volvería a acercarme a ella y así lo he hecho —aseguró con forzada calma—. Ella solita ha caído en la trampa al buscarme para proponerme algo perfecto. Y aún no entiendo por qué lo ha hecho —continuó seguro de que habían terminado los malos entendidos—. Le dije que me dejara en paz. Te juro que no tenía ninguna intención de aceptar ese trabajo, hasta que le escuché hablar de la tienda.

—¡No me jodas! —Apartó su taza sacudiendo el café y derramándolo por el borde—. ¿No me digas que aceptaste para tener acceso a su negocio?

Mikel trató de tranquilizarse. No quería discutir por algo que debería ser un motivo para alegrarse.

—Sí, acepté. —Cogió la cucharilla y comenzó a remover con insistencia su café, en el que no había vertido azúcar—. Comprendí que eso solucionaba todos mis problemas y por supuesto acepté.

—¡Maldita sea! —exclamó Rodrigo poniéndose en pie y empujando la silla hasta hacerla chocar contra la pared—. ¿Se puede saber dónde te has dejado el cerebro? —preguntó al tiempo que le daba la espalda y se alejaba hacia la ventana.

—¡Tranquilo, ¿vale?! —gritó Mikel golpeando la mesa con el puño cerrado.

Sacó el tabaco del bolsillo de su cazadora y prendió un cigarro. Nada le sosegaba tanto como inspirar y espirar el humo con lentitud.

—Es que las cosas no son tan sencillas como tú las pintas —contestó Rodrigo volviéndose hacia él de nuevo—. Desde el comienzo te has saltado tus propias normas y esto ya no se parece en nada a tu plan original.

—¡Pero es mi problema y es mi jodido plan! —gritó—. No te preocupes si no te gusta, porque no necesito tu ayuda —aseguró alejando su taza, que fue a colisionar con la de Rodrigo.

—¡Pues tu plan es una puta mierda, y lo sabes! —masculló entre dientes—. Te la estás jugando, y me pregunto si merece la pena.

Mikel se levantó y se lanzó hacia su amigo. Se detuvo ante él como si un ser invisible le hubiera sujetado por la espalda. Le miró a los ojos y aspiró el pitillo con más apremio del que sabía que necesitaba.

—¿Y tú me preguntas si merece la pena? —Asió el cigarro con las yemas de dos dedos—. Creí que lo sabías mejor que nadie.

—Y lo sé. Pero también sé que si fueras más racional te dedicarías únicamente a vivir tu vida —opinó clavándole su dedo índice en el pecho.

Mikel soltó una risa inquieta. El esfuerzo por contenerse le recordó los años en los que callar y aguantar fue lo único que le permitieron hacer. Expelió el humo despacio, diciéndose que quien ahora le desafiaba era su amigo.

—El odio nunca es racional —aseguró mirándole sin pestañear—. Sobre todo cuando emerge de un daño tan atroz como el que ella me hizo. ¿Has intentado ponerte alguna vez en mi lugar? —preguntó apretando la mandíbula—. ¿Lo has hecho? ¿Has imaginado que una maldita mujer se mete en tu vida, en tu cama, consigue que te enamores de ella como un perro y después te deja y se lleva todo, absolutamente todo lo que tienes? ¿Has pensado en cómo de eternas han sido mis noches bajo esas mantas ásperas sabiendo que pagaba el precio de haberla poseído entre suaves y delicadas sábanas? No. ¡Claro que no lo has hecho! Si lo hubieras vislumbrado siquiera, me entenderías, y no me entiendes.

—¡Te entiendo! —chilló volviendo a empujar el índice contra su pecho—. Te entiendo, pero no puedo comprender que estés dispuesto a perderlo todo de nuevo por ella. Sé lo que va a ocurrir, y me jode. Me jode asumir que vas a dejar que te hunda por segunda vez.

—Es muy posible, pero no me preocupa. Me basta con saber que la arrastraré hasta mi infierno. —Su boca formó una sonrisa rígida antes de volver a apoderarse del pitillo—. Estoy seguro de que ese trayecto es menos terrible cuando se hace en una compañía como la suya.

Rodrigo agitó con suavidad la cabeza sin dejar de mirarle.

—¿Por qué insistes en cavar tu tumba? Tienes cosas en tu vida que no entiendo que no te mueras por conservar. Especialmente a Bego. Ella te quiere.

—Sí, me quiere y lo entenderá cuando se lo cuente. Ella sí sabe lo importante que es todo esto para mí —continuó ironizando.

—¿No le estás pidiendo demasiado? —preguntó Rodrigo empujado por un destello de celos y rabia.

—Para lo poco que le doy, ¿quieres decir? —Alzó las cejas en un gesto de cinismo—. ¿Ahora, aparte de loco, también soy un puto egoísta?

—Eres tú quien lo ha dicho —aclaró con la misma impertinencia.

Mikel regresó junto a la mesa y aplastó el cigarro en el cenicero, en silencio y durante largo rato, hasta hacerlo trizas.

—Nada ni nadie me hará cambiar de idea —dijo cogiendo las tazas aún llenas del desayuno—. Lo haré, y no importa el precio que me toque pagar. —Despacio y pensativo las llevó hasta el fregadero—. Me lo debo, pero sobre todo se lo debo a Manu, que fue quien más perdió.

—¿Y qué le debes a Bego?

Se quedó inmóvil. Se había preguntado muchas veces cómo podría pagarle tanta fidelidad. Ella era quien atenuaba la amargura de su alma y quien satisfacía sus deseos de hombre a pesar de que jamás le había hecho ninguna promesa.

—Todo. —Atrapó aire con los ojos cerrados—. Todo y nada, supongo. —Le dio la espalda y repitió—: Todo y nada.

Salió de la cocina. Comenzaba a sentirse culpable y no necesitaba más remordimientos. Ya tenía bastantes. Además, como cada mañana, le acuciaba la necesidad de meterse bajo la ducha para quitarse de encima el rancio olor a cárcel.

Rodrigo juró en voz baja mientras vertía el café por el desagüe. Después fregó los cacharros, ausente y cabizbajo. Miró varias veces el reloj, la hora para salir hacia el trabajo estaba al caer. Pensó que esta vez los dos llevarían en su cabeza una nueva e idéntica preocupación.

De nuevo era una mañana fría, una mañana de viento; una mañana perfecta para caminar sin prisa hasta el centro de Bilbao, pensó Ane cuando, apenas salió del portal, inspiró el delicioso olor a invierno.

—Buenos días —emitió una voz masculina, a su izquierda.

Ane cruzó las solapas de su abrigo sobre la bufanda de lana y se volvió.

Carlos estaba en la acera, con el hombro apoyado en la pared del edificio, un gran ramo de rosas blancas en las manos y una media sonrisa en la boca.

—Espero ser bien recibido. —Le mostró las flores—. Un pequeño soborno para que perdones mi comportamiento del otro día. Fui un completo imbécil, lo sé. No quiero perder tu amistad, Ane. —Sus ojos, fijos en ella, expresaron lo mismo que sus palabras—. Por nada del mundo querría perder tu amistad.

—Yo tampoco quiero perder la tuya —confesó con llaneza—.

Pero no voy a permitir que interfieras en mi vida. Siempre has cuidado de mí, y te lo agradezco. Pero no puedes pretender tomar decisiones que no te atañen.

—Lo siento. Tienes razón y lo sé. Un amigo no puede ser un guardaespaldas ni un padre, menos aún el marido celoso que parezco a veces. —Se frotó la nuca con gesto azorado—. Prometo que no volverá a ocurrir.

—Me alegra escuchar eso —sonrió al decirlo.

Carlos advirtió en sus ojos aquel antiguo brillo plateado que durante un tiempo hizo que él se consumiera de intranquilidad y de celos.

—Lo conseguiste. Hablaste con él, ¿verdad? —afirmó más que preguntó.

—Así es —ratificó atenta a sus disimulados signos de contrariedad.

—¿Y aceptó el trabajo? —insistió ante la sospecha de que el punto de desánimo, que creía verle, se debiera a que no había logrado su objetivo. Una débil sonrisa le sacó del error—. ¿Puedo opinar sobre esto? —tanteó mientras sus nudillos blanqueaban sobre los tallos de las rosas. No entendía que Mikel hubiera aceptado la ayuda de Ane cuando debería odiarla. Le inquietaba lo que pudiera estar buscando.

—Claro que puedes —dijo ella con suavidad—. Y no es necesario que me digas que no te gusta lo que estoy haciendo. Lo sé muy bien, pero voy a ayudarle a pesar de todo.

—No desapruebo esto por capricho. Es una locura que estés cerca de él. Ya fue una locura la primera vez, y entonces lo sabías igual que lo sabes ahora. —Se frotó el mentón buscando sosegarse antes de continuar—. Pero ya que no vas a hacerme ningún caso, quiero que sepas que pase lo que pase estaré contigo. Y prometo que no te diré que ya te lo advertí.

Su último comentario la hizo sonreír. El resto la inquietó porque en el fondo de su alma sabía que él tenía razón.

—Te lo agradezco. —Carlos negó con la cabeza mientras la adoraba con los ojos—. No es necesario que te diga que si te necesito, te llamaré.

—Eso no me tranquiliza demasiado. —Trató de no mostrar la verdadera dimensión de su disgusto.

Ane se enterneció al ver que no cejaba en su preocupación.

Contempló el ramo de rosas que él continuaba sujetando con su mano izquierda.

—¿No es este mi soborno? —Se lo arrancó dando un pequeño tirón y lo acercó a la nariz para inspirar su aroma—. Acepto si me prometes que esto queda entre nosotros y que no me detendrás por cohecho.

El comisario rio, más relajado. En su mirada se advertían la admiración y el amor que sentía por ella.

—De acuerdo —aceptó sobre todo el cambio de conversación—. Me gusta eso de que quede entre nosotros. —Se ajustó los puños de la camisa, que asomaban bajo las mangas del abrigo. Sus ojos volvían a brillar seductores y misteriosos—. También me gustaría que me permitieras acompañarte a la tienda y que me dijeras que esta noche puedo pasar a buscarte para llevarte a cenar.

—Está bien —dijo risueña—. Creo que es lo menos que me debes como desagravio. —Carlos asintió satisfecho—. Pero antes subamos a casa un momento. Quiero poner el soborno en un jarrón con agua para que no se estropee. —Arrugó la nariz. Él se la acarició con las yemas de los dedos—. Y también invitarte a un café con el que sellemos la paz. ¿Tienes tiempo para eso?

—Siempre tengo tiempo para ti —aseguró Carlos pasándole el brazo por la cintura para conducirla hacia la puerta—. Y si no lo tengo lo saco de donde sea. Además, los dos sabemos que eres tú quien manda en esta «relación» —añadió riendo.

13

Lourdes sonrió al ver a Ane mirar su reloj de pulsera. Eran las siete y cuarto de la tarde y calculaba que, en la última media hora, había hecho el gesto de consultarlo cada tres minutos. El catálogo, de suaves tapas de cuero negro, había llegado a media mañana. Desde entonces, Ane lo había abierto como cientos de veces y lo había lustrado con una pequeña gamuza en unas cuantas ocasiones. Pensó que era el lógico nerviosismo que precede a un encuentro de enamorados, y lamentó que aquello no fuera una verdadera cita. No sabía qué sentía aquel hombre por su amiga, pero tenía muy claro lo que su amiga sentía por él, meditó mientras la veía elegir entre las gruesas bolsas de papel con el anagrama de la tienda, como si entre ellas esperara encontrar una más perfecta que el resto.

—¿Crees que tu artista vendrá hoy?

Ane introdujo el muestrario en la bolsa y la cogió por las asas para comprobar su peso.

—Dijo que lo haría, y que yo sepa él no ha fallado nunca. —Su expresión ausente no varió a pesar de sus dudas internas. La posibilidad de que no apareciera tras haberlo ofendido con su comentario sobre la honradez le roía el ánimo.

—Ten cuidado. —Ane la miró extrañada—. Tu sonrisa —aclaró Lourdes con expresión divertida—. Cuando hablas de él sonríes como una boba y tus ojos chisporrotean como estrellitas en una noche de verano. Y cuando lo tienes delante todavía es peor. Él lo notará si no tienes cuidado, y no sé si quieres que lo note.

Ane fingió no haber oído. Sabía que no bromearía con eso si

conociera toda la verdad. Pero le había contado bien poco. Apenas unos apuntes de su hermosa y frustrada historia de amor; nada que le hiciera imaginar la verdadera dimensión del drama que los había separado.

Dejó la bolsa sobre la mesa, en el despacho, y se sentó, dispuesta a repasar cuentas para soportar mejor la espera. Las fue examinando y separando por las fechas en las que debían afrontar los pagos.

No escuchó el sonido de la puerta del almacén ni a Mikel recorrerlo con lentitud de extremo a extremo. Solo cuando sintió que alguien entraba en la oficina alzó la cabeza y lo vio.

Sintió su corazón latirle en la garganta. Y ni por un instante recordó el tonto consejo de Lourdes de disfrazar su sonrisa o atenuar el chisporroteo en sus ojos. Se sentía demasiado feliz cada vez que le veía, aun a pesar de sus formas destempladas, como para pensar en otra cosa que no fuera él.

Mikel sí ocultaba sus sentimientos, y ella lo sabía. Lo sabía desde que, anegado de alcohol, le confesó que la amaba tanto como la odiaba. Por eso, una vez más, no tuvo en cuenta la actitud distante y fría con la que se le acercó.

—Tenemos el catálogo —dijo ella amontonando de forma acelerada las facturas y metiéndolas en un cajón para desocupar el escritorio.

Mikel arrastró la silla y se sentó, con la espalda apoyada en el respaldo y las piernas separadas, con aspecto cansado pero desafiante. Acababa de inspeccionar el almacén y descubrir el escondrijo perfecto. Estaba tenso, más consciente que nunca de lo que le había llevado hasta allí.

—No hemos hablado de plazos de entrega. —Apoyó los codos en los reposabrazos y juntó las manos bajo la barbilla—. No lo hice con el cliente y tampoco lo he hecho contigo.

—Me he permitido solucionar eso. —Se humedeció los labios, nerviosa—. Le dije al señor Ayala que los días laborables dispones de poco tiempo. Lo entendió. Además, sabe que lo que ha pedido no se hace de la noche a la mañana. Confía en tu sentido de la responsabilidad.

—¿También le contaste que mi falta de tiempo se debe a que con el tercer grado me dejan salir de prisión para trabajar y poco más? —preguntó con actitud arrogante.

Ella se sobresaltó al verle comenzar con su sarcasmo y tardó unos segundos en responder.

—¿Por qué iba a darle detalles sobre tu vida? No habría sido natural.

—Tal vez no le agrade que un convicto tenga acceso a su preciosa casa. Reconocerás que sería bastante comprensible.

—Ha contratado al dibujante y eso es lo único que le importa. El día que uno de nuestros clientes se interese por la vida personal de cualquiera de nosotros, dejaremos de trabajar para él.

Mikel sonrió sin dejar de observarla. Pensó que seguía siendo la mujer fuerte y segura de sí, con la misma decisión y la misma falsa dulzura.

—Tienes poder de persuasión —opinó taladrándola con la mirada sin ningún recato—. ¡Está bien! —aceptó al fin, alzando las manos—. No me demoraré más de lo inevitable. Mi tiempo libre de ayer y de hoy los he agotado viniendo aquí, pero comenzaré mañana. Los fines de semana recuperaré el tiempo perdido.

Ane deseó seguir preguntando, saber si disponía de un lugar para trabajar sin que nadie le molestara, y, de paso, averiguar dónde y con quién estaba viviendo. Se aclaró la voz y se atrevió a decir:

—Si necesitas algo para...

—Tengo mis lápices y mis rotuladores. No necesito nada más.

—Pero te hará falta un ordenador para...

—He dicho que no necesito nada —repitió despacio—. Lo tengo todo controlado. Haré los bocetos a mano porque es como me gusta hacerlos. Una vez acabados te los pasaré en un archivo.

—No quería ofenderte. Si lo ha parecido...

—No lo ha parecido —respondió con sequedad.

Se puso en pie. Ane se precipitó a entregarle la bolsa al tiempo que él extendía el brazo para cogerla. Sus dedos se encontraron en las asas de cartón enrollado.

Bastó un segundo para que la electricidad penetrara por sus poros y recorriera todas sus terminaciones nerviosas.

Ane se apartó al instante musitando un «lo siento» mientras le invadían sensaciones pasadas pero nunca olvidadas que volvieron a adherirse a su piel.

Mikel se quedó inmóvil mirándola mientras trataba de recuperarse. No había estado atento. El arrebato que le llevó a inmovilizarle el rostro le había enseñado algo importante: tenerla demasiado cerca y oírla respirar, le desestabilizaba de una forma que no comprendía. Por eso ponía especial cuidado en no enfurecerse hasta el extremo de que algo así pudiera repetirse. Pero no había evitado, con la misma eficacia, los roces casuales que le desestabilizaban tanto como los provocados.

—Tengo cosas que hacer —dijo con una mueca burda que poco se parecía a una sonrisa.

Ane asintió con un movimiento, sin fuerzas ya para responder. Mikel salió del despacho cerrando tras él la puerta.

Entonces ella se hundió en el asiento.

«¿Por qué te amo tanto?», se preguntó cubriéndose los párpados con las manos. «¿Por qué, después de tantos años, te amo más que entonces, te amo más que nunca?» Dejó que las lágrimas se deslizaran lentamente entre sus dedos. «¿Por qué sigo necesitándote, si sé que nunca te tendré?»

Ese miércoles Mikel había ido a buscar a Bego y juntos habían subido hasta el monte Artxanda en el viejo coche. Habían aparcado a un lado de la carretera, bajo el mirador. Se sentaron en el capó delantero, con los pies apoyados en la barandilla blanca, para poder contemplar la ciudad iluminada de Bilbao.

Pudo escoger entre muchas formas de contar lo ocurrido en los últimos días, pero, por algún motivo que no pudo explicarse, comenzó hablándole de los diseños que le habían encargado que hiciera para la casa de la playa. Ella, pegada a su costado y tiritando de frío, le escuchó embelesada, consciente de lo que un trabajo así significaba para él.

Mikel hizo una pausa y cogió aire para contarle el resto. Bego se le adelantó. Saltó al suelo y se colocó frente a él, entre sus piernas, con la sonrisa más espectacular de cuantas había mostrado hasta entonces.

—Esto sí que es un nuevo comienzo, Mikel. Un nuevo comienzo de verdad. —Colocó las manos en su cuello, sobre la nuca, y le besó con suavidad en los labios.

—Bego... —empezó él estrechándola por la cintura.

—No te preocupes. No olvido que te han contratado para algo muy puntual —reconoció sin dejar de besarle—. Pero verán tus diseños y ya no podrán prescindir de ti. ¿Quiénes son? ¿Cómo has contactado con ellos?

Él se echó hacia atrás para mirarla a los ojos.

—Solo te he contado una parte de la historia. Hay más.

—Ya lo imagino. —Volvió a pensar en su desaparición del fin de semana—. ¿Desde cuándo lo sabes?

—Desde el sábado —suspiró preparándose para afrontar su reacción—. El trabajo me lo dio Ane. —Percibió que el rostro de Bego se oscurecía y que su cuerpo se tensaba bajo su manos—. Me localizó varias veces para ofrecérmelo, y como puedes imaginar me negué. Hasta que descubrí que eso me daría acceso a la tienda para llevar a cabo mi plan.

—No es verdad —musitó escudriñando en sus ojos—. No puede ser verdad.

—Lo es. Suena disparatado, lo sé, pero no podía desaprovechar la que probablemente sea mi única oportunidad.

Bego se quedó aturdida. Mikel le acariciaba con mimo la espalda, pero ella no lo notaba. Sobrecogida por un mal presentimiento, se le amontonaban las preguntas: cómo y dónde se había encontrado Ane con él, cómo había sabido que estaba en libertad, qué había hecho Mikel para que ella le hubiera ofrecido un trabajo.

—La has visto... —Reaccionó buscando su mirada. Él se limitó a mirarla en silencio—. ¿Por qué no me has dicho nada? —preguntó ofendida—. ¿Para qué te busca, qué quiere de ti?

—No lo sé, pero tampoco me importa. —Le rozó el rostro con el suyo—. Sé lo que quiero yo.

Esta vez fue ella quien retrocedió unos centímetros.

—¿De verdad lo sabes? —cuestionó con un punto de rabiosa ironía.

—¿Qué tratas de decir? —Detuvo las manos sobre la rígida cintura y arrugó el ceño—. No te entiendo.

Bego apretó los párpados y comprimió los labios. Pensó que había sido el coraje de sentirse relegada de nuevo por la misma dichosa mujer el que le había hecho decir lo que no debía. Pero no quería seguir. Se sabía capaz de soportar su propio dolor, pero no estaba segura de poder cargar con el de Mikel.

—Nada. Dejémoslo así —rogó resistiéndose a ser ella quien le hiriera.

Trató de apartarse, pero él la retuvo y la aprisionó con sus brazos.

—No vamos a dejarlo así. —Sonó demasiado rudo y él mismo trató de suavizarlo—. ¿Qué pasa?

—Pasa... —Se mordió los labios, impotente, y las palabras salieron furiosas y atropelladas de su boca—. Pasa que creo que eres tú quien ha propiciado este acercamiento. Quieres estar cerca de ella. Simplemente estar cerca de ella porque no has podido olvidarla.

Mikel se quedó inmóvil mirándola con incredulidad. Tras un instante su expresión se tensaba y se ensombrecía.

—Lo que estás insinuando es estúpido —gritó soltándola y bajando del capó.

Pero Bego, en ese momento, ya solo era una mujer enamorada que sentía que comenzaba a perder a su hombre.

—No estoy insinuando nada. Te lo estoy diciendo con claridad. La amas.

—¡¿Cómo puedes decir eso?! —Descargó su furia golpeando con su pie el neumático delantero—. ¡¿Cómo puedes pensarlo siquiera?! ¿Crees que puedo olvidar que destrozó mi vida, que fue la responsable de la muerte de mi hermano, que me engañó desde el primer día? —increpó sin importarle que alguien pudiera escucharle desde lo alto del mirador—. ¿De verdad crees que puedo olvidar todo eso?

—Puedes, porque no eres dueño de tu corazón, igual que yo no soy la dueña del mío.

—¡Esto... esto es...! —Alzó los brazos al cielo y los dejó caer con impotencia—. ¡Esto es increíble! ¿Por qué me haces algo así?

—Estoy siendo sincera. Ya que tú te niegas a verlo, alguien te lo tenía que decir porque de aquí solo sacarás más dolor. Estás obsesionado con...

—¡Claro que estoy obsesionado! —volvió a gritar acercándose a su rostro. Ella se sobresaltó—. ¡Cómo no voy a estarlo! Tengo sed de venganza, Bego. Quiero devolverle un poco del dolor con el que asfixió mi vida. Y digo un poco porque es imposible devolvérselo todo. Al menos yo no sabría hacerlo aunque quisiera.

La oscuridad en sus ojos apagó la furia de Bego, que bajó la voz.

—Deja de mentirte —pidió como lo hubiera hecho a un niño—. Tu obsesión es ella, no la venganza.

Mikel respiro con fuerza y le dio la espalda tratando de tranquilizarse.

Frente a él, a los pies del monte, las luces de Bilbao serpenteaban en hileras que dibujaban las calles como delicados collares de diamantes sobre terciopelo negro. Buscó el brillo plateado de las paredes de titanio del Guggenheim y siguió el curso de la ría hasta el puente de Deusto y la Ribera de Botica Vieja. Durante unos segundos inspiró el aire frío que llegaba después de haber sobrevolado el *bocho** en el que anida la ciudad.

De nuevo se volvió hacia Bego. Parada ante el vehículo, encogida de frío, con las manos en los bolsillos de su abrigo, le miraba con ojos brillantes.

No se compadeció de ella. Los reproches le habían parecido absurdos, incomprensibles y hasta casi malintencionados.

—Te has propuesto joderme la noche. ¡Pues bien —aceptó con rudeza—, ya lo has hecho! —Rodeó el coche y abrió la puerta delantera—. Sube.

—¿Adónde vamos? —preguntó con cautela mientras tomaba asiento.

—Tú, no lo sé —dijo cerrando sin mirarla—. Yo a mi casa. Tengo mucho que dibujar antes de ir a dormir a la cárcel.

Volvió a bordear el vehículo, hasta el otro costado, y entró sin abandonar su gesto agrio. Arrancó el motor, y ese fue el único sonido que los dos escucharon a partir de ese instante.

Su semblante, al entrar en los servicios masculinos de la comisaría, indicaba que estaba contrariado. Se acercó a la hilera de lavabos a la vez que doblaba, con gesto brusco, los impecables puños de su camisa blanca. Tras él entró el agente Gómez. Un gesto silencioso del comisario y el joven se inclinó para avistar por la zona inferior de las puertas de cada excusado, abriéndolas después para asegurarse de que no tenían compañía.

—Despejado, señor. —Y se acercó lo bastante como para que su superior no tuviera que alzar la voz, pero guardando una prudente y respetuosa distancia.

---

* *Bocho*: agujero que los niños hacen en la tierra para algunos juegos. La villa de Bilbao es conocida afectuosamente por sus habitantes como «el bocho», esto es, «el agujero», ya que está rodeada por montañas. De este apodo se deriva el gentilicio *bochero*.

Carlos tardó en comenzar a hablar. Se enjabonó las manos con parsimonia, con el único fin de tranquilizarse.

—No puedo creer que no tengas nada —dijo con destemplanza—. No puedo creer que alguien con tu ambición no sea capaz de llevar a cabo una misión tan simple.

El agente sacó pecho dentro de su uniforme. Nadie le había indicado que se mantuviera firme, pero lo hacía con la misma rigidez con la que acostumbraba mantenerse en formación.

—Disculpe, señor, pero no puedo averiguar nada si lo único que se me permite es intimar con antiguas novias del sospechoso.

—¿Estás insinuando que no sé hacer mi trabajo? —Le miró a la vez que se retiraba la espuma bajo el chorro de agua fría.

—No, señor —se apresuró a responder—. Nunca se me ocurriría, señor.

Carlos cogió una toalla de papel del dispensador automático y se volvió a mirarle. Se apoyó sobre el lavabo frotándose las manos con el suave pliego blanco.

—Una mujer despechada es siempre un pozo de información, sobre todo para un buen policía. Pero estoy empezando a creer que me he equivocado contigo.

El agente se cuadró, más ofendido que nervioso.

—Con el debido respeto, señor, no se puede sacar información de lo que no existe. Y le aseguro que no hay mujeres despechadas en este caso.

El comisario sonrió abiertamente. Le gustaba el velado desafío en los ojos del joven agente, su controlado gesto de rabia. Sabía que el orgullo herido a menudo se transformaba en plena eficacia.

—¿Qué necesitas para conseguir resultados? —Arrugó la toalla y la arrojó al cubo de basura.

—Libertad de movimiento, señor —se atrevió a solicitar—. Poder seguir a quien yo crea conveniente y en el momento en el que lo necesite sin perder tiempo en localizarle y preguntarle a usted.

¿Confiaba en él hasta ese extremo?, se preguntó mientras volvía a abotonarse los puños. ¿Sería Gómez lo bastante astuto como para actuar sin dejarse notar? Si Ane descubría lo que estaba haciendo no se lo perdonaría nunca, y no estaba dispuesto a perderla por la ineptitud de un subordinado.

Observó con atención al joven agente. Le gustó que le mantuviera la mirada. Vio osadía, pero también el punto adecuado de prudencia.

—Voy a acceder. —Hizo una pausa durante la que siguió analizándolo—. Si consigues lo que quiero, yo obtendré para ti ese ascenso que tú deseas. Pero grábate bien lo que te voy a decir: si me comprometes, con Ane o con quien sea, archivarás estúpidos documentos hasta el día del juicio final.

—Me gustan los desafíos, señor —aseguró con orgullo.

—Y a mí me gusta la eficacia, la limpieza, la discreción. ¿Tienes algo así en ese cerebro de novato?

—Lo tengo, señor.

—¡Pues demuéstralo! —advirtió apretando los dientes—. Demuéstralo antes de que decida que has agotado tu tiempo.

Se olvidaba del mundo cada vez que dibujaba. El resto del tiempo pensaba en Ane, siempre en Ane. Y, ante esa irracional conducta, no encontraba ninguna explicación que le tranquilizara.

Esa mañana el riesgo no era demasiado alto. El terreno era llano, y los árboles a derribar, pequeños. Mikel talaba los que le correspondían y los dividía en tres pedazos para que otros los desmocharan. No se detenía a hablar con nadie. Hacía su labor con rapidez y, como un autómata, pasaba a tumbar el siguiente ejemplar erguido.

Tenía el pensamiento muy lejos. Demasiado lejos y demasiado ocupado en el día en que la llevó a casa por primera vez; en las risas ahogadas, los apremiantes susurros, la avidez por entrar al fin en ella.

Han llegado comiéndose a besos. El deseo, largamente contenido, ha tomado por fin el control; ellos, ante su necesidad de tenerse y de entregarse, han dejado que lo haga.

Apenas atraviesan el umbral Ane arroja el bolso al suelo, y las caricias más osadas se unen a los besos más ardientes que han experimentado juntos. Avanzan por el pasillo deteniéndose a cada paso, abandonándose al firme apoyo de la pared, saciando la necesidad de internar las manos bajo las ropas, de rozar esa piel durante tanto tiempo codiciada y prohibida.

Es la locura. Sentirla temblar bajo sus dedos, comprobar que arde en la misma irrefrenable necesidad que a él le consume, es la locura. Llega a pensar que no conseguirá conducirla hasta su habitación, hasta su cama, que acabará amándola ahí mismo si siguen tocándose como lo están haciendo. Lo cree firmemente cuando ella le levanta con apresuramiento la camiseta.

—¡Oh, Dios! —musita cuando la boca, húmeda y caliente, le recorre el torso—. No imaginas cuántas veces he soñado con esto.

Ella alza la cabeza para mirarle. Las mejillas encendidas, los ojos llameando como hogueras.

—¿Estás seguro de que no lo sé? —Su risa suena entrecortada, como su respiración.

Mikel vuelve a besarla, la acopla a su cuerpo, la sujeta con sus brazos y la alza del suelo para avanzar el último tramo hasta su cuarto. Ya queda poco, comienza a creer que conseguirán llegar. Pero la necesidad de acariciarse les detiene de nuevo.

Ella aprieta la espalda contra la pared mientras él, con dedos sorprendentemente torpes, le suelta los botones superiores del ajustado suéter. La visión del fino encaje del sujetador que cubre sus pechos le deja sin aliento. Gime mientras los envuelve con sus manos a través de la prenda de lana y besa la discreta abundancia que asoma por el borde.

—Mikel —musita Ane, tensa e inmóvil. Él trata de atemperar sus instintos para no asustarla—. Mikel. —Vuelve a susurrar, y esta vez tira de su cabello para que alce la cabeza.

Se endereza, asfixiado. Las preguntas se extinguen en su garganta cuando la ve mirar al frente, por encima de su hombro izquierdo, en dirección a la cocina.

Se vuelve a la vez que sus labios articulan una silenciosa maldición.

—¡¿Qué haces aquí?! —reclama entre dientes al tiempo que la cubre con su cuerpo para darle tiempo a que se arregle la ropa mientras él mismo se baja la camiseta.

Apoyado en el borde de la mesa, un muchacho de sedoso cabello rubio los contempla con gesto divertido mientras muerde una brillante manzana verde.

—No me gusta el plan que han preparado para hoy —informa sin inmutarse—. Demasiado aburrido para mí. He decidido que no voy a salir. —Sonríe al poner su atención en Ane, que avanza unos discretos pasos hasta colocarse junto a Mikel, que la abraza por la cintura.

—Esta preciosidad es Ane —la presenta sin aclararse la aspereza en la voz—. Y este enano, que casi siempre está donde no debe, es Manu, mi hermano.

El chico se pone en pie y es evidente que lo de «enano» ha sido un cariñoso apelativo. Ane, dominando sus nervios, consigue decir:

—Tenía ganas de conocerte. —Tiende la mano con indecisión. Manu se adelanta con descaro y le roba dos besos; uno por mejilla.

—Pero no esperabas conocerme ahora, imagino. —Se regodea sin disimulo.

Mikel carraspea. Su cuerpo sigue estando tenso y su calma comienza a desfallecer.

—Hace una noche preciosa para pasear con una chica a la luz de la luna —dice mirándole con determinación.

Manu le mantiene la mirada sin abandonar su gesto divertido. En algún momento los dos esbozan idéntica sonrisa, como si la silenciosa conversación hubiera finalizado en acuerdo.

—Puede que tengas razón. —Se acaricia el mentón fingiendo meditar—. Además, tampoco es que sea demasiado emocionante pasar la noche de un sábado en casa. —Se vuelve hacia Ane—. Siento dejaros solos. Sé que os aburriréis sin mí.

—Te aseguro que nos las arreglaremos —dice Mikel revolviéndole con los dedos la melena rubia—. Preocúpate por tus cosas.

Manu no le presta atención. Prefiere seguir contemplando a Ane. Zarandea con fuerza la cabeza para que los mechones vuelvan a su lugar.

—Me ha gustado conocerte —confiesa ya sin mofa—. Mi hermano siempre está hablando de ti. Creí que exageraba. Me alegra haberme equivocado.

Esta vez ella ríe más relajada, olvidando por completo la situación embarazosa que le ha agolpado toda la sangre en las mejillas.

Manu aún tarda unos interminables minutos en finalizar su conversación y desaparecer. Entonces Mikel hace retroceder a Ane hasta la pared, la encierra con sus brazos y le acaricia los labios con los suyos.

—¿Dónde nos habíamos quedado? —susurra.

—Es guapo tu hermano —dice internando las manos bajo la camiseta para acariciarle con suavidad la piel. Mikel gime—. Tiene tus ojos azules, tu mismo color de pelo. Se parece mucho a ti.

—Sí, eso dicen —admite con impaciencia mientras intenta soltar de nuevo los primeros botones del suéter. Cuando el encaje aparece su cuerpo se estremece con más violencia que al verlo por primera vez.

—Os lleváis bien —insiste disfrutando y encendiéndose ella misma con su apasionada desesperación—. Salta a la vista la complicidad que hay entre vosotros.

La mira a los ojos, pero ni sus manos ni su cuerpo se detienen. Continúa desabotonando, acariciando, apretando sus caderas contra las suyas, debilitando todo dominio sobre sí.

—Es mi única familia —susurra sin aliento, tratando de recuperarlo en el borde de su boca—. Le quiero. Daría mi vida por él igual que la daría por ti. Sois todo mi mundo. Vosotros dos componéis todo mi mundo.

Ane tiembla. Desliza los dedos sobre los músculos tensos de su espalda.

—Me asustas cuando dices esas cosas.

—Eso es porque aún no terminas de creerlas. —Ríe con el poco aire que la excitación le permite coger y expulsar—. Pero te las demostraré. Te demostraré que en mi vida no hay ni habrá, jamás, más mujer que tú.

—¿Suceda lo que suceda? —pregunta temerosa, casi sin voz, con los ojos abiertos y expectantes.

—Suceda lo que suceda —asegura él perdiendo definitivamente el control—. Nada conseguirá cambiar el hecho de que ya no tengo más mujer que tú.

«Ya no tengo más mujer que tú», repetía la mente de Mikel ahora, mientras agarraba con fuerza la motosierra para que los dientes de acero penetraran en la madera. «Ya no tengo más mujer que tú.»

Y había sido cierto. No hubo más mujer entonces, ni después, ni siquiera la había ahora. Estaba Bego, sí. Se acostaba con ella con relativa frecuencia, la quería, pero no conseguía entregarse en cuerpo y alma, como siempre hizo con Ane. Por eso seguía sintiendo que no tenía mujer, que jamás la tendría, que ella fue la última. Que ella fue la única.

La hoja entró con limpieza en el cuerpo del árbol, pero perdió velocidad cuando fue aprisionada por el corte. Mikel la extrajo para evitar que invirtiera la dirección y saliera disparada contra él.

El corazón le golpeaba con ímpetu. Había dejado que los recuerdos le alteraran de nuevo y se sentía furioso contra sí mismo. Empuñó con decisión la máquina y condujo la hoja de nuevo hacia el tajo. Las puntas afiladas penetraron con facilidad, pero volvió a atascarse en el mismo punto. Mikel no reaccionó con la suficiente rapidez y se originó el temido retroceso. El contragolpe duró un segundo que le pareció una eternidad. Un segundo en el que todo se movió con desesperada lentitud y pesadez.

La espada dentada salió del tronco con violencia elevándose y formando un descontrolado arco hacia su pecho. La protección de la empuñadura superior mantuvo a salvo su mano izquierda mientras su derecha pulsaba el freno de emergencia de la cadena. A través del cristal de sus gafas protectoras pudo ver que la punta de la espada se acercaba sin que los dientes hubieran dejado de girar. Estaban a punto de destrozarle la carne. Nada es más rápido y mortal que el zarpazo traicionero de una motosierra.

Tensó los músculos intentando retrasar el momento de la toma de contacto con la hoja. Se preparó para soportar el dolor que las puntas dentadas le provocarían al desgarrarle la piel.

Cuando estas le golpearon el pecho, ya se habían detenido.

Resopló con fuerza y dejó la motosierra sobre la tierra. Miró a su alrededor, sin poder creer que siguiera vivo, y vio que algunos compañeros se habían percatado de la tragedia que había estado a punto de ocurrir. Rodrigo, que nunca trabajaba demasiado lejos, se acercó despacio, temiendo que no le sujetaran las piernas. Tenso, con el gesto contraído, le abrazó con fuerza.

—No vuelvas a hacerme esto, cabrón —murmuró entre dientes, apretándolo enérgicamente contra sí. Al apartarse tenía los ojos brillantes y enrojecidos—. ¿Qué cojones te pasa? —espetó de pronto furioso—. ¿Dónde tienes la cabeza?

Mikel soltó el aire que había estado conteniendo.

—No lo sé —mintió, aún consternado.

Rodrigo le señaló con el dedo. Un nudo en la garganta le impedía continuar. Comenzó a retroceder de espaldas para regresar al trabajo.

—Tenemos que hablar, tío —dijo por fin, apretando la mandíbula—. Tenemos que hablar muy en serio de toda esta mierda. Me da igual si mis verdades te sacan de quicio.

Ahí no terminaban las broncas y Mikel lo sabía.

Se agachó para coger la motosierra y miró en dirección a la camioneta. El jefe de cuadrilla le miraba desde el camino, con una actitud sospechosamente tranquila.

14

El mismo recuerdo que por la mañana había estado a punto de costarle la vida a Mikel, por la tarde acompañó a Ane en el recorrido a casa. Esta vez caminó directa hasta el Museo Guggenheim y cruzó la ría por la pasarela de madera de Pedro Arrupe, frente a la Universidad de los Jesuitas.

Se paró en el centro, sobre las frías aguas del Nervión, y miró a lo lejos, hacia las luces verduzcas que iluminaban el puente levadizo de Deusto. Lo había contemplado muchas veces desde allí, acurrucada en los brazos protectores de Mikel. A él le gustaba acompañarla por ese trayecto y recrear en cada esquina su poca prisa por llegar a Botica Vieja y despedirse de ella.

Bajó los párpados al recibir un remolino de viento frío y los mantuvo así durante largo rato. Hacía mucho que no se detenía a rememorar aquella primera noche.

Había sido hermosa, apasionada, incomparable. Al fin había encontrado valor para dejarse llevar por sus sentimientos; para cumplir su anhelo prohibido de enloquecer entre sus brazos, dormir entre sus brazos, despertar entre sus brazos. Despertar y ver sus ojos, azules y emocionados, contemplándola en silencio, fue uno de los momentos más maravillosos que había vivido hasta entonces.

—Dime que esto no es un sueño —le pide emocionada.

—No es un sueño —le responde con aire somnoliento—. El amor hace que la realidad sea mejor que cualquier sueño.

Y en ese instante quiere creer que eso es cierto. Piensa que el amor hará desaparecer todas sus mentiras para no tener que confiarlas nunca, para no correr el riesgo de perder al que ya es, para siempre, dueño de su corazón.

Pero las mentiras nunca desaparecen. Se agrandan, se agigantan y destruyen todo lo hermoso que encuentran a su paso.

Esa primera mañana vuelve a ver a Manu. Lo encuentra en la cocina tomando leche con cacao en la que remoja galletas. Le parece apenas un niño. Un niño tan semejante a Mikel que es como retroceder en el tiempo para conocerlo con sus preciosos y puros dieciocho años. Al verla, Manu se levanta, raudo y servicial, a prepararle el desayuno.

—¡Así que eres la novia de mi hermano! —le dice con una expresión radiante—. Me gusta esto de tener una chica en casa; una hermana —aclara colocando ante ella el café negro que le ha pedido—. Nunca ha vivido una mujer con nosotros.

—Descartando a vuestra madre, ¡por supuesto! —Sonríe al pronunciar la obviedad.

—Mikel conoció a *ama*. Yo no —cuenta él sin ninguna emoción.

Ane detiene el movimiento de la cucharilla en el interior de la taza. Mikel no le ha relatado penas. Ninguna pena. Nada que denote que en su vida haya habido sombra alguna.

—Él no me ha contado...

—Y no lo hará —interrumpe Manu—. No le gusta hablar de lo que pasó. No le preguntes —aconseja en tono amigable y confidencial—. Aunque yo sí que lo hago, y si le insisto mucho me cuenta cosas. —Sus ojos brillan misteriosos mientras muerde una nueva galleta—. ¿Tú tienes una familia grande?

—La verdad es que no —dice, confusa aún por lo que acaba de descubrir—. Vivo sola. Tengo unos tíos y algunos primos a los que veo en Navidad y poco más.

—¡Perfecto! —exclama como el niño que todavía es—. Bueno... —Cabecea incómodo—. No me alegra que estés sola, es que... podrías venirte a vivir con nosotros. Estaría bien tener una hermana.

—Es... es un poco precipitado. Yo...

—No me la asustes.

Los dos se vuelven al escuchar la voz de Mikel. Llega recién duchado, con el cabello húmedo, unos gastados vaqueros y los pies descalzos.

—No me la asustes —repite—, porque no imaginas lo que me ha costado convencerla para que me acompañara hasta aquí.

Se inclina hacia ella, desliza el brazo por su cintura y la besa en la boca. Es un beso largo, fresco, húmedo y con olor a jabón que la deja sin aire. Mientras se aparta le recuerda con los ojos la pasión con la que la ha amado durante una gran parte de la noche y también por la mañana.

—Buenos días de nuevo —musita Ane cuando recupera el aliento.

Manu se levanta sonriendo con mofa.

—Yo me voy. Sé cuándo estoy sobrando. —Toma un último y apurado sorbo de su taza y se dirige a la puerta llevándose una galleta—. ¡Mikel! —Llama en el último momento y aguarda a que su hermano le mire—. Proponle que se venga a vivir con nosotros. Doy mi palabra de que no molestaré mucho.

—¡Lárgate de una vez! —le responde riendo.

Al quedarse a solas se inclina para besarla de nuevo. Esta vez la coge por la cintura y la levanta con facilidad de la silla.

—Empiezo a estar preocupado —le confiesa con los labios pegados a los suyos.

—¿Por qué? —pregunta alarmada.

Él, confiado, no alcanza a apreciar el grado de su inquietud. La sujeta por las nalgas y la aprieta contra su cuerpo.

—Porque toda la noche no me ha bastado para saciarme de ti —susurra, de nuevo encendido—. Porque sé que a partir de hoy la necesidad de tenerte se va a convertir en una tortura. Porque he comprobado que ni puedo ni quiero tenerte lejos.

El sonido de voces y risas la hicieron abrir los ojos. Un pequeño grupo de turistas acababa de detenerse a su lado, en el centro de la pasarela. Esa noche, los focos vestían la piel de titanio del Guggenheim con espectaculares tonos cobrizos que ellos pretendían capturar con sus cámaras fotográficas.

Suspiró bajito, se apartó y continuó su camino. Lo recorrió despacio, sin ningún apremio por llegar a casa, ya que él no estaría allí para despedirla con un beso, para decirle cuánto la amaba, para susurrarle que le costaba la propia vida alejarse de ella.

—¿Qué te ha dicho? —preguntó Rodrigo, esa noche, al término de una cena tensa y silenciosa.

Mikel echó un vistazo al reloj de la pared. En media hora estaría en su celda intentando dormir para no ser consciente de que estaba encerrado en ese lugar donde tanto le costaba respirar, donde el aire se le volvía espeso y sucio y se ahogaba. Allí, donde contenía el deseo de gritar que le dejaran salir, aunque solamente fuera al patio, que necesitaba tener sobre sí un trozo de cielo por el que soplara con libertad el viento.

Tenía la sospecha de que esta iba a ser una de esas noches.

—Está cabreado.

Cogió el tabaco de encima de la mesa y encendió un cigarro con calma.

—¿Qué te ha dicho? —repitió impaciente.

Mikel le miró y expulsó el humo sin ninguna prisa. Después de los días en los que Rodrigo y él se habían hablado lo justo, y la mayor parte de las veces se habían respondido con monosílabos, su tono exigente le irritaba.

—Que no está dispuesto a enterrar a ninguno de sus hombres. —Aspiró el cigarro y miró hacia los lados. Se levantó a coger el cenicero de la encimera de granito y regresó a la mesa—. Asegura que le gusta cómo trabajo, que le caigo bien, pero que no va a perdonarme una distracción más. La próxima, estoy fuera.

—En este oficio hay que poner toda la atención en lo que se hace. Un despiste como el que has tenido hoy puede resultar mortal por...

—¡No necesito tus sermones! —estalló al fin.

—Yo diría que sí. Ya que tú insistes en ignorarlo, alguien tiene que decirte que esto no va bien. Que tú no vas bien.

—¡Vaya novedad! —Se burló sin mirarle—. Llevo años jodido y conoces de sobra los motivos.

—¡Por supuesto que los conozco! —espetó con rabia—. Pero el despiste de hoy se ha debido a otra cosa. Cuando alguien pretende vengarse después de tantos años, mantiene la sangre caliente y la mente fría. Pero tu mente no piensa con la claridad que debiera porque estás obsesionado con esa ex poli.

Mikel se giró hacia él con brío.

—¿Con quién has estado hablando? —preguntó con desconfianza.

Rodrigo apretó los dientes para no responder lo que desde hacía días le abrasaba la boca. No podía olvidar la tristeza de Bego cuando le habló de la discusión que habían mantenido en el monte

Artxanda. La había consolado, la había abrazado, le había enjugado las lágrimas con sus pulgares. Que ella le hubiera elegido de nuevo para confesarse le emocionaba tanto como le dañaba.

—No he hablado con nadie. —Mintió para no comprometerla—. Vivo contigo. No necesito que me cuenten lo que estás haciendo con tu vida. Lo veo cada día. Veo que tu problema ha cambiado. Ella es ahora tu obsesión. —Sacudió la cabeza para alejar la imagen llorosa de Bego—. ¡Dime qué tiene esa mujer para que te ofusque de esta manera!

—No es lo que tiene. Es lo que me arrebató. Es lo que me debe.

Rodrigo volvió a morderse los labios antes de opinar:

—Tal vez este sea un buen momento para olvidarla.

—¿Qué es, exactamente, lo que quieres decir? ¿Que olvide que existe, que olvide que una vez existió, que olvide que fue una jodida mentirosa que me destrozó la vida? ¿Qué es, según tú, eso que debo olvidar?

—Estás a la defensiva —dijo Rodrigo golpeando la mesa con dedos impacientes.

Mikel dio una calada a su pitillo y echó la espalda contra el respaldo. Desde allí miró retador a su amigo.

—¿Sabes cuál es la pesadilla que con más frecuencia me despierta desde hace cuatro años?

—La muerte de Manu —dijo en voz baja.

—La muerte de Manu —repitió con dolor—. El momento en el que aquella condenada bala le abrió el agujero por el que se le escapó la vida. Y fue ella, esa mujer que dices que me obsesiona, quien nos preparó la maldita emboscada. —Expulsó el humo con lentitud, sin dejar de mirarle—. ¿De verdad crees que puedo pensar en ella como mujer en lugar de como en la zorra que transformó mi vida en un infierno?

—Lo que viviste a su lado fue muy importante —comenzó a explicar Rodrigo—, muy grande.

—Tienes razón. Fue muy grande. Tan grande como el abismo que voy a abrir para ella.

—El abismo lo estás abriendo para ti. Si no estás seguro de lo que sientes por...

—¡¿Quién te ha dicho que no estoy seguro?! —gritó, y sus ojos se enrojecieron de furia.

—¡Solo digo que si no lo estás te lo pienses, porque ese sería un motivo más para que dejaras todo esto! —repitió Rodrigo con arranque—. ¡Y digo que olvides la revancha, la olvides a ella y comiences de nuevo!

—¿Y si estoy seguro? —interrogó con forzada calma—. ¿Y si estoy seguro de que quiero verla con el alma vacía, con los ojos secos porque no le queden lágrimas, con el corazón sumido para siempre en la oscuridad y suplicando que le llegue la muerte porque ya no espera nada, tal y como me dejó a mí?

La emoción comprimió el corazón de Rodrigo y se le disipó el deseo de discutir.

—Si es así y de verdad lo necesitas, adelante. —Presionó con suavidad en su hombro—. Pero si lo haces ten mucho cuidado. Creo que no eres consciente de lo que realmente sientes por ella.

—¿Cómo puedes pensarlo siquiera?

—Te lo he dicho. Te veo cada día.

—¡Maldita sea! —exclamó aplastando el cigarrillo en el cenicero y poniéndose en pie—. Estoy cansado de todo esto. Nunca debí contarte mis planes. Ni a ti ni a Bego.

Apagó su móvil y lo lanzó sobre la mesa. Con la misma brusquedad cogió la mochila y la cazadora que antes de comenzar a cenar había dejado en una silla.

Rodrigo no se movió.

—Lo pagas conmigo porque te digo verdades que no quieres aceptar. Pero con quien de verdad estás furioso es contigo. En tu fuero interno sabes que sigues colgado de esa mujer y no quieres oírlo.

En verdad era lo último que quería oír, lo último en lo que quería pensar. Y el motivo era tan confuso como el que le obligaba a no rozarla a la vez que le incitaba a hacerlo. Porque, si tenerla cerca le alimentaba el odio, tocarla le provocaba una reacción a la que no conseguía definir, pero que se negaba a creer que naciera de lo que su amigo aseguraba que sentía.

—No estoy furioso. Estoy dolido —reveló ignorando lo realmente importante de la crítica recibida—. No esperaba que me fallaran de esta forma las dos únicas personas en las que confío.

Salió sin mirar atrás, sordo a las llamadas de su amigo. Quería estar tan solo como se sentía. Necesitaba perderse en la oscuridad de la calle y caminar en silencio. Le habría gustado tomar otra dirección y avanzar hasta que le venciera el cansancio. Pero no era un hombre libre; tan solo lo parecía algunas veces.

Al divisar la entrada a la cárcel el corazón se le detuvo y el alma se le llenó de angustia. Trató de coger aire, pero no encontró espacio donde meterlo.

Volvía a enfrentarse a una noche más en el infierno.

—¿Cómo van los dibujos de tu chico? —preguntó Lourdes al dejar la caja roja sobre el mostrador.

—No lo sé —respondió Ane rozando con aire ausente las solapas de cartón—. Desde que salió de aquí con el catálogo no he sabido de él.

—¡¿No le has llamado?! —exclamó mostrando extrañeza.

—No quiero meterle prisa.

—Si no fuera tu chico...

—No es mi chico, Lourdes —la interrumpió mirándola con gravedad.

—De acuerdo. Si fuera otra persona, un dibujante enviado por cualquiera de nuestros proveedores, ¿le habrías llamado para preguntarle cómo va? —Ane suspiró bajito—. Lo imaginaba. No te va a resultar fácil trabajar con él, ¿no es cierto? Si quieres, yo puedo ocuparme de...

—No —volvió a interrumpir, esta vez sin mirarla—. Yo comencé y yo terminaré. Además él quiere que sea así.

—Perfecto. Pero deberías empezar a tratarle como al diseñador que trabaja para nosotras. A no ser que quieras que esto no funcione.

—Funcionará —murmuró casi para sí—. Estoy segura.

«Tiene que salir bien», dijo para sí, cogiendo la caja y yendo hacia el escaparate. «Tiene que salir bien, porque de ello depende que los dos podamos vivir con un poco de paz.»

Mikel, parado ante la boca que emergía del metro y del parking en el que había estacionado su coche, respiró con energía el aire frío de la mañana y miró al frente. Un paso peatonal y unos doscientos metros cuajados de transeúntes le separaban de la tienda. Volvió a ponerse en marcha al tiempo que repasaba los últimos días, largos y extraños, en los que no había logrado apartarla de su mente. Culpaba de ello a las palabras de Bego y Rodrigo, que no hacían otra cosa que aumentarle la confusión.

Apretó los puños con rabia. La odiaba, ¡por todos los demonios que llevaba dentro que la odiaba! No se engañaba al afirmar que era ese sentimiento el que le impulsaba a buscar excusas para verla. Mirarla a los ojos y sentir el calor del odio le hacía sentir vivo. Pero ellos no podían entenderlo. Únicamente podía hacerlo alguien con el alma y el cuerpo tan vacíos como tenía él los suyos. Alguien que necesitara llenarlos con un sentimiento más fuerte que la vida misma.

Se detuvo en mitad de la calle tratando de explicarse por qué, si estaba tan seguro de sus sentimientos, unos simples comentarios le habían creado esa ansiedad en la que se estaba consumiendo. Por qué esas palabras absurdas le estaban haciendo perder terreno en la batalla que a fuerza de sufrimiento intentaba ganar a los recuerdos.

Cuatro días sin verla, cuatro días sin dejar de pensar en ella. Cuatro días en los que evocaciones del pasado le habían asaltado cada vez con más frecuencia mientras trataba de conciliar el sueño, cuando trabajaba rodeado de naturaleza y guardando silencio, cada vez que se perdía en las líneas de sus dibujos. No le gustaban esas intromisiones; le hacían sentirse incómodo, inseguro.

Tan incómodo e inseguro como se había sentido esa misma mañana en la que se había levantado de madrugada para avanzar con los diseños. Los primeros trazos, simples y negros, habían absorbido por completo su atención. Ni siquiera había reparado en que los pies se le estaban quedando congelados sobre la madera. Sus ágiles dedos fueron trazando perfiles con rapidez, aplicando diferentes azules de mar. Hasta que, de modo inconsciente, unificó todos los tonos en uno solo; gris titanio sumergido en sombras.

Cuando comprendió que durante la última hora ella había vuelto a gobernar sus pensamientos, destrozó el papel en pequeños pedazos que quedaron esparcidos por la habitación.

Y ahora estaba allí, parado, a unos pocos pasos de la tienda.

Rozó con los dedos la cajetilla de tabaco en el interior del bolsillo de su cazadora. Confrontó el grado de su necesidad de fumar con el frío intenso que le congelaría los dedos si lo hacía. Aún dudaba cuando retomó el camino con paso decidido.

¿Por qué no regresaba por donde había venido?, se preguntó estrujando en el interior de su puño el paquete de cigarros. Era un estúpido. Estaba permitiendo que la mujer que le había destrozado la vida volviera a romperle el precario futuro que se estaba creando con esfuerzo. Por su causa estaba enemistado con su amigo y había discutido con Bego, a la que además estaba tratando de evitar.

Extraviado en confusas cavilaciones, avistó el escaparate. Sus piernas se paralizaron y su corazón se aceleró. Ane estaba allí, en ese pequeño espacio acristalado, envuelta en cintas doradas, rodeada de verde y rojo; de estrellas brillantes; de algodones prendidos del techo con hilos invisibles y que se asemejaban a esponjosos copos de nieve. Se quedó absorto contemplándola desengarzar adornos de las ramas del pequeño abeto.

Expulsó el aire despacio. No podía entrar en la tienda. No tenía excusa válida para hacerlo. Llevaba días sin encontrar algo razonablemente lógico que le llevara hasta allí. Debía irse, regresar a casa y centrarse en los diseños.

Alzó los párpados dispuesto a cumplir su propósito, pero lo olvidó cuando vio que la pelirroja se acercaba al escaparate con una caja de cartón. La dejó junto a otra, roja, más pequeña, a la vez que decía algo que hizo reír a Ane. Imaginó el sonido de su risa. La había oído muchas veces, mientras estuvo y se sintió vivo. Era clara, dulce, melodiosa... como su voz.

Ane bromeó fingiendo abrigarse el cuello con las cintas doradas mientras Lourdes se enfundaba en un grueso abrigo negro y una bufanda que le cubría hasta la nariz, de un rojo tan intenso como su pelo. Después, los gestos exagerados y divertidos con los que la vio enfrentarse al frío del exterior volvieron a hacerla reír. La despidió agitando las manos junto al cristal y al perderla de vista volvió a su labor de desnudar el árbol engalanado.

Tarareaba un repetitivo estribillo cuando una gran bola roja se le escurrió de las manos y rodó hacia el brillante suelo de la tienda. La siguió con los ojos esperando pacientemente a que se detuviera. De pronto su expresión divertida cambió. Su rostro palideció hasta asemejarse a los copos de nieve suspendidos del techo y solo pudo mostrar sorpresa y agitación.

La hermosa esfera había tropezado con los pies de Mikel.

Él aguardó a que alzara la mirada y se encontrara con la suya. Le resultó evidente que no había escuchado el tintineo de la puerta al abrirse. Había permanecido relajada, sonriente, sin reparar en su presencia durante el tiempo en el que la había observado.

Dejó de mirarla un momento. Se agachó a recoger con lentitud la bola roja y con la misma parsimonia se acercó al altillo que conformaba el escaparate. Entonces pudo verle el desconcierto en los ojos y trató por todos los medios de que ella no percibiera el suyo.

Le tendió el adorno y ella lo cogió con precipitación.

—No... Hoy no esperaba verte por aquí.

No respondió. Se sentó sobre la moqueta beis, en la que posó su pie izquierdo doblando la rodilla. El otro continuó firme sobre el suelo de madera del establecimiento.

Ane introdujo la bola roja en la caja. La presencia de Mikel hacía que la felicidad le bullera en el estómago. Pero no terminaba de entender qué hacía allí, ni se explicaba el porqué de sus silencios, ni comprendía su obstinada forma de examinarla, tan diferente a otras veces.

—¿Cómo vas con los dibujos? —preguntó en su afán por romper el hielo y aparentar normalidad.

—Bien —respondió él en un tono seco que dificultaba cualquier intento de conversación.

Otra vez el silencio. Ane continuó desazonada, soltando piezas, y él mirándola y estudiando sus propias reacciones. Le sorprendió no encontrarse el rencor y la rabia porque le hubiera traicionado, pero sí la amargura y la decepción porque nunca le hubiera querido. Esa mañana el dolor dominaba en su corazón sobre cualquier otro sentimiento.

—¿Por qué dejaste de ser poli? —preguntó de pronto, áspero y rudo—. ¿Cuándo lo hiciste?

Ane se sobresaltó. Otro adorno, esta vez un ángel con vestidura de satén blanco, escapó de sus manos. Se agachó a cogerlo. Su cabello resbaló sobre uno de sus hombros y fue a enredarse entre las cintas que pendían de su cuello.

Mikel contrajo los dedos de ambas manos.

—¿Por qué lo hiciste? —insistió sin apartar de ella los ojos, seguro de merecer esa explicación.

—Me gusta este trabajo. —Se frotó la frente, que se impregnó de partículas doradas.

Él dirigió la vista hacia el exterior, pero se quedó extraviada en las pequeñas estrellas pegadas al cristal. Sintió que se ahogaba, como en su estrecha celda algunas noches.

—Cuatro años —murmuró con amargura—. Cuatro años, en ocasiones, pueden convertirse en toda una vida.

El corazón de Ane se encogió hasta dolerle. Se volvió hacia él, despacio.

—Lo sé —musitó en voz baja, y los castigados ojos azules no le parecieron tan fríos ni tan insondables como tantas otras veces.

¡Lo sabía!, se repitió Mikel constriñendo los dientes. ¿Cómo podía saberlo? ¿Qué cosa terrible le había ocurrido a ella, en cuatro años, que le hubiera arruinado tanto su pasado como su futuro? No. No podía saberlo. Ni siquiera podía imaginarlo.

La asfixia se le hizo insoportable. Se levantó y se volvió de espaldas para salir de allí.

—¿A qué has venido? —oyó preguntar a Ane con la voz dulce que él recordaba.

Cerró los ojos un instante. Los abrió a medida que volvía el rostro hacia ella.

—Necesitaba comprobar algo.

—¿Y lo has hecho?

—No. —Ella parpadeó, y las chispitas enredadas en sus pestañas volvieron a brillar—. No lo he hecho.

Y se volvió con lentitud para caminar hacia la salida.

Cruzó ante el escaparate sin mirarla. Su intento por confirmar que tenía controlados sus sentimientos solo había servido para aumentarle la confusión.

15

Camino de la cocina, Rodrigo se detuvo ante la puerta entreabierta de la habitación de Mikel. La empujó con suavidad para no molestar a su amigo. Sabía que se había levantado muy temprano, igual que el día anterior, para aprovechar el mayor número de horas del fin de semana.

Lo encontró sentado ante su escritorio, con los pies descalzos sobre la madera, los vaqueros y una de las gruesas camisas que utilizaba los días más fríos para ir al trabajo.

Se apoyó en el quicio de la puerta, cruzado de brazos, y durante un buen rato le observó trabajar.

—¿A qué hora te has levantado? —preguntó al fin.

Mikel se sorprendió del tono amable y conciliador. Apretó la espalda contra el respaldo de la silla y estiró el cuerpo y los brazos.

—No lo sé. Aún no había amanecido. Las pinturas me llamaban —bromeó como si nunca hubieran estado enfadados. Cogió el paquete de cigarros, de una esquina de la mesa, y prendió uno que inspiró con ganas.

—Deberías verte cuando dibujas —comentó sin moverse del umbral—. Eres otro. Relajado, feliz. Te olvidas de que existe el tabaco.

—Tienes razón. —Sonrió observándolo humear entre sus dedos—. No me había dado cuenta, pero es comprensible. Me aficioné a los pitillos cuando, después de intentarlo, descubrí que no podía dibujar allí dentro. Pero no necesito nada cuando estoy creando. Nada —reiteró al recordar que nunca se había sentido más completo que cuando la tenía a ella y además podía plasmarla en sus cuadernos.

—Deberías buscar trabajo en algo relacionado con esto —dijo Rodrigo.

—Primero tendrían que desaparecer mis antecedentes penales y eso no va a ocurrir. —Observó los últimos trazos que había dado. Recordaban a las salpicaduras espumosas de un rompiente de olas—. Esto es algo muy puntual que no volverá a repetirse. Pero no importa. Me he adaptado a cosas peores.

—No te rindas sin haber ofrecido pelea. No es digno de ti. Puedes presentar un currículum brillante.

—Un currículum brillante que un día se cortó bruscamente porque ingresé en prisión. ¿Cuál de las dos cosas crees que pesaría más?

—En un empresario inteligente, la primera, que sería la que usarías para hacer tu labor.

Mientras expulsaba el humo volvió a mirar el boceto. Le habría gustado creer que el pensamiento de Rodrigo era el lógico, el que se encontraría si se decidía a seguir su consejo. Pero no era tan ingenuo.

—Si lo intentara... —Abandonó el cigarro entre sus labios para sujetar con las manos el dibujo—. Si lo intentara tendría algo más reciente para añadir a mis antiguas creaciones —dijo sin mucho convencimiento.

—Esa es la actitud con la que ya una vez avanzaste. ¿Por qué no puedes hacerlo de nuevo?

—Entonces todo fue distinto. —Cerró lentamente los ojos. No, el humo no adormecía el cerebro, ni siquiera atenuaba el dolor que provocaban los recuerdos—. Entonces tenía algo por lo que luchar. —Pasó a sostener el pitillo con los dedos—. Quería que Manu viviera en un sitio decente. No podía hacerlo siendo un mediocre. Luché por conseguir mi sueño de trabajar en una gran compañía, pero no solamente por mí. Si yo ganaba, mi hermano ganaba. Ahora... —Calló mientras aplastaba el cigarro en el cenicero.

—Ahora debería ser igual. Siempre dices que le debes el cobrarte la venganza. ¿No le debes también salir a flote? ¿Crees que le gustaría verte así?

Mikel continuó haciendo trizas los restos de tabaco. Esta vez no le molestaban los consejos de Rodrigo. Los sentía nacer del aprecio, sin ningún tipo de saña.

—Pensaré en ello —dijo deseoso de cambiar de conversación.

Se angustiaba cuando recordaba a Manu y sus últimos instantes de vida entre sus brazos.

Rodrigo asintió en silencio. Después suspiró antes de decir:

—Voy a poner el desayuno, que parece que soy el único que recuerda que hay que alimentarse. —Mikel sonrió aceptando su culpa—. Te aviso cuando esté listo —añadió al tiempo que se apartaba de la puerta.

—Lo siento. —La disculpa de Mikel le detuvo en el último instante—. Siento mucho mi comportamiento de los últimos días.

—Yo tampoco puedo presumir del mío. —Introdujo las manos en los bolsillos, incómodo—. Perdóname. Sé que no es fácil aguantar a un bocazas como yo.

—Eso es cierto —bromeó retomando el rotulador negro con una sonrisa que revelaba que no estaba de acuerdo.

—¡Lo olvidaba! —añadió Rodrigo con un brillo cómplice en los ojos—. He invitado a comer a Bego.

Bego... También a ella le debía disculpas. Esa mujer se lo entregaba todo y él no terminaba de hallar la forma de corresponderla.

—Me parece bien —murmuró mientras se volvía hacia el dibujo.

Unos segundos después, volvía a sumergirse en los trazos azules y blancos con los que trataba de simbolizar la incorpórea y pura esencia del mar.

Comenzaba a oscurecer cuando el comisario llegó a la gasolinera. Tenía el depósito lleno y no se detuvo en el surtidor. Pasó de largo, hasta la zona de aire y agua, como si su propósito fuera controlar la presión de los neumáticos. Se puso el abrigo antes de salir del coche, asegurándose de que el arma que portaba bajo la axila no quedara al descubierto, y se encaminó a los servicios. Empujó la puerta y, al no poder abrirla, golpeó tres veces con los nudillos, aguardó un breve espacio de tiempo y volvió a dar otros tres golpes idénticos. La contraseña funcionó. El chico sin nombre le dio acceso y volvió a atrancar la puerta en cuanto estuvo dentro.

—¿Qué pasa, por qué tanta prisa en que nos viéramos hoy? —preguntó Carlos con gesto agrio. Odiaba los imprevistos; nunca traían nada bueno.

—Lo dejo. Me voy —dio por toda respuesta, con las manos temblonas y la frente sudorosa.

—¿Pero qué estás diciendo? ¿Cómo que lo dejas?

—Muy fácil. —Frunció los labios con un gesto nervioso y burlón—. Me largo, desaparezco, dejo esta mierda antes de que esos cabrones me den matarile.

—¡Quieres tranquilizarte y decirme qué pasa! —gritó cogiéndole de los brazos y zarandeándole.

—Sospechan algo —aseguró apartándose de él—. Presiento que saben que tienen un chivato dentro y que antes de empezar a moverse van a eliminarlo.

—¿Y por qué van a pensar que eres tú? —clamó con impotencia al ver que todo podía venirse abajo.

—¡Porque soy yo, joder, porque soy yo! —Se pasó las manos por la cabeza mientras movía su angustia de un lado a otro—. El mismo cabrón que les dio el soplo de la redada les ha podido contar que yo soy el delator que buscan.

—Nadie lo sabe —aseguró recostándose en la pared y cruzándose de brazos como si no hubiera de qué preocuparse—. Ni las personas en las que más confío saben nada de ti. Si no haces tonterías estarás a salvo, pero si ahora te acojonas y te mueves, sabrán que eres tú, te encontrarán dondequiera que corras a esconderte y entonces sí que acabarán contigo.

El chico se acercó al lavabo, abrió el grifo y se inclinó para empaparse la cara. Tras unos segundos se irguió chorreando agua, sofocado y aún nervioso.

—¿Seguro que nadie sabe de mí, ni mi nombre, ni mi alias ni nada?

—Seguro. Tranquilízate. Si no pierdes los nervios todo saldrá bien.

—Si me pillan también será jodido para usted, ¿no? —preguntó receloso, secándose la cara con la manga de la chaqueta.

—¡Exacto, chaval! —Le puso la mano en el hombro y sonrió para infundirle confianza—. Yo soy una parte interesada en que esto salga bien. Y saldrá, siempre que actúes como lo has hecho hasta ahora.

El soplido de alivio del joven le tranquilizó, pero no lo suficiente. Tenía que asegurarse de que esa noche no se dejara llevar por otro ataque de pánico, y para eso nada era mejor que una compañía experta que le mantuviera ocupado hasta el amanecer.

—Búscate dos putas caras para esta noche —le sugirió metiéndole unos billetes en el bolsillo—. Que te relajen. Ya verás que mañana todo te parece distinto y te reirás de tu paranoia de hoy.

Hacía rato que Mikel no escuchaba los comentarios de Rodrigo. Respondía con monosílabos mientras echaba furtivos vistazos al reflejo en los cristales de los escaparates que se sucedían a su izquierda. A esa hora de la tarde, con los comercios a punto de cerrar, la Gran Vía era un devenir de transeúntes apresurados.

Se fijó en la puerta abierta de una conocida tienda de ropa íntima femenina. Empujó con brusquedad a Rodrigo y prácticamente lo arrastró al interior. No prestó atención a sus protestas, menos aún a sus observaciones sobre los sugerentes modelos que acapararon su atención. Tiró de él hasta conducirlo a la trasera de un expositor de batas y camisones de seda. Le pidió que mirara hacia la calle y le señaló a dos tipos con hombros del tamaño de un armario ropero.

Lo único extraño que Rodrigo observó, además de la aparatosa cicatriz que cruzaba la mejilla izquierda del más fuerte, fue su actitud. Sin detener el paso alargaban el cuello para otear sobre los transeúntes mirando con impaciencia hacia los lados.

—¿Qué pasa con ellos? —preguntó cuidando de no asomar demasiado la cabeza.

—Nos siguen —comentó Mikel con tranquilidad—. Lo vienen haciendo desde hace rato.

—Estás de mofa, ¿no? ¿Para qué van a seguirnos unos tipos como esos?

—¿Debes algo a alguien? —consultó mirándole con guasa—. ¿Te has acostado con la mujer de alguien? —Una sonrisa aturdida fue la respuesta—. ¡Lo que sospechaba! Entonces me siguen a mí —aseguró sarcástico.

Rodrigo no rio la broma. Abrió los ojos de par en par y con preocupación.

—¡El comisario!

—¿A quién, si no, iba a importarle lo que hace alguien como yo? —dijo sin dudar mientras volvía la atención hacia la calle—. Además sus caras me suenan. Me suenan mucho. Sobre todo la del que tiene la cicatriz.

Trató de hacer memoria. Tenía la sensación de haberlos visto alguna noche, cerca de la cárcel, en actitud de estar aguardando el paso de alguien. Pero además los recordaba de algún otro lugar que no conseguía rescatar de su memoria.

—Esto puede ser jodido —opinó Rodrigo mirándole con enfado—. Te advirtió que no te acercaras a esa poli y no le hiciste ni puto caso. No se puede tocar los cojones a un tío como ese, porque si quiere complicarte las cosas lo hará.

Los tipos desaparecieron entre el gentío, pero Mikel no bajó la guardia. Tenía el presentimiento de que andarían oteando hacia los lados y también a sus espaldas.

—No, si no me pesca haciendo algo ilegal —aseguró pensativo—. Solo tengo que cuidarme mientras preparo ciertas cosas.

El encuentro que iba a tener con Iñaki, esa noche, tendría que aplazarse. No se arriesgaría a poner a la policía sobre la pista de lo que estaba urdiendo. Esperaría el momento adecuado. Tenía la oportunidad, tenía el tiempo; tenía todo el tiempo y la paciencia del mundo.

Durante los días siguientes centró su interés en confirmar si le vigilaban. Pensar en la posibilidad de volver al presidio para no salir en años le angustiaba. No soportaba la idea de empezar a morir de nuevo tras esos muros, especialmente si lo hacía sin haber conseguido arrastrar a Ane en su derrumbe.

Por eso debía tener cuidado en que no le siguieran cuando se encontrara con Iñaki o con el tipo que le conseguiría la mercancía. Extremaría sus precauciones en todo lo concerniente a ese asunto. Ni siquiera confiaba en que sus llamadas no estuvieran siendo grabadas, como ya ocurrió una vez sin que él llegara siquiera a sospecharlo. Saber que no era el mismo joven incauto de entonces le hacía sentirse más seguro, pero no lo suficiente.

Un par de tardes después del incidente en la Gran Vía, ya dudaba de que no hubiera sido, todo, producto de su imaginación, de sus miedos, de sus desconfianzas. Aun así, continuó sin permitirse bajar la guardia.

Ese anochecer llegó a Bilbao mucho antes de la hora convenida. Dio rodeos absurdos para alcanzar siempre el mismo punto, mirando sin cesar a su alrededor con el fin de asegurarse de que no veía dos veces la misma cara. Cuando tuvo la certeza de que nadie le seguía, entró en el bar en el que se había citado con Iñaki.

Ocuparon una mesa en la zona más alejada y peor iluminada. Había poco que tratar. Tan solo las nuevas condiciones que requería el encuentro que estaba pendiente.

—Así que el proveedor no tiene que llamarte por teléfono cuando tenga tu mercancía y quieres que te la entregue en un local muy concurrido que tenga salida trasera —repitió Iñaki en un momento de la conversación—. ¿Eso significa que alguien te sigue los pasos?

—No estoy seguro —reconoció Mikel ofreciéndole un pitillo. El chico lo rechazó señalando su copa medio vacía—. Pero estoy tomando precauciones. No quiero problemas ni para vosotros ni para mí.

—¿Quién te puede estar siguiendo? —preguntó haciendo una señal al camarero para que se acercara.

—Es una larga historia. —Sujetó con los dientes la boquilla de un cigarro y lo sacó del paquete—. Lo más probable es que no lo esté haciendo nadie y que yo esté perdiendo la razón, pero hay que ser cautos. —Lo encendió y se llenó los pulmones con una primera inhalación.

—Descuida. Sé lo que necesitas y conozco el antro perfecto.

Enmudecieron cuando se acercó el camarero. Iñaki pidió otra copa y Mikel dijo que tenía suficiente con una. No quería que su aliento oliera a alcohol cuando, una hora después, llegara a la prisión para pasar la noche.

Aprovechó la pausa para mirar alrededor en busca de rostros o actitudes sospechosas. No vio nada que le intranquilizara.

—Hay algo más que me gustaría decirte —señaló cuando volvieron a quedarse solos—. Manu tendría ahora tu edad. Cuando te miro... —Carraspeó emocionado—. Cuando te miro le veo a él. Cuando te saludo con un abrazo, cierro los ojos y siento que le estoy abrazando a él.

—Si vas a sermonearme, yo...

—No. No se trata de eso. —Buscó en el bolsillo interior de su cazadora y sacó una fotografía—. Pensé que te gustaría tenerla.

Iñaki la sujetó entre los dedos. Tomó aire al encontrarse con tres rostros que le sonrieron desde el papel. Manu, Sergio y él mismo sentados en un banco de la plaza Zabalgune.

—Gracias —dijo con voz entrecortada—. No llegaron a pasarme esta foto.

—Dieciocho años —musitó apenado—. Los tres teníais dieciocho años en ese momento. Ellos no cumplieron ni uno más.

—¡La vida es una mierda! —masculló entre dientes sin dejar de contemplar la imagen.

—No siempre. —Hizo rodar el extremo candente del pitillo por el centro rugoso del cenicero—. Calculo que tu hermano ronda ahora los dieciocho, ¿no?

—Algo así —respondió Iñaki sin mucho ánimo.

—Y pasa la mayor parte de su tiempo contigo.

Iñaki le miró con severidad mientras guardaba la fotografía en un bolsillo de su tabardo.

—¿Estás queriendo decir que le llevo por el mal camino?

—Yo, precisamente, no soy el más apropiado para reprochar algo como eso —afirmó con cruel resentimiento hacia sí mismo—. Estoy tratando de decirte que si no dejas de vivir de esta forma, es muy posible que cualquier día una bala agujeree el cuerpo de tu hermano y muera entre tus brazos. O puede que lo encuentres en una escombrera porque alguien lo ha arrojado como si se tratara de basura. —Hizo una pausa para digerir sus propias palabras—. Y te aseguro que si algo de eso ocurre no podrás perdonarte nunca.

—No voy a currar siempre en esto —se defendió—. Es provisional. Lo dejaré cuando haya ganado una pasta.

—Piénsalo bien, Iñaki. Mírame a mí, mira en lo que me he convertido por acercarme a ese tipo de gente y piensa si existe una riqueza que te compense el riesgo. Con mucha suerte, en lugar de muerto se puede acabar encerrado en una apestosa cárcel para un montón de años. Esos años que deberían ser los mejores de una vida.

—Lamento lo que te ocurrió. Me cuesta imaginar lo que tuvo que ser para ti. Pero no siempre tiene que terminar de la misma forma.

—Nunca piensas que puede pasarte algo así. —Pasó la mano por su cabeza, desde la frente hasta la nuca, con los ojos cerrados y la mandíbula tensa—. No lo piensas, pero pasa.

—No, si te sabes cuidar. Y yo sé hacerlo —aseguró orgulloso.

Mikel se frotó el dolor que le palpitaba bajo los párpados y volvió a mirarle.

—¿Y un chaval de dieciocho años puede saber lo mismo que tú? ¿Supieron cuidarse Manu o Sergio?

—No estoy tan metido en esto como crees —pareció disculparse de pronto—. Solo hago de enlace ocasional.

—Una sola vez puede bastar para joder tu vida o la de quien confía en ti. —Sus ojos brillaron vidriosos.

—No conozco otro trabajo en el que se gane tanta pasta —razonó en voz baja y tensa.

—Esta noche, cuando llegues a casa, mira a tu hermano y mira a tu madre. —Se interrumpió un instante, frustrado al no dar con las palabras que le hicieran despertar—. Míralos bien y pregúntate qué vida quieres para ellos y qué quieres para ti.

—No creo que tú pienses mucho en la vida que quieres para ti —contraatacó sin ganas.

Mikel se dejó caer contra el respaldo. Inspiró con lentitud el pitillo y dejó que el humo saliera por sí mismo según hablaba.

—Yo no tengo vida. —La expresión vacía en sus ojos confirmaba la penosa realidad—. Ya lo sabes. La perdí la tarde en la que murió Manu.

Unos minutos después, Mikel, solitario y cabizbajo, se dirigía hacia el parking de Indautxu. Se había despedido de Iñaki en el interior del bar. No quería que nadie les viera juntos para no comprometerle si algo llegaba a torcerse. Ya tenía el contacto que precisaba; ahora, y hasta que todo hubiera pasado, se mantendría lo más lejos de él que le fuera posible.

Un sonido metálico le sobresaltó. Se volvió para identificar eso tan similar al quejido con el que las rejas se cerraban en prisión. El origen estaba en la pesada persiana metálica de un comercio, que descendía dando por finalizada la jornada.

Llegaba la noche. También Ane estaría emprendiendo su vuelta a casa.

Ane. Siempre Ane. Siempre ella ocupando y atormentándole el pensamiento.

Bruscamente abandonó la Alameda San Mamés que le llevaba directamente al parking, que ya divisaba al fondo. Caminó deprisa, dejando a su izquierda otras calles que conducían al mismo lugar. Se detuvo al darse de bruces con la plaza Moyúa. Una vez allí, el trayecto más lógico y corto pasaba a ser la calle Ercilla. Había tomado un insólito desvío que contenía una mera intención: cruzar ante la tienda que seguramente Ane estaba cerrando.

Apenas se internó en la zona peatonal, avistó el llamativo pelo rojo al lado del escaparate. Junto a él, a sus ojos, destacaba la discreta cabellera castaña.

Caminó todo lo despacio que le fue posible sin llegar a detenerse, bien pegado a los edificios de enfrente, con la esperanza de que los transeúntes y la oscuridad le permitieran pasar desapercibido. Y la fue mirando a la vez que acortaba la distancia, a la vez que el temor a ser descubierto le agolpaba en la garganta los latidos de su corazón.

Cuando la persiana quedó encajada en el suelo, Lourdes se agachó para afianzarla con la cerradura. Mientras, Ane se enrollaba la bufanda al cuello y pasaba por la cabeza la correa del bolso.

¿Por qué la encontraba cada vez más hermosa?, se preguntó sin dejar de avanzar. ¿Por qué, últimamente, al verla su odio se emborronaba y su dolor se redefinía? ¿Por qué contemplarla le provocaba cada día mayor sufrimiento?

No le vio llegar.

Aguijoneado por preguntas sin respuesta y sentimientos turbadores, no le vio llegar. Reparó en él cuando lo distinguió pegado a la espalda de Ane, cubriéndole los ojos con las manos y acercándosele al oído. Imaginó que para susurrarle que la había echado de menos.

La risa de Ane le llegó, débil pero clara. Y el rencor le resurgió violento y enconado clamando una compensación por todo el dolor que ellos, especialmente ella, le habían causado.

Apretó el paso y miró al frente, al majestuoso y ya sombrío árbol navideño de la plaza, al tiempo que comprimía los dientes y crispaba los puños en el interior de los bolsillos.

Las luces de las farolas que iluminaban los parterres de pensamientos se reflejaron en sus ojos azules, que, repentinamente, brillaron tan fríos e inclementes como la noche más larga del más crudo invierno.

No se había extinguido la risa de Ane en sus oídos ni el rencor había dejado de lacerar su corazón cuando regresó a la tienda. Le urgía dar un paso más hacia ese momento que creía iba a ser su liberación. Y, esta vez, inventarse una disculpa para verla no le provocó ningún remordimiento, sino una fría satisfacción por la que llevaba años esperando.

Había preparado la bolsa con cuidado, con las manos enfundadas en los gruesos guantes de cuero. Los mismos que después inmovilizó sobre la manilla de la puerta del comercio mientras oteaba el interior y comprobaba que Ane estaba sola. Porque tenía que ser ella quien la cogiera, ella quien abriera la bolsa, ella quien sacara los folios. Ella y nadie más que ella.

Apenas entró le recibió el familiar tintineo. Avanzó con los ojos fijos en su objetivo, en su presa. Iba a estrecharle el cerco, iba a asegurarse de que no pudiera escapar de la trampa que le estaba tendiendo. Ser consciente de la importancia de ese primer movimiento le aceleró el ritmo de su sangre. Podía sentirla brotar de su corazón, recorrerle las venas, golpearle en el cuello y en las sienes.

Sin embargo, el corazón de Ane, ingenuo y confiado, vibró al verlo. Respiró con lentitud, tratando de apaciguarlo mientras le miraba. Hacía frío en la calle y a Mikel se le notaba en el rostro, en el modo en el que llevaba alzado el cuello de su cazadora, en los guantes de cuero. Verlo acercarse le emocionaba, le enternecía, le inflamaba ese amor que llevaba años ocultando hasta que, sin espacio para retenerlo, se le escapaba por los ojos.

—¡Hace frío! —exclamó con timidez, incapaz de vocalizar una frase más inteligente cuando él se detuvo junto al mostrador.

—No quiero molestar —dijo Mikel observándola con atención—. Traigo copias de algunos bocetos. Las he reducido para que entraran en un folio. —Dejó la bolsa sobre la lustrosa madera—. Me gustaría que les echaras un vistazo.

Ane volvió a respirar despacio, pero sus latidos continuaron sin recuperar el ritmo. Le parecía increíble que él quisiera mostrarle sus primeros dibujos, como había hecho muchas veces en el pasado.

Sus dedos manosearon con torpeza el plástico hasta que consiguió sacar las hojas. Mikel, con gesto insondable, observó todos sus movimientos. No mostró ninguna emoción cuando ella manifestó su admiración al contemplar las formas y los colores. Su misión de esa tarde absorbía toda su atención y oscurecía todos sus sentimientos. Todos, excepto el que le gritaba que una traición solo podía ser reparada con otra traición.

Cuando Lourdes se acercó para admirar los diseños, él se movió con rapidez. Antes de que ella hubiera llegado al mostrador él ya había recogido la bolsa de plástico. La dobló con cuidado y la introdujo en el bolsillo interno de su cazadora.

Le caía bien la pelirroja. Lo poco que la había visto le hacía pensar que ella sí era una buena persona.

Y lo iba a seguir creyendo aun después de descubrir la facilidad con la que ella estaba a punto de manipularle la voluntad.

—Es fascinante —dijo Ane mostrando uno de los dibujos a su amiga—. Me encantaría verlos todos, pero no así, sino los originales.

—Puedes hacerlo —comentó ella comprometiendo con la mirada a Mikel—. No sería ningún problema que pasara por tu casa para que se los enseñaras, ¿verdad?

Mikel meditó con rapidez, pero no encontró nada que justificara una negativa.

—Claro que puede —concedió en un tono complaciente que solo Ane pudo apreciar fingido—. Aunque, tal vez no inmediatamente. Creo que será mejor que espere hasta que tenga terminado algún otro diseño. —Esbozó media sonrisa—. Yo la avisaré cuando sea el momento, si a las dos os parece bien.

Lourdes asintió satisfecha sin que Ane hubiera dicho media palabra. Él se llevó consigo la inquietud por lo que iba a sentir si llegaba a tenerla en casa, en su habitación, rodeada de sus cosas.

16

—Alguien que es capaz de dibujar así debe tener una gran sensibilidad —opinó Lourdes, con los bocetos aún en las manos, unos minutos después de que Mikel se hubiera ido.

Ane asintió con descuido. La fugaz visita de Mikel la había dejado pensativa. Se preguntaba por qué se había tomado la molestia de reducir algunos dibujos para enseñárselos, y, sin embargo, le había incomodado su petición de ver los originales. Tenía la sensación de que había aceptado debido únicamente a la presión de Lourdes. Y esas dos actitudes tan dispares, en una misma tarde, no le encajaban.

—No entiendo que con su talento abandonara este trabajo —siguió diciendo Lourdes—. Y lo hizo para... ¿para trabajar en el monte, dijiste?

Ane volvió a confirmar en silencio. Se encogió al sentir un temblor. Había comenzado a llover, y contemplando las gotas que se estrellaban contra el cristal del escaparate fue rememorando la tarde que lo cambió todo.

Quiere retenerlo. Se abraza bajo las sábanas a su piel desnuda y le advierte, riendo, que no se esfuerce porque no le va a dejar marchar.

—Es importante, tengo prisa y aún tengo que pasar por casa —susurra él sin dejar de acariciarla—. No puedo dejar de ir por más que desee quedarme aquí, contigo. Pero en dos horas estaré de regreso.

Agotadas las bromas y las súplicas, ella despliega todas sus armas de mujer para retenerlo. Suele resultarle fácil excitarlo. Normalmente le basta con una mirada, una sonrisa, un susurro.

—Una hora —promete él con voz enronquecida—. Espérame tan solo una hora y continuaremos donde lo estamos dejando. —Le desliza los dedos entre los muslos y sonríe excitado—. Justo donde lo estamos dejando.

Pero no es el tiempo de espera lo que a ella le preocupa, sino el lugar al que se dirige. Se ha percatado de sus movimientos en los últimos días, de sus visitas a locales poco recomendables. Y ha escuchado su última conversación telefónica. Sabe que se encontrará con Carmona para hacerle entrega de una mercancía. Sus esperanzas de haber estado vigilando al hombre equivocado se han desvanecido como humo entre niebla.

Aferrada a la almohada y conteniendo las lágrimas, le contempla ponerse la camisa y abrocharse los vaqueros con dedos raudos. En el último instante le puede la angustia. Se levanta y vuelve a abrazarle, a decirle que le ama, a suplicarle que no la deje sola.

Él la besa en la boca con apasionada codicia mientras desliza las manos hasta su trasero desnudo.

—Te amo —le susurra sin apartarse—. Eres toda mi vida y lo sabes. Pero hay algo que desconoces. —Ella contiene el aliento—. No sabes que mi vida fue miserable hasta que te conocí. Que tengo más recuerdos hermosos de estos meses a tu lado que de todo el resto de mi vida sin ti. Es la parte dolorosa de la que nunca hablo porque me juré que enterraría.

Ane deja escapar el aire, incapaz de discernir si lo que siente es alivio o decepción.

—No te creo. —Refugia el rostro en su pecho—. He visto cómo vives.

—No hace mucho que conseguí dinero suficiente para salir de la miseria en la que crecí. Y tampoco había conocido el amor de verdad hasta que tú llegaste. —La abraza con fuerza, le acaricia con los labios la delicada piel del cuello y le susurra junto al oído—: Te lo contaré todo cuando vuelva. Entonces comprenderás que no tengo vida sin ti; que si por alguna razón llegara a perderte tan solo querría morirme.

Pero esa explicación nunca llega. Unos minutos después, tras más besos y palabras apasionadas, él se aleja de su lado para no regresar.

El encuentro fue como había planeado, en un local atestado de gente, con música a todo volumen y una discreta salida trasera por si algo escapaba a su control y tenía que desaparecer con rapidez.

El corazón amenazaba con fundírsele en el pecho y un sabor amargo, como a hiel, le estalló en la boca cuando reconoció al tipo. Los años no le habían cambiado. Seguía siendo el mismo personaje discreto de aire bobalicón que pasaba desapercibido, pero que te congelaba la sangre si te miraba directamente a los ojos.

Se le desgarraron las entrañas cuando rozó el envoltorio. Era exactamente igual al que destruyó las vidas de Manu y la suya. Un kilo de cocaína en un compacto paquete de pocos centímetros.

Cuando salió de allí le sudaban las manos y le ardía el costado en el que lo llevaba oculto. Era el miedo que rezumaba por cada poro de su piel; el miedo a que de nuevo le pillaran con algo tan comprometido, más ahora que contaba con antecedentes penales. Tenía que deshacerse de él y tenía que hacerlo con rapidez.

No dejó pasar muchas horas. A la mañana siguiente, apenas despertó, preparó la mercancía para llevarla al destino que le había dispuesto.

Se puso su antiguo tabardo azul marino. Era holgado, con amplios bolsillos internos. Lo había usado Manu en varias ocasiones. Por eso no lo utilizaba. Si verlo era como clavarse puñales en el corazón, llevarlo encima constituía una agonía. Pero no le quedaba otra alternativa. Su cazadora de cuero no le servía para introducir la mercancía en la tienda con discreción.

Cuando llegó al comercio encontró a Lourdes con unos clientes. Extendía sobre el mostrador los primeros metros de una pieza de tela rayada y se detuvo un momento para dedicar a Mikel una amplia y cariñosa sonrisa.

—Ane está en el despacho. La llamaré.

—¡No! —exclamó de inmediato—. Conozco el camino y no quiero molestar.

Ella volvió a sonreír, esta vez con aire de complicidad.

Una punzada de lástima rozó el corazón de Mikel sin llegar a herirlo. Se habría sentido mejor si ella hubiera desconfiado o si hubiera insistido en que esperara fuera. Pero la incómoda sensación le duró el tiempo que tardó en pasar al almacén.

Debía actuar con celeridad para no ser descubierto. Hacía mucho que había escogido el sitio. Acercó la escalera de madera al ángulo del rincón. Sus guantes de cuero no le entorpecieron para abrir la cremallera de su tabardo y sacar el paquete. Lo había envuelto con la bolsa de plástico transparente en la que no había más huellas que las de Ane. Ascendió los peldaños con rapidez y colocó la mercancía en la balda más alta, tras unos viejos rollos de papel pintado.

Descendió con la misma ligereza. Colocó la escalera en su lugar y sin detenerse un segundo caminó hacia el pequeño despacho.

Se detuvo ante la puerta para recuperar el aliento. Mientras lo hacía se quitó los guantes y los guardó en el bolsillo. Un instante después golpeaba con los nudillos y entraba.

Ane, sentada ante su mesa, reaccionó con torpeza al verlo. Se frotó los párpados y, con los ojos bajos, comenzó a mover papeles sin ningún sentido.

Se sintió violento. Tenía casi la seguridad de que la había encontrado llorando. Se acercó despacio mientras ella continuaba fingiendo poner un poco de orden. Arrastró la silla para alejarla del escritorio y se sentó con las piernas separadas y una actitud dominante e indagadora. Miró con insistencia hacia sus largas pestañas negras esperando a que las alzara para poder ver sus ojos grises y descubrir si en ellos brillaban las lágrimas.

—Últimamente vengo mucho —dijo con un punto de sarcasmo—. Espero no estar quitándole tiempo a tu trabajo.

—No —exclamó nerviosa—. Precisamente estaba mirando un catálogo de muebles. —Cogió el que tenía más cerca y lo abrió por una página al azar—. Estoy seleccionando los que pondremos en la casa de la playa cuando tú hayas terminado con las paredes.

—Estará en unos días —dijo, y esperó inútilmente a que ella alzara la vista.

Pensó en marcharse. No sabía qué decir para justificar su visita y ella no le estaba ayudando en absoluto. Se ponía en pie cuando la fotografía de una niña, al lado del teléfono, llamó su atención. Cogió el portarretratos tallado en madera y volvió a sentarse.

—Tsamoha —musitó mientras contemplaba sus grandes ojos negros y su piel del color del café tostado.

Ane alzó la cabeza. Lo encontró acariciando la foto y olvidó que se había propuesto ocultarle sus ojos enrojecidos.

—¡Está preciosa! —exclamó sonriendo con orgullo—. Ha crecido mucho. En las últimas fotos se la ve convertida en una hermosa mujercita.

¿Por qué lloraba?, se preguntó Mikel. ¿Qué o quién la estaba haciendo sufrir? Tiempo atrás él hubiera partido el alma de cualquiera que hubiera osado entristecerla.

Abrumado, se inclinó hacia delante y apoyó los codos sobre sus rodillas. Durante unos instantes miró la imagen de la chiquilla de pelo ensortijado que sujetaba entre las manos.

Ane siempre había dicho que le gustaban los niños. En una ocasión le contó que por cada hijo propio que llegara a parir, adoptaría otro que no tuviera hogar. Se había sorprendido al escucharla. «¿Eso supone que si llegamos a tener unos... unos tres hijos, nos encontraremos con seis?» Ella había sonreído con picardía. «¿Te asusta?», preguntó. «No. Eso me estimula. Tengo el presentimiento de que vamos a tener una vida interesante», le había respondido, pleno de felicidad.

Osciló ligeramente la cabeza. Llevaba demasiado tiempo en silencio, rozando con los dedos la fotografía. Alzó la mirada hacia Ane.

—¿Fuiste a conocerla?

—No. Aún no.

—Deberías haber ido —comentó dejando el retrato en la mesa y poniéndose en pie—. Era tu sueño y seguro que también era el sueño de esa niña.

—Lo haré. Probablemente este mismo verano.

Continuó mirándola durante breves pero interminables segundos, guardando silencio, y volvió a sentir un leve arañazo de lástima. Si las cosas salían como esperaba, todo lo que ella podría decidir, sobre cómo pasar sus vacaciones, sería en qué lado del patio prefería colocarse para que le diera un poco de sol. Y eso contando con que el lugar elegido no lo ocupara una reclusa más fuerte.

—Deberías haber hecho ese viaje —volvió a indicar antes de salir y cerrar tras de sí la puerta.

El bar estaba tan concurrido como cualquier otra noche de sábado. Mikel, en un extremo de la barra, giraba con los dedos un vaso de whisky. Celebraba que esa misma mañana había colocado el paquete y que su anhelado desquite estaba en marcha.

La primera copa la había tomado de un trago, con una satisfacción rabiosa y violenta.

La segunda le apagó la euforia. La garganta comenzó a arderle y entreabrió los labios para tratar de aliviarla con su aliento. Entonces pensó que vengarse era su obligación, su necesidad, pero no se sentía orgulloso. Si lo analizaba bien, no había nada de lo que pudiera sentirse satisfecho.

La tercera le oscureció la mente, pero le mostró con claridad quién fue el primer responsable de sus desgracias. Quién había iniciado la cadena interminable de miserias en la que se estaba consumiendo su vida.

—Esta te la bebes despacio, Mikel —le dijo en voz baja el camarero—, porque no pienso servirte ni una más. Los problemas no desaparecen con la bebida.

—¿Cuántas borracheras hay que coger para convertirse en un alcohólico? —preguntó al tiempo que se frotaba los párpados con gesto de cansancio.

—Si no estoy equivocado contigo, harían falta más de las que tú cogerás en toda tu vida —respondió, con las manos sobre la barra y mirándole con aprecio.

—No soy la buena persona que aparento —confesó Mikel alzando los ojos.

—¡Anda, termina eso y vete a dormir! Cuéntale a Rodrigo el problema que te ha traído hoy aquí. Seguro que te ayuda mejor de lo que lo hará el whisky.

—La última —confirmó para tranquilizarle—. Esta va por el cobarde de mi padre. —Alzó el vaso con decisión—. Por el desgraciado que nos abandonó cuando más le necesitábamos. Espero que los remordimientos le persigan toda la eternidad al muy cabrón.

Un único trago consumió el líquido y selló el crispado brindis. Esta vez dejó que le hirviera la tráquea para compensar el dolor que el recuerdo de su padre infligía a su alma. No era fácil comprender que quien debió ampararles aun a costa de su propia vida les hubiera dañado tanto.

Dejó el vaso en el mostrador con un golpe seco y se levantó del taburete. Cerró los ojos al sentir un ligero mareo.

—¿Necesitas que alguien te acompañe?

—No. Estoy bien. —Se frotó la frente con los dedos tratando de recuperar el equilibrio—. Es la falta de costumbre, pero estoy bien.

La preocupada mirada del camarero le acompañó hasta la salida. Fuera, el aire nocturno contribuyó a despejarle un poco. Olía a humedad. En cuanto cesara el viento comenzarían a caer las primeras gotas.

Se encaminó hacia casa con paso lento y vacilante. No estaba borracho. Sabía lo que hacía, pero le costaba pensar con claridad. Además, llevaba el pecho saturado de angustia. Era como si le hubieran arrancado todos sus órganos y la cavidad completa se hubiera rellenado con ese destructivo sentimiento. Pero ¿angustia por qué? Si las cosas estaban saliendo como quería, ¿angustia por qué?

Los temores de Bego se aquietaron. Sus expectantes ojos negros brillaron y su rostro se iluminó con una indecisa sonrisa.

—¿Entonces está a punto de terminar esta pesadilla?

Mikel la estrechó por la cintura y siguió caminando. No le quedaba mucho tiempo para acompañarla a casa, coger su coche y llegar a la cárcel antes de la hora límite.

—Yo no diría tanto. —Le besó con suavidad la frente—. Aún no pienso hacer esa llamada.

—¿Por qué no? —Intentó pararse, pero el paso firme de Mikel no se lo permitió—. No te entiendo. ¿A qué vas a esperar?

—Ella acabó con lo que yo era, con lo que yo hacía. Me gusta la idea de que lo último que haga, antes de ir a prisión, sea devolverme algo de lo que me robó: mis dibujos, mis creaciones, el trabajo que me apasionaba —aminoró el ritmo de modo inconsciente—. Me lo debe y me lo voy a cobrar hasta el final.

—Tiene una socia —adujo con impaciencia—. No creo que las cosas en la tienda vayan a cambiar porque detengan a esa poli.

Él inspiró buscando otra excusa que hiciera comprensible su obstinación.

—No quiero correr ese riesgo. Si voy a pasarme la vida talando árboles y limpiando maleza, antes quiero hacer esto. Te juro que lo necesito.

—Y lo comprendo —se disculpó—. Perdóname. Es que sueño con el día en el que esa mujer desaparezca para siempre de nuestras vidas.

—Lo hará —afirmó con una sonrisa—. Pero si he esperado años, ¿qué importancia pueden tener unos días más, o unas semanas, incluso unos meses? La prisión te enseña a ser paciente, a esperar el momento preciso.

—¿Y cuándo será eso? —preguntó, de nuevo ansiosa.

—Cuando haya terminado los diseños, cuando me hayan pagado por ellos. Entonces ella pasará a ser historia.

Tras despedirse, Mikel recogió su coche y dio un absurdo rodeo con el único propósito de pasar por Deusto. Condujo despacio por la Rivera de Botica Vieja mirando hacia las ventanas que correspondían al piso de Ane. Una de ellas estaba iluminada; la que daba a su dormitorio.

¿Estaría sola? ¿Estaría con el maldito comisario?

¡Malditos los dos!

Curvó los labios en un gesto amargo y pisó el acelerador. Sus emociones, a veces, se asemejaban un poco a los celos. No le extrañaba que sus dos mejores amigos hubieran llegado a dudar de lo que sentía. Pero él lo sabía bien. Su corazón estaba lleno de odio, de rencor, de ira, de resentimiento. Nada que ver con los irracionales celos que pudiera padecer un enamorado sin rendición. Aunque era consciente de que celos y odio compartían, a veces, el mismo doloroso y fiero resquemor.

Cuando terminaba de cruzar la ría y ascendía por el puente Euskalduna hacia el Sagrado Corazón, echó un último vistazo. Pero desde esa distancia no se apreciaba si la luz continuaba encendida. Solo entonces se llamó necio por haber sucumbido a la tentación de pasar bajo su casa aun sabiendo que no conseguiría verla.

Ane se había internado unos pocos pasos en esa habitación sencilla e impersonal, pero limpia y ordenada que olía a él; a él y a tabaco.

El recibimiento de hacía un instante la había dejado aturdida. Mikel la había acogido con la áspera indiferencia de costumbre, y su compañero de piso, con una frialdad desconcertante que le había apagado la felicidad de descubrir que no era el hogar de Bego. Había esperado apenas un simple y educado saludo, pero nunca ese escueto y forzado «hola» sin que se molestara siquiera a mirarla.

Aún se preguntaba si ese había sido el motivo por el que Mikel la había conducido con rapidez a su habitación, pero allí estaba, parada junto a él, sin atreverse a tomar la iniciativa de hablar.

Hasta que algo llamó poderosamente su atención.

En el amplio escritorio, una serie de grandes láminas, bien ordenadas unas sobre otras, ocupaban todo el espacio. Una hoja de papel fino, semitransparente, las cubría para evitar que nada, ni las minúsculas partículas de polvo, las ensuciara.

—¿Puedo? —preguntó con recelo.

—Claro —respondió sarcástico—. A eso has venido. —Y cuando la tuvo de espaldas la contempló sin ninguna cautela.

Se desenrolló con rapidez la bufanda, se sacó la correa del bolso y se quitó el abrigo. Con una precipitación que no se molestó en disimular, lo colocó todo sobre el respaldo de la silla y tomó asiento. Apartó con sumo cuidado la delicada protección y le impactó un llamativo ramaje verde y dorado que había sido trazado a contraluz y que llenaba toda la superficie del papel.

—¡Es magnífico! —exclamó con emoción—. Es... mágico. —Se volvió hacia él—. Parece que tuviera vida propia.

Mikel la miró con sus grandes ojos azules preguntándose por qué le había dicho que ya podía ver su trabajo. Se había dejado vencer por su absurda necesidad de verla, por la ansiedad que le causaba no encontrar motivos para volver a la tienda y pararse ante ella. Había desoído a la intuición, que le decía que le iba a resultar incómodo, y ahora comprobaba que contemplarla en su habitación, sentada en su silla y tocando sus cosas, le creaba un apretado nudo en el estómago y le comprimía el pecho obstruyéndole la respiración.

Unos golpecitos en la puerta le evitaron tener que responder. Antes que ninguno de los dos pudiera reaccionar, sonó la voz de Rodrigo diciendo, de modo escueto, que iba a salir y que regresaría tarde.

Un incómodo silencio empequeñeció la habitación. A Mikel le pareció que la tenía más cerca cuando la observó tensarse.

—No le gusto a tu amigo —dijo ella tras unos segundos de indecisión.

—No se fía de ti —respondió con fingida indiferencia—. Teme que vuelvas a hacerme sufrir.

La frialdad de los ojos de Mikel le encogió el corazón. Deseó decirle que jamás le causaría ningún dolor, que le amaba. Tragó y separó los labios para hablar, pero él la detuvo sin necesidad de ningún movimiento, de ningún gesto. Después abandonó la habitación dejándola sola.

Suspiró, abatida.

Hizo el esfuerzo de apartar la tristeza que le había causado y volvió su atención a los diseños. No tardó en sumergirse en trazos, colores y sensaciones hasta perder la noción del tiempo, y, a ratos, hasta la del lugar en el que se encontraba. Cuando miró su reloj se sobresaltó. Cogió sus cosas y salió al pasillo sin saber qué rumbo debía tomar. Una luz la condujo hasta el salón. Allí, Mikel fumaba junto a la ventana contemplando la calle. Se volvió hacia ella sin ninguna emoción que se pudiera leer en su rostro.

—¿Qué opinas? —preguntó, y dio una profunda calada que fue la evidencia de toda la ansiedad con la que la había estado esperando.

—Son fantásticos —dijo con sinceridad—. En realidad no creo que existan palabras para definirlos con justicia. Son lo mejor que he visto en los años que llevo dedicada a la decoración.

—Gracias. —Expulsó el humo con alivio, sin dejar de mirarla—. Me agrada saberlo.

Ane sintió felicidad ante lo que le pareció emoción contenida de Mikel.

—Te surgirán ofertas después de esto. —Dejó el abrigo en el sofá y, sobre él, el bolso y la bufanda—. Todos querrán tenerte como diseñador.

Mikel soltó una risa corta y ofensiva.

—No suelo fantasear con castillos en el aire. Prefiero la realidad del día a día para no llevarme sorpresas. Los grandes planes de futuro siempre salen mal.

—Este no lo hará —insistió con dulzura—. Tienes un talento increíble.

—¿Y para qué sirve el talento si no es para sufrir una decepción tras otra? Yo lo sé muy bien —se respondió con acritud—. No he tenido una vida fácil. —Ane, que comenzaba a bordear el sofá, se paralizó—. Y no me refiero a mis últimos malditos años —dijo con rabia—. Hablo de mi vida; de toda mi vida.

—Todos pasamos por problemas en algún momento —razonó conmovida—, pero no por eso hacemos...

—¡Qué sabrás tú lo que son los problemas! —increpó con desdén, tensando todos los músculos del rostro—. Seguro que fuiste una niña feliz a la que nunca le faltó nada. ¿Sabes lo que es un problema? —preguntó mirándola fijamente a los ojos—. Un problema es cuando tienes siete años y tu padre llega a casa con un bebé feo y arrugado y te dice que tu madre ha ido al cielo. —Comprimió los labios con rabia—. Un problema es cuando el puto niño no deja de llorar y tu padre tampoco. Cuando te dicen que tienes que quererlo porque es tu hermano, pero tú solo quieres odiarlo porque le consideras el culpable de todo. —Sus ojos enrojecieron de ira y la apuntó con el dedo—. Un problema es cuando rezas cada noche para que el maldito niño se muera y regrese tu madre. ¡Eso es un problema!

Ane enmudeció. ¡Qué podía decir ante un sufrimiento cuya magnitud no era capaz ni de imaginar! Le observó volverse de nuevo hacia la ventana y contemplar la calle, y dio por hecho que la estaba invitando a que se fuera.

—Creo que se está haciendo tarde y...

—Sí, vete —dijo furioso—. Vete, no sea que conocer una historia tan patética estropee tus bonitos sueños.

—Lo siento —murmuró a la vez que se quedaba sin aire.

—Yo también siento muchas cosas. —Se volvió con un gesto de amargura en la boca—. Las llevo todas encajadas aquí —afirmó golpeándose el pecho con rudeza.

Y una de ellas era haber aborrecido al desdichado bebé.

Se conmovió al recordar el instante en el que descubrió que los ojos azules de Manu se parecían a los limpios y serenos de su madre. En aquel momento comprendió que aquel ser indefenso era un pedacito de ella, que quererlo era quererla a ella, que cuidar de él era como cuidar de ella.

Se llevó de nuevo el cigarro a la boca y entrecerró los párpados fingiendo que era el humo, y no la emoción, el que los había humedecido.

Ane desvió la mirada para no hacerle sentirse incómodo.

—No tuvo que ser fácil.

—¡Cómo iba a ser fácil! —exclamó crispado—. ¡Cómo iba a ser fácil si mi padre se convirtió en un condenado borracho al que tuve que cuidar igual que tuve que cuidar al ruidoso niño que detestaba!

Se volvió de nuevo hacia el cristal. Ella interpretó que lo hacía como defensa, para no mostrarle debilidad. Le observó deslizarse la mano por la cabeza, en su eterno gesto de apartarse su sedoso cabello rubio, y esperó unos interminables minutos a que volviera a hablar. Cuando se convenció de que no lo haría, recogió sus cosas y comenzó a caminar hacia la salida, esta vez sin despedirse.

—Y el muy cabrón nos abandonó —reveló Mikel al oír sus pasos—. Se arrojó a las vías del tren desde el puente de Cantalojas. A unos pocos metros de casa. —Se volvió despacio y la vio junto a la puerta, abrazada a su abrigo, dispuesta a irse—. Entonces ya había malvendido nuestra casa y nos había llevado a un piso ruinoso en Las Cortes. Compartíamos calle, portal y escaleras con putas y yonquis. —Ane le miró sobrecogida—. Fue un desgraciado cobarde que decidió desaparecer sin que le importara la suerte que corriéramos.

La miró con expresión vacía. Tenía el pensamiento puesto en los años que les habían obligado a pasar en la casa social, en su obsesión por proteger a su hermano, en el dolor que le produjo abandonar el lugar dejándolo allí porque aún era un menor, en lo que le costó demostrar que podía cuidar de él con responsabilidad.

—Ahora lo entiendo todo —dijo en un susurro tenue.

Él se acercó, herido, apretando los dientes para controlar el dolor.

—Lo entiendes —masculló—. Sí; entiendes que necesitaba dinero para que mi hermano pudiera vivir en una verdadera casa, en un buen barrio. Pero no tienes ni idea de lo que hice para conseguirlo —dijo señalándola con la colilla humeante que sujetaba entre el pulgar y el corazón—. ¡Crees saberlo todo pero no tienes ni puta idea de nada!

—Cuéntamelo —rogó en un murmullo, con la esperanza de que ese fuera el comienzo de una sincera conversación en la que aclararan los errores del pasado.

—Ya es tarde para eso —aseguró bajando también él la voz—. Es cuatro años y medio tarde para eso.

La estaba culpando, y el frío glacial de sus ojos azules le penetró hasta el alma.

Mikel fue hacia la mesa. Aplastó lo que quedaba de cigarro en el cenicero lleno hasta los bordes, despacio, otorgando tiempo a que sus emociones se tranquilizaran. Cuando se irguió ella seguía inmóvil y con ojos brillantes, esperando a que él prosiguiera.

—Quería pedirte algo. —Cogió aliento sin desviar la mirada—. Todavía me queda por terminar algún boceto, pero me gustaría comenzar a pintar la habitación del ático. Necesitaré tres o cuatro días y de momento solo cuento con sábados y domingos. ¿Debo hablar con el señor Ayala?

—No será necesario —afirmó aún consternada—. Él me dejó un juego de llaves. Podemos... —Se detuvo al pensar que no aceptaría viajar en su compañía—. Podemos vernos allí, como la otra vez.

—Como la otra vez —repitió sin razonarlo siquiera. Su mente no había abandonado por completo a los seres que amaba y seguía echando de menos.

Ane se fue con una maraña de púas encajada en la garganta y otra en el corazón. Al fin conocía aquello que él prometió contarle pero el destino dejó pendiente. No había imaginado que su existencia hubiera sido tan dura, tan carente de felicidad, tan cargada de responsabilidad y de culpas. Ella había llegado a él cuando todo eso había pasado, cuando la vida le sonreía; cuando él mismo sonreía y disfrutaba más que nadie que ella hubiera conocido nunca. Y fue ella, que le amaba con toda su alma, quien acabó con todo lo que había conseguido para escapar de un pasado de sufrimiento.

17

Fue Mikel el primero en llegar. Aparcó su Renault frente a la casa metiendo un par de ruedas en la cuneta. Encendió un cigarro con el que aliviar la espera y bajó un tercio de la ventanilla para dar salida al humo. Se apoyó en el respaldo y movió el espejo retrovisor para avistarla apenas llegara.

Consumía ya el tercer pitillo cuando reconoció el Fiat verde que Ane tenía cuatro años atrás. Apretó los dientes al sentir un vuelco en el interior del pecho y subió el cristal.

Salió poniéndose la cazadora, con la colilla suspendida entre los labios y entrecerrando los ojos para divisarla a través de la hilera de humo ascendente. La vio detener el coche tras el suyo, buscar algo en el asiento del copiloto, abrir la portezuela y sacar ligeramente la cabeza.

—¡El aire es helador! —exclamó a la vez que trataba de ponerse el abrigo sin levantarse.

Mikel no respondió. Alzó el cuello de la cazadora para protegerse del viento frío mientras contemplaba la lucha que ella mantenía con su prenda.

La había amado. La había amado con adoración, la había amado con estúpida ceguera. Había estado dispuesto a dar hasta la última gota de su sangre por ella. Por ella, que seguía siendo igual de hermosa, de dulce, de delicadamente femenina. Igual de engañosa.

Abandonó esos pensamientos cuando la tuvo enfrente, con la bufanda cubriéndole la boca y el bolso colgado del hombro.

—Cuando quieras —dijo de forma escueta. Quería dejar claro

que no pensaba iniciar ninguna conversación y que todo su interés se limitaba a su trabajo en el interior de la casa.

La expresión dichosa de Ane se oscureció. Cruzó la carretera y abrió la verja de acceso al jardín. Le entristecía encontrar a Mikel casi siempre a la defensiva, con ese escudo de impertinencia con el que insistía en protegerse.

Subieron directamente al ático, acompañados por el sonido de sus pasos en los peldaños del veteado mármol ocre. Ella se paró junto a la puerta de la habitación que buscaban y se hizo a un lado; Mikel la sobrepasó evitando rozarla. Recorrió la estancia examinando la inclinación del techo, el claro suelo de madera, el ventanal que ocupaba toda la pared frontal.

—¿Necesitas ayuda? —preguntó Ane, tras él.

—No —respondió sin volverse—. Solo preciso de un poco de silencio.

Ella caminó con exagerado sigilo hasta la ventana. Desde esa altura se divisaba toda la playa, desierta por lo desapacible del tiempo. El cielo se veía gris y pesado y el viento soplaba con ímpetu alzando olas virulentas. Un pequeño grupo de arriesgados surfistas cabalgaban, con sus endebles tablas, sobre un mar encrespado y furioso, desafiando a la naturaleza.

Trató de centrarse en lo que veía queriendo ignorar que Mikel estaba a su espalda, pero no pudo. Su presencia la afectaba de tal manera que a ratos creía sentir su aliento en la nuca con una calidez tan real que le erizaba la piel.

Cuando se volvió lo encontró inmóvil, con los ojos cerrados, inspirando con suavidad y absorbiendo sensaciones que después convertiría en dibujos. El amor le estalló a Ane en el corazón al contemplar su expresión serena, sin rastro de tensión. Solo su corto cabello le diferenciaba del hombre dulce y apasionado que una vez la enamoró. Se imaginó deslizando las yemas de sus dedos por los carnosos labios que tantas veces la habían besado, acariciándole la mejilla, los relajados párpados que ocultaban a sus ojos azules.

Hasta que de pronto retuvo el aliento. Retrocedió unos pasos y deseó haber sido más prudente.

Mikel la miraba sorprendido. Había abierto los ojos y se había encontrado con una mirada que no terminaba de entender. Hubo un tiempo en que interpretar los mensajes silenciosos de una mujer le resultó sencillo. Pero, tras el aislamiento con el mundo, había perdido esa facultad. Solo así podía explicarse lo irracional de lo que había creído distinguir.

—Voy a por las pinturas —dijo deseando salir de allí para recuperar el aplomo.

Ane suspiró al quedarse a solas. Pensó que la sospecha de que tenía por delante unos días difíciles comenzaba a convertirse en una realidad.

Pero se equivocó. Su segundo día en ese idílico lugar fue más relajado. Mikel llegó con una actitud más neutra, y ella se atrevió a sentarse en el suelo de la habitación, en una esquina alejada, para contemplarle trazando líneas que después llenaba de color. Le sorprendió la rapidez con la que movía sus dedos colocando los tonos en los lugares precisos para que captaran y reflejaran la luz. Durante la larga jornada compartieron algunas palabras y muchos silencios, pero, sobre todo, abundantes miradas; miradas encontradas, miradas fugaces, miradas furtivas.

Al tercer día Mikel había pasado de la tensión que le provocaba tenerla durante horas tras él, a desear su silenciosa compañía. Solo a veces, cuando le asaltaban recuerdos que le envenenaban la calma, se volvía y la miraba con fiereza. Entonces ella se levantaba y desaparecía durante un rato.

La última tarde la dedicó a dar los últimos retoques a la obra ya terminada. Mientras lo hacía le oprimía un vago sentimiento de pérdida y se preguntó si podía deberse a que jamás volvería a tener un trabajo como ese. El destino había decidido que debía derribar árboles, no plasmarlos en diseños.

Dejó el pincel sobre la paleta y miró su obra desde el centro de la habitación calculando dónde debía añadir luz, y dónde, algunos trazos de sombra.

—Impresionante —dijo Ane, a su espalda. Se volvió hacia ella. Estaba apoyada en el marco de la ventana, con los brazos cruzados sobre el pecho—. El señor Ayala va a quedar fascinado.

La observó con la misma expresión interesada con la que había estado contemplando el dibujo. No le había dado las gracias por que le hubiera conseguido ese trabajo. Cada vez que había estado a punto de hacerlo se había mordido la lengua hasta percibir el sabor a óxido de la sangre. No podía olvidar que, aunque a veces ella fuera un bálsamo, también era la herida. Solo aliviaba un daño que ella misma le había provocado.

Avanzó despacio sin dejar de analizarla, pero con tan poca eficacia que no advirtió que, nerviosa, apretaba la espalda contra el marco de madera. Llegado a su altura apoyó ambas manos en la repisa de la ventana y miró al exterior.

—¡Por qué tiene que ser todo tan condenadamente difícil! —murmuró con ronquera.

—No tiene por qué serlo —dijo ella sin llegar a entenderle.

—Lo es, aunque no queramos —aseguró con aire ausente—. Nacimos sufriendo y provocando dolor, y así seguimos hasta el fin de los días. Es una ley no escrita, pero es una ley. —Inspiró hondo y la miró de soslayo—. Y uno no puede saltarse la ley, ¿verdad?

Ane le miró durante unos segundos tratando de sobreponerse a su ya familiar acidez. «Tú lo sabes bien», habría podido responderle, pero no quiso herirle. Nunca olvidaba que sus ataques eran solo instintivas defensas.

En silencio, introdujo las manos en los bolsillos del abrigo y alzó los hombros como si tuviera frío. Miró hacia el mar. Los osados surfistas de cada fin de semana esta vez eran dos, y por la arena corrían a la par un enorme perro y su amo.

Mikel la oyó suspirar, bajito y sin fuerzas, y se sintió culpable. Ella siempre era amable. Siempre. Por más grosero e hiriente que se mostrara, ella seguía siendo amable.

—Voy a salir un rato —indicó Ane cuando sintió que le faltaba aire—. Así te dejo que termines con tranquilidad.

Al quedarse a solas, Mikel volvió a percibir un tenue latido de lástima junto a un retumbar de resentimiento. Cada vez sentía más nostalgia del pasado, más miedo al futuro. Cada vez el dolor de vivir se le hacía más grande y difícil de soportar.

La vio recorrer el sendero de piedras encajadas en el jardín y descender la pequeña pendiente hasta alcanzar la playa. La contempló, como otros días, quitarse las botas y los calcetines, dejarlos sobre una pequeña roca y alejarse por la arena con los pies descalzos y seguramente ateridos de frío.

—¿Qué tienes, mujer, que ni aun odiándote con toda mi alma consigo alejarme de ti? ¿Qué es lo que tienes? —murmuró mientras sus nudillos blanqueaban sobre la madera del alféizar.

Apretó los dientes y la maldijo hasta que le sangró el corazón.

Ella podía hacer lo que quisiera, pero él se iba. Bajaría, montaría en su coche y desaparecería sin despedirse. Sí, eso haría. Ya había terminado el dibujo y se llevaba sensaciones para los que le quedaban por terminar en casa. Pero también cargaba con otras sensaciones, bien confusas, que no había esperado encontrarse.

Recogió sus pinturas y pinceles y los metió en la caja de cartón. Antes de salir definitivamente del cuarto echó un último vistazo a su obra. Cada pincelada en esa pared le recordaba un instante de los vividos durante cuatro largos días. Ane respirando tras él, Ane dedicándole un cumplido, Ane saliendo compungida porque él le había respondido con desaire o mirado con recelo. Podía identificar cada trazo hecho con sosiego, con dicha, con amargura, con rabia.

Salió, por la puerta acristalada del salón, a la zona del jardín que daba al mar y volvió a contemplarla. La observó caminar un tramo y sentarse sobre la arena, frente a los surfistas.

Ella era dueña de hacer lo que quisiera, volvió a decirse. Y mientras rodeaba la casa para salir a la carretera sintió que la angustia le encogía el pecho. Angustia porque se encaminaba a su eterna soledad, angustia porque se alejaba de Ane.

Se detuvo al avistar el coche tras la valla. Apretó los párpados y se pasó la mano por la cabeza. Acabaría volviéndose loco. Sentía que le estaba venciendo esa parte de sí que no controlaba; ese sentimiento irracional y a veces autodestructivo. Odiaba a esa mujer y, sin embargo, se empeñaba en tenerla cerca.

Ajena a esa lucha, Ane se entristecía porque esos días de encuentro habían llegado a su fin. Había dejado a Mikel a punto de terminar el trabajo y sospechaba que ya se habría marchado, como había hecho cada una de las tardes, sin molestarse en despedirse. Y esa forma de irse, igual que cada desaire, cada mala palabra o cada simple gesto agrio se le seguían clavando muy hondo.

Le danzó el alma al escuchar sonido de pisadas en la arena. No tenía que volverse para saber que era él. Sentía su presencia igual que captaba sus volubles estados de ánimo sin necesidad de mirarle.

Contuvo el aliento cuando advirtió que se detenía y lo soltó al notar que se sentaba a su lado. Lo percibió tranquilo, relajado, y se sintió feliz a pesar de la significativa distancia que él había dejado entre ambos.

Mikel aspiró con fuerza el aire frío con olor a mar y posó la mirada en el enérgico oleaje. Palpó la cajetilla de tabaco tras el cuero de su cazadora, lo dejó donde estaba y apoyó los antebrazos sobre las rodillas.

—Parece divertido —dijo admirando las acrobacias de los surfistas.

—En verano, con sol y un agua más caliente, puede que sí —respondió dichosa.

Mikel miró disimuladamente hacia sus pies. Sus dedos, enrojecidos de frío, jugaban a enterrarse una y otra vez en la arena. Sonrió para sí ante esa contradicción y volvió a guardar silencio. Un silencio apacible, casi cómplice, en el que los dos se perdieron durante largos y sosegados minutos.

—Siempre me ha gustado el mar —comentó él de pronto, sin apartar la vista del horizonte—. Es hermoso. Puedo pasar horas simplemente mirándolo.

—Un atardecer en el mar es una de las cosas más bonitas que existen —opinó Ane encogiendo las piernas y abrazándose a ellas.

Se sentía eufórica. Que él no se hubiera ido, como el resto de las tardes, ya le parecía un motivo para estar dichosa; que se hubiera acercado a acompañarla y que estuviera manteniendo una conversación relajada, borraba la aflicción que le habían provocado todos sus desaires. Hasta la distancia que había guardado creyó ver que se acortaba.

—Y un amanecer —añadió Mikel, que lamentó no haberlo disfrutado junto a ella mientras estuvieron juntos—. Me gusta la sensación de libertad que me provoca. Me da fuerza, me da calma, me da vida.

—A mí, contemplar algo tan inmenso me hace sentir muy pequeña.

—Es que eres pequeña —se burló con un asomo de sonrisa.

Los problemas, los rencores, las amarguras; todo se desvaneció en un instante, el pensamiento se volvió perezoso y ellos se encontraron cómodos y despreocupados.

Ane le miró falsamente ofendida, ocultando que la inesperada broma le había inflamado su ya copiosa felicidad. Pero él continuó mirando al frente, como si no hubiera dicho nada especial, y ella se dejó llevar. Cogió un puñado de arena de entre sus pies descalzos y se lo lanzó sin demasiada fuerza.

Él se volvió sorprendido. No entendía qué le había pasado por la cabeza para hacer algo así, y durante unos breves e interminables segundos la miró tratando de averiguarlo. Encontrarse con su expresión inquieta y su risa contagiosa le terminó de confundir. Sacudió la manga de su cazadora y volvió a mirar al frente para disimular la media sonrisa incontrolable que se le había instalado en el rostro.

Le gustaba estar junto a ella sin esa tensión que le acalambraba los músculos. No sentir dolor en el alma ni amargura en la boca a pesar de tenerla cerca era una insólita novedad. Tal vez, con el tiempo, podría alcanzar por sí mismo esa calma de espíritu.

Un nuevo impacto, esta vez en el hombro, interrumpió sus pensamientos. Se quedó inmóvil, calibrando qué cantidad de granos se le habían introducido por el cuello. Los sintió deslizarse, fríos y ásperos, por el torso. Bajó la cremallera de su cazadora y ahuecó el jersey y la camiseta para que los incómodos invasores abandonaran su cuerpo, y volvió a mirarla.

Ella se mordía los labios, insegura, preguntándose si esta vez había ido demasiado lejos. Pero la abierta sonrisa de Mikel la tranquilizó. Se levantó animada, le sonrió con desafío y se inclinó para armarse de nuevo.

—Así que pequeña, ¿eh? —dijo en tono amenazador y alzando su mano cerrada.

Mikel obedeció a un primer impulso. Llenó sus dos puños con arena a la vez que ella echaba a correr para que su lanzamiento no la alcanzara.

No lo pensó. No tuvo tiempo. Salió tras su cabello que volaba al viento, tras el sonido de su risa que se mezclaba con el rumor de las olas.

No distinguió si fue ella quien cayó, si él mismo se arrojó llevándosela consigo. La tenía bajo su cuerpo, más cerca de lo que había pensado que volvería a tenerla. Le envolvía su conocido y embriagador olor, la escuchaba respirar y podía verse en sus ojos cálidos del color del titanio. Dejó de escuchar su risa, miró sus mechones castaños extendidos por la arena y bajó despacio la cabeza. Recordaba el sabor de sus besos; lo recordaba casi con precisión. Llevar ese gusto en su boca le había amargado durante años. Ahora quería percibirlo de nuevo.

Y eso era lo peor que podía ocurrirle.

Pero deseó quedarse. Por alguna loca razón deseó quedarse allí, contemplando sus labios y el parpadeo sorprendido de sus pestañas. Quedarse escuchando el agitado sonido de su aliento, el acelerado latir de su corazón.

No era capaz de imaginar un lugar mejor...

... ni peor.

Porque él no debería estar allí.

Se puso en pie, confundido, nervioso, mortificado de nuevo en cuanto dejó de sentir su contacto, y le tendió la mano para ayudarla a levantarse. Ella dudó, confusa, hasta que le vio desplegar los dedos con impaciencia. Entonces los agarró y dejó que la alzara.

—Espero no haberte hecho daño —musitó Mikel, con sus brillantes ojos azules clavados en los suyos.

—No. No, no —murmuró incapaz de vocalizar nada diferente. De pronto sintió el frío que le entumecía los pies.

Mikel asintió con un leve movimiento de sus pupilas y le dio la espalda para volver hacia la casa.

Le urgía escapar de allí. Quería coger el coche y conducir hacia cualquier lugar lejos de ella y de lo que había sentido. Pero se llevaba, encajado muy dentro, un afilado sentimiento de culpabilidad. Se consideraba estúpido, traidor a la memoria de su hermano y a sí mismo.

¿Cómo había podido participar en su broma, ir tras ella? ¿Cómo había podido desear besarla? Manu debía de estar revolviéndose en su tumba, avergonzándose de él. ¡Valiente vengador estaba hecho, tan torpe, tan débil, tan malditamente simple y humano!

Y lo peor de todo era que se había sentido bien. Tan bien como no recordaba haber estado nunca con nadie más que con ella.

Hacía rato que había caído el último de los árboles marcados para la tala. Rodrigo detuvo la motosierra y miró alrededor. El trabajo de dividir los troncos en fracciones había terminado. Ahora, algunos hombres se afanaban en desmocharlos con las hachas y otros en transportar las ramas hasta el camión. Se acercó a Mikel, que resopló tras terminar de despiezar el suyo y cargó la motosierra sobre el hombro derecho.

—¿Bajamos y nos echamos un cigarrito? —preguntó Rodrigo señalando con un gesto hacia la carretera.

—Tú odias el tabaco —dijo comenzando a descender la ladera.

—Pero un cigarrito no me hará daño, ¿no? —insistió yendo tras él.

Mikel se limitó a reír mientras cuidaba de no tropezar con troncos y ramas. Jamás había visto a su amigo con un pitillo entre los labios y dudaba que esta fuera a ser la primera vez.

Dejaron las pesadas herramientas en la trasera del camión y junto a ellas los cascos, las gafas protectoras y los guantes. Después se acercaron a la valla de hormigón que separaba el arcén del río, bien lejos del combustible y cualquier otra cosa de fácil ignición.

—¿De verdad quieres uno? —dijo Mikel al tiempo que abría la cajetilla.

—Me he propuesto entenderte y voy a comenzar por descubrir qué encuentras en esta cosa para que solo te separes de ella mientras duermes o dibujas.

Mikel convirtió su risa en irónica carcajada, pero le entregó un cigarro y lo encendió. La primera inhalación provocó a Rodrigo un violento acceso de tos.

—Horrible —consiguió decir con voz ahogada a la vez que el humo irrumpía por su boca—. Esto te tiene que hacer polvo los pulmones. —Cogió oxígeno con teatralidad—. ¡No sé cómo puedes maltratar así a tu cuerpo, tío!

—Te lo he explicado —aspiró de su propio pitillo—. Me ayuda a no pensar.

—Tal vez ese sea el problema, que no piensas las cosas antes de hacerlas —tiró el cigarrillo al suelo y lo aplastó con el pie—. Porque hay un nuevo problema; uno del que no me has hablado, ¿verdad?

—Yo no pienso y tú lo haces demasiado —bromeó, y al instante siguiente recuperó la seriedad—. Pero tienes razón. Hay un problema. —Se apoyó en la barandilla y miró a los compañeros que seguían trabajando en la ladera—. Busco su compañía. Independientemente del odio que siento por ella, me gusta tenerla cerca.

Rodrigo no necesitó oír ningún nombre para saber de quién hablaba. Sacudió la cabeza con pesar y se sentó a su lado, hombro con hombro.

—Por una vez en la vida me habría gustado estar equivocado —se lamentó—. Pero hay evidencias que no se pueden tapar con nada. Siempre he tenido claro que la amabas.

Mikel rio por lo bajo. No se había atrevido a pensar en esas palabras, pero ahí estaba su amigo, que a veces parecía su conciencia, diciendo una vez más lo que a él le aterraba siquiera preguntarse.

—No lo digas ni en broma. —Consumió una buena parte del cigarro en una sola y ansiosa inspiración—. ¿Qué clase de hombre sería si la amara después de lo que me hizo?

—Uno de verdad —respondió aun sabiendo que no había sido una pregunta—. Uno que cuando ama lo hace para siempre y por encima de todo; incluso de las traiciones.

—¡Valiente consuelo sería ese! No. No la amo. La nece... —Tragó al sentir que las palabras se le atravesaban en la garganta—. Creo que... ¡Dios, no lo sé! —Se frotó la cara con energía—. En realidad, ella fue el motivo que encontré para seguir vivo hasta salir y cobrarme la deuda. Ahora es posible que esté confundiendo las cosas. Me he convencido de que la necesito y...

—Creo que insistes en engañarte. Haz caso a mi sexto sentido esta vez. Te guste o no, estás pillado por esa mujer.

—No es eso —resopló despacio y volvió a mirarle—. De todos modos, todo esto terminará pronto. —Arrojó el cigarro al suelo y lo destrozó, rabioso, con la gruesa suela de su bota—. La aplastaré como ella me aplastó a mí.

—¿De verdad crees que si la destruyes dejarás de atormentarte con ella? Porque, si es así, no entiendo que no lo hayas hecho todavía.

Mikel volvió a contemplar la ladera cubierta de troncos y ramas. No quería hacerse esa pregunta. Llevaba tiempo preguntándose demasiadas cosas.

—Debemos volver al trabajo —dijo a la vez que se volvía para marcharse.

—¿Y Bego? —Rodrigo alzó la voz para que se detuviera.

Lo hizo. Se volvió despacio, con el ceño arrugado.

—¿Qué pasa con ella?

—Hace semanas que no la ves —indicó poniéndose en pie.

—Sabe que estoy ocupado con el trabajo —trató de justificarse sin demasiada energía.

—¿Tanto como para no ir a verla ni una sola tarde? —Mikel resopló incómodo—. Deberías poner orden en tu vida —aconsejó Rodrigo con afecto.

—¿En qué vida? —preguntó alzando los hombros con impotencia—. ¿En qué vida voy a poner orden? —volvió a decir mientras se alejaba hacia el camión. Allí cogió una gran hacha para unirse a los hombres que separaban las ramas de los árboles abatidos.

—¿Cuánto te queda para terminar ese último diseño? —preguntó Bego.

Era sábado. Mikel, que había pasado esa tarde en el Iruña, perdido una vez más en sus pensamientos, la había llevado a cenar a un buen restaurante para hacerse perdonar por haberla tenido una vez más en el olvido. La disculpa de que utilizaba todas las horas posibles en dibujar para terminar cuanto antes con la historia tenía su parte negativa: ahora ella tenía prisa.

—¿Una semana? —insistió ante su silencio.

—No creo que pueda terminar en una semana —opinó Mikel revolviendo su café y vagando la mirada en el movimiento del oscuro líquido—. Es una habitación, pero no es un único dibujo. Además, piensa que los días de labor no dispongo apenas de tiempo.

—¿Dos semanas? —machacó ansiosa por conocer la respuesta.

—¡No lo sé, Bego; no puedo saberlo! —voceó con impaciencia.

Los que ocupaban las mesas más cercanas se volvieron a mirarle. Apretó la mandíbula, como el bárbaro insensible que se sentía en ese momento.

—Disculpa —respondió, seria y dolida—. Lamento ser quien tenga más interés de los dos en que todo esto acabe.

Una inspiración larga y profunda aportó a Mikel un poco de calma.

—Perdóname tú a mí. —Dejó la cucharilla sobre el plato y pegó la espalda al respaldo de la silla—. Últimamente me irrito con facilidad.

Se crispaba, sí, y cada vez más a menudo, pero solamente con ella. No le pasaba igual con Ane, y esa condenada diferencia contribuía a aumentarle el mal humor.

Bego clavó el pequeño tenedor en el borde de su porción de tarta de chocolate. Separó un pequeño trozo y dudó si ofrecérselo, ya que él no había pedido postre, pero su gesto serio la hizo desistir.

—¿Hay algo que te inquieta? —Sus exóticos ojos negros le examinaron con atención.

Mikel apartó los suyos para mentir.

—No. Todo está bien.

Necesitaba un cigarro, necesitaba salir de allí, necesitaba dejar de pensar en el último y maldito fin de semana.

—¿Cuándo van a aceptar lo de tus días de vacaciones? —preguntó ella con suavidad para no volver a alterarle—. Si no tuvieras que ir a dormir a la cárcel dispondrías de más tiempo.

—Ya han respondido —dijo sin ningún ánimo—. No me conceden los permisos de todo el año a la vez, pero sí la mitad.

Ella pasó por alto que hubiera tenido que sonsacarle la buena noticia, e hizo las cuentas con rapidez.

—¿Veinticuatro días? —preguntó con regocijo.

—Veinticuatro días —repitió—. Pero como solo cuentan los cuatro por semana que duermo en prisión, eso los convierte en mes y medio de plena libertad.

Bego le tomó la mano izquierda que él apoyaba en el borde de la mesa y se la acarició con mimo. Él simplemente dejó que lo hiciera.

—Eso es maravilloso. —Le costó mantener sin lágrimas a su emoción—. Y ahora no estoy pensando en que vayas a tener más tiempo para terminar los diseños. Me alegro por ti; porque por un tiempo volverás a vivir como un verdadero hombre libre.

—Sí. Puede que me venga bien. —La miró a los ojos y vio el amor y la fidelidad de siempre—. ¿Por qué sigues preocupándote por mí?

Sus palabras la alarmaron. Creía que a esas alturas de la relación él ya no debería hacerse esas preguntas. Temía que se debiera a que la cercanía de Ane comenzaba a alejarlo de ella. Se le contrajo el corazón al preguntarse qué más estaba consiguiendo esa mujer.

—Porque te amo —susurró guardándose sus recelos—. Y algún día tú me amarás de la misma forma.

—Dios sabe que lo intento —confesó con pena—. Te juro que lo intento. Eres el sueño de cualquier hombre. El problema es que yo olvidé cómo se sueña.

—Volverás a hacerlo. Cuando todo esto termine te sentirás liberado del pasado y volverás a hacerlo —sonrió inclinándose sobre la mesa—. Y entonces te enamorarás de mí —aseguró con cariño, acercándose hasta poder besarlo en los labios.

Él no se movió al sentir el primer roce. Recordó la invitadora boca de Ane, su cabello revuelto sobre la arena... ¿Por qué pensaba en eso ahora? ¿Por qué se preguntaba cómo sería besarla después de tantos años? ¿Por qué los besos de Bego no le causaban ninguna emoción?

—Antes nunca estabas cansada —dijo Carlos, parado junto a la puerta de la cocina—. Íbamos a menudo al cine, al teatro, a cenar. Nunca ponías disculpas absurdas.

Ane colocó las dos tacitas manchadas de café en el lavavajillas. Le hubiera extrañado que Carlos se fuera sin hacer ninguna observación a su negativa de salir esa noche de sábado.

—Ya te lo he dicho: estoy cansada y quiero acostarme pronto —señaló volviéndose hacia él.

El comisario apoyó el hombro en el marco de madera y sonrió.

—Si en el fondo te creo. Sé que no acostumbras mentir.

—Pero hay algo que quieres decir antes de irte, ¿verdad? —consultó con sorna.

—Siempre me has conocido mejor que nadie —declaró con orgullo. Después la miró como si pretendiera leer en sus ojos—. El pasado fin de semana estuviste con él, ¿no es cierto?

—Y también el anterior —respondió con sinceridad—. Fue por cuestión de trabajo.

Carlos se cruzó de brazos, tenso y a pesar de todo sonriente.

—Es listo el cabrón. —Soltó una risa cínica—. Se inventa una tarea en la casa para tenerte cerca. ¿No te inquieta eso?

Ane le miró con desafío.

—La idea de pintar directamente en la pared de una de las habitaciones partió del señor Ayala. Él no ha inventado nada, y menos aún pensando en mí.

—¿Dormisteis allí? —preguntó casi sin pensar.

—¿Y qué si lo hicimos? —dijo con dureza—. No debo explicaciones a nadie. Pero, como estoy intentando no alterarme, te las voy a dar —declaró con mal gesto—. Fuimos hasta Cuberris y volvimos aquí todos y cada uno de los cuatro días que duró el trabajo. ¿Eso te tranquiliza?

—En absoluto —dijo entre dientes—. Lo está consiguiendo de nuevo, ¿verdad? —preguntó al tiempo que se acercaba.

—¿Qué quieres decir?

—Que está logrando que confíes de nuevo en él, que no razones con sensatez. Lo está haciendo, ¿no es cierto? —Ella suspiró para mostrar que le aburría la conversación—. ¡Por el amor de Dios, Ane, es un delincuente!

—¡Está pagando su deuda con la justicia! —aclaró con ardor—. Todos merecemos segundas oportunidades.

—¿Cómo sabes que no sigue metido en la misma mierda? —Crispó los dedos sobre la madera de la silla que había ocupado hacía un rato.

—No quiero seguir hablando de esto, Carlos —dijo yendo hacia la puerta—. Estoy cansada y quiero dormir.

—Dime una cosa. —Ella se volvió a mirarle—. Si descubres que sigue quebrantando la ley, ¿te alejarás de él?

—Sé que está limpio. Lo sé. —Carlos insistió con un movimiento de cejas, y ella continuó—: Pero si tuvieras razón, si resultara no ser el hombre honrado que creo que es, no cambiaría nada. Nunca le daré la espalda.

—¿Pero es que no te preguntas qué quiere de ti después de lo que pasó? No puedo entender que eso no te alarme.

—No te estoy pidiendo que lo entiendas —declaró con destemplanza—. Para serte sincera, me trae sin cuidado si lo haces o no.

Los ojos del comisario relampaguearon heridos y sus labios se comprimieron en un gesto de impotencia. Comprender que la estaba perdiendo definitivamente a punto estuvo de hacerle perder el control. Empujó el respaldo de la silla y lo estampó en el borde de la mesa. Quiso responder, pero todo cuanto le llegaba a la boca eran palabras que ella no le perdonaría. La señaló con el dedo tratando de advertirle que eso no terminaría bien y salió llevándose consigo su frustración, sus temores y sus consejos.

18

Pagó las revistas al quiosquero y este le devolvió el cambio en monedas. Las guardó en el bolsillo del abrigo y sujetó las publicaciones con el brazo izquierdo, pegadas a su pecho. Después, con expresión lastimosa, se encaminó hacia la tienda.

Llevaba días en los que nada le daba ánimos. A Mikel le quedaba un último diseño que no tardaría en entregar, y ahí terminaría todo. Lo más probable era que nunca más volvieran a verse.

Los ojos se le llenaron de lágrimas y se las secó con la suave lana gris de sus guantes. Hacía rato que había anochecido. Las farolas y los escaparates de los comercios iluminaban la calle y ella caminó por el centro, con la cabeza gacha para que nadie la viera llorar.

Tomó aire al avistar la tienda, se frotó las mejillas y ensayó una sonrisa.

Llevaba esa mueca, rígida y artificial, encajada en el rostro, cuando abrió la puerta y sonó el tintineo de bienvenida. Y, de pronto, todo ese artificio se hizo verdad: sus ojos chispearon sorprendidos y su boca dibujó un emocionado arqueo.

Él interrumpió su conversación con Lourdes y se volvió al oír el sonido que anunciaba una llegada. Se pasó la mano por la nuca, azorado. Se había acercado con la única intención de ver a Ane, había entrado sin tener claro qué disculpa utilizar para su visita, y ahora que la tenía enfrente seguía sin ocurrírsele ninguna.

La pelirroja se le adelantó con la explicación.

—He pedido a Mikel que eche un vistazo a los muebles y que nos diga si pueden encajar con el diseño que aún tiene entre manos.

—Sonrió a Ane, orgullosa de la hazaña de haberle retenido hasta que ella llegara.

Mikel soltó aire, aliviado. Con la cazadora abierta, introdujo las manos en los bolsillos de sus vaqueros, encogió los hombros y sonrió con torpeza.

Ane, ensordecida por los latidos de su aturdido corazón, se acercó sin dejar de mirarle.

—Es una sorpresa encontrarte aquí —murmuró soltando las revistas sobre el mostrador.

Lourdes tosió con suavidad y le pellizcó el dorso de la mano mientras fingía interesarse por las portadas.

—Sí, qué sorpresa —intervino con agilidad—. Yo también se lo he comentado: ¡bendita casualidad, hoy que necesitábamos tu opinión! —Y ella misma rio su ocurrencia.

Ane no se atrevió a confirmar la mentira, pero tampoco la objetó. Ante su silencio Mikel comprendió que debía hacer algún comentario.

—Yo le he respondido que... —tragó, y el nudo en su garganta aumentó de tamaño—, que por mi parte no hay problema.

Una apocada sonrisa fue el comedido agradecimiento de Ane.

Al cabo de unos minutos ocupaban el despacho. Sentados ante el escritorio, uno al lado del otro, examinaron muebles, lámparas y adornos, y lo hicieron sin preocuparse de que el tiempo avanzara y llegara el momento del cierre. Ane disfrutó de la sensación de estar junto al hombre del pasado, el dulce y tierno, el tímido que se acercaba sin rozarla. Mikel, por su parte, encontró lo que buscaba al entrar allí esa tarde: había deseado sentir de nuevo esa calma que le acompañó mientras pintaba con ella al lado; esa serenidad que le invadió al mirar al mar, sentado en la arena; esa inconsciencia que consiguió borrarle los malos recuerdos cuando la escuchó reír. Había querido volver a sentirse bien, y no conocía otro modo de hacerlo que estando con ella.

Pero esa paz, tan verdadera como extraña, terminó de pronto cuando Lourdes abrió la puerta y les dedicó una mueca apagada.

—Lamento deciros que se ha hecho tarde. Y tú tienes visita —informó con lástima a Ane.

Se apartó, y en su lugar asomó el comisario con una hermosa rosa blanca de tallo largo. La sonrisa se le congeló en la boca y las palabras de disculpa que llevaba preparadas se le extinguieron en la garganta.

Entró, con los ojos fijos en Mikel, y se paró junto a la mesa.

—No esperaba verte aquí —dijo en voz baja y templada—. En realidad no esperaba verte en ningún sitio.

Mikel cerró con rudeza el catálogo.

—Yo también me alegro de verte —respondió poniéndose en pie.

—¿De visita? —insistió el comisario clavando en él sus incisivos ojos ámbar.

Ane se levantó, suspirando con exageración y arrastrando escandalosamente la silla, y se acercó a los dos hombres.

—Estamos trabajando —aclaró tratando de no mostrar lo contrariada que se sentía.

—Sí, trabajo —repitió Mikel—. Pero no te preocupes. —Cogió su cazadora sin apartar los ojos de él—. Ya me iba.

Carlos hinchó el pecho. A punto de posar su mano en la cintura de Ane la apartó y la introdujo en el bolsillo. No tenía claro cuál podía ser su reacción. Se conformó con acercarse hasta rozarla como si fuera suya.

—Espero que esto no se convierta en una costumbre.

Mikel captó su gesto posesivo y amenazante, su advertencia de que ella le pertenecía, el recordatorio de que iría a por él si insistía en mantenerse cerca.

—¿Lo de encontrarnos tú y yo? —Rio por lo bajo al tiempo que se ponía la prenda—. Yo también espero que no se convierta en costumbre.

El comisario apretó los dientes, furioso por la impertinencia. Pero ni por un segundo olvidó que Ane estaba presente, por lo que no se permitió ningún error.

—Abrígate —aconsejó con calma—. Hace mucho frío ahí fuera.

Mikel se subió la cremallera hasta el cuello y sonrió con guasa. Miró a Ane y se despidió con la mirada; un gesto tierno que para nada reflejaba el coraje que sentía.

Ella le contempló salir y al momento se sintió invadida por el desánimo. Había esperado una despedida diferente: una sonrisa dibujada tan solo en sus ojos, unas palabras dulces enviadas en silencio a su corazón... Le había faltado una última imagen amable de él que pudiera guardar para siempre en su memoria.

Se acercó al escritorio y comenzó a ordenar los muestrarios.

Quería retrasar el momento de hablar con Carlos. Estaba furiosa con él, pero tampoco encontraba nada específico que echarle en cara.

Suspiró al tiempo que él le ofrecía la rosa y, con voz susurrante, le pedía disculpas por su comportamiento de la noche anterior y le suplicaba que le permitiera acompañarla a casa.

Mikel introdujo el portarretratos con la foto de Manu y cerró el cajón de la mesilla con un golpe. Hacía semanas que no se acercaba al cementerio. Le avergonzaba pararse ante su tumba y hablarle como había hecho tantas veces. No podría hacerlo mientras no supiera cómo explicarle lo que estaba ocurriendo con Ane; no podría hacerlo mientras se sintiera indigno. Esa noche ni siquiera podía mirar su fotografía. Le provocaba verdadera vergüenza encontrarse con el infantil e inocente rostro de su hermano.

Se reprochaba haber sentido celos cuando apareció el comisario. No conseguía engañarse diciéndose que había sido rabia, impotencia, resentimiento. Porque, sí, había experimentado todas esas cosas, pero por encima de todas ellas le había hostigado la irracionalidad de los celos.

Encendió un cigarro y miró hacia el escritorio. Allí, protegido por un quebradizo papel de seda, estaba el último de los diseños, ya terminado. ¿Por qué no lo había entregado aún? ¿Por qué se resistía a romper el último lazo con Ane? ¿Por qué no lo hacía, pronunciaba las palabras que ponían en marcha su plan y terminaba con todo?

Sobre la cama, vibró y sonó el móvil. Se acercó para leer en la pantalla iluminada. Era Bego, y llamaba por tercera vez en la última media hora. Lo cubrió con la almohada para amortiguar el sonido. Se acercó a la ventana y expulsó el humo, que se dispersó por la superficie del cristal. Contempló la calle a través de esa neblina tóxica hasta que el teléfono enmudeció.

Durante todo el día, mientras talaba árboles y despiezaba troncos, había tenido una sola obsesión: volver a verla. Volver a sentir esa paz, esa inconsciencia. En su habitación ya no estaba la imagen acusadora de su hermano, con lo que al llegar a casa sus ganas no encontraron nada que las retuviera. Se duchó, se cambió de ropa y condujo su coche hasta el parking de Indautxu.

Lo necesitaba. Necesitaba con desesperación todo lo que ella le hacía sentir.

Ascendió a la superficie por la escalera automática y se detuvo al inicio de la calle Ercilla. El acelerado ritmo de su respiración le había secado la boca. Trató de inspirar pequeñas cantidades de aire y expulsarlas despacio, pero no consiguió nada. Ahogado como se sentía, encendió un cigarro. Unas pocas aspiraciones, profundas y lentas, le calmarían. Le temblaban los dedos. No recordaba dónde había dejado los malditos guantes. Probablemente en el coche. Pero ¡qué importaba! Estaba yendo hacia ella cuando sabía que no debía hacerlo. Llevaba años sabiéndolo y aun así no iba a hacer nada para evitarlo.

Arrojó el cigarro, lo aplastó con el pie y siguió su camino.

No supo qué iba a decir hasta que la tuvo enfrente, con sus hermosos y sorprendidos ojos abiertos de par en par.

—¿Qué clase de muebles vais a poner en la habitación del ático? —preguntó tratando de no resultar absurdo.

La sorpresa y la felicidad brillaban disimuladamente en los ojos de Ane cuando respondió:

—¿Si te los enseño nos dejarás conocer tu opinión?

Escucharla le dio a Mikel serenidad. Por eso no le importó que los dos supieran que era un tonto pretexto; ni dudó en seguir acudiendo cada tarde, después del trabajo, para reunirse con ella en el pequeño despacho e ir repasando las diferentes estancias de la casa.

Ojearon infinidad de muestrarios, hablaron, rieron y hasta en alguna rara ocasión bromearon. En lo que sí pusieron especial atención fue en que no tropezaran sus manos en las mismas tapas, en las mismas hojas. Pero eso no siempre fue posible. Cuando sus dedos se encontraban los retiraban con rapidez y pedían disculpas. Después se quedaban en silencio durante largo tiempo, inquietos, sin saber qué decir ni cómo comportarse. A veces volvían a hablar a un tiempo, y eso provocaba leves sonrisas que aligeraban la tensión.

Y esta vez no fue la brisa con olor a mar la que les relajó el espíritu hasta hacerles olvidar quienes eran. Esta vez no fue abandonar la mirada por el horizonte ni oír el murmullo de las olas lo que consiguió que Mikel arrinconara el hecho de que ella fuera la culpable de su desgracia. Esta vez, el inesperado milagro tuvo lugar entre cuatro paredes, mientras contemplaban y hablaban de simples muebles.

Para el viernes, ojeando con pena el último muestrario, los dos estaban ebrios de palabras, de silencios, de miradas, de sonrisas, de roces por descuido y alguno hasta causado con intención. Al tropezar sus manos sobre la fotografía de una *chaise longue* en madera de cerezo ninguno se apresuró a apartarla como en otras ocasiones. Guardaron silencio, sí, pero lo hicieron mientras sus dedos se rozaban con suavidad y prudencia.

Se miraron a un tiempo. Sus rostros quedaron tan cercanos que entre ellos apenas si quedó espacio para la respiración. Ane sintió calor en las mejillas y sequedad en la boca. Se humedeció los labios, nerviosa, consciente de que el aire que respiraba era el aliento agitado que él despedía.

Mikel la oyó suspirar y deseó besarla, igual que le ocurrió al tenerla entre su cuerpo y la arena. Bajó la cabeza, despacio, hacia los atrayentes y apetecibles labios. En ese instante su deseo era más poderoso que ninguna otra razón. No podía elegir la dignidad cuando tenía a su lado la boca más deseable y pecaminosa de cuantas había probado nunca.

Antes de alcanzar a rozarla sintió la suave brisa de su aliento acariciándole la piel, como entonces...

De pronto fue plenamente consciente de lo que, por segunda vez en pocos días, había estado a punto de hacer. Se levantó sin dejar de mirar los abiertos y sorprendidos ojos grises, arrepentido de su deshonrosa debilidad. Cogió la cazadora y huyó sin ser consciente, aún, de que eso de lo que escapaba se lo llevaba consigo: la brasa candente del deseo. Esa que una vez prendida ni el aire más hiriente y gélido podría apagarle.

Salió abrumado de vergüenza y de culpa. En el exterior el cielo derramaba una gruesa y fría lluvia, y él, con las manos en los bolsillos, se dejó empapar mientras sus ojos vertían sus propias lágrimas.

Caminó sin que le importara hacia dónde lo hacía, sin molestarse siquiera en arrimarse al amparo de los aleros. Toda su obsesión fue encontrar una razón que le justificara. Pero no tenía excusa el desear a la mujer a la que debería odiar con cuerpo y alma. Porque la deseaba como sabía que no la había deseado nunca. La deseaba hasta el delirio. No, no existía alegato posible, porque había instantes, como ese, en los que habría dado lo que le restaba de vida por una noche. Por unas horas. Por unos minutos en los que pudiera hacerla suya en silencio. En el más completo y desconsolado silencio.

No encendió ninguna luz. Ane entró en casa y dejó que la costumbre la condujera hasta su habitación. Sin ánimos ni para quitarse el abrigo, soltó el bolso y se dejó caer de bruces sobre la cama. Hundió el rostro en el edredón y sollozó desconsolada.

¿Cómo había podido ser tan estúpida? Había visto amor en sus ojos, sí, ¿pero acaso no sabía ya que él la amaba? Debería haber estado preparada para eso, pero su mirada, apasionada y confundida mientras se acercaba con la indecisa intención de besarla, le hizo creer que un nuevo comienzo era posible. ¡Estúpida, estúpida, estúpida! Él era su pasado. Siempre sería su pasado.

La llamada a la puerta la sobresaltó. Se giró boca arriba mirando al techo donde se reflejaba la luz que llegaba desde las farolas a través de la ventana. Esta noche no estaba en condiciones de soportar los consejos y las advertencias de Carlos. Tampoco su charla amistosa que siempre la ponía de buen humor.

Pero el timbre volvió a sonar con insistencia. Resignada, se levantó y se quitó los guantes y el abrigo. Se secó las lágrimas con las manos y se frotó las mejillas. Según se dirigía a la entrada encendió la luz del pasillo.

El corazón se le detuvo un instante cuando lo vio en la penumbra del rellano. Chorreaba agua como si hubiera permanecido horas bajo el diluvio. Ella se quedó inmóvil, con la mano en la manilla de la puerta, tratando de apreciar su semblante en la oscuridad.

Mikel inspiró con energía a pesar de que sus fuerzas hacía mucho que le habían abandonado. Dudó, pero no por él. Él se había torturado hasta tomar la decisión de aceptar las consecuencias sin importarle cuáles fueran. Dudó por ella, por su respuesta. Temió que apenas escuchara lo que pensaba decirle le pidiera que se fuera.

Atrapó aire de nuevo y lo expulsó con lentitud, como si dejarlo marchar doliera.

—Te deseo —confesó al fin, con voz rota—. Llevo más de cuatro años deseándote... Cuatro años soñando con abrazarte, con besarte... —Contrajo las manos en el interior de los empapados bolsillos—. Cuatro años anhelando sentir el calor de tus brazos alrededor de mi cuerpo... el roce de tus labios... —Avanzó un paso que le sacó de las sombras. Su descarnado deseo llameaba en sus ojos azules—. Cuatro años muriéndome de necesidad de entrar en ti... esperando entrar en ti para volver a sentirme vivo.

Las piernas de Ane flaquearon y se aferró con fuerza al tirador metálico. No podía creer que el hombre de su vida, el hombre que tenía razones para guardarle resentimiento eterno, le estuviera confesando que la había echado de menos, que la necesitaba.

—¿Cuánto... tiempo más vas a esperar? —musitó sofocada y anhelante.

Él expandió el pecho y se llenó los pulmones de oxígeno. Con un suspiro más animal que humano lo exhaló al tiempo que se abalanzaba sobre ella despojándose de la cazadora. Devoró con avidez su boca, y sus manos se deslizaron por sus caderas buscando las redondeadas y firmes nalgas. Toda su contención estalló a un tiempo. Su necesidad física y su hambre de espíritu se fundieron hasta que no pudo discernir cuál de los dos buscaba satisfacción con más urgencia.

La llevó consigo hasta encontrar el apoyo de la pared. Ella gimió al sentir el impacto en su espalda... como aquella primera vez. Pero en esta ocasión no existía la prisa y la emoción por descubrirse. Esta vez la celeridad de Mikel era ansiosa, desesperada. Sus besos apenas si la dejaban respirar y sus caricias eran rápidas, precisas y efectivas. No había atenciones ni palabras amorosas. No había seducción. Todo era como una enloquecedora carrera con la que saciar con precipitación años de dolorosa carencia.

No supo cuándo le desabrochó los pantalones. Reparó en ello cuando él se apartó para deslizárselos de un tirón. Después la alzó, sujetándola por las nalgas, y le incitó a que le rodeara con sus piernas las caderas, también desnudas.

Lo hizo con firmeza, dispuesta a entregarse. Su mente se anticipó al placer y su garganta emitió un ronco e involuntario gemido.

—Espera —susurró él sin aliento—. Espera. Quiero sentir tu piel en la mía.

Jadeó ahogado al tiempo que le soltaba los botones de la blusa. Ella le sacó el jersey por la cabeza y se quedó mirando sus ojos. Su azul de hielo ardía con la misma fiebre del pasado. Dejó de verlos cuando él la penetró y el gozo le hizo cerrar los suyos.

—Di que me amas —suplicó Mikel entre jadeos—. Dilo como si fuera verdad.

—Te amo —gimió mientras él la embestía con fiereza—. Te amo, te amo, te amo.

Mikel atrapó de nuevo su boca, y Ane no supo si para acallarla o porque necesitaba besarla mientras entraba en ella y se apoderaba de todo su ser; el ser que nunca dejó de pertenecerle.

La dejó respirar para gritar como un animal herido cuando sintió que a ella le llegaba el orgasmo y él dejó de retener el suyo.

No la soltó. Resolló junto a su boca mientras recuperaba el aliento. Ella estrechó el encierro formado por sus piernas para no perder el contacto con su cuerpo y le acarició la cabeza, todavía empapada de lluvia. Le sintió estremecerse y recordó que había dicho que necesitaba sus abrazos. Suspiró, fatigada aún, y le estrechó con fuerza contra su pecho. Sonrió al escuchar un ronco sonido de alivio.

Mikel permaneció inmóvil, temeroso de que cualquier simpleza pudiera acabar con el lánguido gozo que sentía, con la placentera extenuación. La piel de Ane olía y sabía como la recordaba, su boca tenía el gusto que recordaba, su cuerpo le colmaba hasta desbordarle tal y como recordaba.

—Te amo —la oyó susurrar...

... y en un instante le cubrió la boca con la palma de la mano y la miró a los ojos, encendido y furioso.

—Ahora no —murmuró tenso—. Ahora no.

Parpadeó sorprendida, pero aceptó con un movimiento silencioso.

Entonces Mikel aflojó la presión de su mano y la escurrió despacio hacia la barbilla. Cuando contempló sus labios, enrojecidos y lastimados, volvió a someterlos al dominio de su boca y a iniciar nuevas y apremiantes caricias.

Ella gimió al sentir la precisión y la urgencia con la que la invadían sus dedos. Se arqueó para proporcionarle un mejor acceso, y la respuesta salvaje y directa de Mikel le dijo que tampoco esta vez la poseería despacio.

Intentó susurrar que le amaba. Él la sujetó por el cuello, sin ninguna ternura, y volvió a silenciarle la boca con la suya.

19

La luz de un día frío y gris entristecía las primeras horas de la mañana. Una fina lluvia perseveraba desde que finalizó el fuerte chaparrón de la noche anterior. El cementerio de Derio estaba prácticamente vacío. Una pareja de ancianos rezaba, bajo la protección de un paraguas negro, ante un panteón con la figura en granito de un abatido ángel, y una mujer caminaba a lo lejos al abrigo de los cipreses. Ante la sepultura de piedra gris estaba Mikel, de pie, soportando la humedad como quien aguanta un merecido castigo eterno.

Esta vez no había ofrenda. Ninguna flor robada iba a concederle la indulgencia de su hermano.

—Hace mucho que no vengo a verte. Perdóname —pidió mirando hacia los lados porque le avergonzaba poner sus ojos sobre la lápida—. Últimamente estoy haciendo cosas que...

Se pasó la mano por la cara, de arriba abajo, para aguantar las lágrimas. No pudo contenerse. Se dejó caer de rodillas sobre la tierra y durante unos minutos lloró en silencio, con los puños crispados en el borde de la húmeda losa.

—Te he fallado. —Sollozó y bajó la cabeza—. No soy tan fuerte como creía. No sé lo que siento cuando estoy con ella, pero sea lo que sea no duele, Manu. No duele. ¡Y estoy cansado de que todo me duela! —Se apartó las lágrimas con rabia. Quería mostrarse fuerte ante él a pesar de haberse derrumbado—. No volverá a ocurrir. No volveré a acostarme con ella ni a verla. Ni siquiera pensaré en ella... —Se detuvo al comprender que estaba mintiendo a su hermano y se estaba mintiendo a sí mismo—. ¡Maldita sea, Manu! La he besado, la he tenido entre mis brazos, la he... —rugió con impotencia—. Pero esto no cambia nada. Pagará lo que nos hizo. Lo juro.

Se secó el rostro, que siguió empapándose con el lloro silencioso del cielo, y cerró los ojos para oír el suave lamento de los cipreses. Por un instante envidió la paz perpetua de los muertos.

Y con esa desgana de vivir volvió a preguntarse por qué le abría ella los brazos, por qué le dejaba entrar en su cuerpo, por qué se mostraba tan dispuesta si nunca le quiso. Qué quería, qué buscaba. Pero, igual que le ocurría con tantas otras preguntas que se hacía sin descanso, tampoco para estas encontró respuesta, aunque sí la feroz necesidad de buscarla de nuevo para ahogarse en ella.

—No voy a pedirte perdón —dijo de pronto—. No lo merezco. Sé que voy a volver a caer, hermano. Sé que voy a olvidarme de la poca dignidad que me queda y la voy a buscar porque... —durante unos segundos se frotó los párpados con los dedos—, porque con ella estoy vivo. Jodido y miserable, pero vivo. Por eso cuando... cuando esto acabe, cuando ella esté entre rejas, cuando ya no pueda verla aunque me maten las ganas, volveré y te pediré perdón. No antes. —Una suave ráfaga de viento arrancó lastimeros gemidos a los cipreses y llegó hasta él para acariciarle el rostro—. Y, por favor, cuida de *ama*. —Las lágrimas regresaron para rodar por sus mejillas—. Dile que la echo de menos.

Reanudó el recorrido con los dedos por el nombre de Manu. Justo sobre él, igualmente inundado de lluvia, estaba tallado el de su padre. Lo ignoró deliberadamente para ir a rozar el de su madre. Lo tocó con dulzura mientras con una pena infinita le susurraba un «te quiero».

No le quedaba alma cuando, media hora después, salió del cementerio por la puerta principal. Sentía que estaba traicionando a quienes quería, a quienes necesitaba. Y todo por sentirse, durante unos miserables momentos, un poco más vivo.

—Está muy solo ahí, en esa fosa —escuchó decir a su derecha. Se detuvo y se volvió despacio. Junto al muro, resguardado de la llovizna por un paraguas negro, el comisario le miraba con gesto retador—. ¿Te gustaría hacerle compañía?

No respondió. Estaba cansado. La conciencia le pesaba tanto como la losa bajo la que se descomponía el joven cuerpo de su hermano, y eso consumía todo su ánimo y todas sus fuerzas.

—Tal vez te apetezca ahorrarte los viajes cada vez que quieras estar un rato con él. Si es así, puedo darte ese gusto —siguió diciendo sin moverse—. Aunque tal vez prefieras venir de vez en cuando y después largarte para seguir con tu mierda de vida. ¿Es eso? —preguntó en tono jocoso.

Una furia ácida le estalló a Mikel en las entrañas y se le dispersó hasta adueñarse de todo su ser, borrándole el cansancio. Con la mente nublada se abalanzó hacia el comisario, dispuesto a partirle la sonrisa.

—¡Maldito cabrón! —exclamó agarrándole por las solapas del abrigo.

Y al mirarle descubrió que en el ámbar de sus ojos brillaba el regodeo por que estuviera respondiendo a su provocación.

Sobre sus cabezas, las gotas de lluvia rebotaban en el nylon tenso del paraguas a un ritmo tan desacompasado como el bombear de su sangre. Luchó por contenerse destrozándose los dedos contra el paño del abrigo y mordiendo hasta triturarse los dientes. Si golpeaba a un agente de la ley acabaría con los privilegios del tercer grado, y eso era lo que el malnacido quería que hiciera.

Durante eternos segundos calibró si le compensaba dominar el violento instinto que le presionaba las sienes. Y, finalmente, entre desahogar su furia contra aquel miserable o la libertad, no le quedaron demasiadas dudas.

Lo soltó con un gesto de asco y le dio la espalda.

—Eres un jodido cobarde —profirió el comisario riendo y arreglándose la ropa—. ¿Cuando te follaron en la cárcel se quedaron también con tus agallas?

Mikel decidió ignorarle y comenzó a andar con lentitud hacia el aparcamiento. Intuía que por la boca del condenado poli hablaban los celos, el resentimiento, las ganas de quitarlo de en medio. Y en ese momento él tenía algo más importante en lo que centrarse que en una pelea en la que demostrarse quién de los dos podía ser más estúpido.

Él había regresado al cansancio, a la desgana, a la necesidad de alejarse de allí para dejar de oír, en el susurro de los cipreses, las recriminaciones que le hacían los muertos.

—Aléjate de ella —aconsejó el comisario sin alterarse—. Déjala en paz o acabarás sabiendo cómo soluciono yo mis problemas.

Al abrir la puerta y encontrarla en el rellano, una mezcla de satisfacción y rabia asaltó a Rodrigo. Satisfacción por tenerla allí, deslumbrante y risueña, y rabia porque era evidente que Mikel había vuelto a dejarla plantada.

Le dolió tener que darle la respuesta que iba a borrar su hermosa y siempre deseada sonrisa.

—No está —maldijo para sí cuando vio que se afligían sus grandes ojos negros—. Ha salido pronto esta tarde.

—¿Adónde ha ido? —Su voz fue apenas un susurro.

Rodrigo se juró que mataría a Mikel apenas lo viera.

—No te quedes ahí. Pasa y hablamos —pidió haciéndose a un lado para despejar la entrada.

Ella vaciló. Sabía que no era buena conversadora cuando estaba triste o enfadada. Pero tampoco tenía claro qué iba a hacer cuando saliera de allí. Aceptó su invitación. Pasó a su lado y fue directa a la cocina.

Cuando Rodrigo entró tras ella miró con preocupación a su alrededor suplicando que no hubiera ningún desorden. Un botellín de cerveza vacío fue lo único que estaba donde no debía. Se apresuró a retirarlo de encima de la mesa.

—¿Dónde está? —preguntó de nuevo, sin hacer ningún movimiento que indicara que pensaba quitarse el abrigo, soltar el bolso o cualquier otra cosa que le aportara comodidad—. Vuelve a tener el teléfono desconectado.

Rodrigo, que se acercaba al cubo en el que dejaban el vidrio, se detuvo al escucharla.

—No lo sé —respondió volviéndose para mirarla con cariño—. Pero deberías preguntárselo. Deberíais poner claras algunas cosas antes de continuar con vuestra relación.

—¿Qué tipo de cosas?

—Tú las conoces mejor que yo. Me las has enumerado más de una vez. —Bego desvió la mirada, incómoda—. Mikel es mi amigo, le quiero, pero también por ti siento... —Se mordió los labios a tiempo—. Temo que os hagáis daño. —Ella negó con la cabeza—. No hablo de un daño intencionado, y lo sabes. Pero hay cosas. Por ejemplo esa mujer.

—Esa mujer no es nadie —dijo con desprecio—. Mikel tuvo innumerables novias antes de que ella llegara.

—Pero a ninguna la quiso así.

—Nunca estará con ella. No puede, después de lo que le hizo.

—Es posible que tengas razón. —Dejó el botellín en la mesa. Ya no le preocupaba el desorden—. Pero también es probable que jamás se la quite de la mente.

—Lo hará cuando esto acabe.

La observó, pensativo. No vio en sus ojos la misma seguridad que ponía en sus palabras; tenía miedo a perderlo y el único modo que había encontrado para defenderse era no reconocerlo.

—Creo que deberíais hablarlo.

—Lo hemos hablado muchas veces. Todo está claro entre nosotros, no te preocupes. —Sacó el móvil del bolso y marcó el teléfono de Mikel. Se lo colocó en el oído y colgó casi al momento—. Puede que se haya quedado sin batería; a veces le ocurre —sugirió en voz baja—. Si aparece por aquí o te llama le dices que...

—No te vayas. —Reparó en que había puesto demasiada vehemencia y atemperó el tono—. Iba a salir, pero puedo cambiar mis planes.

—Por mí no lo hagas.

—Te aseguro que no lo hago por ti —declaró con una sonrisa—. Has comentado alguna vez que te gusta el cine. Podemos ir a ver una película y a inflarnos de palomitas. —Se animó a continuar al no observar rechazo—. Estoy abierto a todo: aventuras, terror, risas, lágrimas, una empalagosa y romántica historia de amor. Tú elijes.

—Hoy no seré una acompañante divertida.

—No es necesario que lo seas. Esta vez soy yo quien tiene que resultar divertido para levantarte el ánimo. —Bego rio, y él se sintió feliz—. ¿Ves? Has sonreído con solo oírmelo decir.

—¿Por qué eres siempre tan amable?

Introdujo las manos en los bolsillos del pantalón y encogió los hombros.

—Me caes bien. Me gusta tu compañía, tu conversación, y... —sonrió, azorado— y el plan que tenía para hoy era tremendo. Si aceptas mi invitación me estarás salvando la vida.

—¡Qué gran responsabilidad pones sobre mis hombros! —bromeó sin ningún ánimo.

—Prometo que lo pasarás bien. Y, después, si quieres, podemos volver aquí por si ha regresado Mikel. No es un mal plan, ¿no te parece?

—No. No es un mal plan —aceptó con una sonrisa triste—. Y

podemos aprovechar para que me cuentes algo que me causa mucha curiosidad.

—Lo que me pidas —prometió, atento y complaciente.

Ella le sonrió agradecida, sin reparar en que la miraba con turbada admiración.

—Es sobre el motivo que te llevó a la cárcel —aclaró—. ¿Cómo pudiste gastar treinta mil euros en unos pocos días?

Rodrigo se cubrió los ojos con la mano y rio, pudoroso. Gastar esa escandalosa cantidad fue un placer y una absoluta locura. Lo que le parecía realmente complicado era explicárselo a ella sin morirse de vergüenza.

Durante todo el sábado, Ane anduvo por la tienda como un alma en pena. Sonriente unos ratos, cabizbaja otros y ausente en todo momento. Lourdes había tratado de sonsacarle qué había ocurrido desde la tarde anterior, cuando la dejó trabajando con Mikel, pero ella se las había ingeniado para responder sin aclararle nada.

Por la tarde, y viendo que su amiga estaba demasiado conversadora, decidió trabajar a solas en el almacén. Desenvolver las piezas de tela de un pequeño pedido y colocarlas en los estantes no requería de mucha atención.

Desde la noche anterior no sabía qué debía pensar ni cómo debía sentirse. Él había llegado pidiendo sus brazos y ella se los había abierto. Pero después nada transcurrió como había esperado. Mikel le había dejado ver su rabia, su dolor, pero no su amor ni su ternura.

Sentada sobre la pequeña escalera de tres peldaños, rasgó el papel que envolvía una pieza azul y la colocó en el estante más bajo. Se cubrió la cara con las manos y se dobló sobre sus rodillas con un gemido. No sabía cómo detener la sucesión de recuerdos que la saturaban de amargura.

Quería creer que no sentiría ese dolor si el final hubiera sido otro menos abrupto, menos frío. Ninguno de los dos había terminado aún de recuperar el aliento cuando él comenzó a apartarse. Lo hizo despacio, mirándola con una intensidad que la dejó clavada a la pared, muda pero suplicándole con los ojos. Notó, por sus movimientos, que se colocaba y se abrochaba el pantalón. Se preguntó de dónde sacaba fuerzas para vestirse cuando ella no las encontraba ni para respirar con normalidad. Él se agachó para coger su jersey y ella aprovechó ese instante para cerrar los ojos y suspirar. Cuando los abrió lo tenía de nuevo enfrente, observándola mientras se ponía la prenda.

Ella esperó inútilmente a que hablara.

Debió haber dicho algo para ayudarla a soportar la vergüenza que sintió al verlo totalmente vestido, mirarse y descubrirse medio desnuda: la blusa abierta, el sujetador enrollado por encima de los pechos, el pantalón y las braguitas por el suelo. Debió haber dicho algo cuando la vio enrojecer de humillación. Pero solo se comunicó con sus expresivos ojos azules, con su gesto confuso, con su aire indeciso, incluso con sus labios que se separaron varias veces para no pronunciar ni media palabra.

Aún se agachó una vez más para recoger su cazadora, junto a la puerta. Desde allí volvió a abrir la boca, a humedecerse los labios, a tragarse lo que fuera que había estado a punto de decir.

Había sentido frío al quedarse sola. Se había apresurado a recoger el pantalón del suelo y había terminado sentada, abrazada a su ropa y sin saber si debía reír o llorar.

La voz de su amiga, que llegaba con debilidad, le hizo reaccionar. Irguió la espalda y comenzó a descubrir un nuevo rollo de tela.

—Te hablaba a ti —dijo Lourdes asomando medio cuerpo—. Te preguntaba si ayer terminasteis de mirar los muebles.

—Sí —respondió sin entender el motivo de la consulta—. Contrastamos opiniones para todas las estancias.

—Entonces viene a por ti —dijo con una resplandeciente sonrisa.

—¿Qué? ¿Quién viene a qué?

—Ese que aseguras que no es tu chico. Acaba de llegar, es de noche, estamos a punto de cerrar. —Guiñó el ojo con cariño—. Conclusión: viene a por ti.

Ane se levantó y salió rauda hacia la tienda. A través del cristal del escaparate lo vio, apoyado en uno de los árboles alineados en el centro de la calle y expulsando el humo de un pitillo.

—Pero no va a entrar —opinó Lourdes, a su espalda—. Me encantaría que lo hiciera, como Richard Gere, en *Oficial y caballero*, cuando irrumpe en la fábrica y saca a la chica en brazos. —Suspiró con teatralidad—. Pero este se va a quedar ahí fuera, esperando a que seas tú quien salga.

Ane no la escuchó. La presencia de Mikel solamente podía significar una cosa: quería repetir. El hombre al que amaba con todo el corazón había llegado a buscarla porque quería acostarse con ella, y ella, que se moría por perderse en sus brazos, iba a aceptarle sin hacer ninguna pregunta, ningún reproche.

Se volvió y regresó precipitadamente al almacén. Cogió sus cosas y volvió a salir. Se ponía el abrigo con prisa cuando, esta vez sí, escuchó a Lourdes.

—No lo dejes escapar de nuevo. —Ane la miró con una sonrisa apocada—. Ese hombre te quiere. No la fastidies, porque no creo que la vida te dé más oportunidades con él.

Suspiró mientras se colgaba el bolso y tiraba de la manilla. Al alcanzar la calle se quedó quieta junto a la puerta, esperando indecisa. Transcurrieron unos interminables segundos hasta que él volvió la cabeza y la vio. Y a partir de ese instante ya no quitó los ojos de ella.

Se incorporó al tiempo que daba una última calada a su cigarro, lo arrojó al suelo y lo destrozó con la punta del zapato. Después se acercó despacio, temeroso de llegar y no saber qué decir. Pensaba que era evidente el motivo que le había llevado allí, y estaba seguro de que ella lo sabía.

Cuando estuvo a su lado siguió mirándola en silencio. Seguía sin entender por qué, la noche anterior, no le había rechazado a pesar de ser la mujer de otro. Pero tampoco le importaba. Únicamente necesitaba que ahora volviera a decirle que sí.

Ane entendió su silencio porque a ella le ocurría lo mismo. Había cosas que no era necesario expresar, y esta era una de ellas. Apartó la mirada y comenzó a andar hacia Licenciado Poza para, desde allí, tomar las calles que con más rapidez les condujeran a casa.

Él cogió aliento y la siguió. En tres pasos ya caminaban a la par, tan silenciosos como si fueran extraños, sordos al ruido de la ciudad, percibiendo tan solo el golpear de sus corazones y el sonido de sus pisadas en las baldosas de las aceras.

La noche era clara. Una redonda y brillante luna se asomaba por entre los tejados para contemplarlos con curiosidad. Hacía frío. Ane se llevó la mano al cuello y descubrió que con la prisa no había cogido la bufanda. Los guantes sí. Los llevaba en los bolsillos del abrigo, uno en cada lado. Los sacó y trató de ponérselos, pero no consiguió hacer encajar sus temblorosos dedos en sus respectivos y estrechos espacios. Fue como si la lana hubiera encogido una, dos, incluso tres tallas. Los introdujo de nuevo en los bolsillos y con ellos las manos, que comenzaban a quedársele congeladas.

Desde el puente de Deusto, Mikel oteó el edificio en el que vivía Ane y los árboles que ocultaban las ventanas de su piso. Pensó que en unos minutos estarían allí, la abrazaría de nuevo, la besaría, la haría gritar de gozo. Cogió una gran bocanada del aire frío que azotaba siguiendo el curso de la ría. Deseó no sentir ese remordimiento que le impedía disfrutar el instante en toda su intensidad. Deseó volver al pasado, porque entonces la habría cogido de la mano para correr juntos hasta el portal y comérsela a besos en el ascensor. Deseó perder la memoria, mirarla sin reconocerla y amarla con la libertad de la primera vez.

Comenzaron a descender la escalera de caracol. Ane deseó pararse entre la gruesa columna central y la pared del viejo puente. Anheló quedarse en ese refugio escondido a las miradas para abrazarse a Mikel, para besarle y decirle que le amaba. Pero continuó descendiendo con la mirada fija en los peldaños de piedra.

Ignoraba que él había tenido similar intención: inmovilizarla en esa zona ciega, besarla, internar las manos bajo el abrigo y tocarle esa piel que le enloquecía. No se atrevió. Acercarse a ella le costaba casi tanto como después le dolía alejarse.

El siguiente tramo daba al exterior, a las preciosas vistas de los jardines de Botica Vieja, de la ría, del Centro Zubiarte y del Palacio Euskalduna. Después se adentraron por última vez tras la columna.

Mikel se humedeció los labios y crispó los dedos en el interior de los bolsillos. Se juró que no lo haría, que esperaría hasta llegar a su destino.

Pero su deseo fue más fuerte.

Se adelantó un paso y se detuvo frente a ella. Hundió los dedos en su cabello y la besó en los labios. Comenzó con suavidad, pero en un instante la abrazaba y la devoraba con ansia.

El sonido de pasos sobre sus cabezas les indicó que en unos segundos tendrían compañía.

Mikel la desgastó con los ojos mientras reunía fuerzas para soltarla. A los ruidos, cada vez más próximos, se les añadieron murmullos y risas. No quedaba tiempo para dudas. Siguiendo un impulso le pasó el brazo por los hombros y la arrimó a él para terminar de bajar la escalera.

Cuando quiso darse cuenta caminaban juntos, como en el pasado, pero él llevaba un pertinaz desasosiego estrujándole el corazón.

Avanzó casi a ciegas por el pasillo. Pretendía irse sin que se notara, sin encender ninguna luz, sin decir adiós.

Se detuvo ante el suave resplandor que ofrecía la puerta abierta de la cocina. Las farolas aún estaban encendidas, pero la difusa claridad que se filtraba por entre las cortinas era la del incipiente amanecer. El claror sobre la blanca superficie del frigorífico le hizo fijarse en que esta vez las letras imantadas sujetaban una fotografía.

Se volvió para mirar atrás, hacia la habitación de Ane. No escuchó nada que le indicara que ella había despertado. Entonces, tan sigiloso como un ladrón, se acercó a contemplar la imagen. Era la misma foto de Tsamoha que Ane tenía en la mesa del despacho.

La tomó entre los dedos y durante unos instantes observó los enormes y expresivos ojos negros que una vez creyó que llegaría a conocer.

Con un suspiro silencioso devolvió la foto a su lugar y la sujetó con una letra en cada una de las dos esquinas inferiores. Recorrió con los dedos el rugoso trazado de la *T* mientras se sumía en remembranzas.

No había oído el sonido de pasos de hacía un instante, ni había reparado en que Ane llevaba unos segundos junto a la puerta mirándole con triste embeleso.

—¿Te vas? —la oyó decir con voz apenada.

Se sobresaltó. Allí, parada en medio de las sombras, la sábana con la que cubría su cuerpo resplandecía con la tenue luz de la mañana. Observó su pelo revuelto, sus hombros desnudos, y recordó los momentos apasionados que habían compartido esa noche. Había sido diferente a la primera vez. El cuerpo le había pedido un ritmo más lento, más cadencioso con el que disfrutar de cada segundo que la tuvo pegada a su piel para que el éxtasis resultara más largo e intenso; para pretender, aunque fuera por una fracción de segundo, que los últimos años no hubieran existido y que ella siguiera siendo la dueña de su vida y de su corazón. Y así lo había sentido hasta que abrió los ojos y descubrió que se había quedado dormido entre sus brazos; hasta que experimentó el placer de despertar, verla respirar y recordar cómo había gemido para él... Entonces había llegado la desazón, el remordimiento.

—¿Te vas? —repitió al suponer que no la había escuchado.

—Sí. Tengo que... —Se frotó la nuca, incómodo, mientras inventaba un motivo.

—Tienes que terminar el último diseño —dijo ella.

—Sí. Eso es. —Escondió las manos en los bolsillos como si de ese modo pudiera borrar el que ella le hubiera visto acariciar el pasado—. Tengo que aprovechar el domingo para avanzar.

Ane encogió los dedos de sus pies descalzos y alzó un poco más el amasijo de sábanas que arrebujaba contra su pecho.

—Cuando nos lo entregues... —Pensarlo ya la asfixiaba. Cogió aliento—. ¿Cuando nos lo entregues desaparecerás? —preguntó con temor.

—No —susurró mirándola sin conseguir ver sus ojos en la oscuridad—. No.

Sonrió aliviada y él se preguntó si podría tenerla cuantas veces quisiera hasta que llegara el momento de olvidarla para siempre. Existía un peligro, y él lo sabía. Pero también estaba su imperiosa necesidad de ella. Únicamente debía decidir si saciar esa apetencia merecía el riesgo de terminar necesitándola con más crudeza.

La miró fijamente mientras se acercaba. Cuando pudo apreciar el gris de sus ojos se detuvo a observarlos, y por su brillo entendió que por alguna incomprensible razón ella seguiría recibiéndole. Cada milímetro de su piel le palpitó bajo la ropa anticipándose a lo que sabía que iba a sentir cuando volviera a tenerla.

Y decidió que el resto no importaba.

Que él pudiera vivir en continuo martirio echando de menos esos momentos de pasión, mientras ella consumía sus días en la cárcel, no importaba.

Minúsculas partículas de placer le brotaban todavía por los poros de su cuerpo cuando, sin decir una palabra, reanudó con lentitud sus pasos hacia la salida.

Al escuchar Ane el sonido de la puerta que advertía que ya estaba sola, apoyó la sien en el marco de madera sin apartar los ojos de las letras que él había acariciado. Estaba segura de que esa noche habían hecho el amor. Esa vez, sí, le había sentido a él. Esa vez, además del gozo físico, él le había entregado su ser y sus caricias le habían rozado el alma para llenársela de ternura y de esperanza.

Suspiró al tiempo que se acercaba al frigorífico. Observó que la *s* y la *h* estaban ligeramente desplazadas hacia arriba para sujetar la foto. Las que Mikel utilizó incontables veces para escribirle «Te amo» continuaban en su lugar.

Las rozó con los dedos y recordó otra mañana muy diferente a esa.

Mikel y ella hacen el amor mientras el sol entra por la ventana y les acaricia la piel desnuda. Se aman, hasta acabar exhaustos y jadeantes, y después continúan tocándose con languidez. Ella sugiere que le apetece algo fresco y jugoso, él la besa apasionadamente en los labios y salta de la cama para buscar en la cocina.

Lo espera hasta que no soporta echarlo de menos por más tiempo.

Sale en su busca sin ponerse nada que la cubra y lo encuentra alterando el lugar y la posición de las letras para forma un *Te amo*. Él la mira de arriba abajo con admiración, la abraza y le da a morder una gran ciruela amarilla.

—¿Qué quiere decir Tsamoha? —Se interesa—. Siempre lo pienso al cambiarlas de orden y poner boca abajo esa *e* para convertirla en una horrible *a* —ríe, divertido—, pero después olvido preguntártelo.

—Tsamoha es una niña a la que amadriné cuando tenía dos añitos. —Sus ojos brillan con ternura al recordarlo—. Ha crecido mucho desde entonces. Es preciosa y la adoro.

—¿La conoces? —Da un bocado a la fruta y se la ofrece de nuevo.

—Aún no, pero lo haré. El viaje es costoso y no quiero ir con las manos vacías. Estoy ahorrando para...

—No hace falta que lo hagas —la interrumpe, radiante—. Yo te pagaré ese viaje y todo lo que quieras llevarle.

Ella siente una punzada en el corazón. Le mira con ojos sorprendidos y la tez de pronto blanquecina.

—Estamos hablando de mucho dinero —musita con preocupación—. No puedo aceptar un regalo así.

—¡Claro que puedes! Si nos hubiéramos conocido hace unos años ni siquiera hubiera podido invitarte a un café —dice, satisfecho de poder hablar en pasado—. Pero ahora tengo una pequeña fortuna —exagera con una sonrisa de felicidad—. Y no se me ocurre una forma mejor de gastarla que haciendo felices a las personas a las que quiero. Y a ti te amo con toda mi alma.

Ane apretó con fuerza los párpados al recordar la angustia que sintió al escucharle hablar con tanta ligereza de dinero. Se había negado a creerle un delincuente, había discutido con el comisario y hasta había cuestionado que los informes fueran correctos. Pero su generoso gesto se convirtió en el motivo que con más firmeza le hizo dudar de su honestidad.

También en aquel momento había cerrado los ojos para soportar el impacto. Entonces él la había abrazado con ternura y le había rogado que no se preocupara, que podía permitirse un gasto como ese. Que él también disfrutaría del viaje acompañándola a conocer a la niña si eso la hacía sentir mejor. Había resultado irónico que tratara de tranquilizarla hablándole de lo que solo podía aumentar su inquietud.

Acarició de nuevo las letras, esta vez únicamente con la mirada. No quiso devolverlas a su posición y tampoco componer con ellas la palabra que nadie salvo él podía formar. Únicamente podía soñar con que volviera a hacerlo cada mañana, durante todos los amaneceres de su vida, para que ella la encontrara al despertar. Pero para que ese milagro se diera antes debían hablar de los errores que cometieron en el pasado, y eso iba a resultar imposible. Lo pensó cuando los intentos que ella había hecho esa noche, él los había silenciado mordiéndole la boca con apasionada fiereza.

Volvían a estar en la planta más baja del parking, en la peor iluminada, en la ciega a las cámaras de vigilancia, y el confidente volvía a estar descontrolado.

—No me gusta que me engañen, aunque quien lo haga asegure que va a pagarme cojonudamente bien.

—Era mejor que no lo supieras —se justificó el comisario—. Y si lo piensas con calma me darás la razón.

El chico resopló, se llevó las manos a la nuca y se alejó unos pasos, tenso y silencioso. Regresó al cabo de unos segundos, para seguir hablando en voz baja.

—¿Sabe el acojono que tuve? —preguntó entre dientes y acercándole el rostro—. Cuando nos reunieron a todos en la vieja nave ya sospeché algo, pero cuando cerraron las puertas, con todos dentro, me di por jodido.

—Pero mantuviste la calma, como siempre, y no ocurrió nada.

—¡No habría podido hacer ni un puto movimiento aunque hubiera querido! —bramó con expresión desencajada—. Sé bien cómo arreglan las cuentas esos jodidos perturbados. Cuando Carmona dijo «tenemos entre nosotros a un chivato», me quedé sin sangre en las venas porque toda se me amontonó en el cerebro. Pensé que me estallaba la cabeza.

Se apartó una vez más, con las manos de nuevo en la nuca, como un detenido. El comisario guardó silencio dejando que se desahogara a su manera.

No tardó en volver al rincón oscuro.

—Carmona empezó a andar hacia nosotros y mientras lo hacía me miraba a mí, solamente a mí, venía a por mí... —Inspiró con la boca abierta, como si se ahogara—. Estuve a punto de sacar mi arma, no para defenderme, sino para pegarme un tiro antes de que esos putos desgraciados me pusieran las manos encima. En el último momento se volvió hacia el tío que estaba a mi izquierda y le puso la pistola en la frente. Y entonces tuve miedo de que me notaran el alivio. ¡Si hubiera sabido que yo no era el único que estaba en esto habría estado más tranquilo, joder! —reprochó con impotencia.

—Y ahora estarías muerto. Si los dos hubierais conocido la existencia del otro, él habría intentado librarse inculpándote y habríais caído los dos —el joven le miró entrecerrando los ojos—. Reconocerás que mi forma de hacer las cosas te ha salvado la vida.

—Puede que sí —dijo sin reconocerlo del todo—, pero tenga claro que me largo. Esperaré hasta pasarle toda la información. No meta la pata otra vez, jefe. Termine con esto, págueme como me prometió y no volverá a verme nunca más.

—Tú cumple con tu parte y yo cumpliré con la mía.

—Usted prepare bien a sus hombres, porque en unos días llega el cargamento desde Colombia. Carmona piensa que ha limpiado de soplones la casa y ahora le urge recuperar el tiempo perdido. Tiene a dos de sus retrasados buscando a un tipo al que se supone que ya tenían localizado —rio por lo bajo—. Parece ser que quiere saldar una vieja cuenta de la que todavía no he conseguido información. Les pone la sangre a esos jodidos cabrones —bromeó con una mueca nerviosa.

20

El sonido de platos y cubiertos les llegaba desde la cocina. Rodrigo, empeñado en que conversaran sobre su situación, había insistido en preparar la cena mientras ellos se quedaban en el salón. Pero los minutos avanzaban y, sentados uno junto al otro, no articulaban palabra.

Mikel fumaba con aire ausente. Le preocupaba que la velada se alargara demasiado. Esa noche pensaba ir a casa de Ane pasara lo que pasase.

Los pensamientos de Bego estaban más embrollados y oscuros. Necesitaba que él le explicara por qué cada vez se veían menos, por qué mantenía apagado su teléfono, dónde había estado la tarde y la noche del día anterior. Pero Mikel actuaba como si no hubiera nada que contar, mucho menos aclarar. Y tanta calma fue alterándole a ella los nervios.

Cuando se decidió a hablar le costó mantener su furia tras el cristal de sus grandes ojos oscuros.

—He visto que tienes terminados los diseños —lanzó con irritada satisfacción—. Los vi ayer, mientras esperaba inútilmente a que vinieras.

Él inhaló el cigarro, aparentemente tranquilo, pero su voz sonó tensa.

—Son delicados. —La miró de soslayo comprimiendo los labios—. Nadie puede tocarlos.

—No lo hice. Los vi a través del papel de seda —aclaró, ofendida—. Me sorprendió. Decías que no los tenías listos.

Mikel expulsó el humo con calma. Estaba claro que iba a ser

297

una conversación difícil. Sobre todo porque esta vez no tenía ninguna intención de apaciguarle el mal humor.

—Ya ves que sí —respondió apoyando los codos en las rodillas y llevándose el pitillo a los labios.

—¿Cuánto tiempo hace que están terminados?

—Más de una semana —confesó con aplomo.

Bego resopló para contenerse.

—¿Por qué no los has entregado todavía?

Mikel descargó la ceniza del cigarro. Lo hizo con lentitud, dejando que el extremo encendido rodara por el centro del cenicero. Necesitaba mantener el control. Los ya habituales interrogatorios a los que le sometía Bego comenzaban a molestarle a pesar de reconocer que él, con su proceder, era el único culpable de esa actitud.

—¿Cuándo se los vas a dar? —insistió.

—En cuanto la vea. —Volvió a inhalar el pitillo, despacio, dominándose.

También ella trataba de contener su enfado. Aún esperaba que él se confiara sin que tuviera que sacarle cada palabra.

—¿Por qué no lo hiciste ayer? Estuviste con ella, ¿no? —preguntó, dudosa, albergando la esperanza de estar equivocada.

Él carraspeó mirando al frente sin ningún deseo de responder. Ni deseaba ni podía hablarle de Ane.

—No me gusta que traten de controlarme —dijo con frialdad.

—No es control —declaró tan asombrada como herida—. Quiero saber por qué no apareciste ni me llamaste ni...

Calló cuando le vio levantarse y dirigirse a la ventana.

—He pasado una buena parte de mi vida en la que controlaban con quién hablaba, cuántos minutos hablaba, cuánto tiempo tardaba en comer o en ducharme. —Observó la calle, pensativo—. Creo que llegaron a controlar hasta cuántas veces respiraba al día. —Se volvió hacia ella—. Así que no lo intentes, Bego. Nadie volverá a someterme jamás.

—Tan solo era una pregunta —puntualizó apretando los dedos contra sus muslos hasta clavarse las uñas—. ¿Ahora tampoco puedo preguntar?

—La primera ha sido una pregunta. La segunda ha sido una pregunta. Las demás son mucho más que simples preguntas.

—¡No tendría que hacértelas si fueras más sincero! —reprochó, herida.

Mikel se pasó la mano por la cabeza. Quería evitar causarle más daño, pero no encontraba el modo de hacerlo. Se quedó quieto, frotándose la nuca mientras el tabaco se consumía entre sus dedos.

—Sí —respondió rehuyéndole la mirada.

—¿Y eso qué quiere decir? —Se puso en pie temblando por lo que continuaba presintiendo—. ¡Maldita sea, Mikel! ¿Qué me has querido decir?

Él se le acercó, apagó el cigarro en el cenicero y encontró valor para mirarla de frente.

—Estuve con ella anoche.

Bego sintió sus palabras como dagas retorciéndose en su corazón. Las lágrimas la asaltaron de pronto y no fue capaz de contenerlas. Se dejó arrastrar por la rabia y comenzó a golpearle el pecho con los puños cerrados.

Él la dejó desahogar su furia. Se sentía merecedor de mucho más que ese comprensible arrebato.

—¿Cómo has... podido? —preguntó mientras seguía aporreándole—. ¡Maldito seas, Mikel! ¿Cómo has podido hacerme esto? —Él continuó sin responder. Esperó pacientemente hasta que los golpes y los gritos se debilitaron. Entonces le cogió con suavidad las manos, con intención de consolarla—. ¡No me toques! —exclamó ella, apartándolas con brusquedad—. No quiero que me toques con esas manos con las que la has... —Apretó los párpados y ahogó las palabras que le costaba pronunciar.

—Lo siento, Bego. No imaginas cuánto lo siento —dijo, abatido—. Te ruego que me perdones, que entiendas...

—¿Cómo quieres que te entienda? —preguntó a la vez que se dejaba caer en el sofá, derrumbada porque sus peores temores se hubieran convertido en realidad. Se cubrió la cara con las manos y sollozó con fuerza.

Mikel se sentó sobre la pequeña mesa, frente a ella. Le partía el alma verla sufrir. Contuvo el deseo de tocarla porque estaba seguro de que ella no se lo permitiría.

—Te juro que luché con todas mis fuerzas para que esto no ocurriera, pero...

—¡No te atrevas a repetir eso! —exigió alzando el rostro—. ¡Nadie te obligó a acostarte con ella!

—Es algo que no pude controlar y aún no sé por qué. —Bufó

con impotencia—. No tuve intención de herirte. No te lo mereces, por eso me duele...

—¡Claro que no lo merezco! —volvió a interrumpirle, furiosa—. He estado contigo siempre que me has necesitado. He puesto en tus manos mi vida, mis sueños, todas mis ilusiones. ¿Y ahora qué? ¿Ahora qué se supone que debo hacer después de saber que te acuestas con... con ella? —Él bajó la cabeza, pensativo—. ¿Esa es toda la explicación que vas a darme? ¿Un lo siento y después silencio?

—No hay nada que pueda decir para reparar el daño que te estoy haciendo.

Ella volvió a esconder la cara entre las manos y lloró desconsolada.

—No soy capaz de entenderlo —musitó entre sollozos—. ¿Cómo has podido abrazarla y besarla después de que te destrozara la vida y acabara con la de tu hermano? ¡Explícamelo porque no lo entiendo!

Recordar a Manu le constriñó de dolor y de culpa. Apretó los parpados y respiró hondo.

—No puedo responderte, Bego. En realidad no puedo explicarte nada.

Ella trató de golpearle de nuevo, pero las fuerzas la abandonaron antes de conseguirlo. Dejó los puños inertes sobre su pecho y apoyó en ellos la frente para llorar, esta vez en silencio.

Mikel la rodeó con sus brazos, agotado y hundido.

—No puedo explicarlo —repitió en voz baja—. Y tampoco quiero engañarte diciéndote que no volverá a ocurrir. Pero sí puedo prometerte que acabará pronto. Ella pagará por lo que nos hizo.

Bego se retiró, con las mejillas húmedas y los ojos enrojecidos.

—¿Por qué te mientes y por qué tratas de mentirme?

—No lo hago. Mi vida y mi cabeza son una maraña que no consigo entender, pero hay una cosa que sí tengo clara: le haré pagar por lo que hizo.

—¡¿Y por qué no lo haces ya?! —suplicó con énfasis—. Solo tienes que realizar una llamada. Yo puedo hacerla por ti.

Mikel se puso en pie y retrocedió hasta el otro extremo de la mesa.

—Eso es algo que debo hacer yo, y lo sabes —resopló con fuerza—. Se lo debo a Manu.

—Entonces, ¿qué pretendes que haga yo mientras decides si ya te la has follado lo suficiente? —gritó con rabia.

Ella tenía razón. No era justo ni honesto tenerla esperando cuando era otra mujer la que ocupaba su mente y le suscitaba deseo. No podía aprovecharse de ella hasta ese extremo. Bajó la cabeza para no ver su reacción ante lo que iba a decirle.

—Deberíamos dejar de vernos. —Cogió aire al sentir que le temblaba la voz—. No quiero hacerte más daño.

—¿Me estás apartando de tu vida? —reprochó acercándose a él con los ojos colmados de nuevas lágrimas.

—No —dijo volviéndose a mirarla—. Te estoy pidiendo un tiempo. No quiero estar contigo mientras me consume... —Se mordió los labios para interrumpirse—. Eres lo mejor que me ha pasado en años —confesó con ternura—, pero en estos momentos solo puedo hacerte sufrir. Los dos sabemos que estarías mejor sin mí.

Bego le miró perpleja, consciente de que aún existía una esperanza, aunque esta fuera la más humillante que hubiera podido imaginar.

—No lo puedo creer —murmuró de modo casi imperceptible al comprender que acabaría olvidándose de su dignidad y aceptando cualquier cosa que le mantuviera a su lado. Él le acarició las mejillas y esta vez ella dejó que lo hiciera.

—Esto terminará y todo volverá a ser como antes —dijo enjugándole las lágrimas con los pulgares—. Te lo prometo. Aunque sigo creyendo que deberías alejarte de mí. Mereces ser feliz y no sé si conmigo lo lograrás algún día.

Ella cerró los ojos, abatida, y le dio la espalda. No iba a aceptar la separación porque le amaba y porque estaba convencida de que Ane terminaría haciéndole daño. Sentía que su lugar seguía estando allí, esperando su regreso para recoger, de nuevo, los pedazos en los que esa mujer iba a dejarle el corazón.

Mikel esperó largos minutos y, cuando comprendió que no volvería a hablarle, comenzó a alejarse. El tiempo pasaba deprisa y quería desfogarse de nuevo con Ane. Ni los lloros de Bego ni sus propios remordimientos impedirían que lo hiciera.

Cogió su parka del sofá, con gesto cansado. Cuando alcanzó la puerta se volvió un momento. Ella continuaba cabizbaja y hundida, y él se sintió un desdichado miserable.

—Te lo prometo —volvió a decir. Y al volverse tropezó con el rostro desconcertado de Rodrigo.

Fue un instante de indecisión, de miradas tensas, de preguntas silenciosas. Hasta que su amigo juró entre dientes y se hizo a un lado dejándole espacio para que saliera.

A Rodrigo se le rompió el corazón al verla, pero se quedó quieto, sin saber si debía dejarla a solas o quedarse, si debía hablar o mantenerse callado. Contuvo el aliento cuando la vio avanzar hacia él. Abrió los brazos para recibirla, la estrechó contra su pecho y la arropó mientras la sentía llorar.

La casa estaba sumida en el más completo silencio cuando regresó Mikel, bien entrada la madrugada. La mano le había dejado de doler y los rasponazos se habían convertido en una fea mancha de sangre seca.

Entró con sigilo al cuarto de baño y se deshizo de la cazadora dejándola caer al suelo. Abrió el grifo del lavabo y puso la palma abierta bajo el chorro de agua. Apretó los dientes al sentir el escozor.

—¿Qué cojones estás haciendo? —increpó Rodrigo abriendo la puerta de golpe, con el torso desnudo y un ajustado bóxer negro—. ¿Cómo puedes ser tan cabrón y descerebrado como para estar acostándote con esa dichosa poli?

Mikel no le miró.

—En este momento tengo un problema mayor que ese.

—¿Mayor que ese? —se mofó, irritado—. No lo has debido medir bien, porque es enorme. No puedes tratar así a Bego. No lo merece. —Golpeó con el puño la pared de azulejos—. Y tú tampoco, después de lo que esa mujer hizo con tu vida.

—No. Bego no lo merece —aceptó cerrando el grifo—. En eso tienes razón.

Del pequeño armario que quedaba frente a su rostro sacó un sobre de gasas y un botellín de cristal transparente. Apretó los dientes al verter alcohol sobre la herida.

—¿Qué te ha pasado? —preguntó Rodrigo con preocupación al ver los feos raspones.

—¿Recuerdas los tipos que parecían seguirnos por Bilbao? —Rodrigo afirmó—. Pues iban a por mí. Me los he encontrado hace un rato, en Deusto.

—¿Los hombres del comisario?

Mikel volvió a echar alcohol sobre su mano. Esta vez su rostro no cambió. Miró a Rodrigo con gesto serio.

—Estoy jodido. Ahora sí que estoy bien jodido.

—¡No fastidies! No tienen nada contra ti. Aunque encontraran la droga no tendrían pruebas de que... —Se detuvo de pronto—. No la han encontrado, ¿verdad?

—No es ese el problema —resopló mientras se secaba con unas gasas—. Es algo que... —Apretó los párpados—. ¡Maldita sea mi suerte!

—Dime de una vez qué ha pasado porque me tienes en ascuas.

Continuó con los ojos cerrados tratando de entender qué era lo que buscaban esos hombres.

Había salido tarde de casa de Ane. El cielo estaba cubierto y la noche era oscura. Había caminado, hacia el lugar en el que había estacionado el coche, con el pensamiento en las horas que había pasado con ella, en que iba a echar de menos esos turbios y excitantes encuentros.

Tan absorto avanzaba que a punto estuvo de tropezar con unos borrachos que salían de un local de copas y *striptease*. Los evitó como pudo y continuó adelante. No se había alejado demasiado cuando dos tipos, enormes como gladiadores, se pusieron a su altura, uno a cada lado. No tuvo tiempo de preocuparse. Los reconoció al primer vistazo. Eran los mismos que les habían perseguido por la Gran Vía. Seguía sin recordar de qué los conocía, pero no dudó que eran hombres del comisario.

—¡Por fin volvemos a vernos! —exclamó el de la cicatriz, que le aprisionaba por su izquierda—. ¡Llevamos meses esperando ansiosos que nos den luz verde para cazarte, pero una vez levantada la veda te nos has resistido un poco! ¿Has pedido cambio de horario en la trena?

El otro tipo le rio la gracia dando un codazo a Mikel para que la compartiera como si fuera un compinche más.

—Vale —dijo Mikel con paciencia—. Me complace haberos alegrado la noche, pero ahora largaos y dejadme en paz.

Esta vez los dos rieron al unísono.

—¡Te hemos dejado en paz durante más de cuatro años, cabrón! —dijo en el mismo tono jocoso.

Mikel aceleró el paso y ellos le siguieron el ritmo sin inmutarse. Parecía divertirles que tratara de dejarlos atrás.

—No he hecho nada que esté fuera de la ley —afirmó, cada vez más molesto—. Estoy limpio, así que buscaos a otro a quien aburrir.

Regresaron las carcajadas de los dos hombres. El que parecía llevar el mando volvió a tomar la palabra.

—Esa es la retahíla que todos tenemos preparada para cuando nos pilla la pasma. Pero a nosotros nos la trae floja que seas un buen tío o un cabrón. Tienes algo que es del jefe y se lo vas a dar esta misma noche. Justo antes de que te metamos un tiro entre ceja y ceja. —Empleó los dedos para simular el disparo en la frente.

Un escalofrío le recorrió la espina dorsal. Esos tipos no hablaban como polis, no actuaban como polis. Esos tipos no eran polis.

—¿Quién es vuestro jefe? —preguntó con todos los sentidos en estado de alerta.

—¿Has oído al graciosillo este? Pretende no saber quién es el jefe —dijo con guasa—. Escucha bien, mamón. —Cabreado de pronto, le clavó entre las costillas el cañón de la pistola—. Se acabó la charla. Vas a venir con nosotros, vas a montar en nuestro coche como un chico obediente y te llevaremos delante de ese al que finges no conocer.

—¿Para qué? —preguntó tratando de ganar tiempo a la vez que miraba a los costados calculando hasta dónde podría llegar si trataba de escapar.

—Para joderte vivo después de que hayas devuelto lo que te llevaste.

En un instante recordó dónde había visto al de la cicatriz y le llegaron a la mente las palabras que escuchó aquella maldita tarde. Ahora sabía para quién le buscaban.

—Carmona... —musitó sin dejar de prestar atención a la carretera desierta.

—¡Mira tú por dónde empiezas a recuperar la memoria! Seguro que con un poco más de presión esta noche terminarás recordándolo todo.

Su tono de mofa evidenció que pensaba contemplar cómo le ayudaban a acelerar el proceso. Eso si no se encargaba de hacerlo él mismo.

Las carcajadas fueron esta vez más fuertes. Sintió que el cañón de la pistola aflojaba la presión sobre su costado. Vio los faros de tres coches al inicio de la calle. En unos segundos estarían a su altura. Si saltaba a la calzada en el instante justo en el que llegaba el primero, cruzaría por delante y ellos no podrían perseguirle hasta que hubiera pasado el último. Se tensó mientras seguía escuchándoles reír. Si calculaba mal acabaría bajo las ruedas. Pero si tenía que morir esa noche prefería hacerlo así que en manos de aquellos trastornados hijos de puta.

Estimó la velocidad a la que se acercaban los faros. Contó mentalmente y se arrojó a la carretera al tiempo que los dos tipos reaccionaban y se lanzaban tras él.

Su cálculo resultó tan ajustado que una vez superado el obstáculo le golpeó el espejo retrovisor, lanzándolo hacia el suelo. Le aterró el tiempo que estaba a punto de perder. Mientras caía adelantó las manos y al chocar contra el asfalto rodó sobre su cuerpo para levantarse con rapidez. No quiso mirar atrás para ver si sus perseguidores esperaban o se arriesgaban a pasar sorteando los otros coches. Corrió sujetándose el corazón entre los dientes. Corrió sabiendo que era su vida lo que estaba en juego y se refugió en el primer portal que encontró abierto. Se sentó en la escalera, alejado de las vistas del exterior, y esperó hasta que estuvo seguro de que el peligro había pasado.

Rodrigo, que había escuchado sin atreverse a respirar, tomó asiento en el borde de la bañera porque no le sostenían las piernas.

—¿Y qué tienes tú que pertenezca a ese tío?

—No lo sé. —Se volvió y se apoyó en el lavabo—. Pero, aquella maldita tarde, justo antes de que todo se precipitara, Carmona miró el interior de mi bolsa de deporte. La sujetaba uno de los tíos que me ha seguido. Dijo algo así como «aquí no está todo». —Alzó las manos con desaliento—. No entendí nada.

—¿No dijo qué cosa faltaba?

—No hubo tiempo. Ya lo sabes. —Cerró los ojos y bufó con agobio—. No volví a pensar en esa frase, hasta hoy. —Se frotó la nuca agarrotada—. No tengo nada que pertenezca a ese tipo. Nada.

—¿Y por qué no se lo explicas?

—Imposible. Si él se ha empeñado en que tengo algo, lo tengo. Si me pillan, cuanto más insista en que no sé nada, más me torturarán para que cante lo que quieren saber.

—¡Pues sí que estamos jodidos! ¿Crees que sabrán dónde vives?

—Si lo supieran ya habrían venido a por mí. Han dicho que llevan tiempo buscándome, y si lo hacen entre la gente con la que andaba en el pasado ninguno les conducirá hasta aquí. Tan solo podría hacerlo Bego, pero no tienen por qué saber de ella.

Por primera vez se alegró de haber perdido amigos, de no frecuentar los mismos lugares, de no haber hablado a nadie de dónde y con quién estaba viviendo.

—¿Estás seguro de eso?

—Sí, lo estoy. Además tú no tienes ninguna relación con mi pasado ni este pueblo tiene nada que ver conmigo.

—Eso me tranquiliza un poco, pero ¿qué vamos a hacer?

—Tú nada. Yo, andarme con ojo y no bajar la guardia en ningún momento; sobre todo cuando se me acabe el permiso y vuelva a la cárcel. No se arriesgarán a acercarse por allí, pero pueden esperar por los alrededores y... —Cogió la cazadora del suelo y sacó el paquete de tabaco—. ¡Malditos cabrones! ¿Es que no van a dejarme nunca en paz?

—No podemos cruzarnos de brazos y esperar a que se olviden de ti.

—Son peor gente de lo que imaginas —dijo encendiendo un cigarro—. Y no, no se olvidarán de mí. Nunca se olvidarán de mí.

Mantenerse alerta pasó a ser una de sus preocupaciones. Cambió ligeramente de aspecto. Sustituyó su cazadora de cuero por una gruesa parka verde militar y renunció a continuar rasurándose la cabeza. Dejó de caminar sumido en pensamientos para hacerlo oteando continuamente hacia los lados y, cada poco tiempo, también a su espalda.

Su principal obsesión; la que le angustiaba, la que le calmaba, la que le daba y le quitaba vida, seguía siendo Ane. Poco importaban las broncas de Rodrigo, que aseguraba que mantenerse cerca de ella acabaría siendo su perdición. Más le preocupaba el sufrimiento de Bego, pero a pesar de ello estaba dispuesto a que nada le privara de sus encuentros. Después de tantos años de inmenso vacío, y antes de que llegara el final, necesitaba llenarse de esas intensas pasiones que solo ella había sabido provocarle.

Por eso acudía cada noche, sin faltar una, al piso de Deusto. Para tomar todo cuanto quería, todo cuanto necesitaba, todo cuanto seguiría perteneciéndole si ella no le hubiera traicionado.

No supo ver los pequeños cambios que se sucedían con un encuentro tras otro, unas caricias tras otras, unos besos tras otros.

Poco a poco fueron desapareciendo las veces en las que la poseía como un animal herido y se iba casi sin despedirse. Lo que comenzó siendo para él un desahogo rápido, se fue transformando en noches enteras de caricias que no siempre buscaban la finalidad del sexo. Ni el desapego de él en cuanto desaparecía el orgasmo, ni la preocupación de ella en no dar ni pedir más de lo que él quisiera, impedían que durante el sueño sus brazos y piernas se enredaran y sus cuerpos descansaran el uno en el otro.

Pero el tiempo y la repetición convierten en cotidianas las cosas más extrañas.

Mikel, que se fue impregnando de ella como esperaba, no llegó a saciarse como pretendía. Su cuerpo y su alma fueron necesitando cada vez un poco más de ese alivio que solo ella les daba. Y terminó disfrutando de las noches para arrepentirse y martirizarse durante los largos días, mientras no la tenía cerca.

—¿Quieres manzanilla, melisa, jazmín, té verde? —preguntó Ane, una de esas noches, después de casi dos semanas de ardientes encuentros, mientras miraba en el cajón de las infusiones.

—¿No es peligroso? —preguntó Mikel. Ella volteó el rostro para mirarle con curiosidad—. Mezclar relajantes con un poderoso excitante, ¿no es peligroso? —aclaró pegándose a su espalda y pasándole los brazos por la cintura.

Ane sonrió con disimulo y cogió dos bolsitas de melisa. Le gustaban esos ratos en los que hablaban de cualquier cosa, como una pareja normal y no como adultos que se encontraran solo para acostarse. Además, tenía la esperanza de que, al fin, él permitiera que una de esas charlas terminara en la explicación que ella necesitaba darle.

—No tenemos por qué mezclarlos. —Le siguió el juego, deseosa de alargar la conversación—. Primero nos tomamos la infusión y un rato después... —Se detuvo con un incontrolado gemido. Él le mordisqueaba el cuello al tiempo que sus dedos recogían pequeños pliegues de tela que le iban alzando el borde del vestido. Cuando las manos le alcanzaron las caderas desnudas, ella emitió un ronco sonido de complacencia.

Mikel gruñó excitado y se la llevó consigo hasta el centro de la cocina. La giró para tenerla frente a sí y la hizo retroceder hasta tropezar con la mesa.

Levantó el tejido hasta la cintura sin perder el contacto con sus ojos grises y le rozó las ingles con las yemas de los dedos. Ella se estremeció y él sintió la garganta repentinamente seca. Se humedeció los labios y tragó.

Ane trató de hablar, temblorosa y excitada, pero él la interrumpió atrapando su boca como hacía siempre que la quería en silencio. Le comió los labios derritiéndola mientras él mismo se quedaba sin voluntad.

La soltó el tiempo justo para mirar hacia la mesa y asegurarse de que estaba vacía.

—Entiendo que quieres algo más fuerte que una infusión —bromeó ella, sin aliento, mientras se le escurrían de los dedos los preparados de hierbas.

La tendió sobre la pulcra madera y se colocó entre sus piernas. Volvió a besarla de forma arrebatada. Terminó de enrollarle el tejido hasta pegarlo a su cuello y le mordisqueó los pechos a través del encaje blanco del sujetador a la vez que sus dedos se abalanzaban directamente hacia su sexo. La sintió estremecer, la escuchó gemir y apartó la boca para dejarla respirar y mirarla a los ojos.

—Quiero dibujarte así —susurró al verla con los párpados entrecerrados y las pestañas aleteando de excitación—. No sé qué me pasa, pero te dibujo a todas horas; con lápiz, sin él... —confesó casi de modo inconsciente. Ane sonrió con dulzura y él perdió el poco aliento que le quedaba—. Creo que me estoy volviendo loco —susurró, sorprendido por su propia revelación, y escondió la cara en la suave curvatura entre su hombro y su cuello—. Abrázame —pidió con voz ronca—. Abrázame muy fuerte. Abrázame todo lo fuerte que puedas.

Inspiró al sentir sus brazos rozándole la espalda y notó cómo su delicado olor a azahar le penetraba y recorría su cuerpo hasta encontrarle el alma. Escuchó los agitados latidos de su corazón y besó con ternura la suavidad de su piel.

Nada era comparable a eso. Ni siquiera entrar en ella y estallar en el placer más absoluto. Nada se podía comparar con la paz que sentía cuando ella lo encerraba en el cálido refugio de sus brazos.

Había tardes en las que a Mikel le costaba esperar a que llegara la noche para encontrarse con Ane. Cuando eso ocurría se acercaba a la tienda sabiendo que, apenas asomara, ella se apresuraría a salir a su encuentro dejando a Lourdes a cargo de todo.

Ese fue uno de esos días en los que llegó a buscarla ansioso por recorrer con ella las calles, cruzar el puente, descender por la escalera de caracol y subir en el ascensor gastándola a besos.

Pero esa tarde, con la pelirroja ausente del comercio, esperó pacientemente a que llegara la hora de cierre. Husmeó entre papeles pintados y telas mientras Ane atendía a los clientes, pero sin dejar de mirarla más allá de unos segundos. Tan pendiente estuvo de ella que no advirtió que, desde la calle, unos ojos les acechaban con excesivo interés. Ni reparó en ello un rato después, cuando salieron y él bajó la persiana y la afianzó a la cerradura encajada en el suelo. Menos aún se percató de que estaban siendo acechados cuando la ayudó a enrollarse la bufanda, tiró de los extremos para acercarla y la besó sin prisa en la boca. Y es que ella le hacía olvidarlo todo, incluso su necesidad de mantenerse vigilante para seguir con vida.

La tomó por la cintura y la arrimó a su costado. Deseaba recorrer con ella las calles más largas y desiertas que les condujeran a Deusto. No era consciente del peligro que suponía alejarse del gentío.

Al detenerse en el segundo semáforo se inclinó para susurrarle al oído. Por entre su cabello castaño, unos pocos metros más atrás, creyó distinguir dos rostros inquietamente conocidos. Rígido, volvió su mirada al frente sin tiempo a comprobar si la visión era real o simple producto de su imaginación. Su primer pensamiento fue para Ane. Debía mantenerla a salvo de esos hombres. Le pasó el brazo por el cuello y la llevó contra sí para evitar que vieran su rostro. Ahora su urgencia consistía en escapar de allí. En ese momento no era solo su vida la que estaba en juego.

—¿Qué pasa? —preguntó ella al sentirlo tenso y percibir que su respiración se aceleraba.

Se ladeó para besarla en los labios. El corazón le retumbaba con fuerza y sus sentidos estaban en completa alerta. Pudo ver que los tipos mantenían la distancia para no ser descubiertos. Y él se preparó para el instante en que el semáforo cambiara a verde. Entonces los peatones de uno y otro lado de la calle se cruzarían formando un pequeño tumulto.

—¡Corre conmigo! —susurró en el último instante.

La sujetó con fuerza por la cintura y salió abriéndose paso entre la gente. Llevaba la cabeza baja para no sobresalir y ser localizado. Ane iba sin aliento, sobre todo cuando la alzaba y ella sentía que sus pies no tocaban el suelo.

La hizo girar bruscamente hacia la izquierda y no se detuvo hasta alcanzar la parte trasera del kiosco de prensa.

—¿Qué pasa? —volvió a preguntar ella, con la espalda apoyada en el cristal y respirando jadeante.

—Necesitaba besarte a solas —susurró. Y lo hizo a la vez que temblaba por dentro.

El corazón de Ane se aceleró hasta acompasarse a los feroces latidos que golpeaban el agitado pecho de Mikel. Correspondió a sus besos con descuido mientras se preguntaba de qué se estaban escondiendo, hasta dónde alcanzaba la gravedad de lo que le estaba ocultando esta vez.

21

Estacionó el coche junto a la Casa Torre de Ariz, a pocos metros del piso de Mikel. Salió del vehículo abrochándose el abrigo y consultó su reloj de pulsera: las ocho de la mañana. Después miró al cielo. Amanecía un precioso día frío y nublado pero sin amenaza de lluvia. El día perfecto para pasear por la playa escuchando el sonido el mar; para sentarse en la arena y contemplar el horizonte en silencio; para charlar abrazados, refugiándose del viento.

Le alegraba que Mikel hubiera aceptado su idea de pasar el domingo en la playa de Cuberris. Tenía maravillosos recuerdos de aquel lugar en el que se produjo su primer acercamiento, y pensaba que volver allí era lo que necesitaban. Tenía la esperanza de que él se relajaría hasta permitirle hablar del pasado, de que por fin la dejaría explicarse y, tal vez, comenzaría también a perdonarla. Esa expectativa le ilusionaba tanto que la excitación había hecho que madrugara mucho más de lo necesario.

La esplendorosa sonrisa se le extinguió en los labios cuando llegó al portal y la vio. La reconoció a pesar del tiempo transcurrido. La encontró más hermosa a pesar de que siempre le pareció la mujer más perfecta que había visto. Se quedó inmóvil mientras ella, altiva y desafiante, abría la puerta y se detenía obstaculizándole la entrada.

—¡Qué sorpresa! —pronunció en voz baja—. Este piso está muy concurrido esta mañana.

Ane percibió su tono provocador, pero no respondió. No quería discutir. Sentía lástima por ella. Sabía lo que era amar sin esperanzas de ser correspondida.

—¿Me dejas pasar, por favor? —pidió con amabilidad.

Pero Bego estaba tan furiosa como dolida. Acababa de descubrir el motivo del indiferente recibimiento que le había dedicado Mikel, y sobre todo de la absurda discusión que había terminado con su imprevista visita.

—Ya que compartimos un interés común, permite que te dé un consejo —dijo con un chispeo de perversidad en sus ojos negros—: No subas inmediatamente. Da unas vueltecitas por el barrio para dar tiempo a que se enfríe su cama. —Sonrió al descender a la acera para marcharse, y en cuanto le dio la espalda la sonrisa desapareció y sus ojos reflejaron el dolor y la impotencia que en realidad sentía.

Ane apretó los párpados mientras el taconeo se iba perdiendo en la distancia. Se encogió, muerta de amargor y de frío. ¿En qué momento se atrevió a albergar alguna tonta esperanza con respecto a Mikel? Se había acercado a él para ayudarle y, tal vez, para ayudarse a sí misma poniendo un poco de paz también en su alma. Debería haber centrado sus esfuerzos en eso, sin dejarse llevar por la emoción de descubrir que él la seguía amando.

Porque la amaba. Estaba segura de que la amaba a pesar del odio, a pesar de Bego, a pesar de todo.

Sin embargo, se quedó allí durante interminables minutos soportando la baja temperatura, preguntándose si debía subir o era más prudente regresar a casa.

Aún dudaba cuando, un rato después, Mikel abrió la puerta y la miró con desconcierto.

—¡Vaya! —exclamó, aturdido—. Te has adelantado casi una hora. Pero lo arreglo en cinco minutos —aseguró mientras caminaba hacia atrás torpemente. Alzó la mano para disculparse y se precipitó hacia su cuarto.

Ane suspiró para darse ánimos. Encontrarlo con los pies descalzos, los vaqueros desabrochados y el torso desnudo le había provocado una punzada gélida en el corazón.

Miró a su alrededor, temerosa de encontrar cualquier cosa que le recordara a Bego, y fue tras él siguiendo la estela que su olor a recién duchado había dejado por el pasillo. Se detuvo a la entrada de la habitación y miró la cama deshecha.

—Perdona el desorden —pidió, azorado, mientras sacaba un suéter del armario—. Me he levantado muy pronto, pero me he entretenido dibujando.

Ella volvió la vista hacia el escritorio. La figura de una mujer desnuda ocupaba toda una lámina. Se acercó para apreciarlo mejor. Era ella, acostada lánguidamente sobre una indefinida y esponjosa superficie blanca. Estaba bella; más bella de lo que se había sentido nunca. La luz que llegaba en oblicuo desde la ventana le permitió apreciar que algunas líneas estaban profundamente incrustadas en el papel, como si hubieran sido trazadas con demasiada impetuosidad. Tal vez con rabia. Quizá con esa rabia que ella había dejado de ver y que por eso había creído extinguida.

Se sobresaltó al notar a Mikel a su espalda. Cerró los ojos mientras sentía sus dedos recogiéndole con suavidad el cabello y dejándolo caer hacia delante por uno de sus hombros.

—¿Hay algo que te preocupa? —musitó en voz baja.

Ella negó con un movimiento de cabeza. No podía dejar de imaginarlo con Bego entre esas sábanas enredadas. Al sentir el calor de sus labios sobre la nuca se le erizó la piel, se apartó bruscamente y se dirigió a la puerta, pero se detuvo a medio camino.

—¿Qué ocurre? —volvió a preguntar observando con atención su espalda tensa.

—Nada, pero... he estado pensando que... no... no tiene ningún sentido que pasemos el día en Cuberris —dijo escondiendo sus temblorosos dedos en los bolsillos.

Mikel se acercó sin dejar de mirarla y se colocó frente a ella.

—Algo ha cambiado desde ayer por la noche. ¿Qué es? —Sus ojos azules se encendieron—. ¿Has estado con él? —preguntó consumido por unos repentinos celos.

—No sé de quién hablas. —Se mostró confundida.

—Claro que lo sabes. ¿Has estado con el comisario?

—¿Por qué me haces esa pregunta?

Mikel comprimió los labios con fuerza. Que ella evitara responderle fue para él la más sólida confirmación.

—Por nada —respondió, mortificado y furioso—. También yo creo que es ridículo que tú y yo vayamos a esa playa o a cualquier otra. Para lo que nos juntamos nos basta con un simple colchón —apuntilló mordaz, y sin apartar los ojos de los suyos se hizo a un lado para dejarla ir.

313

Ane le mantuvo la mirada unos segundos. No podía creer que estuviera siendo tan cruel. Tomó aire, dispuesta a demostrarle que no había conseguido humillarla.

—Estoy de acuerdo. —Alzó la barbilla ocultando el dolor que la quebraba por dentro—. Cualquier punto de apoyo sirve para nuestros revolcones.

Se apartó, con cuidado de no rozarle, y se volvió hacia la salida con paso digno.

Mikel caminó tras ella, muy cerca, observándola en silencio, conteniendo el impulso de retenerla y gastarle la boca hasta borrar lo que los dos acababan de decir.

Sintió ahogo cuando en el salón la vio recoger el abrigo y el bolso.

—Posa para mí —pidió al no resistir la sensación de pérdida.

Ella se volvió, sorprendida. Le miró tratando de reconocer la aspereza de hacía un instante. En su lugar encontró el amor torturado de siempre.

—¿Ahora? —Su voz fue como un murmullo emocionado.

—Ahora —respondió con un susurro—. Posa para mí como lo hiciste entonces.

Ane comprimió contra sí las prendas, y los segundos que tardó en responder se le hicieron a Mikel eternos.

—No. No voy a hacerlo mientras no hablemos —declaró sin ánimo de provocarle—. Esta vez no.

Firme en su intención de irse, caminó hacia el pasillo y la entrada. Mikel reaccionó con rapidez, pero en lugar de detenerla se adelantó y se interpuso entre ella y la puerta. Le acarició la mejilla con el dorso de los dedos y susurró, seductor:

—No seas niña. —Trató de sonreír, pero el corazón le latía en la garganta—. Quédate y posa para mí.

—Quieres que pose para ti —musitó con tristeza—. Quieres que corresponda a tus caricias cada vez que se te antoja, que sonría contigo cuando tienes un buen día y que casi no respire cuando llegas áspero y resentido —inspiró hondo y con suavidad—. Y siempre hago todo eso que deseas. ¿Pero qué pasa con lo que yo quiero? —Le vio tensarse mientras ella concluía—: No, Mikel. No voy a posar para ti mientras no me dejes explicarte lo que pasó.

Pero él no podía dejarla hablar. Tenía miedo de que con unas pocas palabras le hiciera dudar de lo que vio, de lo que sintió aquella tarde; de la verdad en la que llevaba apoyando su desdichada vida durante los últimos años.

—Como quieras —dijo Ane ante su obstinado silencio.

El corazón de Mikel se aceleró pidiéndole que la detuviera, la mirara a los ojos y le dijera que estaba dispuesto a oír lo que ella quisiera contarle. Pero él se negó ese deseo. Se quedó inmóvil mientras ella pasaba por su lado y alcanzaba la puerta.

Ane salió sin mirarle. Se iba con la falsa dignidad con la que trataba de ocultar lo utilizada y herida que se sentía. Estaba haciendo lo único que podía hacer, lo que debió haber hecho hacía mucho tiempo. Sin embargo, alejarse de él le provocaba el mismo dolor que si se le arrancaran a pedazos las entrañas.

—Espero que te vaya bien —dijo desde el rellano—. Espero que todo te vaya bien.

No hubo más palabras, ni siquiera una última mirada.

Mikel cerró y la soledad volvió a llenar la casa, volvió a asfixiarle, volvió a sumirle en las sombras.

Crispó los puños y maldijo en voz baja. Cuando eso no le bastó trató de desahogar su impotencia golpeando con los nudillos sobre la puerta una vez, y otra, y otra...

El agente Gómez se detuvo ante el despacho y se examinó el uniforme. Se ajustó los puños y los cuellos de la camisa y alzó la mano para llamar. Se arrepintió en el último instante. Tosió para aclararse la voz. Volvió a coger aire y se santiguó dos veces. Después golpeó la puerta con los nudillos y abrió.

El comisario, sentado ante su escritorio, levantó la cabeza y le miró con gesto agrio.

—Si no me traes las noticias que espero, mejor desapareces sin abrir la boca —espetó, furioso.

—Señor. —Volvió a carraspear—. No es fácil conseguir la información que me ha pedido sin...

—¡No te he preguntado por las dificultades que encuentras al hacer tu trabajo! ¡Te he dicho que hables únicamente si tienes algo importante que comunicarme!

Durante unos segundos el joven policía pareció dudar. Al final se arriesgó a continuar dando su informe.

—Como me dio libertad para seguir al sujeto, lo he hecho unas cuantas veces. Puedo decirle que desde hace un tiempo pasa muchas noches en un piso de Deusto que...

—¡Ya basta! —Se puso en pie al tiempo que golpeaba la mesa con los puños—. Estoy cansado de tu ineptitud. Está claro que me equivoqué contigo.

—Pero señor, yo...

—¡Tú, nada! —continuó gritando—. No estoy de humor para aguantar majaderías de un novato que no sabría decirme ni cuál es su mano derecha. Aléjate de mi vista o juro que no respondo de mí —amenazó entre dientes.

—Sí, señor —acató cuadrándose antes de salir de forma precipitada.

El comisario se dejó caer con brusquedad en el asiento. Apoyó la espalda en el respaldo y con aire ausente se frotó el mentón.

Se sentía furioso, frustrado, impotente. El último mes estaba siendo un infierno. No podía soportar que Ane estuviera viéndose con aquel tipo. Eran muchas las veces, en las últimas semanas, que se había contenido para no abordarlo de nuevo. Le mataba el deseo de darle un buen escarmiento para que se le quitaran las ganas de acercarse a ella.

La impotencia y los celos le consumían. La amaba con toda su alma. Si perderla era duro, perderla por que se fuera con aquel delincuente de oscuras intenciones le resultaba insoportable. Necesitaba que ese maldito regresara a prisión antes de que le hiciera daño, pero ya había comprendido que el agente Gómez no iba a ser quien le facilitara las pruebas necesarias. Le había hecho perder un tiempo precioso que el condenado Mikel no había desperdiciado.

Se frotó con los dedos el espacio entre los ojos. Llevaba demasiado tiempo sin dormir, demasiado tiempo tenso, demasiado tiempo furioso. Su capacidad para centrarse en el trabajo estaba bajo mínimos, su paciencia estaba llegando a su fin.

Check Out Receipt

Arlington Library
951-826-2291
WWW.riversideca.gov/library

Monday, August 5, 2019 2:07:15 PM
89588

Item: 0000142879907
Title: Antes y despues de odiarte
Call no.: SP Ibirika 2011
Due: 08/19/2019

Total items: 1

You just saved $27.50 by using your library. You
have saved $68.90 this past year and $1,587.18
since you began using the library!

Thank You!

Check Out Receipt

Arlington Library
954-826-2291
www.riversideca.gov/library

Monday, August 5, 2019 2:07:19 PM
84588

Item: 00001428788907
Title: Antes y despues de odiarte
Call no.: SP Ibirika 2011
Due: 08/19/2019

Total items: 1

You just saved $27.50 by using your library! You have saved $88.90 this past year and $1,587.18 since you began using the library!

Thank You!

22

Decenas de desiguales bolas de papel arrebujado estaban por el suelo. Como emergiendo de entre ellas destacaban los pies descalzos de Mikel. Con el cuerpo desnudo, igual que cuando la miraba dormir y la pintaba en su cuaderno, trazaba suaves líneas sobre una nueva lámina. Solo una tenue luz, procedente de la pequeña lámpara del escritorio, rompía las sombras de la noche derramándose sobre sus nudillos lastimados y los rasgos de Ane que iba descubriendo el carboncillo: el delicado arco de sus cejas, sus ligeras pestañas, sus seductores labios entreabiertos...

... hasta que cogió la hoja entre las manos y la arrugó con rabia, arrojándola después contra las que cubrían el entramado de madera.

Llevaba tres días de tormento y tres noches de infierno. El cansancio no le dejaba dormir, sus pensamientos no le dejaban dormir, comprender que ya no sabía vivir sin ella no le dejaba dormir.

Se echó sobre el respaldo, la silla crujió y por un momento temió despertar a Rodrigo. Apagó la luz, regresó a tenderse sobre las sábanas revueltas y cerró los ojos.

¿Por qué se desesperaba? La tenía donde quería; desde hacía tiempo una simple llamada de teléfono le separaba de la satisfacción final, y toda su angustia se centraba en que la había perdido. En que la había perdido a pesar de no haberla tenido nunca.

¿Dónde estaba quedando su odio, su afán de revancha?... En el olvido. Por mucho que se obstinara en continuar con sus planes, era consciente de que los estaba sumiendo en el olvido. Y si perdía lo que durante años fue su razón de ser y de existir, ¿qué le quedaría? Si perdía eso y además no la tenía a ella, vivir o morir iba a ser algo que no volvería a importarle.

Tenía que centrarse si no quería volverse loco; tenía que recordar qué quería y por qué, y hacerlo de una vez por todas. Y para eso debía pensar en ella como en la zorra que le jodió la vida y no como en la mujer con la que se moría por estar.

Tenía que hacerlo.

Sin embargo, se levantó de nuevo, se acercó al escritorio y encendió la luz. Cogió entre los dedos el carboncillo y comenzó a trazar el arco perfecto de una ceja. Llevaba a esa mujer tan encajada en el pensamiento que podía dibujarla sin necesidad de verla. Era respirar lo que le costaba hacer cuando no la tenía al lado.

—¿Qué ocurre? —preguntó Rodrigo asomando el torso desnudo tras la puerta.

Mikel soltó el carboncillo y dirigió hacia él los ojos, cansados y enrojecidos.

—He tratado de no hacer ruido. Siento haberte despertado.

Rodrigo no necesitó comprobar qué contenían los folios desperdigados por el suelo; sabía bien lo que su amigo, en los últimos días, dibujaba y destrozaba sin descanso.

—Llevas noches sin salir y andas de un lado a otro como un alma en pena —comentó apoyando el peso de su cuerpo en el quicio de la puerta—. ¿Qué está pasando?

—Nada importante. —Hincó los codos en la mesa y se frotó los párpados.

—Esto se te está yendo de las manos —dijo con preocupación—. Lo sabes, ¿verdad?

—Es cansancio —aseguró volviéndose hacia el rostro inacabado de Ane—. Solo cansancio. Llevo algunas noches durmiendo mal.

Como si esa explicación lo hubiera dejado todo resuelto, recuperó el lápiz y comenzó a trazar las líneas del suave y delicado cuello. Rodrigo le observó durante un rato, pensativo. Iba a continuar con las preguntas cuando le vio arrugar el dibujo con arrebato, arrojarlo al suelo y comenzar con un nuevo folio. Entonces suspiró con impotencia y desapareció en la oscuridad del pasillo llevándose con él su preocupación.

Rodrigo hizo el café en silencio mientras Bego deambulaba por la casa. Estaba cansado de verla sufrir por Mikel, igual que estaba cansado de verlo a él destrozar su vida a causa de su obsesión por la mujer equivocada. No entendía tanta ceguera cuando el amor le parecía algo tan claro y hermoso como la luz. Él sabía a quién amaba y sabía que la amaría hasta su último aliento, incluso tal vez también después. Soñaba con ella, fantaseaba con ella, y, a veces, la miraba a los ojos, le enjugaba las lágrimas con los dedos y la consolaba con palabras cariñosas.

No era todo lo que deseaba hacer, pero sí era todo cuanto podía permitirse con la mujer de su mejor amigo por mucho que este no la mereciera.

Dejó las dos tazas con café en la mesa. Una frente a la silla donde ella había dejado el abrigo y el bolso. La otra justo al lado. Después salió en su busca.

La encontró mirando la habitación de Mikel desde la puerta abierta, resistiéndose a pasar al interior.

—Lo siento —susurró él con dulzura, apoyando la espalda en el otro lado del marco.

Ella pareció despertar del amargo aturdimiento.

—He perdido la cuenta de las veces que me has dicho palabras como esas.

—Me gustaría hacer mucho más, pero... —mesó su perilla con gesto preocupado—, pero no es fácil. —Resopló para serenar su frustración—. ¡Si al menos pudiera sacudir a ese descerebrado hasta hacerle entrar en razón!

Bego volvió la mirada hacia la habitación y la dejó clavada en la cama.

—¿Cuántas noches duerme fuera de casa?

—Todas. Hay veces que regresa de madrugada, otras lo hace justo para cambiarse y salir hacia el trabajo. Pero algo está ocurriendo, porque las tres últimas ni siquiera ha salido. No le veo bien y comienzo a estar preocupado. Temo que...

Se angustió al verla coger aire y expulsarlo una y otra vez, pero aguardó al comprender que lo hacía para soportar las ganas de llorar.

Tras unos interminables segundos, ella pareció recomponerse. Pasó al interior, con los brazos cruzados, mirándolo todo con expresión triste.

—Sé que debería desistir —confesó en voz baja—. Pero no voy a hacerlo. Cuando esa poli desaparezca de su vida volverá a necesitarme. Él todavía no lo sabe, pero yo sé que volverá a necesitarme.

—¿Y el daño que te estás haciendo mientras tanto?

—¿Y el daño que me haré si lo pierdo? ¿Y el daño que esa mujer le está haciendo a él? —Las lágrimas comenzaron a rodar de nuevo por sus mejillas—. ¡Acabas de decirme que no está bien!

Rodrigo maldijo entre dientes y se adelantó hacia ella. La envolvió entre sus brazos y dejó que llorara refugiada en su pecho empapándole la camisa y reblandeciéndole el corazón.

—No dejes que ningún hombre te haga sufrir así, Bego —musitó aproximando los labios a su oído—. No se lo permitas nunca a nadie. A nadie.

Ella comenzó a sollozar con más fuerza, él comprimió los párpados mientras se ahogaba en la impotencia de no saber cómo ayudarla.

Se sorprendió al sentirla de pronto rígida. La soltó y siguió la dirección de su mirada: el escritorio.

Bego se acercó despacio, sin apartar los ojos del dibujo en blanco y negro que ocupaba toda una lámina. La cogió entre los dedos y observó la imagen de una hermosa mujer desnuda. Se le escapó un gemido al reconocerla y la soltó como si de un tizón encendido se hubiera tratado.

Abrió la carpeta que encontró en un extremo de la mesa. Estaba llena de ella. La había pintado de mil maneras diferentes, pero siempre hermosa, dulce, perfecta. Ver aquel exceso le rompió el corazón: a ella no la había pintado nunca, ni siquiera con un rápido trazado en un simple pedazo de papel.

—Es Ane —susurró con un hilo de voz.

—Solo son dibujos —dijo Rodrigo al intuir su sufrimiento.

—No —musitó—. Son mucho más de lo que puedes ver. De nuevo se está dejando el alma en esa mujer de la que solamente recibe dolor.

Se estaba dejando el alma que a ella no le había abierto ni por un instante.

Sollozó cubriéndose la boca con las manos. Se preguntó qué iba a quedar de él cuando todo hubiera terminado. Nada, se respondió. Si seguía entregándose de ese modo no quedaría nada. Volvería a hundirse en el abismo en el que había permanecido los últimos años. Y esta vez sería para no salir jamás.

Furiosa, decepcionada y profundamente preocupada por él, pasó las manos por la mesa arrojándolo todo por los aires.

—¡Se acabó! —Apretó la mandíbula y se bebió las lágrimas—. Para todo existe un límite.

—Bego... —musitó tratando de calmarla con un abrazo.

—¡No! —Se apartó y fue hacia la puerta—. Sé muy bien lo que tengo que hacer. Y te juro que lo haré sin dudar.

Salió dejando a Rodrigo inmóvil y consternado, mirando los preciados dibujos de Mikel esparcidos por el suelo.

Tras el último vómito bajó la tapa del inodoro y siguió arrodillada en el suelo, por si le volvían las ganas. Llevaba sintiéndose mal los tres mismos días que llevaba sin ver a Mikel. Podía parecer exagerado, pero ella encontraba lógico que a la vez que se le iba muriendo el corazón se le enfermara también el cuerpo.

¿Qué iba a hacer ahora, para saber de él, si ya les había entregados los diseños y había cobrado por ellos? ¿Qué podía hacer, si hasta las felicitaciones del cliente le había transmitido? ¿Qué iba a hacer, cuando ya lo había hecho todo para estar cerca de él y nada había funcionado? No debió albergar ninguna esperanza. En su lugar debió haber tenido presente que la herida que deja una traición tan grande nunca termina de sanar.

Sonó el timbre de la puerta al mismo tiempo que le llegó otra arcada. Su estómago se retorció sin hallar nada más que expulsar. Se puso en pie, se mojó la cara y se enjuagó la boca en el lavabo. Se secó con una pequeña toalla, mirándose en el espejo. Estaba horrible, con la piel blanquecina y unas oscuras y hundidas ojeras. Era el aspecto mortecino de quien no se encuentra el alma.

Se frotó las mejillas mientras dejaba que sonara el timbre, y el corazón volvió a latirle resucitado cuando le pareció escuchar la voz de Mikel.

Caminó por el pasillo sin encender la luz, con las manos sobre el pecho, conteniendo la respiración y amortiguando el sonido de sus pasos.

—Abre, Ane. Por favor, abre —le oyó decir con voz apagada.

Se paró junto a la puerta agonizando en contradicciones. Quería verle, mirarle a los ojos, hablarle... pero aún era pronto para eso. La herida era demasiado reciente y demasiado dolorosa. Temía que le faltarían fuerzas para estar ante él sin echarse a sus brazos buscando su consuelo.

Por eso se quedó quieta, rogando por que se cansara de llamar y se fuera.

—Abre un momento —volvió a pedir tras la puerta—. Tenemos que hablar.

Hablar. Le estaba pidiendo, en tono dulce y afligido, que hablaran. Al fin aceptaba que hablar era el primer paso que debían dar; el primero que debieron haber dado desde el principio. Y la esperanza volvió a asomar con timidez en su herido corazón.

Le temblaban los dedos cuando descorrió el cerrojo y tiró de la manilla. Él apareció con una sombra de cansancio en sus ojos azules, y, ella, conteniendo la respiración, retrocedió para dejarle espacio.

—He luchado por no venir —se justificó parándose de frente—. Te juro que lo he intentado con todas mis fuerzas.

—Tampoco para mí está siendo fácil —reconoció, expectante.

—Entonces ¿por qué lo hiciste; por qué me echaste de tu lado? —La sintió dudar, y por un momento creyó que podría convencerla—. Olvidemos lo ocurrido. Volvamos a estar como antes.

—¡No! Como antes no —negó enérgicamente con la cabeza—. Si de verdad queremos estar juntos, primero debemos hablar de lo que...

—¿Por qué vuelves una y otra vez a lo mismo? ¿No te das cuenta de que tu insistencia es lo que lo ha estropeado todo? —preguntó con desaliento—. Estábamos bien cuando no tocabas el maldito pasado.

—¡¿Bien?! —exclamó, aturdida—. ¿A qué llamas estar bien? ¿A lo que aseguraste que podíamos hacer en cualquier sucio colchón? ¿A que llegaras aquí cada noche con el único propósito de que me abriera de piernas para ti?

Él acusó el golpe, y la rabia no le dejó ver que lo había merecido.

—No me pareció que te quejaras ninguna de las veces —respondió a la defensiva.

La observación, aunque cierta, la hirió profundamente recordándole cuál sería el tipo de relación que tendrían si le aceptaba con sus condiciones. Volvería a pasar a su lado las horas que él quisiera y del modo en el que se le antojara; volvería a amarle en silencio cuando a él no le apeteciera escuchar sus «te amo». ¿Y cuánto tiempo más se sostendría esa locura?... Probablemente hasta que él se decidiera a escoger entre el amor y el odio que sentía por ella.

—¿A esto te referías al decir que teníamos que hablar? —preguntó en tono acusador para después apretar los párpados y pedir—: ¡Vete! ¡Vete y no vuelvas!

—¿Por qué me reprochas algo que los dos quisimos hacer? —Se acercó hasta que pudo sentirla respirar—. Es más. ¿Por qué me reprochas algo que te mueres por volver a hacer?

Le apartó un mechón, sujetándolo tras la oreja, y hundió con sensualidad los dedos en su cabello.

—Por favor, Mikel. —Temblaba por fuera y por dentro—. Esto es absurdo.

—¿Acariciar es absurdo? —musitó al tiempo que alcanzaba el punto en la nuca que sabía que le erizaba la piel.

—No deberías haber venido —insistió tratando de ignorar su contacto—. Vete, por favor.

Él no se movió. La tenía frente a sí, protestando con dureza mientras su piel respondía a sus caricias.

—¿A quién obedezco? —susurró, seductor—. ¿A tu boca, que me pide que me vaya, o a tu cuerpo que suplica que me quede? ¿Cuál de los dos miente, Ane?

—Tal vez ninguno de los dos. —Sacó fuerzas para apartarse y fue hacia la puerta. La abrió y esperó a que él se volviera.

El aire frío procedente de la escalera le azotó a Mikel la espalda, que tensó la mandíbula y se maldijo tanto por lo que había dicho como por lo que había callado. Cuando se volvió, ambos se miraron a los ojos; ella tratando de mostrarse firme, él sin poder disimular su indecisión.

—Ane...

—Ya nos lo hemos dicho todo —sentenció con tristeza—. Ahora quiero que te vayas; quiero que te olvides de mí; quiero que encuentres a quien sepa hacerte feliz, porque los dos sabemos que yo nunca seré esa persona.

Mikel bajó la cabeza lamentando la estúpida ceguera con la que había vuelto a estropearlo todo. Avanzó con la intención de no rogar, de no suplicar, de alejarse de ella. Sin embargo, apenas atravesó el umbral y pisó la alfombrilla de bienvenida, volvió a detenerse. Le oprimía la sensación de que una vez que se fuera no habría vuelta atrás... y no estaba dispuesto a perderla, aunque para ello tuviera que tragarse la obstinación y el orgullo.

—Ane... —volvió a susurrar al tiempo que se volvía a mirarla y se encontraba con sus húmedos ojos grises.

Y al instante ella cerró la puerta, dejándolo fuera de su casa y fuera de su vida.

Después se quedó allí, quieta, llorando por la última y amarga despedida. Habría sido fácil aceptarle; demasiado fácil y con el tiempo demasiado doloroso para los dos. Pero esos pensamientos no la consolaron.

Respiró por la boca entreabierta al sentir que le regresaban las náuseas y se sujetó con las manos el estómago revuelto. Su cuerpo volvía a enfermar en cuanto él se alejaba.

—Sé que estás ahí —le oyó decir, al otro lado, y bajó los párpados mientras el corazón le palpitaba de nuevo en la garganta.

El de Mikel no encontraba espacio donde latir: se moría. Moría golpeándole con apasionamiento, como si le castigara porque no le hubiera dicho todo lo que sentía. Y con mayor apasionamiento hubiera aporreado él la puerta de no haber sabido que eso no le ayudaría a recobrarla, sino a terminar de perderla. Por eso se contuvo y dio en la madera suaves toques con el dorso de los dedos.

—Sé que estás ahí. —Inspiró despacio, refrenando la congoja—. Escúchame, por favor.

Luchaba contra la promesa, que una vez se hizo, de mostrarle su rencor pero jamás su debilidad; esa debilidad que era y siempre sería ella. Ante, tal vez, su última oportunidad, jugaba al fin su última carta, esa que en su afán de protegerse nunca usó: la verdad que llevaba escondida en lo más profundo de su alma; esa verdad que había estado negándose también a sí mismo.

—Sé que estás ahí —repitió una vez más, con la frente pegada a la puerta—. Puedo sentirte. Nunca he necesitado verte para saber que estás cerca de mí... —Tragó, pero su garganta siguió estando seca y la humedad continuó anegándole los ojos—. Entiendo que me estés echando. De verdad lo entiendo, pero... pero entiéndeme también a mí. Me cuesta confesarte esto... Me cuesta la misma vida confesarte que... que te necesito. —Dos gruesas lágrimas resbalaron bajo sus pestañas—. ¡Dios, Ane, te necesito con desesperación, te necesito y no sé por qué! Ni siquiera me atrevo a preguntármelo. —Golpeó la puerta con el puño, suavemente, desalentado porque no llegaba respuesta—. No hay nada en esta vida que me importe, salvo estar contigo.

Esperó, pero nada cambió al otro lado, ni un movimiento ni un sonido. Sentía la inmovilidad de Ane como si estuviera viéndola. Lo que no percibía era su llanto, dulce y silencioso, ni la emoción que no le dejaba moverse ante esa extraña y esperada declaración de amor.

—Ya lo ves —dijo rozando con los dedos el borde por el que la puerta no terminaba de abrirse—. Después de los años vuelves a tenerme en tus manos.

Suspiró derrotado. No sabía qué más decir, ni cómo suplicarle para que pusiera fin a su tormento. Si no le escuchaba solo le quedaba volver sobre sus pasos; regresar al vacío en el que se iba a perpetuar su vida sin ella.

Acarició la madera, como la habría acariciado a ella de no haber mediado la puerta, y se tensó al percibir una vibración.

Lentamente el borde comenzó a separarse del marco, y un sonido, como de agonía, salió de la garganta de Mikel. Pudo ver, entonces, tras el cristal nebuloso de sus lágrimas, el rostro que amaba mientras los húmedos ojos grises se clavaban en los suyos. Cogió aire a la vez que avanzaba hacia ella, y una vez dentro cerró la puerta con el pie. Sin dejar de mirarla le acarició la mejilla con la palma abierta. Ane suspiró al sentir el roce, sonrió y alzó su pequeña mano para posarla en la suya, grande y fuerte y a pesar de ello temblorosa.

La emoción espesó el aire, dejando sus pulmones incapaces de tomar oxígeno. Pero ellos respiraban ya por los ojos, que se les iban llenando de la imagen del otro que, durante tres días, habían anhelado más de lo que podría hacerlo nadie en una vida entera.

Y ninguno pudo ya contenerse. Ella le echó los brazos al cuello y él la envolvió con desesperación entre los suyos.

—Te amo —susurró Ane en medio de besos con sabor salado a lágrimas.

Él tragó y la besó de nuevo, temeroso y deseoso de oírla, temeroso y deseoso de volver a creerla.

23

—¡No puedo! ¡Dios, no puedo pararla!

Sus gritos de auxilio le desgarran la garganta.

La sangre surge a borbotones por entre sus dedos. Mana caliente mientras el cuerpo agujereado se va quedando frío. Sus manos no abarcan a tapar el hueco. La viscosidad roja continúa escapando y robándose la vida.

—¡Nooo! —brama de nuevo Mikel.

Y esta vez abre los ojos de golpe y los clava en las sombras oscilantes del techo.

Jadeó angustiado. De nuevo, despertar de esa pesadilla no le provocó ningún alivio. Nada le desgarraba tanto como recordar con plena conciencia.

Miró a su izquierda. Ane continuaba profundamente dormida. Eso significaba que tampoco esta vez había gritado en voz alta.

Las sábanas entre las que unas horas antes la había amado, sellando su reconciliación, ahora se le pegaban al cuerpo y le estorbaban.

Se levantó, con cuidado de no despertarla, y se acercó a la ventana. La luz de las farolas se filtraba por entre las cortinas iluminando a jirones su brillante piel desnuda. Apartó el visillo, posó su abrasada frente en la agradable frialdad del cristal y volvió a cerrar los ojos. Su pensamiento retrocedió hasta aquella tarde, hasta el instante en el que detuvo el coche en el polígono industrial, en la calle que discurría entre la pequeña ladera de tierra y las naves más antiguas y apartadas.

—Yo llevaré la bolsa —dice Manu mientras miran hacia los dos coches que aguardan a escasos cien metros.

—¡Deja de fastidiar! —Le increpa sin sospechar que ya no tendrá ocasión de disculparse—. ¡Yo soy el mayor, yo llevo la bolsa, yo hablo y tú no te mueves de mi lado y no dices ni media palabra!

Manu resopla mostrando contrariedad, pero no protesta. Sale del coche y espera pacientemente a que su hermano coja la bolsa de deporte del maletero.

—¡¿Qué haces?! —vuelve a gritarle Mikel cuando llega a su lado y le ve con las manos bajo la cazadora vaquera—. ¿Quieres que nos maten? Mantenlas alejadas del cuerpo o pensarán que vas a sacar un arma y nos freirán a tiros.

Otra vez obedece de forma instantánea y silenciosa, con la inquietud pintada en su joven rostro.

Caminan a la par, con la vista al frente y el corazón en constante estado de alarma. Sopla un aire fuerte, extrañamente helador para estar a primeros de septiembre, piensa Mikel. Y cada vez que una fría ráfaga le azota el rostro su preocupación se va ahuecando como el tejido de una vela desplegada al viento.

Llevan recorrida la mitad del camino cuando ven salir a los hombres, que se colocan flanqueando a Carmona. Tras la intimidante hilera de matones quedan los vehículos, con los conductores preparados y los motores encendidos.

Mikel se sobrecoge ante el despliegue. Le sudan las manos y las comprime con fuerza sobre el asa de la bolsa.

—Tranquilo —dice mirando de reojo a su hermano.

Consigue mostrar aplomo cuando se detiene frente a ellos. A pesar de la angustia tiene confianza en que todo va a salir bien. Aunque se hubiera sentido mejor haciendo eso en solitario y con Manu aguardando en casa, a salvo. Pero que él esté presente es una condición que por más que lo ha intentado no le han permitido discutir.

El de la cicatriz se adelanta para cogerle la bolsa. La abre, inspecciona el interior y se lo muestra a Carmona.

La tensión crece. El narcotraficante les mira en silencio durante unos segundos.

—Aquí no está todo. —Su sonrisa templada alarma a Mikel—. ¡¿Qué os parece?¡ —pregunta con sarcasmo a sus hombres—. El hijo de puta este cree que me la puede pegar a mí.

Se vuelve hacia su hermano. Sus miradas se cruzan un instante para constatar que en las dos late el mismo desconcierto, el mismo temor a no poder controlar lo que esté a punto de llegar.

Y así es, pero no del modo en el que han temido.

Todo se precipita de una manera irreal e inimaginable. Unas milésimas de segundo que vive con una agonizante lentitud.

Unas piedras ruedan por la pequeña ladera y él gira la cabeza. Piensa que alguien que se esconde en lo alto ha tropezado. Otro de los hombres de Carmona. Pero debe de ser el único que no entiende lo que ocurre. Lo descubre cuando escucha la voz del policía ordenándoles que suelten las armas y levanten los brazos a la vez que se oyen disparos y el chirrido de neumáticos de coches abandonando con precipitación el lugar. Después más motores y sirenas que evidencian una persecución.

Siente que el cielo se abate sobre él. El kilo de cocaína está a sus pies y en una bolsa que le pertenece. Mira un instante a su hermano para infundirle calma. No va a permitir que pase ni un día de prisión por eso. Él es su responsabilidad como también lo son las consecuencias de lo que han hecho.

Alza las manos a la primera orden. Ya tienen suficientes problemas encima para añadir alguno más. Pero vuelve a escuchar al policía, ahora en un tono más alarmante y alterado.

—¡Suelta el arma! ¡Suelta el arma!

Sorprendido por la insistencia se vuelve hacia Manu. En ese momento le ve sacar la mano de debajo de la cazadora. Empuña una pistola.

Un frío mortal le congela las venas y le constriñe los músculos, pero se lanza hacia él con un grito que le destroza la tráquea. Quiere hacerle bajar el arma, interponerse entre él y los policías. Pero no llega a tiempo.

Suenan dos ensordecedores estallidos y Manu cae.

El dolor y la incredulidad le atraviesan el cerebro y el corazón. Hinca de un golpe las rodillas en el suelo. Le retira el pelo de la cara, asustado, sin saber qué hacer. Le palpa con dedos temblorosos el cuello, el pecho.

—¡Oh, Dios! —gime cuando sus manos se cubren de sangre viscosa y caliente a la vez que un violento tirón en su hombro le lanza hacia atrás.

Al instante se encuentra con la presión de una bota sobre la cabeza que le obliga a morder la tierra y las manos contra la espalda.

—¡No! —aúlla con desesperación al sentir el frío metal de las esposas en las muñecas—. Tengo que ayudar a mi hermano. ¡Malditos cabrones! —Se revuelve tratando inútilmente de liberarse—. ¡Dejadme ayudar a mi hermano!

Expulsa aire con alivio al escuchar la orden de soltarlo. Mira fugazmente en dirección a esa autoritaria voz mientras los policías le abren las esposas. Ese hombre le resulta familiar.

En cuanto se ve libre de ataduras se precipita hacia Manu. Le aparta con rapidez la cazadora y ve la sangre salir de su pecho a borbotones. Grita pidiendo una ambulancia al tiempo que tapona el orificio con sus manos.

—Tranquilo —pronuncia a pesar de que la angustia le ahoga—. Todo va a salir bien. —Manu niega con un levísimo gesto—. Deja de llevarme la contraria aunque sea por esta vez —ruega con una dolorosa sonrisa.

—Tú... siempre sueles... tener razón —concede con voz entrecortada.

—Te recordaré más de una vez esto que acabas de decir. —Manu gime de dolor, pero él no deja de apretar sobre la herida—. Tranquilo —repite—. Te van a llevar a un hospital. —Y girando la cabeza un instante vuelve a gritar—: ¡Malditos cabrones! ¡¿Es que nadie ha pedido la puta ambulancia?!

—Lo... siento... —balbucea Manu con los párpados entrecerrados. Dos lágrimas se deslizan por sus sienes hasta perderse entre su cabello rubio—. La he... jodido bien.

—Soy yo quien te ha fallado. —Aparta una mano de la herida para coger la que él le tiende. Está helada, temblorosa—. Pero ahora no hables. Ahorra fuerzas. —Traga para no llorar—. Ya me perdonarás cuando esto haya pasado.

—Me... muero... hermano...

Un escalofrío le recorre la espalda. Vuelve a gritar reclamando la ambulancia. La rapidez con la que Manu va palideciendo le angustia.

—No digas tonterías. Hemos salido de cosas peores. De esta solo te quedará una cicatriz con la que podrás presumir con las chicas. —Trata de bromear. Pero Manu se va quedando sin fuerzas. Los dos lo saben—. No te duermas. Ahora llegan en tu ayuda. —Y vuelve a levantar la cabeza—. ¡¿Dónde está la ambulancia, hijos de puta?! ¡¿Vais a dejar que muera como un perro?!

Con las manos cerrando el hueco por el que se le va la vida a Manu, busca con los ojos al hombre que ha ordenado que le soltaran. Tiene la esperanza de que vuelva a ayudarle, pero no está en el mismo lugar. Con el corazón encogido de angustia sigue mirando a su alrededor.

Lo encuentra a pocos metros, a su espalda.

Pero ya no está solo.

Las palabras suplicando ayuda se le apagan en la boca. El viento le aborda de cara ahogándole, estremeciéndole. El mismo aire vigoroso que le enreda a ella su larga melena castaña y la eleva al cielo.

Por un instante fugaz la recuerda junto a ese hombre, en su piso. «Es un amigo», resuena de nuevo en su mente. «Es un amigo.»

Y entonces comprende que ha sido un pobre incauto que ha caído en la trampa más vieja del mundo.

—¡Está llegando la ambulancia! —escucha gritar. Y la humedad vela sus ojos hasta que se le emborrona la figura rígida e impasible de Ane.

Se vuelve hacia su hermano. Le cuesta sujetar las lágrimas para que él no las vea. Su dolor es tan grande, tan intenso, que llega a creer que le acabará estallando el corazón.

—Tengo... frío... —susurra Manu tiritando sin fuerzas.

Mikel se quita el anorak alternando las manos para no dejar de presionar sobre el flujo de sangre, y le cubre como puede con él.

—No me dejes —le pide a la desesperada—. No puedes abandonarme. Resiste un poco más. Solo un poco más.

Manu hace el esfuerzo de alzar los párpados. Una dulce sonrisa se forma en sus labios, tan blancos como el resto de su piel.

—Al fin... conoceré a... *ama.*

—¡No, Manu, no! ¡Aún falta mucho para eso! —grita sabiendo que ya es inútil—. ¡No me hagas esto, maldita sea!

Algo parecido a un suspiro escapa de la boca de Manu. Sus ojos azules, inmóviles como cristales, reflejan el gris tormentoso del cielo.

Mikel aúlla de dolor, recoge entre sus brazos el cuerpo inerte y lo estrecha contra su pecho mientras solloza con desgarro.

El corazón le estalla en pedazos y una sombra fría, dolorosa y amarga se extiende por su cuerpo y su mente.

Una sombra que, ahora, después de los años, seguía llevando dentro como si formara parte de su ser.

El vidrio de la ventana había perdido su frialdad y ya no le aliviaba, pero continuó pegado a él, con los ojos cerrados. Manu había sido su responsabilidad y nunca podría perdonarse no haber sabido cuidarlo. Debió haber muerto él aquella tarde. Debió haber muerto él en su lugar, se dijo mientras volvía la cabeza para mirarla dormir. Habría sido más justo y no habría pasado por el terrible dolor de perderlo. Además, se habría ahorrado descubrir la despiadada traición de Ane.

Se acercó despacio y se detuvo junto a la cama. Ella dormía con placidez y respiraba con tal suavidad que tuvo que aguzar el oído para escucharla. Contempló un instante sus hombros desnudos y alzó con cuidado el edredón para cubrirla hasta el cuello.

No podía explicarse dónde le nacía esa destructiva necesidad de ella, pero estaba dispuesto a terminar con ese tormento. Lo había decidido hacía horas, mientras sujetándole las manos sobre la almohada la hacía gritar para él. Ella había encontrado espacio entre jadeos para repetirle una y otra vez que le amaba, y él, en lugar de atraparle la boca para silenciarla, había aceptado que esa noche y ese instante marcaban el final.

Ahora, cuando de puntillas se acercaba el amanecer y él iba a salir de esa casa, reafirmarse en su decisión le devolvió un poco de la calma que había perdido recordando la muerte de Manu.

Comenzaba a vestirse cuando ella abrió los ojos y le sonrió, somnolienta. Trató de hablar, pero él le posó dos dedos sobre los labios y siseó hasta acallarla. Esa mañana no quería conversaciones de última hora. Prefería vestirse en silencio mirándola sonreír arrebujada bajo el edredón. Esa mañana, más que ninguna otra, necesitaba llevarse esa dulce imagen consigo.

24

Había estado todo el día librando de maleza el terreno de una finca particular. Había formado parte de un pequeño grupo de cuatro hombres y se había alegrado de que Rodrigo no estuviera entre ellos. Le habría costado conversar con él sin contarle lo que estaba a punto de hacer. No quería adelantarle nada hasta que todo estuviera hecho.

Comenzaba a oscurecer cuando estacionaba junto a la acera, a pocos metros del piso. Tras la última maniobra miró el reloj calculando el tiempo del que disponía para ducharse y salir de nuevo.

—Estás muy silencioso hoy —dijo Rodrigo soltándose el cinturón de seguridad—. No es que seas el tío más hablador del mundo, pero cuando algo te preocupa te conviertes en una tumba.

—Todo está bien —respondió a la vez que apagaba el motor y sacaba la llave.

—¿Estás seguro? —insistió tratando de verle los ojos.

Mikel se volvió hacia él con una abierta y clara sonrisa que no dejó lugar a dudas.

—Estoy seguro. Todo está bien y a partir de esta noche será perfecto.

Rodrigo rio sacudiendo la cabeza. Le iba a preguntar cuál era el misterio que se traía entre manos, cuando su mirada tropezó con Bego, que estaba junto al portal. Se quedó sin aire y el corazón se le aceleró. La observó sin decir nada hasta que el propio Mikel la vio y salió del coche. Él le imitó con apresuramiento.

Caminaron juntos hacia ella, que solo tenía ojos para Mikel. Si hubiera mirado a ambos hubiera visto que las pupilas de uno brillaban, y las del otro, no; que a uno el corazón le golpeaba el pecho haciéndole temblar, y al otro no; que uno la contempló embobado cuando la tuvo enfrente, y el otro no.

—Te esperaba —dijo ella con voz vibrante, dirigiéndose a Mikel—. Tengo algo importante que decirte.

La notó tensa como seda en un bastidor. Comprendió que le pasara después del modo en el que la había desatendido. Le iba a costar hallar las palabras con las que conseguir su perdón, aunque ella era un ser tan especial que presentía que le absolvería de todas formas.

—Me alegra verte —reveló con sinceridad.

Bego intentó sonreír, pero la rigidez de sus músculos no se lo permitió.

—Voy subiendo —dijo Rodrigo, incómodo y aturdido. Abrió el portal y, en lo que duró el último y breve segundo, la mirada afligida de ella se cruzó con la suya.

—Vamos y me lo cuentas arriba —propuso Mikel—. No dispongo de mucho tiempo, pero podemos...

Ella introdujo las manos en los bolsillos, inquieta.

—No. Prefiero decírtelo aquí mismo —musitó, y cogió una gran cantidad de aire para confesar—: Lo he hecho por ti, porque te quiero.

La vio tragar, nerviosa, y le apartó el cabello del rostro sonriéndole con ternura.

—Has hecho muchas cosas por mí. No las olvidaré nunca.

—No lo has entendido —repitió temblando—. Sabía que tú no podrías hacerlo.

—¿De qué hablas? —murmuró negándose a aceptar lo que acababa de cruzar por su mente.

—Esa llamada. —De nuevo trató de sonreír—. Lo he hecho por ti.

La sangre se le congeló a Mikel en las venas y el corazón comenzó a martillearle en las sienes. Durante un instante volvió a ver a Ane como la había contemplado por la mañana: sonriendo desde el arrebujo de sábanas mientras él se vestía. Había contenido la emoción al silenciarle los labios, pues lo que deseaba hablar con ella no podía decirse con prisa: era largo, dulce y delicado, que precisaba de un tiempo que entonces no tenía. Todo lo demás había dejado de parecerle importante: la traición, los años de presidio, su odio enfermizo. Porque al perderla había comprendido que nada le aterraba tanto como vivir sin ella. Y al recuperarla y amarla esa noche, envuelto en sus «te amo», se había arrepentido de haberla acallado todas las otras veces. No, no podía ser. No podía estar ocurriendo ahora, cuando iba a pedirle que hablaran del pasado durante horas, durante toda la noche, durante toda la vida si ella quería hacerlo, pero que supiera que aun sin sus explicaciones deseaba pasar a su lado el resto de esa vida.

—Eso no es cierto —dijo mientras empezaba a faltarle la respiración—. Dime que no lo es.

Bego se sobrecogió. Esa tarde se había preparado para todo, recordó mientras se abrazaba para detener sus temblores. Lo amaba tanto que todo valía, hasta perderlo, si así lo arrancaba de la destructiva influencia de quien acabaría siendo su perdición.

—Quería ayudarte antes de que esa mujer te hiciera más daño. —Vio cómo el rostro de Mikel palidecía hasta asemejarse al blanco del papel—. Esto tenía que terminar.

—¡No! —aulló golpeando sus nudillos contra la áspera pared grisácea.

Desde que salió de la cama de Ane, ese amanecer, llevaba soñando con regresar para abrazarla con fuerza, confesarle su amor y pedirle perdón por esa venganza que, ingenuamente, pensó que podría cumplir en ella.

—Me lo agradecerás, Mikel. Sé que lo harás.

—¡Te dije que yo me ocuparía, maldita sea! —La sujetó por los brazos y la zarandeó mientras preguntaba—: ¿Cuándo lo has hecho? ¿Hace cuánto tiempo lo has hecho?

—Lo decidí ayer, cuando vi que...

Y dejó de escucharla.

Se giró para volver sobre sus pasos y Bego corrió para ponerse frente a él.

—No vayas —pidió angustiada, caminando hacia atrás porque él seguía avanzando—. Deja que pase. La policía puede estar allí y si te cogen con...

—Es mi problema —interrumpió sin detenerse—. Siempre ha sido mi problema.

Un problema que esta vez resolvería, pasara lo que pasase. Porque estaba dispuesto, una y mil veces estaría dispuesto, a volver al infierno de la cárcel para que ella no tuviera que hacerlo.

Ella se hizo a un lado, encogida de dolor y de frío.

Él se lanzó hacia el coche sin mirar una sola vez hacia atrás y salió haciendo chirriar las ruedas sobre el asfalto.

Condujo por la autopista con toda la urgencia que permitió el motor de su viejo Renault, atormentado por lo que pudiera estar ocurriendo en ese momento.

Accedió a Bilbao en pleno caos de la hora punta. Se destrozó los nervios hasta que alcanzó la zona y ya no tuvo paciencia para estacionar el coche. Lo detuvo en la plaza de Indautxu, medio invadiendo la acera. Le mataba la ansiedad por llegar. Salió dejando las llaves puestas y echó a correr por la calle Ercilla como un poseso. Avanzó sorteando transeúntes, tropezando y recuperando el equilibrio sin aminorar la frenética carrera.

Le faltaba el aliento cuando llegó a la tienda y entró ciego como un ciclón. Sintió alivio al encontrar todo en calma, pero no se detuvo. Hizo caso omiso a Ane y a Lourdes y pasó por su lado sin ver otra cosa que la puerta que conducía al almacén.

Las dos mujeres se miraron sorprendidas, pero solo Ane fue tras él. Lo encontró desplazando la escalera hacia el rincón del fondo.

—¿Qué ocurre? —preguntó a la vez que le asaltaba la angustia.

No respondió. No sabía si le quedaba tiempo para explicaciones. Su única obsesión consistía en sacar de allí la droga y dejarla a ella a salvo.

Subió los peldaños en dos zancadas. Apartó los rollos de tela de la última balda para introducir la mano hasta el fondo y sacó el paquete. Descendió y se paró brevemente frente a Ane, que no dejaba de hacer preguntas.

—Te lo explicaré todo —aseguró apretando con los dedos el envoltorio transparente que siempre había tocado con guantes—. Ahora no puedo.

Ella le sujetó por el brazo al ver su intención de salir huyendo.

—¿Qué significa esto? ¿Qué llevas ahí? —preguntó temblorosa. Le resultaban reveladores el tamaño y la forma del bulto.

Mikel, asfixiado aún por la carrera, le acarició la mejilla mirándola a los ojos. La preocupación los asemejaba al titanio del Guggen en una tarde de lluvia. Se conmovió hasta el fondo de su alma y sintió deseos de gritar que la amaba. ¿Cómo había sido tan necio de pensar, alguna vez, que podría herirla de algún modo? ¿Cómo había podido creer que dañaría a quien era y siempre sería su vida?

—Te lo explicaré —repitió en voz baja, comiéndosela con la mirada—. Ahora te pido que pase lo que pase confíes en mí. Por favor —susurró emocionado—, confía en mí.

Y la besó en la boca con una brevedad profunda y ansiosa.

—Me estás asustando —dijo Ane cuando la soltó.

Pero él ya no escuchaba. Salía con el corazón ascendiéndole hacia la garganta. Ahora su meta era llegar a casa sin que nadie le interceptara con la mercancía. Ahora era él, y únicamente él, quien se arriesgaba a pasar en la cárcel los años de condena que le quedaban y a sumar otros nueve por reincidir en el mismo delito.

25

Aún le temblaba el corazón cuando entró en casa, cerró la puerta y apoyó en ella la espalda. Hacía unos minutos que, sobre el puente, y tras asegurarse de que nadie le veía, había desgarrado el paquete para que el polvo blanco se esparciera al aire y acabara disuelto en las aguas del río. Pero ni siquiera después de eso se había sentido tranquilo.

La oscuridad de la noche se había colado por las ventanas. Un pálido resplandor se filtraba por la puerta entreabierta de la cocina aportando un poco de claridad al pasillo. Escuchó murmullo de voces, y, casi al instante, vio salir a Rodrigo y acercársele con gesto de preocupación.

—¿Estás bien? —le preguntó sin molestarse en encender ninguna luz.

—No estoy seguro. —Cogió aliento y se soltó la parka, necesitado de espacio para respirar.

—Ya que lo has hecho, espero que al menos hayas llegado a tiempo.

Mikel asintió con los ojos fijos en la entrada a la cocina.

—¿Cómo está Bego? —preguntó, pesaroso de haber reaccionado de forma tan incontrolada con ella.

—Todo lo bien que se puede estar después de lo ocurrido. —Mikel frunció los labios con impotencia—. No la culpes. Lo ha hecho porque te ama, como el resto de las cosas que ha hecho por ti.

—No podría culparla aunque quisiera —reconoció introduciendo las manos en los estrechos bolsillos de sus vaqueros—. Le debo demasiado.

—¿Por qué no lo dijiste? —reprochó al tiempo que se atusaba la perilla y le miraba fijamente a los ojos—. Si habías decidido que ya no joderías a esa poli, ¿por qué no lo dijiste? —insistió—. Bego no habría hecho esto y todos nos habríamos ahorrado una buena dosis de sufrimiento.

Mikel cerró los párpados y echó la cabeza hacia atrás hasta apoyarla en la puerta.

—He estado a punto de perderla —musitó sin fuerzas—. Ayer por la noche, al recuperarla, decidí que ningún estúpido odio volvería a alejarme de ella. No compensa —reveló, derrotado—. ¡Mi rencor resulta tan insignificante al lado del amor inmenso que siento por ella, que nada me compensaría perderla!

—¿Y por qué no estás diciéndoselo en este momento?

—Tenía que alejarme de la tienda, deshacerme del paquete, dejar pasar el tiempo por si aparecía la Ertzaintza... Y además tengo miedo —admitió con ojos brillantes—. Hoy mismo pensaba hablarle con sinceridad de lo que siento. Después iba a confesarle lo que en mi ceguera he estado a punto de hacer. Pero ya es tarde. Ahora ya lo sabe, y se ha enterado de la peor manera. —Inspiró a la vez que se frotaba el espacio entre los ojos—. Tengo miedo de haberlo estropeado todo, de que no quiera saber más de mí. Lo que he intentado hacerle es grave, muy grave, sobre todo si ignora que antes de causarle algún daño a ella me lo haría a mí mismo.

Rodrigo le apoyó la mano en el hombro, en su particular modo de infundir ánimos, y oprimió ligeramente.

—No esperes más para saber cómo están las cosas. Ve y cuéntaselo todo.

—Pero... tengo que hablar con Bego.

—Ella no necesita explicaciones, sino tiempo para aceptar lo que ya sabe —dijo dispuesto a no dejarle llegar hasta ella aunque insistiera—. Sal y arregla tu vida con quien debes hacerlo.

Mikel resopló con fuerza. Comprendió que era Bego quien no quería verle en ese momento, y entendió sus motivos.

—Deséame suerte —pidió separándose de la puerta.

Rodrigo tiró de él, le pegó contra sí y ambos se unieron en un fuerte y emocionado abrazo. Pero todos los buenos deseos, compartidos sin que de sus bocas saliera palabra alguna, no lograron tranquilizarle. Tenía un mal presentimiento oprimiéndole la mente y el corazón.

El cerebro de Ane era un hervidero de preocupación y malos pensamientos. Si había tenido alguna duda sobre el contenido del paquete, esta desapareció al ver llegar a la Ertzaintza y tomar la tienda con un desproporcionado alarde de medios. Había dado la mano a Lourdes durante todo el tiempo que duró el registro, sorprendida y angustiada. Después, cuando se quedaron a solas, le costó tranquilizarla. Le había asegurado que Mikel tendría una buena explicación, pero sabía que no era cierto. Había sido una solución momentánea para que dejara de preguntar, una pobre manera de retrasar la dolorosa verdad. Porque ya no podría seguir ocultándole su pasado delictivo.

Había llegado a casa con la esperanza de encontrarlo en cualquier esquina, en los jardines, en el portal. Había esperado que apareciera de entre las sombras y la abrazara para calmarle ese temblor del que no podía deshacerse, para que le susurrara al oído que todo estaba bien. Eso era todo cuanto necesitaba. Ninguna aclaración, ninguna promesa. Tan solo amor y un poco de consuelo.

No recordaba cuántas veces le había llamado por teléfono durante los últimos minutos, pero no se dejó vencer por el desánimo. Siguió insistiendo, segura de que en algún momento tenía que responder. Una vez más pulsaba el botón de rellamada cuando el sonido del timbre la sobresaltó. Soltó el teléfono sobre la mesa de la cocina y se lanzó hacia la puerta.

Suspiró decepcionada al encontrarse con el comisario, agitado y con la preocupación reflejada en el rostro. Aturdida, se dejó confortar por su largo y cálido abrazo. Inmóvil junto a su pecho, advirtió la angustia con la que le latía el corazón y la tensión que le endurecía los músculos.

—¿Qué ha pasado? —preguntó en cuanto halló fuerzas para soltarla.

—Una simple anécdota —dijo ella mientras le daba la espalda y avanzaba por el pasillo. Necesitaba que la visita acabara antes de la llegada de Mikel—. ¡Alguien facilitó a la Ertzaintza una información equivocada! —exclamó tratando inútilmente que sonara divertido.

Él la tomó por el brazo y la obligó a volverse.

—No es lo que me han contado. —Escrutó sus ojos con detenimiento—. No encontraron nada, pero el perro olfateó algo.

Ane recordó la angustia que había sentido al ver al pastor alemán señalar el lugar del que Mikel había sacado el paquete. Volvió a temblar aparatosamente y se cruzó de brazos para controlarlo.

—No sé de qué te sorprendes, Carlos. ¿Cuántas veces ha recibido tu unidad confidencias erróneas? ¿Cuántas veces habéis salido a buscar algo que no existía?

Él apoyó el brazo en la pared y afiló la mirada.

—¿Y precisamente ocurre en tu tienda, donde ese delincuente está metido día sí y día también? —preguntó con desconfianza—. ¿De qué quieres convencerme? Los dos sabemos que te está utilizando de nuevo. Y esta vez está yendo más lejos haciendo que le guardes la mercancía. Solo Dios sabe qué te tiene preparado para más adelante.

—Por favor, Carlos. No hagamos un drama de esto. Quien te haya informado con tanta rapidez también te habrá dicho que no había nada en la tienda, absolutamente nada. Solo fue una desafortunada operación más.

Trató de reanudar el camino a la cocina, pero él volvió a sujetarla.

—No eres tan ingenua como quieres aparentar. —Acercó el rostro como si pretendiera leer en sus ojos—. ¿Qué te da ese cabrón para que se lo perdones todo? —preguntó consumido por unos irracionales celos.

—No me gustan tu tono ni tus formas, Carlos —exclamó apartándose—. Si vas a continuar así te pido que te marches y me dejes sola.

—Es lógico que me pregunte qué te da —insistió bloqueándole el paso—. Te juro que me encantaría saberlo. Llevo años tratando de llegar a ti, y aparece un vulgar maleante del que no deberías fiarte y pierdes la cabeza por él —chasqueó los labios con impaciencia—. Sí, Ane, sí —susurró áspero—. Me pregunto una y mil veces qué es lo que ese tipo te da.

Ella le aguantó la mirada, apenada por él, inquieta por Mikel.

—No es el delincuente que imaginas.

—No imagino, Ane. Me baso en pruebas, en un juicio, en una sentencia. Y ahora también en lo que acaba de pasar —razonó intentando convencerla—. Te está utilizando, está haciendo que le guardes la mercancía. Te va a implicar —acusó sin apartar la vista—. Te va a implicar en toda su mierda y esta vez ni siquiera yo voy a poder ayudarte.

—Te repito que Mikel no ha tenido nada que ver con lo ocurrido —dijo con rotundidad—. Está limpio.

—¿Cuántas veces me dijiste eso mismo antes de que le pilláramos? ¡Despierta, Ane! —pidió sujetándola por ambos brazos—. La gente como él no cambia nunca y los que están a su lado pagan las consecuencias. Apártate de él de una vez para siempre.

Ane dio unos pasos atrás para que la soltara. Las lágrimas amenazaban con desatarse y no quería que la viera llorar. Mostrar debilidad era como aceptar que él tenía razón, y ella nunca haría eso.

—Quiero estar sola, por favor —dijo presintiendo que Mikel no tardaría en aparecer—. No lo tomes a mal, pero quiero que te vayas y me dejes sola.

—Lo haré —aceptó encogiendo los hombros—. Te dejaré sola si es lo que quieres, pero antes tengo que comprobar algo. —Miró alrededor como si lo viera todo por primera vez—. Ese cabrón ha escondido mercancía también aquí —aseguró encaminándose con prisa hacia la habitación.

—¿Qué estás haciendo? —preguntó, alarmada y furiosa.

—Solo será un momento. No revolveré nada —dijo sin detenerse—. Dame unos minutos y la encontraré. Tengo buen olfato para esto.

Aterrada, fue tras él, le adelantó y se plantó ante la puerta.

—No quiero que busques porque no hay nada —advirtió colocando las manos a ambos lados del umbral—. Quiero que te vayas y me dejes en paz.

—Me quedaré más tranquilo si yo mismo lo compruebo —le rozó la mano con intención de apartarla.

—No vas a hacerlo a no ser que traigas una orden de registro —advirtió desafiándole con la mirada.

Él frunció el ceño, dolido.

—Por lo que veo, tu confianza en él no es tan firme como pretendes hacerme creer —opinó con sarcasmo—. Sabes que te utiliza, lo sabes, y a pesar de eso no haces nada por evitarlo. —Trató de mantener el control, pero su rabia fue más poderosa—. Al final va a resultar que es cierto; que ese desgraciado sabe cómo mantener satisfecha a una mujer.

—¡Lárgate de una vez! —vociferó tan molesta como furiosa—. ¿Es que no entiendes que quiero que te vayas?

—¡Maldito cabrón! —exclamó golpeando la pared con el puño

cerrado—. Debió haber sido él quien recibiera el tiro en lugar de su hermano. Todos estaríamos mucho mejor. Pero lo pillaré en plena faena, Ane, y entonces verás la clase de hombre que es. —Apretó la mandíbula y masculló algo entre dientes—. Estoy cerca, mucho más cerca de lo que imaginas.

—¡Déjale en paz! —gritó con toda su alma—. ¡No ha hecho nada! —Pero Carlos ya descendía por la escalera haciendo caso omiso a sus voces—. ¡Aléjate tú de él! —continuó chillando desde la entrada—. ¡No ha hecho nada! ¡No ha hecho nada!

Pero ni gritos ni súplicas valdrían esta vez con Carlos, y ella lo sabía.

Cerró la puerta, arrimó la espalda a la madera y se escurrió hasta el suelo, envuelta en llanto. Su preocupación ya no era saber si Mikel estaba mezclado en asuntos sucios. Ahora su angustia se centraba en que se mantuviera a salvo de la justicia, a salvo de la sagacidad del comisario.

Recordó la última conversación en su despacho antes de que todo ocurriera. Entonces ya amaba a Mikel con toda su alma, creía ciegamente en su inocencia y compartía con él días enteros y noches completas.

—Está limpio —dice ella con vehemencia mientras le pasa el informe—. Quítale la vigilancia y deja de grabar sus conversaciones telefónicas, porque es el hombre más honrado que te puedas imaginar —afirma sentándose frente a él.

—¡Vaya! —dice Carlos sonriendo de modo forzado—. ¿Y todo eso lo has descubierto mientras le vigilabas desde el coche?

—En este tiempo no ha hecho otra cosa que trabajar y divertirse como cualquier joven normal —responde nerviosa.

La persistente mirada del comisario le hace sospechar que su relación ha dejado de ser un secreto.

—¿Tienes idea del lío en el que te estás metiendo? —presiona con preocupación. Ella siente que se queda sin aire—. Debí seguir mi instinto y apartarte de ese tipo cuando estuve a tiempo. Pero, iluso de mí, no quise provocar tu furia.

Ane se arrellana en el asiento, incómoda.

—¿Vas a retirarle la vigilancia y las escuchas? —insiste como si no hubiera oído sus recriminaciones.

El comisario resopla con impaciencia.

—¿Sabes qué te ocurrirá si se llega a saber lo que estás haciendo? —pregunta en un murmullo—. ¿Sabes que yo no debería callarme lo que sé?

Ella se mantiene firme, dispuesta a no mostrar su inquietud.

—Haz lo que tengas que hacer.

—Me duele que digas eso. Me ofende. —El brillo en sus ojos lo corrobora—. Sabes que te amo, y a estas alturas también sabes que haría cualquier cosa por ti. Pero me cuesta soportar que estés con un delincuente que antes o después será tu perdición. Me preocupas.

—No deberías hacerlo —asegura convencida—. Es honrado, Carlos. Respondería con mi vida por él.

Se apretó más contra la puerta y su llanto se hizo más intenso al recordar aquellas palabras. La seguridad le había durado poco. Unos días después de su enérgica defensa se sintió morir cuando le vio hacer movimientos extraños, visitar antros de delincuencia y sexo y finalmente esconder, en el hogar que compartía con su hermano pequeño, un paquete exactamente igual al que había sacado de la tienda esa misma tarde. En aquella ocasión su corazón se equivocó, y después de los años estaba ocurriendo lo mismo. Nada había cambiado. Ni su forma de engañarse ni la fuerza de sus sentimientos.

26

Mikel esperó un rato en los jardines de Botica Vieja. Observó la calle desierta hasta tener la seguridad de que nadie le había seguido y que ni un alma respiraba a su alrededor. Su reloj marcaba las cinco de la mañana cuando cruzó la carretera. Se detuvo ante el portal, bien arrimado al edificio para no destacar en la oscuridad. Cogió oxígeno una y otra vez, con la mano comprimiendo su abdomen. Cogió oxígeno hasta que se sintió con fuerzas para pulsar el botón de llamada.

Arriba, Ane dormía sobre el mullido edredón blanco, con la luz de la lamparita encendida. No se había quitado la ropa, ni se había cubierto con una simple manta, porque su intención había sido esperar todo el tiempo necesario. Pero las lágrimas y el cansancio la habían vencido.

Abrió los ojos, sobresaltada por el sonido del timbre. Miró el reloj en la mesilla y su temor aumentó. Saltó de la cama y corrió hacia la puerta mientras se le evaporaba el oxígeno. Preguntó a la vez que oprimía el interruptor que desbloqueaba la entrada al portal. No recibió respuesta y salió al rellano. Los sonidos de un apresurado ascenso por la escalera alborotaron el reposo de la noche y terminaron de agitarle el corazón. Se llevó la mano al pecho temiendo que se le escapara en uno de sus angustiosos latidos.

Cuando alcanzó a verlo el aire regresó llenándole de golpe los pulmones. Pero siguió sintiendo ahogo. Ahogo de alivio, ahogo de emoción. De la misma emoción que paralizó a Mikel a falta de un peldaño para alcanzar el rellano y a ella.

La miró como si la viera por primera vez. Estaba hermosa. Con la ansiedad y la preocupación vibrando en su cansado rostro, estaba delicadamente hermosa. La acarició con los ojos al tiempo que también él sentía en su piel y en su alma la caricia de su dulce mirada gris. La amaba. La amaba con desesperación y ahora sabía que la amaría hasta su último aliento.

Cerró los ojos al sentirla rodear su cuerpo y dejó escapar un profundo suspiro. Sus dedos se movieron con voluntad propia buscando tocarla, pero los crispó en dos puños y los obligó a permanecer inmóviles y esquivos. Porque amarla no consistía solo en decírselo y llenarla de besos, se recordó mientras se dejaba arrastrar por ella hacia el interior de la casa.

—¿Cuarenta y ocho horas son suficientes para ti? —le había preguntado Carmona hacía un rato. Él había asentido con un gesto, ahogado por las puñadas recibidas, casi todas en la boca del estómago—. Si nos fallas nos divertiremos con tu preciosa novia para olvidarnos del mal trago.

La sangre se le había encendido hasta calcinarle las venas, pero apretó los dientes pensando en que lo único que importaba era mantenerla a salvo.

—No... tengo novia —había conseguido decir con fatiga.

—¿Ah, no? —preguntó, sarcástico—. Y esa mujer a la que besas y manoseas en su tienda y en la calle, ¿quién es? ¿Una puta a la que pagas por follar?

—Algo parecido —respondió—. Es la maldita poli que me engañó y me encerró en la cárcel. Estoy preparando mi venganza.

—¡Qué conmovedor! —había dicho antes de sujetarle del cabello y tirarlo hacia atrás para mirarle a los ojos—. Pero no te creo. Por la cuenta que te tiene, haz bien las cosas. De no ser así, esa preciosidad será la encargada de compensarnos. Seguro que a alguno de estos pervertidos se le está poniendo dura deseando que falles.

Su carcajada soez y las risas cómplices de sus hombres le terminaron de llenar de terror y de cólera.

—Me haríais un favor. —A duras penas había controlado su furia—. Acabar con una ex poli que tiene contactos con los cabrones de más rango en el cuerpo no es fácil. No me apetece demasiado volver a la trena.

Carmona le había respondido encajándole el puño en la boca del estómago, haciéndole doblarse y gritar de dolor buscando aire.

—Sabré si mientes —había dicho mientras se masajeaba los

nudillos—. No ha nacido el hijo de puta que me engañe y viva para contarlo. Y no acostumbro a dar un final rápido a quien ha tratado de joderme —mencionó orgulloso—. El chiquito aquel, el amigo de tu hermano, descubrió lo que tarda en llegar la muerte cuando se la desea. —Recordarlo dibujó en su boca una sonrisa sádica—. ¿Cuánto crees que aguantaría tu chica? —Las risas de sus hombres le animaron a seguir—. ¿Cómo de buena es gritando? A estos cabrones depravados les gusta que las mujeres griten pidiendo clemencia. —Se acercó a su rostro para distinguirle el pavor en los ojos—. ¿Quieres que te cuente con qué saña las disfrutan antes de que las muy zorras se rompan?

El chirrido que sonó en su cerebro al apretar los dientes le devolvió al presente. Le martirizaba recordar las acciones que le había detallado aquel malnacido, le abrasaba desde las entrañas, pero a la vez le daba fuerzas. No dejaría que la rozara, no dejaría que la mirara siquiera, no dejaría que continuara respirando en el mismo mundo en el que ella lo hacía.

—Por fin estás aquí —oyó decir a Ane, que seguía conduciéndole por el pasillo y rozándole la cara con los dedos como si le costara creerlo—. Te he esperado durante toda la noche, mi vida. —Mikel retuvo al aliento al oír esas dos palabras, todavía extrañas, a las que ya no tendría tiempo de acostumbrarse—. ¡He pasado tanto miedo! Te he llamado cientos de veces, no cogías el teléfono y llegué a temer que te hubieran... —No pudo terminar la frase. Se sentía morir tan solo con imaginar que podían volver a detenerlo.

Él se paró ante la puerta abierta de la habitación, pero, tan preocupada estaba Ane, que no notó su resistencia a dejarse llevar ni su tenaz silencio.

—¿Por qué has tenido que volver a hacerlo? —preguntó angustiada y sin dejar de acariciarle el rostro—. Creí que habías abandonado esas cosas, que todo había quedado en un error del pasado y que querías una nueva vida. No imaginas el dolor que sentí al verte con ese paquete.

En la mente de Mikel resonó de nuevo la voz amenazante de Carmona. No podía seguir retrasando lo inevitable. Por más que le atormentara la idea de herirla, no le quedaba otra opción.

—No era para mí —musitó sin haberla apartado ni un instante de las retinas.

—¿Qué dices? —preguntó sorprendida—. ¿Qué cosa no era para ti?

—El plan era perfecto. Pero al final no he podido ser tan despiadado como lo fuiste tú.

Durante unos segundos ella le miró con los ojos abiertos de par en par, sin reconocer al dulce y apasionado hombre de la noche anterior. Después caminó hacia atrás, tambaleante, adentrándose en su habitación hasta que sus piernas tropezaron con la cama. Se dejó caer, abatida, y se cubrió el rostro con las manos. Pensó en que se había preocupado por acercarse a él, por abrigarle, por ayudarle a salir adelante, y que mientras lo hacía había ido olvidando el miedo que le causó comprobar la intensidad de su rencor en los primeros encuentros, la desconfianza que le provocaron sus acechos.

Mikel aprovechó ese instante para apretar los dientes y suplicar que alguien le diera fuerzas para lo que aún le quedaba por decir.

—Veo que te has dado cuenta. Siempre fuiste bastante más lista que yo —opinó mostrando desprecio—. Era para ti —aclaró al entrar en el cuarto—. Mi regalo de despedida; mi particular modo de ajustar cuentas. Qué desquite tan estúpido, ¿verdad? De haber sido el peligroso delincuente que piensas que soy, la venganza me habría resultado más sencilla: un rápido y frío tiro entre los ojos habría bastado.

—¿Qué... quieres decir? —preguntó alzando la mirada.

—Que te equivocaste de hombre —bramó con la rabia con la que disfrazó su pena—, que no era a mí a quien buscabais, que me pillasteis devolviendo algo que nunca fue mío.

Ane gimió dolorida y se llevó las manos al corazón. Que él fuera inocente lo hacía todo más incomprensible, más cruel. Día a día, durante cuatro largos años, había tratado de imaginar el tormento de su encierro. Ahora le resultaba imposible asimilar la desesperación que, saberse inocente, había ido sumando a ese injusto martirio.

—Buscábamos a Trazos —reveló, sobrecogida, con un casi imperceptible hilo de voz.

—Manu supo lo que era la ternura de una madre por mis pocos recuerdos. Los hizo suyos, igual que a veces hizo suyo el alias que me puso nuestra madre. Ya ves —simuló un gesto de sarcasmo—, tuvimos una mierda de vida y tú llegaste a jodérnosla del todo.

—Pero... pero tu abogado admitió todos los cargos.

—¿Crees que podía haber hecho otra cosa, como culpar de todo a mi hermano muerto? Seguramente ese es tu estilo, pero no es el mío —dijo esforzándose por que sonara a ofensa.

Ella hizo el esfuerzo de continuar, con las mejillas bañadas ya en lágrimas.

—¿Y por qué retiraste el paquete de la tienda? Debiste dejar que ocurriera, que todo este suplicio de años terminara de una vez.

—No vale la pena; tú no vales la pena —alegó destrozándose con cada sílaba.

—No lo hiciste porque me amas —se atrevió a decir—. Me lo dijiste anoche, a tu manera, con tus palabras.

—Mentí. —Se quedó sin aire y aspiró con fuerza—. Tú sabes bien lo sencillo que es mentir de esa forma.

—No te creo —insistió, pero su voz tembló ante el primer asomo de duda—. Puedo entender todos los reproches que quieras hacerme, los merezco, pero me amas. Sé que me amas y que por eso no has podido vengarte de mí.

Mikel negó con silenciosa impotencia tragándose el deseo de confesarle que esa era la razón. Su única razón.

—¿Cómo puedes creer que te ame cuando tú...? —Cogió una gran cantidad de aire para continuar—. Tú no sabes lo que es amar de verdad. Si lo supieras no confundirías con amor lo poco que yo te di.

—Dices que no sé amar de verdad. —Se levantó mirándole con una tristeza ofendida—. Si no saber amar es agonizar porque la otra persona no está a tu lado; si no saber amar es querer olvidar todo cuanto fuiste porque eso es lo que te hizo perderle, entonces tienes razón —susurró—. No sé lo que es amar.

—No trates de confundirme —pidió con ahogo.

—Es la verdad. Yo también morí aquella desafortunada tarde —exclamó desgarrada—. Nunca...

—¡Calla! —ordenó, desesperado y dándole la espalda—. ¡No quiero oírte!

No era ahora cuando debía vencer la cobardía en la que se había refugiado y escuchar su explicación. No era ahora cuando tenía que descubrir que había estado demasiado ciego para creer en ella. Eso, que hacía unas horas le habría dado vida, ahora únicamente podía robarle las fuerzas que necesitaba para afrontar su destino.

—Ya no voy a callarme, Mikel —amenazó asiéndole del brazo

351

para que se volviera a mirarla—. No te traicioné. Jamás lo habría hecho. Aunque no quieras creerlo, te amaba demasiado.

Un simple movimiento le bastó para deshacerse de ella, inmovilizarle el rostro entre las manos y acercarse para murmurarle:

—El amor no se explica, se entrega. El amor de verdad es darlo todo por el otro. —Vio temblor de lágrimas en sus pupilas y deseó abrazarla, pero apretó los dientes y se contuvo—. Yo lo sé. Ahora lo sé mejor que nadie. Así que deja de contarme lo grande que era el amor que me tenías.

El brillo húmedo le atrapó como el barniz fresco paraliza las alas de una mariposa. Se quedó mirándola, con las manos comprimiéndole las mejillas, siendo doloroso testigo de cómo ella iba perdiendo la luz y la confianza en él.

—Te voy a dar un hijo —susurró de pronto—. Sí, estoy embarazada —añadió al ver su estupor—. Hace tan solo unas horas que lo sé. Y también sé que es un hijo concebido con amor, por mucho que insistas en manchar lo que los dos sentimos.

Mikel dejó caer las manos, sin fuerzas. Millones de enfebrecidos aleteos le agitaron el pecho y cogió con urgencia una bocanada de aire para aquietarlos. La emoción le abrasó los ojos y ya no pudo verla con nitidez. Pensó en lo que para él suponía un hijo, un hijo de ella, un hijo del amor más grande que tendría nunca, un hermoso regalo que llegaba justo cuando todo tenía que cambiar. Trató de asimilarlo y la poca alma con la que subsistía se le extinguió. Porque un hijo de ella fortalecía su decisión y anulaba cualquier posibilidad de vuelta atrás.

Y, esa revelación que le llenaba de dicha se convirtió a su vez en el arma que estaba necesitando para arrancarla de su lado.

—El comisario se alegrará cuando le comuniques que va a ser padre. —Ane gimió, dolida e incrédula—. No te hagas la ofendida. Me consta que no soy el único que ha estado calentándote la cama.

Apenas lo manifestó apretó los puños reprochándose haber sido capaz de semejante bajeza.

—¿Cómo... te atreves? —dijo alzando las manos para golpearle.

Él la detuvo sujetándola por las muñecas.

—Solo estoy diciendo la verdad, y lo sabes.

—¡¿Qué verdad?! —clamó apartándole ya sin fuerzas—. ¡¿Qué verdad? Desde que te conocí no he estado con más hombre que contigo. Cuando me entregué a ti lo hice para siempre —aseguró con su último resto de orgullo.

Mikel no pudo evitar sentir alivio. La posibilidad de que ella le hubiera guardado fidelidad le aturdía, que lo hubiera hecho también durante los años en los que no existió esperanza de que volvieran a encontrarse le desarmaba.

—Mientes, como siempre has hecho —aseguró ante la debilidad que le carcomía—. Ese poli no continuaría estando a tu lado si no le hubieras dado algo a cambio.

—No consigo entender qué te ha pasado desde anoche para...

—¡No hay nada que entender! —gritó con desesperación al comprender que aún tendría que seguir dañándola para convencerla—. No hay nada que entender. ¡Soy el hijo de puta que te ha seducido, te ha hecho un bastardo y ahora te está abandonando! Es así de simple —sentenció entre dientes—. ¿Puedes imaginar una venganza más satisfactoria que esta?

Ella se estremeció, sintió el temblor en las entrañas y se llevó las manos protectoras al vientre.

—Si me dejaras explicarte...

—Nada que venga de ti me interesa —aseguró en un susurro—. Hasta el odio se ha apagado y ya solo queda indiferencia. Ahora eres tú quien debería cultivar el resentimiento. Quiero que me odies —masculló como último y desesperado recurso—. Quiero que me odies con todas tus fuerzas. —Ella agachó la cara. Él le tomó la barbilla y se la levantó con rudeza—. ¿Me estás oyendo? Quiero que me odies hasta que el corazón se te vuelva hielo. Quiero que me odies como al insensible hijo de puta que soy.

—Si todo cuanto me dijiste anoche es mentira, ¿qué puede importarte lo que yo sienta por ti? ¿Por qué ese empeño en que te odie?

Mikel flaqueó. Por un instante pensó en rebelarse, en borrarle todo ese dolor que le estaba infligiendo.

Una punzada en la magullada boca del estómago le dejó sin aire cuando comenzó a retroceder hacia la puerta. Estaba seguro de que si no se alejaba acabaría en sus brazos, le pediría perdón y le confesaría hasta qué punto inimaginable la adoraba. Se lo diría exactamente como había pensado hacer esa noche, antes de que el maldito Carmona cambiara de nuevo el rumbo de su vida.

—Porque el odio es la más angustiosa prisión que pueda existir

—musitó caminando de espaldas, sin dejar de mirarla, de grabársela en las retinas y en el corazón—. No hay patio, no hay ventanas, no hay ni una mínima esperanza de libertad. El odio te hace resistir, te mantiene vivo, pero a la vez te va dejando sin alma. —Se mordió los labios al percibir en su boca el sabor salado de las lágrimas—. Quiero que me odies. Quiero que me odies hasta que no te quede alma.

27

No había contado con que Rodrigo estuviera aún en casa. Había albergado la esperanza de que al fin, y por mucho que necesitara su ayuda, le mantendría alejado de su último problema. Pero se equivocó. Lo supo en cuanto comenzó a avanzar por el pasillo.

—¿Lo ha entendido? —La voz emergió de la cocina y tras ella asomó su amigo—. ¿Habéis hablado?, ¿todo está bien entre vosotros?

—Ahora no puedo, perdona.

—Es cierto; te has retrasado. Mejor me lo cuentas por el camino o no llegaremos a la hora.

—No voy a ir —dijo sin detener el paso—. Tengo algo que hacer.

—¡No jodas, tío! —exclamó yendo tras él—. No puedes arriesgarte a perder el trabajo, así que déjate de tontadas. Si no has dormido esta noche ya lo harás cuando volvamos por la tarde.

Mikel se paralizó en la entrada del cuarto y se dobló con un gemido. Rodrigo acudió en su ayuda con rapidez.

—¿Qué te duele? ¿Qué tienes? —preguntó, nervioso y sin saber qué hacer.

—Creo que me han roto una costilla —resopló con lentitud.

—¡¿Pero qué dices, de qué estás hablando?!

—De tres malditos hijos de puta —gimió al enderezarse—. Me han destrozado las entrañas.

—Deja que te mire —pidió mientras trataba de quitarle la parka. Mikel se dejó ayudar, pero solo hasta deshacerse de la prenda.

—No hay tiempo. —Entró en su habitación—. Hay algo que debo encontrar.

Abrió el armario haciendo caso omiso a las preguntas de Rodrigo sobre quiénes le habían dado la paliza. Dos grandes cajas de cartón con el nombre de Manu pintado con grueso rotulador negro quedaron a la vista. Cogió la que estaba en la parte superior. Casi al instante aulló de dolor mientras doblaba las rodillas y él y la caja terminaban en el suelo.

—¡No seas cabezota! —protestó Rodrigo agachándose a su lado—. ¿Y si de veras tienes rota una costilla? ¡No tienes buen aspecto, joder!

Mikel se quedó inmóvil y en unos segundos se le atenuó el dolor.

—Todo está bien —aseguró—. Tengo que encontrar algo entre las cosas de Manu.

—Primero deberíamos comprobar qué tienes. O mejor todavía, ir a urgencias a que te examine un médico.

Pero Mikel ya no escuchaba. Había retirado el fleje de la caja que había mantenido escondida con el fin de evitarse un poco de sufrimiento. Como si los recuerdos se pudieran ocultar en algún sitio; como si los recuerdos no estuvieran siempre en ese corazón que se desangra día a día porque añora al ser que perdió.

Destaparla fue para él como una profanación. Le mortificó contemplar los libros, los discos, los cómics. Toda la vida de su hermano en dos simples bultos que cabían en el sobrante de un armario. En un lateral, entre el cartón y unas fotografías, sujeto por una goma elástica, un montoncito de entradas de cine, de conciertos, de partidos de fútbol. Recuerdos de grandes momentos; cosas simples que para él habían sido verdaderos tesoros.

Llevó los ojos a la oscuridad y dejó que su tristeza aflorara convertida en llanto silencioso, en desconsuelo.

—Mikel... —musitó Rodrigo presionando con afecto sobre su hombro.

Él alzó su palma abierta para pedirle que esperara, que le diera unos segundos, que necesitaba las lágrimas para limpiar el dolor que le estaba matando por dentro.

Lloró sin levantar los párpados, sin ocultar sus lágrimas, sin enjugárselas, dejando que se derramaran sobre las pertenencias de su hermano mientras a él le iban resecando el corazón.

—Lo siento —susurró cuando pudo hablar—. Encontrarme con sus cosas me ha... —Respiró con fuerza para ahuyentar la congoja y el esfuerzo volvió a castigarle el magullado estómago. Lo soportó sin un gesto de dolencia—. Necesito encontrar algo aquí —dijo a la vez que comenzaba a sacar objetos y a dejarlos sobre la alfombra.

—Por favor, dime qué es lo que está pasando.

Mikel suspiró sin detener la búsqueda.

—La vida, que sigue siendo una puta mierda —profirió con ira—. Da igual los planes que hagas, porque nada saldrá como esperas.

Las preguntas se le amontonaron a Rodrigo mientras le veía abrir fundas de discos compactos, mirarlos y diferenciarlos en dos montones.

—¿Qué buscas?

—No estoy seguro. Un CD —dijo mostrándole uno, escrito con rotulador—. Tengo hasta mañana para encontrar un CD que no contenga lo que aparenta.

—Pero... —Se frotó la perilla, pensativo—. Eso es algo que tendremos que comprobar en el ordenador, uno por uno. Y ahí hay muchos —opinó al inclinarse a observarlos.

—Yo lo haré. Tú vete al trabajo.

—¡Ni loco! —exclamó yendo hacia el armario para sacar la segunda caja. La dejó junto a la otra y se sentó en el suelo—. Te ayudo y me vas contando qué cojones está sucediendo ahora.

Durante unos segundos Mikel le miró con agradecimiento.

—No sé cómo voy a pagarte todo lo que...

—A un amigo nunca se le debe nada. —Rasgó el precinto y levantó las solapas de cartón—. ¿Quiénes te han golpeado, qué está pasando?

—Pasa que todo llega a su fin en algún momento —comenzó a decir mientras volvía a oír la risa obscena de Carmona. El muy desgraciado no había dudado en dejarlo marchar, para que buscara el CD y se lo llevara, seguro de que podía manejarle a su antojo si en el juego la incluía a ella. Sabía bien que no existía infierno al que él no regresaría una y mil veces por protegerla.

—¡Por fin tenemos a ese cabrón! —exclamó el comisario descargando su puño en el capó delantero del coche. El golpe encontró eco en la sombría amplitud del parking—. No imaginas la euforia que siento.

El joven sin nombre, parado frente a él, sonreía satisfecho. El esperado final estaba cerca. En cuanto la operación finalizara con éxito el comisario le pagaría lo acordado y eliminaría sus antecedentes. Se lo había ganado con creces, pensaba al mirarle el gesto de triunfo. Se había jugado la vida al unirse a Carmona y sus hombres. Había delinquido como ellos lo hacían, había extorsionado, torturado, asesinado. Incluso, para no despertar sospechas, había participado en la paliza que entre todos dieron al infiltrado antes de ejecutarlo.

—Mañana por la noche Carmona será suyo, jefe —dijo ensanchando el pecho con orgullo—. Esta vez no habrá abogado que pueda arrebatárselo. Drogas recién llegadas de Colombia, armas y un muerto todavía caliente.

—¿Estás seguro de que el maldito Trazos estará entre ellos?

—Será la estrella de la reunión —indicó con mofa.

—¡Siempre lo he sabido! Siempre he tenido claro que ese hijo de puta seguía traficando. No imaginas cómo me alegra que seas tú quien me lo esté sirviendo en bandeja junto con el plato fuerte —rio a la vez que le señalaba con el dedo—. Esta vez no habrá tercer grado ni beneficios por buen comportamiento ni tomaduras de pelo de esas. Esta vez me cercioraré de que se pudra en la cárcel.

—¿Cárcel? —preguntó sorprendido—. Pero señor, ese hombre no podrá ir a la cárcel. Ese hombre estará muerto cuando la policía entre para detener a Carmona. Se lo he dicho. —Se apoyó en el coche, con los brazos sobre el pecho y entrecruzando los tobillos—: Ese tipo será el invitado de honor de esa fiesta. En realidad *él* será la fiesta.

—Pero no has quedado en que...

El móvil le vibró en el interior de un bolsillo del abrigo y se apartó unos pasos para atender la llamada. Era su inexperto agente Gómez, que le comunicaba que por fin había descubierto algo; algo que le iba a sorprender. «¿Y tan importante es que no puedes esperar hasta que nos veamos dentro de una hora en comisaría?», le preguntó con impaciencia y colgando sin darle ocasión a contestar.

—Explícame eso —dijo devolviendo el teléfono al bolsillo y regresando junto a su joven infiltrado.

—Al parecer, durante el tiempo en el que esos cabrones se han comportado como hermanitas de la caridad, han observado de lejos a ese Trazos. Le aseguro que lo que se traen con él es lo bastante importante como para no haberse arriesgado a mover ficha con la amenaza de un soplón en sus filas. Y, sabiendo cómo trabajan, ya puede imaginar lo que harán con un tipo que puede ser un peligro para ellos.

El comisario se frotó el mentón al tiempo que miraba alrededor, al desierto y seguro lugar en el que se habían citado. Mikel muerto y el trabajo hecho por el propio Carmona, sería la solución perfecta y definitiva a sus problemas. Pero había algo que no terminaba de encajarle en esa historia.

—Cuéntame los pormenores de lo que están preparando para ese malnacido —pidió arrugando el ceño—. Y esta vez no olvides mencionar ningún detalle, por insignificante que parezca. Yo soy quien decide lo que importa y lo que no.

—¡No lo hagas, Mikel, por favor! ¡No puedes hacerlo! —volvió a rogarle Bego sin poder contenerse.

Él posó la yema de su índice en sus labios y siseó con dulzura, igual que si tratara de acallar a un niño. Pero no fue ese gesto el que la silenció. Obedeció a la súplica que vio en sus ojos, al ruego de que no malgastaran los últimos segundos con palabras ya dichas cuando podían hacerlo con algo mucho más importante.

Una vez más ella se guardó las lágrimas. Comprimió los labios para disimular su congoja y le estrechó con fuerza, refugiando el rostro en su cuello.

Mikel suspiró cuando la envolvió contra sí. La sintió temblar y le acarició el cabello mientras volvía a sisearle con mimo junto al oído. La consoló a la vez que él mismo robaba fuerzas de su amor desinteresado. Ella sabía entregar el alma en un abrazo, y él necesitaba empaparse de un poquito de esa alma por última vez.

Aún sentía el palpitar de esa ternura cuando salió de la casa. Caminó por la acera sin oír el ruido del tráfico, sin reparar en la gente que pasaba por su lado. Tenía el pensamiento en Bego. La expresión que le había visto en la despedida le había dado la seguridad de que lo conseguiría, que superaría el desengaño, que no tardaría en darse cuenta de que estaba mejor sin él.

Se detuvo en medio de la acera y miró al cielo. Se desplegaba encapotado y gris, como la mañana en la que recuperó un trozo de su libertad, pero a él le resultó sereno y apacible. Se llenó los pulmones de esa calma, con los ojos cerrados, sin preocuparse de si entorpecía el paso de los transeúntes ni de quien pudiera pensar que era un loco. Se sentía extrañamente tranquilo, sin peso, sin amargura, sin odio. Únicamente el dolor por la pérdida de Manu seguía estando ahí, muy dentro. Pero ese le acompañaría siempre. Viviría y moriría con él. Igual que viviría y moriría con él el amor que sentía por Ane.

«Espero que ella merezca todo ese amor», le había dicho Bego sin ningún resentimiento. Él no había respondido. Era algo que ni siquiera se había planteado. La amaba, tan solo la amaba, la amaba con todas sus fuerzas, la amaba con todo su ser.

Ane miró a través del cristal de la ventana alzando sus ojos a ese mismo cielo tan gris y atormentado como su propio ánimo. Sentada en la silla, colocó los brazos en la repisa y apoyó en ellos el mentón. En su gesto estaba el rastro de las dos noches de desvelo, las lágrimas, la desesperanza con la que había pasado a vivir cada minuto.

Suspiró, agotada. Tampoco ese día iría al trabajo. No tenía fuerzas. Las pocas que le habían quedado tras su amargo encuentro las había consumido hablando con Lourdes del pasado de Mikel y sus años de injusta prisión. No había encontrado ningún sentido a seguir ocultándolo. Cualquier explicación que hubiera inventado para el paquete y la presencia de la policía hubiera sido bastante peor que la realidad. Al fin le había confesado cuál fue el daño irreparable que infligió al hombre que amaba.

Lloró en silencio, una mano sujetando un arrugado pañuelo de papel y la otra en la lisura de su vientre. En poco tiempo comenzaría a abultarse, a proteger el minúsculo corazoncito que ya latía dentro de sí. Y Mikel no estaría a su lado para compartirlo. ¿Cómo iba a vivir sin él? ¿Cómo iba a vivir sin entender que le dijera esas cosas terribles después de que le hubiera abierto al fin su corazón? Apretó con fuerza los párpados aun sabiendo que tampoco eso la ayudaría a soportar el dolor.

Llamaron al timbre. Se secó las lágrimas con los restos del pañuelo, sin ninguna prisa. No le preocupaba que quien llamara se cansara de esperar y se fuera. Pero, lejos de eso, mientras caminaba por el pasillo frotándose las mejillas, el timbre sonó cuatro veces más. Solo había faltado que aporrearan la puerta, pensó mientras abría.

Se quedó inmóvil preguntándose qué hacía allí la última persona a la que había esperado encontrarse.

—Solo te robaré un minuto —dijo Bego humedeciéndose los labios con nerviosismo—. Quiero hablarte de Mikel.

Ane comprimió los dedos sobre la manilla metálica.

—No tenemos nada de qué hablar —respondió en voz baja—. Puedes estar tranquila, porque no represento ninguna amenaza para ti.

—No se trata de eso.

—Da igual de qué se trate —interrumpió con suave firmeza—. No voy a comentar nada de él contigo. Pero, ya que estás aquí... —pareció dudar un instante—, me gustaría darte algo.

No le concedió tiempo a responder. Entró en casa y entornó la puerta para indicarle que aguardara fuera. En pocos segundos estaba de regreso, con una elegante tarjeta de visita entre los dedos. La observó, pensativa, y después se la tendió.

—Dásela a él. —Aguardó a que la cogiera—. Es de alguien que ha visto el trabajo que hizo en la casa de la playa. Es dueño de una famosa cadena de restaurantes a la que va a darle un cambio. Siempre se rodea de lo mejor, y ahora quiere a Mikel. —La congoja le irrumpió de nuevo—. Dile que es una gran oportunidad. El cliente aceptará cualquier condición que él quiera ponerle.

—Me alegra comprobar que todavía te preocupas por él, pero las cosas no están como crees —dijo mientras guardaba la tarjeta en el bolsillo de su abrigo—. Mikel no está conmigo. No me ama, nunca lo ha hecho.

Entonces reparó Ane en el aspecto lastimoso de Bego: ojos enrojecidos, párpados hinchados, oscuras y profundas ojeras. La deducción resultó demasiado evidente, pero no entendía el motivo por el que Mikel la hubiera abandonado también a ella.

—Nunca me dijo que me amaba —confesó Bego—. Nunca me mintió. Fui yo misma quien lo hizo.

—No creo que debas contarme...

—Claro que debo —aseguró bajando la voz—. Él jamás fue mío y jamás lo será, pero siempre fue un gran amigo y no me gustaría perderlo del todo —le suplicó con la mirada—. Y eso es lo que va a ocurrir en unas horas, si tú no lo remedias.

—No entiendo qué quieres decir. Yo estoy fuera de su vida.

—Tú eres su vida —le corrigió con lágrimas en los ojos—. Tú eres su vida y ahora te necesita. Está metido en algo muy grave en lo que solo tú le puedes ayudar.

Las piernas de Ane flaquearon y se sujetó al borde de la puerta. La angustiosa mirada de Bego, más reveladora que cualquiera de sus palabras, la hizo estremecer. La fue escuchando en silencio y se sintió morir al comprender que el pasado regresaba, que la aciaga tarde en la que murió Manu volvería a repetirse.

28

Mikel cogió el cargador, lo encajó en la pistola y la empuñó con su mano izquierda cuidando de que su dedo no rozara el disparador. Había levantado el seguro manual, pero toda precaución le parecía insuficiente.

—No imaginaba que fueran tan pesadas.

—Ni tan fáciles de obtener. Cualquier cabrón puede armarse de un día para otro sin ningún problema —dijo Rodrigo analizando la suya, otra vieja Browning de 9 mm conseguida también esa misma mañana en el mercado negro. El camello que ya antes consiguió la coca les había asegurado que sería pan comido y que el precio dependería de si querían un arma limpia o una usada en anteriores fechorías. A menor precio más riesgo de acabar siendo condenado por un delito cometido por otro.

Los ojos azules de Mikel, ensombrecidos por unas profundas ojeras, percibieron la facilidad con la que su mano se adaptaba a la empuñadura y el índice se apresuraba hacia el gatillo, como si lo hubiera hecho siempre.

—¿Has disparado alguna vez? —preguntó.

—En las casetas de las ferias. —Los dos rieron para espantar la preocupación—. Mi puntería ha conseguido muchos osos de peluche para mis chicas.

Mikel sacó el cargador, lo dejó junto al arma y la observó sin tocarla. Le incomodaba su parecido con la que un día sujetó su hermano. Se le encogía el corazón y le provocaba malos presagios.

Apoyó los antebrazos en el borde de la mesa y miró a Rodrigo, que aún jugueteaba con su pistola descargada.

—Estás a tiempo de echarte atrás. —Guardó silencio para darle tiempo a pensarlo—. Esta no es tu guerra.

—Jamás —dijo con rapidez—. Ya te lo he advertido. Si tú sigues con esto, yo estaré a tu lado hasta el final.

Mikel se frotó su descuidada barba de dos días, pensativo.

—Si va a ser así, quiero poner una condición.

—¡No la aceptaré hasta después de haberla escuchado! —respondió con guasa.

—Llevarás puesto un pasamontañas —indicó sin prestarle mucha atención—. No quiero que nadie se quede con tu cara y pueda identificarte después.

—¡Pero qué dices! Es más que probable que no consigamos...

—¿Quién lo asegura? —le interrumpió con una inesperada sonrisa—. Nadie debe reconocerte. Cuando esto termine tienes que vivir tranquilo, sin ningún miedo a que alguien venga a por ti. Por eso no me acompañarás sin pasamontañas. Y este punto no admite discusión.

—No tengo chismes de esos —indicó acomodándose en la silla.

—¡Pues bajas, compras uno y vuelves a subir! Tenemos tiempo de sobra.

Oír hablar del tiempo del que disponían impulsó a Rodrigo, que se levantó al instante y se aseguró de que llevaba dinero en los bolsillos.

—¿Te compro tabaco?

Mikel miró el paquete que tenía sobre la mesa. Apenas quedaban cinco pitillos.

—No. Tengo suficiente —respondió quedándose quieto mientras su amigo se colocaba la cazadora y se ponía en marcha.

Prestó atención al sonido de sus pasos alejándose y al ruido que se produjo cuando abrió la puerta. Después esperó a que la cerrara.

Suspiró con alivio. Ya solo le quedaba recoger las cosas y salir antes de que él volviera. Le quería y no iba a dejar que participara en ese suicidio. El problema era suyo y él lo resolvería.

Las manos comenzaron a temblarle y respiró con lentitud para darse ánimos. Cogió la Browning y volvió a encajarle el cargador. Después hizo lo mismo con la de Rodrigo. No sabía qué podía necesitar. En previsión de que le encontraran la pistola antes de que hubiera cumplido con su cometido, se llevaría las dos.

Se tensó cuando alguien llamó al timbre. Era probable que fuera Rodrigo, que había olvidado algo, pero no podía arriesgarse.

Empuñó la pistola que quedaba sobre la mesa, apretó los dientes y se movió con sigilo por el pasillo. El corazón le golpeaba el pecho con violencia. Controló la respiración, bajó el seguro del arma y mantuvo firme el pulso cuando alcanzó la entrada.

Ane, parada en medio de la cocina, aterida de frío a pesar del calor reinante, esperaba la respuesta de Rodrigo. Respiraba con ahogo mientras se abrazaba tratando de apaciguar la angustia que le oprimía el pecho.

—¡No está aquí! —exclamó él con furia, arrojando el pasamontañas sobre la mesa—. Debí imaginar que intentaría apartarme, ¡maldita sea! —Empujó la silla haciéndola chocar con el borde de madera—. Quedamos en que iríamos juntos para que tuviera más posibilidades de salir vivo de esto.

—No voy a dejar que lo haga. —Rodrigo, extrañado, la interrogó en silencio—. Lo sé todo y no voy a dejar que arriesgue su vida por mí. ¡No podría soportarlo! —gimió desesperada.

—Es él quien no podría soportar que te ocurriera algo. —Se frotó la nuca, sin dejar de observar el tembloroso brillo en los ojos grises—. Sabe lo que le espera si vuelve allí y a pesar de eso va a hacerlo para protegerte porque ese tío no le ha dejado otra salida. Pero no se fía de su palabra. Quiere asegurarse de que no pueda acercarse a ti. Y esa tranquilidad solamente la tendrá si logra adelantarse y matarlo.

Las piernas de Ane flaquearon amenazando con dejarla caer. Había temido que, una vez recuperados los datos, Carmona le hiciera desaparecer para enterrar todo el asunto. Ahora estaba segura de que lo haría; él o cualquiera de sus hombres. Con la vista emborronada por una balsa reprimida de lágrimas, se volvió para salir con urgencia.

—¿Adónde vas? —preguntó Rodrigo sujetándola del brazo.

—A detener a ese loco. —Tiró con ímpetu para deshacerse de él.

—¿Y dónde comenzarás a buscarlo? No ves que no...

—Creo saber dónde van a reunirse. —La humedad comenzó a derramársele y se la enjugó con el dorso de la mano—. Tengo la corazonada de que será en el mismo lugar de la otra vez: el polígono donde murió su hermano.

Rodrigo resopló esperanzado.

—¡Te acompaño! —exclamó con precipitación—. Dame unos segundos y te acompaño.

Sin esperar respuesta, se volvió para alejarse hasta la ventana. Frente a la pálida claridad de la tarde, marcó un número con rapidez. El corazón se le aceleró cuando oyó el primer tono. Después el segundo. Al tercero saltó el contestador y él dejó escapar el aire mientras aguardaba el sonido con el que se iniciaba el modo de grabación.

—Me alegra que no lo hayas cogido. Así me resultará más fácil —dijo a la imagen de Bego que tenía en la mente—. No sé si saldré de esta. No sé si volveré a verte... —Cerró los ojos al tiempo que se le humedecían las pestañas—. ¡Hay tantas cosas que me gustaría decirte...! —Se detuvo ante un pensamiento repentino—. Por favor, deja de oír esto —rogó con apremio—. Si todo sale bien, esta noche iré a verte —suspiró, apagado—. Quiero hablarte de mis sentimientos, pero... si no aparezco... Si no aparezco escucha este mensaje mañana. Ahora cuelga, por favor. Cuelga y escúchalo mañana.

Le costaba respirar. La imaginó interrumpiendo el mensaje. Después la vio al amanecer, con su pelo enmarañado y sus ojos somnolientos. Había soñado con verla despertar, recordó mientras una lágrima se le deslizaba por la mejilla.

—Si me estás oyendo ya debe de ser mañana. Algo ha salido mal y no volveré a verte. —Apretó los párpados con fuerza—. No podía irme llevándome este secreto. Te amo —susurró con suavidad—. Te he amado desde la primera vez que te vi. Me habría gustado poder decírtelo mirando tus hermosos ojos negros. Pero no hoy. Sé que necesitas tiempo para curar tus heridas. Habría querido estar cerca de ti mientras lo haces. Habría querido ayudarte, hacerte reír, y... y esperar hasta poder decirte que te quiero con toda mi alma —musitó—. Me pregunto cómo tiene que ser escuchar de tus labios un «te quiero»... —Suspiró hondo frotándose los párpados con los dedos—. Te amo. Solo lamento no haber tenido un poco más de tiempo para decírtelo, para demostrártelo, para pedirte que me permitieras hacerte feliz. Te amo.

Con el teléfono aún en la mano, se volvió y se acercó a Ane a la vez que sacaba las llaves del coche.

—Espero que tu presentimiento no esté equivocado.

29

Le asfixiaba verse encerrada en el coche, sin otra cosa que hacer que esperar y confiar en que no fuera demasiado tarde cuando llegaran. No conseguía deshacerse del pensamiento de que no volvería a verlo con vida, de que cuando le abrazara para decirle cuánto le amaba, él ya no pudiera escucharla. Y ese padecimiento la fue aturdiendo y enterrando dentro de sí.

El estridente sonido del claxon no la inmutó. Rodrigo acababa de realizar un peligroso adelantamiento, pero ella ni siquiera pareció notarlo. Quería que volaran, que atravesaran en un instante la distancia que aún les separaba de Mikel. En ningún momento protestó porque él condujera con desquiciada imprudencia, zigzagueando para adelantar a derecha e izquierda. Llegar. Ella quería llegar cuanto antes, no importaba cómo.

—Me engañó —dijo con la mirada perdida en el exterior—. Me engañó y yo le creí.

Rodrigo, atento a los coches que esa tarde parecían circular desesperadamente adormecidos, no respondió. No eran las primeras palabras sin coherencia que ella pronunciaba desde que habían salido de Basauri.

—Le exigí que le retirara la vigilancia —musitó tras prolongados minutos—. Le recordé que no es legal pinchar los teléfonos de un ciudadano honrado. —Una agria mueca de impotencia curvó su boca—. Estuve dispuesta a todo para que le dejara en paz.

Él prestó más atención, pero continuó en silencio mientras, entre una y otra revelación, ella hacía largas pausas. Estaba ausente, como si no supiera realmente de lo que hablaba. O tal vez, pensó, era a Mikel a quien se dirigía, con ese susurro tenue y extraviado, en la desesperanza de no saber si tendría ocasión de decírselo mirándole a los ojos.

—Me dejó creer que le había convencido, que aceptaba —continuó a la vez que apoyaba la sien en el cristal.

El pecho de Rodrigo se comprimió ante su figura abatida, ante su voz ausente que brotaba de algún rincón perdido de sus pensamientos, ante su agonía. Pensó que similar sufrimiento llevaba su amigo metido en el alma, y rezó. Rezó como nunca lo había hecho para que Mikel tuviera la oportunidad de verla y escucharla como él lo estaba haciendo. Porque ya no dudaba de que su amor por él fuera sincero. Lo había visto en sus ojos, en su voz, en su angustia mientras él le fue contando cómo había llegado Mikel a reunirse con un narcotraficante llevando encima un kilo de coca. Cómo se había visto obligado a conseguir un paquete igual al que su hermano, junto a su amigo Sergio, robaron porque «había muchos y no se notaría la falta de uno». Cómo, los muy ingenuos, extrajeron los datos del ordenador para cubrirse las espaldas al pensar que lo más valioso que se llevaban eran la coca y la pistola que acabó llevándole a la muerte. La había visto encogerse de dolor cuando le habló del empeño de Mikel en alejarlo de las calles que le habían metido en la sangre la emoción por delinquir, y de cómo llegó a creer que al cambiar de barrio y de compañías lo había conseguido.

—Debiste contarle que eras poli, que le habías estado vigilando. ¡Todo! —soltó sin poder contenerse—. Debiste contárselo todo.

Ane volvió la cabeza hacia él, y la imagen de Mikel a la que hablaba se le fue emborronando, lentamente, hasta convertírsele en Rodrigo. Apretó los párpados, consciente de pronto de que había estado pensando en voz alta.

—Tuve miedo a que me dejara y lo fui retrasando un día tras otro. Creí que tendría tiempo para buscar las palabras adecuadas.

—¡Nunca habría hecho eso! —le recriminó con resentida dureza—. No existe nada que él no te hubiera perdonado.

—Lo sé, pero entonces me equivoqué —dijo con voz entrecortada—. Comenzó a tratar con gente extraña y volví a desconfiar. Pensé que había estado ciega, que en verdad era el delincuente que buscábamos. Y aun así... —Dejó escapar un suspiro, bajo y trémulo—. No informé, no cumplí con mi deber. Le quería demasiado.

—Entonces, ¿qué hacías allí, entre todos aquellos polis? —preguntó para terminar de entenderla.

Ella se estremeció al recordar la mirada doliente y acusadora de Mikel, la sangre cubriéndole las manos. Lloró en silencio, pegada al ingrato vidrio que no empapaba sus lágrimas.

—Cuando me dejó en casa aquella tarde, fui a comisaría. —Su corazón se detuvo ante el recuerdo—. Allí me enteré de que la operación estaba a punto de completarse y entonces comprendí lo que estaba ocurriendo: nunca le suspendieron la vigilancia. Mi encubrimiento no había servido de nada. —Se enjugó las lágrimas con los dedos—. Corrí a avisarle, pero no llegué a tiempo.

Él suspiró. Adelantó a un autobús de línea y regresó con rapidez a su derecha al darse de bruces con el cartel que señalizaba el inminente desvío al polígono. El temor se recrudeció y las pulsaciones de ambos se aceleraron a un tiempo.

—¿Cómo supiste dónde se encontrarían? —preguntó con tiento, aminorando para internarse en la cerrada curva que les sacaba de la carretera.

—Se lo oí decir cuando hablaba por teléfono —recordó su intranquila voz baja, en la cocina, cuando la creía todavía dormida.

Rodrigo aceleró al ver el largo y recto puente que atravesaba el río y conducía al amplio entramado industrial.

Ella le miró buscando un gesto que pudiera serenarla.

Un estruendo de disparos la paralizó como si los proyectiles le hubieran impactado a ella en el corazón. Cerró los ojos, aterida por la misma sensación de angustia que años atrás le provocaron dos únicas detonaciones. Unos segundos. Volvían a faltarle unos miserables y preciosos segundos que acababan de despedazarle el futuro.

Reconoció las descargas ininterrumpidas de un intenso tiroteo. El dolor lo ahogó todo, hasta los alaridos que le brotaban de su alma rota. Y descubrió que gritar alivia, que nada destruye tanto como el sufrir silencioso.

Tras una agonía breve y eterna, el coche se detuvo levantando en la frenada un denso halo de polvo. Inspiró con fuerza y alzó los párpados con lentitud, temerosa y vacilante como la agitación de la débil llama de una vela frente a una tempestad.

El silencio en el interior del coche era denso, casi físico, y ocupaba todo el espacio comprimiéndola contra el asiento. Dejó de ver a Rodrigo. Miró al exterior, a la tierra rojiza que anunciaba desolación y muerte.

Pálida y temblorosa, abrió la portezuela y bajó los pies al suelo con el mismo temor que si los posara sobre el aire inmaterial de un abismo. Ese abismo en el que una vez hundida no le quedarían fuerzas para remontar. Le sorprendió que las piernas la sujetaran cuando comenzó a caminar con la vista al frente, perdida y confusa, queriendo llorar, romperse a gritos, desahogar el dolor del que se le estaban llenando las pupilas.

Pero no pudo.

El rostro sonriente de Mikel llegó a su pensamiento como un fogonazo. Sus ojos azules, sin sombras; su sedoso cabello dorado; sus delgados y largos dedos sujetando una taza mientras le explicaba que las manchas de café eran reveladores dibujos. Aquella dulzura del hombre que la enamoró y al que eternamente llevaría dentro de sí.

La angustia le oprimía el pecho y la dejaba sin aire. Deseaba y temía llegar a su destino, acabar con el padecimiento de la duda o ahogarse en dolor. Y su destino era él, siempre sería él y las horas eternas que pasaron abrazados, acariciándose, diciéndose al oído cuánto se amaban.

De pronto, sus pies se clavaron en la tierra y un estremecimiento le desgarró el alma. Distinguió el cuerpo inmóvil, echado en el suelo y con la espalda derramada sobre la pared de hormigón. Sus latidos se detuvieron desfallecidos y bajó los párpados. Dos gruesas lágrimas asomaron bajo sus pestañas mientras sus pulmones se ensanchaban con un aire que asfixiaba. No podía existir prueba de amor más contundente y hermosa que la que él le había ofrecido. Ni en esta vida ni después de ella podía nadie entregar tanto amor en una despedida. Y ahora ella necesitaba tenerle consigo, aunque fuera por un brevísimo espacio de tiempo. Habría cambiado su alma, y hasta lo que le restaba de vida, por unos minutos en los que poder entregarle su amor eterno.

Reinició la marcha al tiempo que abría los ojos, encharcados y agonizantes. La escasa luz de la tarde se volvió gris y sin brillo y las primeras sombras de la noche se abatieron sobre la figura yerta de Mikel. Ella aceleró el paso al ritmo al que volvía a agitársele el corazón. Y al fin corrió. Corrió entre los destellos azulados de los coches patrulla que comenzaban a iluminar el anochecer; entre los agentes que la miraban en silencio mientras inmovilizaban a los apresados; entre los hombres tendidos en el suelo, unos inertes, otros con las manos en la nuca esperando a que los esposaran. Corrió hacia el único ser al que veía entre todo ese desconsuelo; corrió hasta que pudo abrazarlo, inspirar su olor y romper por fin en sollozos. La emoción no la dejaba hablar, pero tampoco necesitaba hacerlo para que él la entendiera.

Mikel gimió, aliviado. Todos los sonidos a su alrededor se apagaron. Todos, excepto el murmullo, dulce y entrecortado, de su llanto. Se apartó ligeramente hasta que pudo verle los ojos. Tragó, conmovido por sus lágrimas, y la miró con la misma emoción con la que la había descubierto hacía unos segundos, cuando el dolor físico le tenía postrado en el suelo; con el mismo amor que le ayudó a levantarse utilizando el apoyo de la pared para no preocuparla; con la misma necesidad de llenarse el espíritu y los ojos de ella. La contempló queriendo olvidar el miedo atroz que había tenido, no a morir, pero sí a esa muerte que le condenaría a pasar la eternidad sin ella. La dibujó con los ojos mientras ella le acariciaba el rostro con dedos trémulos asegurándose de que lo tenía a su lado, y esta vez para siempre.

Siguió con la mirada la hilera de botones del abrigo de Ane buscando el punto bajo el que se formaba su hijo. Ella, que no se había perdido ni uno de sus emocionados gestos, le sintió estremecer. Le cogió la mano izquierda y la condujo por la abertura de la prenda hasta posarla en su vientre, donde ya latía el pequeño corazón.

Alzaron a la vez los ojos, incrédulos y dichosos mientras la lana del vestido traspasaba el calor de la palma abierta. Ane sonrió y la apretó más contra sí. Entonces se abrazaron con ímpetu, con fuerza, como si necesitaran estrecharse hasta cortarse el aliento para asegurarse de que nada de cuanto estaban viviendo era un sueño.

—Pensé que no llegaba —dijo ella entre nuevos sollozos.

—Y yo que no volvía a tenerte así, a mi lado.

—Creí que desaparecías de mi vida, y... y esta vez para siempre —musitó Ane.

—Y yo que me iría sin acariciarte una última vez y sin confesarte que te amo más que a mi vida.

Bajó el rostro hasta rozarle los labios, húmedos y con sabor a mar. Se besaron con desesperada ternura, se bebieron con la feroz ansia que el miedo a perderse les había cosido a las entrañas. Pero ni la profunda calidez de sus bocas colmaba por completo el anhelo con el que se deseaban.

—¡Dios, cómo necesitaba verte y sentirte así, conmigo! —exclamó enterrándose en su frondosa cabellera castaña—. Esa noche iba a decirte que te amo más que a nada en el mundo. Iba a pedirte que habláramos de lo que quisieras, cuando quisieras, todas las veces que quisieras. Pero solo te hice daño por... —La angustia de aquel momento volvió a encogerle el corazón—. Perdóname por todas las cosas terribles que te dije, pero tenía que hacerlo. Necesitaba alejarte de mí y no encontré forma más segura de lograrlo que ganándome tu odio.

—Nunca podría odiarte. No existe nada que puedas hacer para conseguirlo.

—Lo sé —susurró cerrando los ojos—. No se puede odiar cuando se ama de esta manera. Yo lo sé. He puesto mi alma en intentarlo.

Ane sonrió, recostada en su pecho. Por el ajustado espacio entre la manga de cuero de la cazadora de Mikel y su propio cabello, pudo apreciar dos cadáveres. Reconoció la figura impecablemente vestida de Carmona, boca abajo, junto a la puerta abierta de su lujoso Mercedes negro. Se encogió al sentir un escalofrío.

—Ya ha pasado, mi vida —dijo él al notar su temblor—. Todo ha pasado. Nadie te hará daño jamás.

—Dime que no lo has hecho tú —suplicó.

—¿Importa eso? —preguntó, tenso, abrazándola y conteniendo la respiración.

—Dime que no lo has hecho —insistió angustiada—. Dime que esto no volverá a separarnos.

—No sufras. Todo va a estar bien. —Le acarició la espalda con suavidad—. Él me ha ayudado. —Alzó los ojos, extrañada, y se encontró con su tranquilizadora sonrisa—. El comisario —aclaró tomando aire—. Al enterarse de la verdad, de los planes de Carmona y de la existencia del CD, quiso pactar conmigo. Llegó a casa cuando yo pensaba que todo había terminado, me expuso sus planes y no tuve más remedio que aceptar. —Deslizó la mirada por cada línea de su sorprendido rostro—. Lo que me ofrecía a cambio era demasiado valioso como para no tragarme el orgullo.

—¿Qué te ofreció? —preguntó con cautela.

La frente de Mikel se posó con suavidad en la suya.

—Vivir. Vivir para compartir mis días con la mujer que amo. —Bajó los párpados, conmovida—. Pero también él tuvo que aceptar una condición. —Suspiró junto a sus labios—: Dejarme cuidar a esa mujer a mi manera.

—Yo pensé que él...

—A ese tío le importas. Te quiere y haría cualquier cosa por ti.

Ane miró a su alrededor, buscándolo. Cuando sus ojos se encontraron, Carlos sonrió y la saludó rozándose la frente con el extremo de los dedos de su mano abierta y rígida. Fue su forma de dedicarle el resultado de la operación y decirle que siempre le tendría a su servicio. Ella le pagó con otra sonrisa y se volvió hacia Mikel, asustada y temblorosa.

—Si él no hubiera estado aquí.

—Seguirías estando a salvo —susurró rebosando ternura.

Ane se sobrecogió al pensar que sí, que estaría a salvo, pero sin él. Volvió a abrazarle con fuerza para sentirle palpitar. Mikel se tambaleó. Retrocedió un paso llevándosela consigo y se recostó en el muro de hormigón.

—Juntos —susurró emocionado—. Otra vez juntos, y esta vez para siempre.

—Sin secretos —añadió ella, refugiada en su pecho.

—Tú aún guardas algunos.

El corazón de Ane se detuvo.

—Yo no...

—Tú sí —murmuró sobre su cabello—. ¿Me has contado que me querías tanto que me aceptaste aun creyéndome un maldito narcotraficante? —Se enterneció cuando la oyó suspirar—. ¿Que te convertiste en mi cómplice cuando dejaste de informar de mis movimientos? —Un nuevo suspiro, más dulce y profundo, le penetró por los oídos y se le instaló en el alma—. ¿Que no te importó exponerte a que te abrieran un expediente o te investigaran en asuntos internos? —Cuando ella alzó la cabeza él le rozó los labios y los besó despacio—. ¿Me has contado que las tardes de los sábados las pasabas en nuestro café para recordarme y sentirte un poco más cerca de mí? —musitó con emoción—. El comisario ha estado muy conversador. Pensó que yo debía saber algunas cosas.

—Debí creer en ti, en tu inocencia —dijo con pesar.

—Y yo en la tuya —se tensó al recordar el encarnizado sufrimiento que aquella tarde destruyó su alma y su mente—. Pero el dolor me cegó. A veces creo que fue la necesidad de castigarme la que me alejó de ti.

—Debes aprender a perdonarte —dijo mirándole a los ojos y lamentando que no fuera tan indulgente consigo mismo como lo era con ella.

—Enséñame —rogó en un murmullo.

—Lo haré. Puedes estar seguro.

Una risa clara surgió de la boca de Mikel. Una risa como aquellas con las que la cercó cada vez que pretendió robarle un beso.

El sonido de una ambulancia se oyó a lo lejos. Mikel imploró que se retrasara un poco más. No quería apartarse de Ane, no quería dejar de sentir sus brazos alrededor de su cuerpo ni el calor de sus labios acariciando los suyos. No quería separarse de ella ni un momento. El agujero de bala que tenía en su hombro izquierdo podía esperar, su corazón no. Su corazón necesitaba latir pegado al pecho en el que palpitaba la vida de la mujer que amaba.

Se aseguró de que la pared y sus pocas fuerzas le mantuvieran en pie y apartó el brazo de su cintura. Le cogió la mano y le pidió que la extendiera. Ella lo hizo, con la palma hacia arriba, y la emoción le condensó el aire cuando él la rozó con las yemas de sus dedos.

—¿Recuerdas lo que significa este punto del centro? —preguntó en voz baja. Ella asintió a pesar de haberlo buscado numerosas veces sin encontrarlo—. Soy yo: tu eje, tu principio y tu fin, tu amor, tu vida —repitió al cabo de los años—. Y lo seré siempre. Está escrito aquí, y en los posos de café, y seguramente está escrito en todos los sitios imaginables. Eres mía y nadie nos separará jamás.

Ane suspiró bajito, temerosa de romper la magia. Alzó las manos para acariciarle el pelo. Ya era lo bastante largo como para enredar los dedos en él. Comenzaba a parecerse al cabello del hombre dulce y apasionado que la enamoró, el hombre que volvía a hablarle de líneas de la vida, de posos de café, de futuro escrito en las estrellas.

De su futuro escrito en las estrellas.

Epílogo

No soplaba ni una leve brisa. Los cipreses no gemían esa tarde. Se erguían orgullosos y protectores, pero silenciosos. No querían perderse ni una sola de las palabras que Mikel musitaba con voz apenas audible. No querían que el aire secara sus lágrimas, tristes pero por primera vez liberadoras.

Con el brazo izquierdo inmovilizado en el interior de su cazadora, y tres rosas blancas en la mano derecha, Mikel contempló la lápida, cubierta en los costados por minúsculos líquenes de musgo. Eran las huellas del inclemente y largo invierno que de una forma u otra los había marcado a todos.

—Perdóname, papá —musitó mientras rozaba con los dedos los tallos sin espinas—. No supe entenderlo. Solo pude ver que nos abandonabas cuando más te necesitábamos y castigué tu marcha con un desprecio que no merecías. Era apenas un niño —se justificó sin mucho convencimiento—. No pude comprender que *ama* se llevó tu alma. Ahora lo sé. —Giró la cabeza, y su mirada triste se iluminó al contemplar a Ane, que aguardaba con discreción a mitad del camino—. Ahora lo sé porque tampoco yo podría vivir sin ella. También ella es la dueña de mi alma. Si me faltara solamente querría seguirla. No importaría si al cielo o al infierno, pero seguirla, porque no podría vivir sin ella como tú no pudiste vivir sin *ama*.

Se inclinó para dejar las rosas sobre la lápida, una junto a cada uno de los tres nombres tallados. Por primera vez rozó con los dedos los profundos surcos que formaban el de su padre, y una extraña paz le inundó el corazón. Clavó lentamente una rodilla en tierra. Se sentía más cerca de él de lo que había estado nunca, ni siquiera cuando, con la inocencia de sus pocos años, su padre fue para él una especie de héroe inmortal.

—Me consuela saber que la quisiste tanto. Ella era... Ella era lo más hermoso que teníamos y se fue. —Se frotó los párpados humedeciéndose la yema de los dedos—. Dile que la quiero, que no se preocupe, que ahora todo está bien, que yo estoy bien. Que ya siempre estaré bien.

Inspiró hondo y se bebió las lágrimas que aún no había derramado. Después detuvo la mirada en el nombre de Manu.

—No son robadas —dijo señalando las flores—. Esta vez las he comprado. Ella las ha elegido por mí. —Se volvió hacia Ane de nuevo y la contempló con adoración—. La recuerdas, ¿verdad? Decías que te gustaba. —Volvió a oírle rogar que la llevara a vivir con ellos—. No imaginas cuánto la amo. Ella... —Tragó, pero el nudo de emoción no le desapareció—. Ella es todo cuanto necesito para ser feliz. Me ama, me va a dar un hijo. ¿Imaginas algo más hermoso que un hijo de la mujer que es toda tu vida? Si es niño le pondremos tu nombre y... y te prometo que lo cuidaré mejor de lo que supe cuidarte a ti. —Resopló despacio. Le estaba costando deshacerse de los remordimientos—. Te echo de menos. —Sollozó sin preocuparse de quién pudiera escucharle—. No puedo evitar echarte de menos. —Se pasó la mano por el rostro para espantar los malos pensamientos y trató de sonreír—. Si es niña le pondremos Ane. Es el nombre más dulce que existe —aseguró curvando tímidamente los labios—. La amo. La amo con todo mi corazón, con toda mi alma. Paso horas mirándola, solo mirándola y preguntándome qué he hecho para merecerla. —Observó una vez más la losa y se puso en pie—. Si estuvieras aquí me dirías que estoy loco. Y yo te respondería que sí, que estoy loco y que quiero seguir estándolo siempre. —Inspiró lenta y profundamente y retrocedió unos pasos. Le dolía irse, le dolía dejarlos solos—. Os amo a los tres. —Se colocó la mano en el pecho, sobre el corazón—. Os llevo conmigo. Siempre os llevaré conmigo.

Bajó los párpados y dejó caer el brazo a lo largo del cuerpo. Continuó inmóvil, despidiéndose con palabras silenciosas que nadie salvo ellos pudieron escuchar.

Un roce en la cara interna de sus dedos le hizo suspirar. Ella sabía cuándo dejarle solo y cuándo rescatarle de la oscuridad. Abrió los ojos y la vio a su lado, con su hermosa sonrisa llena de luz. Sin dejar de mirarla, extendió la palma de la mano y ella posó en su superficie la suya, pequeña y cálida. Sus dedos se entrecruzaron con suavidad y Mikel cerró los suyos, despacio, como si además de apresarle la mano tratara de capturar también toda su ternura.

Se entendieron sin necesidad de pronunciar palabras. Se comprendieron con la voz del alma, como tantas otras veces, y juntos comenzaron a guiar sus pasos hacia la salida.

Solo entonces los majestuosos cipreses se cimbrearon, sin que les agitara el viento, invadiendo el camino con un suave olor a sosiego y a resina. Las inhiestas copas, a fuerza de blandirse hacia los costados, provocaron una suave brisa que jugó con sus cabellos y se enredó en sus cuerpos, atándolos con invisibles hilos trenzados con suspiros. Después se alzó para llenar el cielo, no de lamentos, sino de dulces y apagados susurros.

OTROS TÍTULOS DE LA COLECCIÓN

ENEMIGOS PERFECTOS

Johanna Lindsey

Nueve años atrás, Richard Allen huyó de Inglaterra y de su dominante padre. Decidido a vivir su propia vida, terminó por unirse a una banda de piratas cazadores de tesoros en el Caribe. Allí adoptó la identidad de un francés seductor y despreocupado, Jean Paul.

Cuando regresa de incógnito a Inglaterra para llevar a cabo una tarea urgente, se enamora de Georgina Malory, una mujer casada. Pero su osado intento de cortejarla en un baile de disfraces se convierte en el peor error de su vida, porque lo pone en presencia de otra hermosa mujer.

Emocionada porque sus abogados por fin han encontrado la manera de liberarla de un compromiso matrimonial indeseado, Julia Miller espera encontrar al hombre de su vida en el baile de su amiga Georgina. Cautivada por un francés enmascarado, no puede evitar seguir a ese misterioso hombre...

Una nueva y emocionante novela de la saga de los Malory, sin duda la familia más popular del género romántico.

ASEDIO AL CORAZÓN

Pilar Cabero

San Sebastián, 17 de agosto de 1719

Tras varias semanas de asedio, las tropas francesas al mando del duque de Berwick entran en la ciudad. Camila de Gamboa se ve en la obligación de hospedar en su casa al capitán galo, Armand Boudreaux, y a su hermano, malherido. Debe pagar de ese modo una deuda de honor contraída por su padre, un médico muy apreciado. Camila también se dedica al cuidado de enfermos, aunque no parece haber heredado el don especial de su padre para curarlos.

El antagonismo entre Camila y Armand es patente desde el primer momento y parece crecer día a día. Pero gracias a la convivencia, irán descubriendo que las primeras impresiones no siempre son las más acertadas.

¿Serán capaces de solventar sus diferencias, olvidar un pasado que los atormenta y admitir lo que sienten el uno por el otro?

«Una novela repleta de ternura y sentimiento, con una magnífica ambientación en el siglo XVIII que torna deliciosa su lectura. Sin duda alguna, un asedio al corazón de las amantes de la novela romántica.»

Nieves Hidalgo